M

MÚSICA
de la ACERÍA

OTROS LIBROS POR LUIS J. RODRIGUEZ

Ficción

The Republic of East L.A.

Poesía

Poems Across the Pavement
The Concrete River
Trochemoche
My Nature is Hunger

Ensayos y Memorias

Always Running: La Vida Loca, Gang Days in L.A.
Hearts and Hands: Creating Community in Violent Times

Literatura Infantil

America Is Her Name
It Doesn't Have to Be This Way: A Barrio Story

Antologías

Power Lines: A Decade of Poetry from Chicago's Guild Complex
(Editores: Julia Parson-Nesbitt, Luis Rodriguez y Michael Warr)

Luis J. Rodriguez

Una rama de HarperCollins*Publishers*

MÚSICA de la ACERÍA

Una Novela

Los libros de HarperCollins pueden ser adquiridos para uso educacional, comercial o promocional. Para recibir más información, diríjase a: Special Markets Department, HarperCollins Publishers, 10 East 53rd Street, New York, NY 10022.

Este libro fue publicado originalmente en inglés en el año 2005 en Estados Unidos por Rayo, una rama de HarperCollins Publishers.

PRIMERA EDICIÓN 2007

Library of Congress ha catalogado la edición en inglés.
ISBN: 978-0-06-084252-9
ISBN-10: 0-06-084252-0

07   08   09   10   11   DIX/RRD   10   9   8   7   6   5   4   3   2   1

Tenía que producirse acero. Los hornos tenían que seguir funcionando sin importar cuántos hombres sufrieran accidentes. Un horno que perdiera el fuego era como un organismo muerto. Había que desarmarlo en mil pedazos y ensamblarlo de nuevo… de tal suerte que los nuevos hombres trabajaron como sus antecesores, y algunos murieron. Pero la producción de acero no se detuvo… El fuego y flujo del metal parecía un acto eterno que hubiera escapado al control del hombre… Este sólido metal sostenía al nuevo mundo… El acero nacía en las llamas y salía para vivir y hacerse viejo. Regresaba a las llamas y nacía de nuevo, pero ningún hombre podía calcular su comienzo ni su fin. Terminaría con el fin de la Tierra; parecía inmortal.

—William Attaway, *Sangre en la Fragua*

CONTENIDO

MÚSICA de la ACERÍA

Primera Parte

EL PRELUDIO DE PROCOPIO

ESTAMOS CHINGADOS

Procopio Salcido camina por un sendero sucio calcinado por el sol. Viste pantalones con costras de mugre y una camisa muy gastada; lleva una cuerda de fibra de maguey a manera de cinturón y un raído sombrero de paja encima de un pañuelo rojo. Avanza a través del duro desierto de Sonora con gotas de sudor en su frente y el polvo seco y cenizo a sus pies. Caminar es algo que hace siempre: todo el tiempo está yendo a algún lado, aunque sus pasos nunca lo han llevado muy lejos, hasta ese momento en particular en que sintió el llamado del Norte.

El chico de dieciocho años está rodeado por una tierra que enuncia palabras más antiguas que el firmamento. Allí, la sangre de la Tierra surge para alimentar plantas, árboles, arbustos, animales y personas a las que él considera como su familia. Para su gente, la naturaleza es la mejor maestra, compañera y desafío. Los más cercanos a los ritmos de la naturaleza, a sus altibajos, gritos y susurros no tienen amortiguadores entre ellos y los patrones, las leyes, las lenguas y las canciones del mundo. Viven de manera simple, pero densa. Cuando piensan, lo hacen en capas; todos sus pensamientos están comprimidos, en el mismo sentido en que piensa el alma. Una milpa—un pequeño cultivo de maíz—aparece a la izquierda, más allá de algunos nopales y espinos del desierto. Procopio se pasea entre ellos, por entre tallos marchitos y rígidos, pues su sangre se ha secado hace mucho, y la Tierra y sus criaturas se han convertido en lo mismo que la sed les produce a quienes no han muerto aún.

Es el año 1943 y Procopio vive en territorio yaqui, en el estado norteño de Sonora. Los yoeme, o "el pueblo," como se definen los indígenas yaquis, tienen fama de ser unos de los guerreros más feroces de todo México. Nunca fueron conquistados por los españoles, y antes de esto, eran la espina en el talón de los aztecas. Posteriormente, los esfuerzos de los gobiernos de México y de Estados Unidos para domesticarlos parecieron ser infructuosos.

Los yoeme son corpulentos, tienen piel oscura, facciones pronunciadas y cabello negro. Son extremadamente reservados y desconfiados, pues han sufrido muchos años de abuso por parte de extranjeros, especialmente de los de piel blanca, y los que les ofrecieron varios servicios.

Una de las muchas campañas de exterminio tuvo lugar entre 1905 y 1907, cuando miles de yaquis fueron expulsados y obligados a trabajar como esclavos en las plantaciones de henequén de Yucatán y en los cultivos de caña de azúcar de Oaxaca. Los yaquis—al igual que otras tribus como los mayos, opatas, akimel y o'odham—fueron acorralados, arrestados y enviados al cercano estado de Nayarit. Los obligaron a cruzar México a pie desde allí, y muchos de ellos perecieron.

En 1910, los yaquis fueron expulsados de sus antiguos territorios, y trasladados a Arizona y otros lugares de México y Estados Unidos que estaban a tres mil quinientas millas de distancia. A pesar de que muchos murieron, el pueblo yaqui sobrevivió.

Luego, en 1941, el gobierno mexicano terminó la construcción de la presa de Angostura, la cual desvió gran parte del agua del río Yaqui. Durante varias generaciones, los yaquis habían sembrado cultivos de acuerdo con los ciclos naturales de inundaciones. Su forma de vida desapareció poco después de la construcción de la presa. Miles de yaquis comenzaron a morir de hambre en sus aldeas abandonadas y empobrecidas, y aunque sus tierras eran ricas en flora y fauna, y los suelos aluviales podían ser sometidos a cultivos intensivos, los indios no tenían educación, herramientas ni poder político.

Procopio camina sin parar. Aunque no sabe hacia dónde va, ha dejado su pequeña casa de piedra, en donde vivía con su padre anciano, su madre más joven, pero agotada, y tres hermanos menores. Él sabe lo siguiente: que sin agua no hay maíz, y sin maíz no hay vida. Durante años, en la aldea donde vive su familia ha habido muy poco de estas tres cosas.

Así que camina.

Las horas se vuelven días, los días, semanas, y Procopio recorre aldeas y tierras extensas con las que ha soñado, pero que no sabía que existían. Después de apearse de un burro, aborda un tren que lo lleva hasta la frontera. Deambula un poco más, esta vez por Arizona, aunque no tiene intenciones de radicarse allí. Inicialmente se establece en el Barrio Libre, un distrito mayoritariamente yaqui en el área de Tucson, y luego termina en las minas de cobre de Bisbee, Morenci y Douglas.

Asustado, pero incapaz de volver atrás, Procopio se adentra en los peligrosos socavones subterráneos, en donde indios y mexicanos trabajan para abastecer de cobre al mundo, que en aquel entonces estaba en guerra. Procopio está solo y sin familia.

Las minas de cobre le producen inquietud. Éstas tienen ascensores con mallas metálicas que descienden verticalmente hasta llegar a un abismo profundo. Advierte que las minas de cobre parecen arrancarle el corazón a la tierra, dejando enormes agujeros que luego son abandonados. Y cuando él desciende también por estas heridas gigantescas, se siente culpable, pues debido a su necesidad de trabajar, esa tierra—que es la suya—quizá nunca pueda recuperarse.

Los mineros y sus familias se reúnen por lo menos una vez al mes.

Un día, durante un encuentro en que indios yaquis y mayos intercambian saludos e historias de sus tierras, Procopio ve a Eladia, una joven mexicana. Se entera que tiene quince años. Mientras que Procopio creció entre los yaquis puros y mestizos que poblaban asentamientos desperdigados a lo largo de las reservaciones yaquis de Sonora, la familia de Eladia proviene de inmigrantes mayos puros y mestizos del mismo estado. Su madre es mayo, y su padre un mestizo de sangre india, española y negra que ha trabajado con vacas y caballos para varios rancheros de su aldea. Toda la familia de Eladia se mudó a Arizona luego de un verano bastante severo que azotó las llanuras de Sonora.

Eladia trabaja en su casa, cuidando a su padre y a sus cinco hermanos; su madre murió hace poco de tuberculosis. Eladia es una segunda madre para sus hermanos menores y una sirvienta para el resto de su familia. Es brillante a pesar de no haber ido a la escuela, y aunque no es guapa, tiene un rostro fuerte y un cuerpo maduro para su edad. Su cabello es negro y brillante y le llega un poco más abajo de la cintura. Sus ropas son sencillas y sin muchos colores. Sin embargo, pareciera como si un espíritu vibrante estuviera dispuesto a reinar en ella. Procopio parece percibir esto cuando la ve por primera vez.

Asimismo, nota el control que su padre y hermanos mayores tienen sobre ella; no le permiten estar sola ni un minuto. Les hacen gestos amenazantes a todos los hombres jóvenes que ponen sus ojos en ella. Procopio siente que aunque está rodeada por su familia, Eladia tiene el tipo de ojos con los que él se identifica.

Su familia debe necesitarla mucho, deduce Procopio. Es una mujer en un hogar de machos; hombres que no levantan un dedo para cocinar ni limpiar mientras tengan una mujer a su lado.

Procopio encuentra la forma de presentarse haciéndose cuate de sus hermanos, y habla brevemente con Eladia cuando se ven por primera vez. Él espera que el paso del tiempo permita una mayor cercanía; aguarda con paciencia, y el tiempo es su amable aliado.

Un año después, los mineros hacen huelga. Un grupo de yaquis, mexicanos y de otros indios deciden presionar a los propietarios de las minas para que les aumenten el salario, pues sólo ganan unos pocos centavos por hora. El conflicto es sangriento. Muchos mineros son golpeados, y otros son despedidos y reemplazados por rompehuelgas de colonias cercanas.

Procopio, que ahora tiene diecinueve años, participa activamente en la huelga que enfrenta a mexicanos, yaquis, mayos, apaches y navajos contra los propietarios blancos de las minas y sus escuadrones de matones. Una noche, Procopio se reúne con otros líderes de la huelga en medio de la oscuridad que cubre el exterior de las barracas destartaladas de los mineros. Discuten acaloradamente cuando un grupo de hombres enmascarados sale de las sombras y se abalanza sobre ellos con rifles y pistolas. Estallan los disparos. Procopio cae rápidamente al suelo. Tiene una pierna herida, pero aún está con vida. Otros no tienen la misma suerte; tres líderes son asesinados y los demás quedan heridos o desaparecen para siempre.

En medio de la conmoción, Procopio es conducido a una casucha de madera localizada en un vetusto distrito minero, donde es atendido por curanderos yaquis. Después de la emboscada, Procopio se entera que su cabeza ya tiene un precio. Cualquier blanco vigilante podría ganar cien dólares si consigue que alguno de los líderes sea arrestado vivo o muerto.

Deberá marcharse; Procopio se convierte en un fugitivo. Su nueva vida en su nueva tierra ya no es posible.

Una noche, después de llevar varias semanas escondido para recuperarse de su herida, Procopio golpea una de las paredes de ladrillo de la choza sin ventanas donde vive Eladia; no hay electricidad y el excusado está afuera. Ella se levanta de su cama y la fría temperatura del desierto la obliga a cubrirse con una manta para ver quién está en el hueco donde debería haber una ventana. Aunque sólo han conversado esporádicamente en varios meses, Procopio, que parece desesperado y decidido, le pide a Eladia que se vaya a Los Ángeles con él.

"Como puedes ver, no tengo mucho. Pero mis manos son fuertes y mi espalda también," explica Procopio. "Puedo hacer trabajos duros. Sé que me matarán si me quedo aquí. Pero podría comenzar de nuevo en Los Ángeles; encontrar un trabajo decente y mantener a una esposa y a una familia. Sé que no nos conocemos muy bien, pero me iré para nunca regresar. ¿Quieres venir conmigo, Eladia? Me sentiría orgulloso de ser tu compañero."

"¡Estás loco!" contesta rápidamente Eladia, casi gritando. Mira a su alrededor y baja el volumen de su voz. "¿Cómo podría irme? Tengo una familia aquí, que depende de mí."

"Escucha. No sé mucho, salvo esto: que tú no eres feliz," continúa Procopio. "Lo noté desde el primer día que te vi. Eres hermosa, pero tienes unos ojos muy tristes. No hablo sólo por mi bienestar; creo que tú también lo necesitas tanto como yo, aunque entendería si no vinieras conmigo. Me iré mañana. Viajaré en el primer tren. Tengo dinero para dos pasajes, por lo menos hasta la próxima parada; nos encontraremos en la estación."

"¿Cómo hago para llegar allá?" pregunta Eladia exasperada. "Mi familia se enteraría de mi desaparición y me buscaría… No, Procopio, es demasiado para mí. No puedo irme contigo. Ojalá no me lo hubieras pedido. Espero que solo sea un sueño. Sabes que me gustas y preferiría que te quedaras aquí, pero tienes razón; vendrían a buscarte. No me pidas que le dé la espalda a mi familia. Es cierto: no soy feliz, pero ese es mi destino. Mi felicidad no tiene importancia; estoy en este mundo para servir a mis seres queridos. Lo siento; rezaré por ti."

Procopio no sabe qué otra cosa decir. Se miran brevemente sin palabras; sus ojos lo dicen todo. Procopio se marcha sin decirle adiós.

Al día siguiente, Procopio llega a la estación del tren cuando aún está oscuro. Compra su boleto y trata de matar el tiempo hasta que salga el tren. Viste un viejo traje que le han prestado, muy diferentes a las ropas de trabajo que lleva usualmente, y también un sombrero. Se dirige a un banco, cojeando ligeramente por su pierna izquierda herida. Procopio mira el área de espera que está casi vacía, y se pregunta si alguien lo reconocerá. Las pocas personas que están allí parecen absortas en sus cosas. Procopio toma un par de páginas de un periódico que alguien ha dejado en el banco, se sienta y comienza a leer.

Alguien golpea suavemente el periódico. Inicialmente, Procopio cree que se trata de una mosca. Pero vuelve a sentir los golpes y baja lentamente el periódico. Para su sorpresa—e inmensa alegría—Eladia está frente a él. Tiene el cabello grueso recogido en trenzas. Lleva un vestido largo, limpio y estampado, y un pequeño bulto que ha empacado de prisa. Procopio se levanta, sin reparar en el dolor de su pierna, y la abraza. Eladia no sabe cómo reaccionar, así que no hace nada. Procopio la aprieta con ansiedad, como si fuera una muñeca de trapo. Ella le dice que espera no estar cometiendo un grave error al abandonar su casa a los dieciséis años. No obstante, su padre y sus dos hermanos mayores han abusado de ella desde la muerte de su madre. Eladia llora y dice que quiere estar con Procopio. Siente que si él se marcha sin ella, perderá su primera y única oportunidad de salir de la miseria.

"No pude dormir después de que te fuiste. Me dio mucho coraje que vinieras, pero muy pronto, una sensación muy fuerte se apoderó de mí. Sentí miedo de desperdiciar la decisión más importante de mi vida. Recé mucho, pero seguía sintiendo la misma sensación. Sentí ansiedad; un dolor profundo en el alma. Me pareció que era la respuesta de Dios, la sensación de que tenía que irme contigo, y no pude sacarme eso de mi mente. Entonces me levanté, me lavé tan rápido como pude, eché algunas de mis cosas en este bulto, y bueno, aquí estoy. Te estoy entregando mi vida… indio maldito. No permitiré que abuses de mí, pero si eres bueno y decente siempre podrás contar conmigo."

Procopio no puede pedir nada más. Por momentos se siente vivo de amor y también de miedo.

Antes de llegar a Los Ángeles, habían estado en un pequeño poblado de Nevada—cerca de la frontera entre California y Arizona—para conseguir más dinero. Siempre hay alguien que necesita un mexicano que trabaje por poco. Cuando se disponen a partir, Procopio decide convencer a Eladia para que se casen allí, argumentando que es la única manera de legitimar su relación. Ella acepta finalmente; si algún día tiene que confrontar a su familia, será mejor hacerlo como la esposa de Procopio.

Encuentran un juez de paz que los casa. Después de varios días de trenes, autobuses, viajes de aventón y moteles baratos, llegan cansados, pero esperanzados a una nueva vida. Entran a la "Ciudad de Ángeles" como el señor Procopio Salcido y señora una semana y media después de viajar, varias millas en trenes, autobuses y hasta en camiones.

Procopio y Eladia salen de la terminal de autobuses en el centro de Los Ángeles y caminan varias cuadras hasta llegar a un restaurante localizado en la calle Broadway, justo en medio de un sector pintoresco donde abundan los teatros y edificios altos. Están en Rifton's, una cafetería que parece contar con innumerables mesas, así como con una pequeña cascada y una cabina a la que suben los niños con sus padres para observar el diorama del bosque y los animales que lo habitan.

Alguien en la terminal les dijo—a ellos, que no tiene adónde ir—que en Rifton's los indigentes podrían conseguir pan, sopa y café por cinco centavos. Procopio, que habla inglés con un fuerte acento, pero que no está mal considerando el poco tiempo que ha pasado en Arizona, le expresa su dilema al empleado de la cafetería; son conducidos a una mesa y atendidos.

"Nunca había estado en un lugar como este, mi amor," comenta Eladia susurrando, pues no sabe si está permitido hablar.

La cafetería tiene techos altos y una decoración lúgubre, semejante a la de una iglesia.

"Yo tampoco, pero es muy lindo, comparado con los antros sucios y sofocantes de Araisa," responde Procopio.

Muchos clientes con ropas elegantes están sentados o hacen fila. Los pocos negros y mexicanos están en la sección de indigentes, donde Procopio y Eladia reciben sus raciones.

Después de la breve comida, la pareja sale y recibe el aire fresco. Cientos de personas transitan por allí, casi todas con trajes bien planchados o con vestidos elegantes. Hay marineros y soldados: Los Ángeles es una ciudad portuaria conocida como lugar de descanso de soldados en licencia.

Hace casi dos años que Procopio salió de su aldea. La guerra mundial sigue en todo su furor, y ellos dos no saben nada de las violentas tensiones entre militares, marineros—y blancos en general—y las pandillas juveniles del barrio mexicano, conocidas como los pachucos. Estos pandilleros "bebés," como son conocidos también, visten trajes antiguos de petimetre y tienen su propia jerga callejera: el *caló*, una mezcla de español, inglés y palabras recién inventadas. Sus posturas y forma de caminar son bastante singulares. Sus pieles oscuras, tatuajes, copetes y cortes de cabello son todo un espectáculo. Viven en barrios con nombres como La Primera Flats, Tortilla Flats, Clanton, Happy Valley, La Diamond, Los Avenues, White Fence, La Maravilla, Calle 38, Watts, Calle Macy, La Bishop, Palo Verde y La Loma.

Procopio y Eladia sabían de los pachucos, pues habían visto a algunos en las comunidades mineras del sur de Arizona, pero no sabían cuánto habían empeorado las cosas para estos jóvenes recios y rebeldes de Los Ángeles, una de las ciudades más divididas en términos raciales y sociales, ni tampoco que los pachucos serían los precursores de quienes más tarde serían llamados—desde los años cincuenta hasta el presente—como *cholos*, una cultura callejera que adoptarían muchos de los hijos de la actual generación de inmigrantes.

Mientras la pareja permanece observando, los peatones pasan apresurados a su lado, algunos con expresión seria, y nadie se excusa ni advierte su presencia. Algunos los miran con desdén. Una pareja joven, de piel oscura y de ojos grandes es algo anormal, incluso en Los Ángeles.

La pareja camina algunas cuadras, absorbiendo tímidamente las luces centelleantes, las bocinas de los coches, el silbido del tranvía, los avisos de neón y las personas que van de compras con una bolsa en una mano y la pequeña mano de un niño en la otra. Los edificios victorianos de varios pisos y fachadas recargadas y humedecidas por el agua parecen horadar las nubes. Procopio observa un edificio que parece envuelto en una especie de capa color turquesa con cúspides góticas. Se siente mareado.

Cuando oscurece, las luces de las marquesinas de los teatros, los faroles de las calles y las ventanas de las oficinas hacen que el lugar parezca una ciudad de ensueño. Figuras en sombras emergen de callejones oscuros y de periódicos desparramados que forman nichos. Las noticias y carteles sobre la guerra cubren los puestos de periódicos y revistas. Unas cuantas parejas con esmóquines y vestidos de fiesta pasan a su lado rumbo al teatro.

Esta es toda una ciudad, la más grande y maravillosa que Procopio y Eladia puedan imaginar. Ambos crecieron en humildes ranchos de Sonora; son profundamente indígenas, han trabajado la tierra, y son casi inflexibles. Aunque vivieron cerca el uno al otro en México, apenas lo supieron tras conocerse en Douglas, Arizona. Pero todo aquello está en el pasado; su futuro está atado ahora a esta enorme red de vidrio, cemento, ladrillo y coches.

Poco después de llegar a Los Ángeles, Procopio encuentra trabajo en el distrito de las bodegas, cargando trenes y camiones en la creciente zona industrial localizada al sur, este y noreste del centro de la ciudad. Procopio y Eladia viven en el cuarto de una casa donde ella hace la limpieza; está situada en un agradable sector de la ciudad, un poco al oeste del centro. Sus salarios mínimos—veinticinco centavos la hora— apenas les alcanzan para comprar comida, artículos personales y algo de ropa. A veces, cuando las noches son agradables, caminan por Bunker Hill y por el centro, y les sorprende el bullicio y la actividad, pues sectores como Watts y East L.A.—en donde vive la mayoría de los mexicanos—son todavía rurales y atrasados.

Un día, Procopio está cargando cajones de vegetales en unos camiones cuando ve a tres mexicanos hablar junto a unas paletas de madera apiladas. Procopio, que trata de mantener sus oídos aguzados en busca de trabajo, permanece allí y finge no darse cuenta de nada. Sin embargo, escucha unas pocas palabras *acero* es una de ellas.

"¿De qué están hablando?" consigue preguntar Procopio, incapaz de contenerse y suponiendo que están planeando algo.

Uno de los hombres, un poco mayor que Procopio, se acerca y le dice: "Mira, en una acería al sur de acá están recibiendo gente. Te lo decimos porque te has tomado la molestia de averiguar lo que hacíamos, pero no se lo digas a nadie. Es por tu propio bien. Sabemos que están contratando a muchos paisanos. El lugar se llama Nazareth, acería Nazareth. El trabajo es duro, pero pagan mejor que en cualquier parte. Iremos mañana. Puedes venir con nosotros si quieres, pero recuerda, no se lo digas a nadie."

Al día siguiente, una desvencijada furgoneta Ford modelo 32 se detiene frente a su casa. Procopio está afuera y ha visto salir el sol mientras esperaba a los hombres sin saber si realmente vendrían. Pero allí están sus tres nuevos amigos en ropa de trabajo, sus pieles de diversos tonos mexicanos.

Saludan a Procopio en un español lento, familiar y típico del campo al que pertenecen muchos de estos inmigrantes. El tipo que lo invitó a ir con ellos se llama Eugenio Plutarco Pérez de Garibay. Originalmente de Zacatecas, tiene veinticinco años y es el más capacitado del grupo, pues ha trabajado como mecánico en depósitos de chatarra y en talleres de mecánica en la mina de plata de su aldea natal.

Llegan a la avenida Slauson y Procopio ve talleres de fundición, acerías y edificaciones de metal corrugado que se extienden a lo largo de varias calles. Las nubes de humo que salen de las torres de ladrillo a los dos lados de la calle se asemejan a grandes pájaros negros. Procopio se siente inseguro con respecto a este trabajo que parece peligroso y demasiado caliente, pero también sabe que representaría un mejor salario y una mejor vida.

Cuando llegan a Nazareth, se asombra ante el tamaño descomunal de la acería. Las instalaciones se extienden a lo largo de varias calles y parecen enormes comparadas con los pequeños talleres que las rodean. Las construcciones tienen unos cien pies de altura y entre un cuarto y media milla de extensión. Pasan por una hilera de lingotes al rojo vivo que hay al lado de los fosos de remoje, cerca de la boca de la fragua de 32 pulgadas. El calor se apodera de los pasajeros de la furgoneta, quienes rezongan simultáneamente.

"Estamos chingados," exclama Eugenio.

La planta está localizada en uno de los muchos pequeños enclaves que conforman el corredor industrial del sureste de Los Ángeles. La mayoría de la industria metalúrgica de la ciudad se desarrolló durante y después de la Segunda Guerra Mundial, cuando su puerto fue uno de los mayores astilleros del mundo y fabricó barcos como el Liberty y el Victory para la guerra del Pacífico. Los gigantescos talleres de construcción de barcos—entre los cuales se encuentra uno que es propiedad de la Nazareth Steel Corporation—fabrican el acero en la planta de Maywood. Sólo allí se construyeron y equiparon veintiséis destructores durante la guerra. Cuando ésta terminó, Nazareth Steel dejó de fabricar acero para barcos y camiones, y su producción se destinó a rascacielos, puentes y tuberías.

Después de recorrer varios kilómetros más, los cuatro *paisas* a bordo de la furgoneta ven una fila de hombres a la entrada de las oficinas principales de la acería; a excepción de unos pocos negros y unos blancos miserables, todos son mexicanos. Dejan la furgoneta en una calle cercana y se dirigen a la fila. Un puñado de oficinistas con camisas blancas y corbatas pasan repartiendo solicitudes de trabajo. Procopio, Eugenio y los otros compañeros llegan justo a tiempo para tomar las suyas. Se necesita un gran número de trabajadores para barrer, palear y transportar materiales dentro y alrededor de la fábrica. Casi todos los trabajadores eran blancos, pero la guerra se ha llevado a muchos de ellos. Y aunque la guerra prácticamente ha terminado, la acería necesita llenar los puestos de peor pago con obreros que trabajen como esclavos y no se quejen: los mexicanos que han llegado hace poco cumplen perfectamente con estos requisitos.

La compañía no les realiza exámenes físicos a sus empleados, aunque el trabajo sea peligroso. Las solicitudes sólo sirven para anotar una dirección y archivarla; la mayoría de los solicitantes no tiene teléfono. Las personas contratadas no reciben ningún equipo de seguridad ni ropa de trabajo, y a veces comienzan a trabajar con la ropa que llevan puesta. El departamento de contratación les da trabajo a los más corpulentos. Procopio es uno de ellos. Eugenio es otro.

Un grupo de casas nuevas de madera que están muy cerca de la planta despierta el interés de Procopio. Un empleado le dice que son viviendas para los trabajadores, que él y su familia pueden llenar una solicitud para vivir allí y que aunque existe una lista de espera, ésta es sorprendentemente corta. Podrá vivir a un paso de la acería y le descontarán la renta de su cheque. Parece demasiado bueno para ser real.

Procopio llega a casa; le informa a Eladia y le dice que empaquen sus escasas pertenencias. Ella no quiere irse, pues se siente cómoda limpiando la casa de la pareja de blancos—el hombre trabaja en un banco y su esposa es una administradora escolar. Pero Procopio no sucumbirá a preguntas ni dudas. Se le ha metido una idea y se mudará sin pensarlo dos veces; es un llamado que sólo había sentido una vez en la vida y que vuelve a sentir de nuevo.

Desafortunadamente, no sabe que tardarán dos semanas en adjudicarles su nueva vivienda. Sin embargo, es una de las primeras parejas en mudarse. Claro que esto significa que tendrán que regresar a la casa en donde Eladia hace la limpieza y vivir allí mientras tanto, hablarán con los dueños y les explicarán que se marcharon rápidamente porque Procopio estaba ansioso. Los caseros se encogen de hombros, aliviados de pasar otras dos semanas sin tener que barrer y trapear.

Las viviendas de la acería son de construcción ordinaria y las paredes consisten en láminas de madera. Cada casa tiene una habitación y un baño, así como cocina y sala de estar integradas en un solo espacio. Las casas, que tienen estilo de cabañas, están unas frente a otras. Algunos de los inquilinos tienen niños, pero la mayoría son como Procopio y Eladia, es decir, jóvenes parejas campesinas que comienzan una nueva vida.

Quienes madrugan escuchan el canto de los gallos. Procopio comienza a trabajar en turnos rotatorios; la primera semana trabaja de día, la segunda semana, en las tardes y la tercera, el turno de noche. Durante todo este lapso, Procopio sólo tiene apenas dos días para descansar antes de regresar a la acería.

Eladia se queda en casa, a cargo de los oficios domésticos y conoce a sus vecinas, que lavan a mano la ropa sucia de sus maridos y la tienden en cuerdas largas. La acería funciona de día y de noche. Eladia entra la ropa al caer de la tarde; las mujeres tienen dificultades para sacar las pequeñas partículas de metal que se adhieren firmemente a suéteres, toallas, sábanas y a toda la ropa en general. Por todas partes hay acero. En el piso hay pedazos de una sustancia marrón. Más tarde, Eladia sabrá que se llama coque, un derivado del carbón utilizado para incrementar la temperatura de los hornos de la acería. En aquella época no había cómo evitar que el humo y las partículas metálicas cayeran sobre el vecindario.

Los equipos de la acería fueron traídos de viejas fábricas de Pennsylvania. La mayoría de las calderas, moldes, chimeneas y hornos de Nazareth data de comienzos del siglo veinte. Procopio, que ya se ha recuperado de su pierna, realiza uno de los trabajos más duros de la acería. Él y sus compañeros se encargan de sacar los materiales tóxicos de las calderas, de limpiar las tuberías oxidadas, la grasa y toda la porquería que se acumula debajo de las cizallas, hervideros y rodillos, espectáculo que le produce arcadas hasta al más resistente de los hombres. Tiene que palear, barrer, cargar y sudar; el ritmo del trabajo es demoledor.

Sin embargo, su amigo Eugenio consiguió evitar ese trabajo. Reparó un motor averiado cuando estaba en un taller de reparación con unos mecánicos blancos, bastante jóvenes e impresionables. Más tarde, un capataz le preguntó dónde había aprendido a reparar motores y Eugenio le respondió que había trabajado con maquinarias en México. Una semana después, el capataz le ofreció trabajo en las unidades especializadas, encargadas de reparar y hacer el mantenimiento a la maquinaria de la acería.

Eugenio no desperdició la oportunidad; quienes trabajaban en esa unidad ganaban más de lo que él y Procopio ganarían juntos. Fue el único mexicano en conseguir un trabajo calificado, algo bastante extraño; había un par de negros, pero el resto eran blancos.

Procopio trabaja principalmente con mexicanos y negros. Siempre atento a nuevas frases en inglés, aprende una que dicen los negros: "*There is no honey without money*" (no hay miel sin dinero).

Le gusta como suena y comienza a decirla constantemente. Si alguien le pregunta algo, responde con un fuerte acento: "*There is no honey without money.*" Si un *paisa* que no habla inglés quiere aprender palabras nuevas, Procopio le enseña: "*There is no honey without money.*" Eladia comienza a exasperarse, pues su esposo utiliza esta frase para rematar la mayoría de sus comentarios, como cuando alguien dice: "ya sabes a qué me refiero."

"Mira mujer, si alguna vez tenemos más huevos y pan," le dice a Eladia en el pequeño espacio de la cocina, "no necesitaremos ir a la tienda cada dos días: *There is no honey without money.*"

Luego de varios meses, Eladia y sus amigos creen que tal vez Procopio se abstenga de decir la frase si le gritan o le chiflan cada vez que lo haga. La estrategia surte efecto al poco tiempo, pero Procopio no tarda en aprender otra frase en la acería: "If you snooze, you lose" (si te duermes, pierdes). Durante varios meses, Eladia le prohibe que hable inglés cuando ella esté cerca.

Durante los fines de semana, cuando la mayoría de los empleados de la acería está descansando—pues muchas de las reparaciones principales se hacen los sábados o los domingos—el vecindario de la acería se llena de vida gracias a los corrillos de amigos y familiares que se sientan en sillas de fabricación casera afuera de las viviendas. Beben cerveza, comen chivo asado en hoyos cavados en la tierra, o pollos de sus propios corrales a la brasa, mientras tocan guitarras y cantan boleros románticos o corridos y coplas que narran sus dificultades como trabajadores inmigrantes atrapados en lugares sombríos entre dos mundos.

Risas, vulgaridades en español y gritos infantiles se levantan de las cabañas y llegan a los oídos de los trabajadores calificados que están en las pasarelas o en las torres desde donde se observan las calles llenas de hollín, los hoteles de ladrillo, las pequeñas tiendas y las viviendas de la acería. Los mexicanos se limitan a hacer su trabajo en la fábrica y no hablan mucho cuando hay otras personas. Pero cuando se reúnen, abundan las canciones, zapateados, poemas, bromas, las lágrimas producidas por la cerveza y una fiesta descomunal.

Procopio está sentado al lado de Eladia. Sostiene una guitarra y toca acordes mexicanos, tonadas que hablan de la revolución mexicana y de asuntos tristes que aprendió cuando era niño. Poco después, los hombres y mujeres dicen refranes populares que recuerdan de su tierra natal.

"Qué tal éste: No hay mal que dure cien años, ni tarugo que lo aguante," dice uno de los hombres.

"Yo tengo uno mejor," dice una mujer desde la ventana de su cocina. "Si tu mal tiene remedio, no te apures y si no tiene remedio, ¿para qué te apuras?"

Siguen intercambiando dichos y cuentan chistes subidos de tono, o recitan poemas que se saben de memoria; los vecinos chiflan y se quejan.

Procopio se burla del comentario flojo que alguien hace; luego mira en dirección a la acería y ve a varios hombres en los pasillos laterales de las torres de enfriamiento, quienes se limitan a observar en silencio al grupo que está al otro lado de la calle. Procopio no alcanza a distinguir quiénes son, pero puede ver que tienen cascos azules de pasta; son maquinistas. "¿Qué estarán pensando?" se pregunta. Seguramente es la primera vez que muchos de ellos ven mexicanos. Casi todos los trabajadores calificados vienen de tierras agrícolas del este de Texas, Arkansas, Louisiana y California. La mayoría son jóvenes, rubios o pelirrojos, a veces son arrogantes y algunos son realmente malvados.

Procopio recuerda una vez que removía los escombros endurecidos de los rieles por los que ruedan los vagones con la escoria, allí donde se alimentan los hornos. Eugenio estaba reparando unas máquinas cuando llegaron dos obreros petulantes.

"Ese Rex puede ser peligroso," dijo uno de ellos y el otro se rió. Los trabajadores comenzaron a llamar así a Eugenio porque no podían pronunciar su nombre, aunque realmente le decían Rex el Mex. Éste permaneció callado a pesar del comentario y siguió reparando la máquina.

Rex se destacaba por ser un buen trabajador, aunque tardaría varios años en ser un maquinista de verdad, tal vez mucho más que cualquier otro en la historia de la acería. Pero nunca presumía de lo que sabía; se limitaba a cumplir con su trabajo y a descubrir formas de hacer las cosas con mayor facilidad que sus compañeros, quienes supuestamente tenían más experiencia que él.

"Sí, Rex no le tiene miedo al trabajo," señaló el otro maquinista. "Y lo hace bastante rápido."

Rex miró, sonrió y continuó haciendo su trabajo. Su inglés no era muy bueno, así que no pudo entender gran cosa.

"Ah, Rex es un buen chico; lo que pasa es que el resto del mundo está jodido," señaló el primero de ellos y le hizo señas a su compañero para que se fueran.

Más tarde, Procopio supo que uno de los atorrantes se llamaba Earl Denton, un tipo bullicioso y repugnante que parecía ser el líder de un grupo anti mexicano que había en la acería y que hizo comentarios despectivos sobre los "panchos" y "burros," y les hizo la vida difícil a los numerosos mexicanos que comenzaron a trabajar en la planta.

Procopio evitó el contacto con este grupo, pero un buen día, un mexicano entrado en años estaba removiendo grasa, aceite y escombros de debajo del hervidero de 22 pulgadas. Denton y otros cuatro maquinistas lo estaban hostigando y tiraban al suelo todo lo que recogía el mexicano. Éste protestó. Pero sólo se burlaron de su español. Procopio no supo qué hacer, pero sintió mucha rabia por dentro. Había visto muchos casos semejantes en Arizona. Denton echó una mirada alrededor y vio a Procopio. Eran casi de la misma edad.

"¿Qué estás mirando, Pancho?" gruñó Denton.

Procopio supo que no tenía la menor posibilidad de hacer nada. La rabia se le acumuló en su interior durante mucho tiempo, incluso ahora mientras sigue viendo cómo Denton y sus compinches continúan humillando a los trabajadores de piel oscura y más aún a los mexicanos.

Procopio piensa en esto mientras se entretiene deslizando sus dedos por la guitarra y sus amigos hablan o comen carne asada con frijoles refritos y tortillas recién hechas.

Piensa que sus compatriotas tienen una cultura profundamente arraigada, sus propias formas de ver y de ser, de pensar y de actuar, algunas de las cuales se remontan a decenas de miles de años, mucho antes de la conquista española. Poseen tradiciones y costumbres elaboradas; los niños, por ejemplo, se divierten, juegan, gritan, pero se comportan bien. La mirada de una madre o la advertencia severa de un padre bastará para que un niño reconozca cuándo ha traspasado los límites. Casi todos los mexicanos respetan a los ancianos y aprecian a los sabios mayores. Quieren mucho a toda su familia, consideran a sus tías y a sus tíos casi como sus propios padres, a sus primos como hermanos y a sus padrinos como a su propia familia. Para ellos, el respeto es sumamente importante. Conservan sus canciones, sus lenguas y sus costumbres sociales. Mantienen las vertientes de su catolicismo mexicano, lleno de símbolos indígenas y de alabanzas que molestan a los sacerdotes y monjas irlandeses que dirigen la pequeña iglesia católica cercana. Los mexicanos casi no van allá, pues todos los servicios y las clases de catecismo son en inglés o en latín, que para nada les sirven a los mexicanos.

Procopio y Eladia decidieron ir a misa el domingo anterior, pero tan pronto entraron al santuario, los feligreses mayoritariamente blancos se dieron vuelta y los miraron. La pareja permaneció atrás, mirando alrededor suyo, pero no vieron a nadie de su raza. Nadie se les acercó a ofrecerles una silla ni les preguntó cómo se llamaban. La iglesia estaba tan silenciosa como aquella vez en que Procopio le pidió a Eladia que dejara a su familia y se fuera con él.

"Dios no vive en este iglesia," le dijo Procopio a Eladia antes de darse vuelta y salir en silencio.

Las familias mexicanas construyeron un altar con la imagen de la Virgen de Guadalupe en un extremo de las cabañas y lo adornaron con velas, ramas, vasijas con agua y tierra, fotos y cartas de sus seres queridos que vivían en su tierra natal. Las mujeres se reúnen allí para rezar los domingos mientras los hombres beben cerveza afuera, juegan dominó o tocan una vieja guitarra.

Procopio se siente cómodo con sus vecinos, pero cuando está en la acería, siente que ha entrado en otro universo. En su casa, es el hombre que provee, el que mantiene a su hogar y a su familia. Pero en la acería sólo es un objeto, una mula, alguien a quien Denton y sus amigos humillan cuando quieren y a quien los jefes le gritan cuando se les antoja. Siempre que entra a la acería, siente que su sentido de virilidad, de ser mexicano y de ser humano queda en entredicho.

La compañía y los jefes se oponen a casi todas las ideas y costumbres de su país natal. La industria destruye el sistema tribal de ancianos y lo reemplaza con el sistema jefe-trabajador que termina por dictar la vida, las relaciones y las aspiraciones de las personas, incluyendo la forma en que los individuos se relacionan con sus familias, con sus esposas e incluso con su propia autoestima.

No importa lo que piensen los trabajadores, la acería es lo único que importa; la familia, los hijos, la música y la comunidad pasan a ser aspectos secundarios. A fin de conservar su jerarquía, algunos hombres llegan a casa y les exigen a sus esposas que les obedezcan, que sus hijos cierren el pico y se mantengan fuera de su vista, mientras ellos beben hasta bien entrada la noche, en compañía quizá de una mujer ajena. Su excusa es: "trabajo en la acería, traigo el dinero, tengo que aguantar mierda en el trabajo, pero no le aguantaré mierda a nadie en mi propia casa."

Procopio trata de no ser así; recuerda que le prometió a Eladia ser bueno y amarla todos los días de su vida. Pero el tiempo se encarga de mostrarle cómo son las cosas: hay días o noches en que sus vecinos gritan a todo pulmón, casi siempre embriagados, y asustan a sus hijos, golpean paredes y algunas veces tienen que ser neutralizados para que no golpeen a sus esposas. La acería les destroza los nervios; la monotonía, las largas horas, los turnos rotatorios y el trato que reciben, como si fueran menos que los demás. Algunos manejan esto lo mejor que pueden, pero muchos otros terminan enloqueciéndose.

Un par de años más tarde, Procopio ahorra dinero, deja las cabañas de la acería y renta una pequeña casa en Florence, un sector en el sur de Los Ángeles llamado así por la avenida Florence, la vía principal. Muchos mexicanos y negros se están mudando a esta zona, pues una gran cantidad de blancos han dejado sus viejas viviendas y se han mudado a casas nuevas que han construido en zonas como el Valle de San Fernando, que hasta ese entonces era un sector mayoritariamente agrícola.

Procopio y Eladia comienzan a tener hijos uno tras otro, anualmente, desde 1945 hasta 1950. De hecho, Eladia estaba embarazada—aunque no lo supiera—antes de mudarse a las cabañas de la acería. Severo—su primer hijo—nace con ayuda de una curandera. Luego nace Procopio Jr., y Rafael llega al mundo cuando se mudan a Florence. Bune y Juan nacen después.

La pareja deja de tener hijos en 1952, año en que nace su única hija. La bautizan con el nombre de Azucena. Es una hermosa niña de piel morena y de cabeza poblada con cabello crespo y negro. Procopio se alegra muchísimo con su primera hija. No obstante, la niña muere dos años después, ahogada en un balde de agua sucia, mientras Eladia tendía la ropa y sus hijos jugaban con los vecinos en el jardín de enfrente.

No pasaron siquiera quince minutos desde que dejó a Azucena segura en una silla, pero la niña logró bajar y terminó con su cabeza dentro del agua. Procopio estaba trabajando y sólo se enteró de la noticia cuando llegó a medianoche; en aquellos días era difícil comunicarse con los trabajadores durante el día, pues casi nadie tenía teléfono. La niña había dejado de respirar cuando Eladia regresó del jardín; la tomó en sus brazos y corrió gritando por la calle. La gente salió de sus casas para ver qué ocurría. Un vecino las llevó al Hospital General de East L.A., a unas diez millas al norte de su barrio, mientras que otros vecinos se encargaron de cuidar a los niños.

Eladia buscó ayuda en el hospital, pues los trabajadores de la acería todavía no tenían seguro médico. Un médico y un par de enfermeras se apresuraron a tratar de revivir a la niña, pero ya era demasiado tarde.

Azucena fue sepultada en un nuevo cementerio católico de Montebello, donde muchos mexicanos de todas las regiones enterraban a sus seres queridos. Algunos vecinos y compañeros de trabajo asistieron al velorio y al entierro.

Procopio se derrumbó emocionalmente tras la muerte de Azucena. Antes era alegre, incluso divertido, pero ya ha dejado de serlo. Le gustaba jugar a la lucha con sus hijos mayores y alzarlos con sus brazos fuertes, pero después de la muerte de su hija casi nunca vuelve a jugar con ellos. Así mismo, deja de tener relaciones íntimas con Eladia, algo que ella aguanta en silencio durante varios años. Ella sufre una pérdida desgarradora, pues en aquel día funesto, perdió tanto a su hija como a su esposo.

A medida que pasan los años, Procopio se resigna y acude a la acería de Nazareth como quien visita a un viejo amigo. Muchos trabajadores son ascendidos a otros cargos: maquinistas, operarios de hornos y de grúas elevadas, pero Procopio sigue donde está; le gusta el trabajo pesado y difícil, el sudor constante y el movimiento de los músculos. Nazareth se convierte en su único consuelo, pues su casa, su esposa y hasta sus recuerdos de México dejan de ofrecerle un resguardo.

Las pocas fotos de Azucena son retiradas y guardadas en una caja de cartón junto a otras que hay en el garaje. Eladia quiere enmarcar una foto de su hija y colgarla en su habitación, sobre un altar improvisado, pero Procopio no lo acepta, a pesar de que pasa horas interminables en la planta, trabajando turnos dobles y tanto tiempo como puede.

Los niños crecen sin su padre. Es algo devastador para los mayores, pues recuerdan a un padre cariñoso y presente. Sin embargo, ya no está presente, ni en cuerpo ni en espíritu.

Juan o Johnny, como le dicen más tarde, es el más pequeño y no recuerda mucho a su padre. Tenía cuatro años cuando Azucena murió y su único recuerdo es que tenía una hermanita. Un día, cuando el chico tenía unos seis años, Eladia encontró un carrete de una película de ocho milímetros y la puso en un viejo proyector, mientras Procopio estaba en la acería. Los niños se reunieron a ver la película con su madre. La cinta se proyecta intermitentemente en una pared agrietada y Johnny se sorprende al ver a su papá abrazándolo cuando tenía dos años, sonriendo y levantándolo en sus brazos. También hay varias tomas de Azucena, muy pequeñita y todavía en su cuna. Eladia llora y Junior se dispone a apagar el proyector, pero ella le dice que siga viendo la película.

Hay escenas de la familia en la playa, de su padre, grande y de piel oscura, corriendo entre la espuma del mar y los niños persiguiéndolo en medio de carcajadas. Ella se ve tan joven tendida en la arena, sin el menor deseo de levantarse y exhibir su antiguo vestido de baño, pero Procopio la incita jocosamente a que lo haga. También hay escenas del apartamento de Florence, antes de que compraran la casa espaciosa en la que viven ahora. Procopio sonríe, baila y bromea. Parece vivo y feliz antes de aquel día en que su hija falleció.

Esta fue la primera y última película de ocho milímetros que los niños vieron en su casa.

La sede de los Trabajadores Metalúrgicos de América, Capítulo 1750, está situada frente al estacionamiento oriental de la acería de Nazareth. Es agosto de 1959 y la oficina del sindicato, generalmente apacible, bulle de actividad. Cientos de trabajadores están apretujados en su interior, aunque la mayoría en muy contadas ocasiones ha asistido a las reuniones del sindicato. Pero esta vez se trata de algo diferente. El sindicato internacional se ha embarcado en la huelga más grande de su historia y más de quinientos mil miembros han abandonado sus trabajos en todo el país.

Procopio está en compañía de trabajadores de todas las razas, que hablan todos los idiomas, mientras oye conversaciones hostiles y acaloradas. Casi todos están preocupados, pero también emocionados. Aunque Procopio ha participado anteriormente en huelgas, sabe que ésta será de grandes proporciones. Hasta ese entonces, las cuadrillas de trabajadores ganaban poco más de un dólar por hora, pero el sindicato cree que ya es hora de que Big Steel, un grupo industrial que tiene compañías bastante rentables, entre ellas la acería, les pague salarios decentes y les ofrezca beneficios a estos hombres de acero. Es probable que el gran número de trabajadores en huelga afecte a la industria siderúrgica y a otras afines, como la automovilística y de la construcción. Pero la huelga también podría terminar con el sindicato, así que es un riesgo colosal. Procopio ve a Eugenio, su viejo amigo.

"Oye, paisano, ¿qué piensas de este lío?" le pregunta Procopio para llamarle la atención.

"Estamos preparados para la guerra, compa," responde Eugenio. "No será nada fácil."

Al cabo de pocos minutos, los representantes del sindicato internacional se dirigen a los asistentes. Los líderes del sindicato local también están presentes: son blancos conservadores y racistas que utilizan la oficina del sindicato para escaparse del trabajo y organizar fiestas y reuniones superficiales e intrascendentes. No les entusiasma la huelga, pero no pueden hacer ni decir nada mientras que estén presentes los representantes internacionales.

Se discuten estrategias y se les asignan diversas funciones a varios de los asistentes. Procopio es nombrado capitán de un piquete. Es la primera vez que participa realmente en el sindicato local después de catorce años, cuando comenzó a trabajar en la acería. Sostendrá avisos de la huelga junto a los botes metálicos de basura que están en la entrada principal de la planta en compañía de otros peones durante las primeras horas de la mañana. Los encargados del piquete no reciben fondos; cuando más, recibirán unas pocas conservas y alimentos enlatados.

Esa noche, Procopio le cuenta a Eladia la noticia de la huelga.

"¿Qué chingao vamos a hacer con esta pinche huelga? No podemos hacer nada con la sopa que la unión da," responde Eladia.

"Ya sé, pero tendremos que hacerlo," replica Procopio. Los niños, cuyas edades oscilan entre los nueve y los catorce años, no saben qué ocurre, salvo que su papá estará un tiempo sin trabajo.

Pero que Procopio esté en casa no quiere decir que esté presente. Claro, él dicta las reglas, reprende a los niños para que obedezcan a su madre y les pega con el cinturón cuando se portan mal. Eladia casi nunca reacciona así. Ella grita y amenaza, pero casi siempre le informa a Procopio y entonces se desata el caos. Los niños aprenden a comportarse, o por lo menos a evitar que los castiguen. Aparte de esto, Procopio no se relaciona mucho con los niños, salvo con Severo, a quien adora; ha sido muy cercano a él desde que estaba pequeño. Cuando llega a casa al final de la mañana tras permanecer en el piquete, Severo es el único que corre para abrazarlo. Es un chico fornido de rostro lleno, atlético e inteligente, le va bien en la escuela y siempre hace lo que le dicen: es el niño bueno entre todos sus hermanos.

Los otros niños siguen jugando, pero Severo corre a la sala y se sienta al lado de Procopio, quien cuenta historias de la acería, de la huelga y algunos chistes. Lo más divertido es la forma en que Procopio tergiversa el idioma inglés con su fuerte acento, como cuando dice *string bean* (habichuela) en vez de *Supreme Being* (Ser Supremo).

Johnny—el menor—es el más alejado de su padre. Además, sus hermanos mayores—Junior, Rafas y Bune—se ensañan con él cuando sus padres no están cerca. Johnny no tiene problemas con Severo, ya que la diferencia de edad es muy grande como para mantenerse juntos. Además, respeta a su hermano mayor. La diferencia de edad hace que Johnny eleve a Severo a la categoría de hermano "bueno."

Sin embargo, los otros tres hermanos descargan toda su furia en el pequeño Johnny, quien teme informarles a sus padres, pues sus hermanos le han advertido que le irá peor si lo hace. Lo golpean en la cabeza con bolas y lo lanzan desde los techos en donde juegan. Un día, Junior lo invita a estar con sus amigos. Johnny piensa que es un buen gesto de parte de su hermano; tal vez no sea tan malo después de todo. Pero tan pronto llegan a la parte trasera de una pequeña fábrica de plástico, Junior les dice a sus amigos—que son mucho más grandes que su hermano—que lo golpeen, y se ríe mientras el pequeño recibe golpes a diestra y siniestra.

La huelga no contribuye a acercar a padre e hijos, y como si fuera poco, la furia de Procopio invade la pequeña casa. Parece estar más irritado que nunca durante la huelga; no tiene otra ocupación diferente a armar piquetes y congelarse en las primeras horas de la madrugada.

Entre tanto, las cuentas comienzan a acumularse. Se ven obligados a dejar de utilizar el gas y la calefacción, y tienen que vender piezas de un coche abandonado y otras partes de maquinaria que tienen a la entrada de la casa y en el jardín de atrás.

La huelga termina poco después de cuatro meses, pero para sorpresa de los observadores, las corporaciones de acero ceden a las demandas del sindicato, todo un hito que sienta las bases de profundos cambios en todos los sectores de la industria para los años venideros. Por otra parte, los niños ya estaban hartos de tener a su padre en casa mientras duraba la huelga. Todos menos Severo.

Johnny se hunde cada vez más. Roba, es desafiante y abandona su casa. Pocos años después termina en las calles; su madre se preocupa tanto que está punto de enloquecer y obliga a Procopio a darle un ultimátum a su hijo. Lo expulsan de la escuela a los trece años, ingresa a una pandilla de cholos llamada los Florencia Tres Locos y es arrestado por robar coches. Pocos años después, Procopio lo abandona por completo.

Los problemas de Johnny empiezan alrededor de 1963. Ese mismo año, y después de hacerse miembro activo del sindicato durante la huelga de 1959, Procopio se postula para un cargo, siendo la primera vez en la historia del sindicato que figuran mexicanos y negros en las listas. La lucha es despiadada y Procopio se aleja de su casa aún más que antes.

Mientras tanto, la vida de Johnny se convierte en una espiral hacia abajo. Pasa varios meses en un centro de detención juvenil a los dieciséis años, esperando un juicio por cargos de robo. Eladia es la única que lo visita con frecuencia; sus hermanos lo hacen ocasionalmente. Se sienta con su hijo en un salón en donde padres y hermanos visitan a otros jóvenes detenidos. Se siente extraña y sólo es capaz de decir cosas de poca importancia. Johnny tampoco sabe qué decir, pero finalmente pregunta por su papá.

"¿Tu padre? Muy bien, m'ijo. Trabajando como siempre, ya sabes," comenta Eladia.

"¿Y por qué nunca viene a visitarme?"

"Ay, m'ijo. Está muy ocupado, trabaja demasiado. Pero te extraña. Demasiado trabajo," intenta decir en el mejor inglés que puede. "No es que no quiera."

"No estoy tan seguro de eso," dice Johnny con un dejo de amargura en su voz. "De veras 'amá que odio esa acería."

"¿Por qué dices eso, Juanito? La acería está bien. Es buena para nosotros. Necesitamos dinero."

"Ya sé, ya sé, pero papá nunca tuvo tiempo para mí ni para mis hermanos. Siempre está trabajando allá. Y luego vienen las elecciones del sindicato… es caso perdido."

"No reniegues de la acería. ¿Sabes? Algún día trabajarás allá, cuando salgas de aquí. Trabajarás al igual que tus hermanos."

"No quiero ser como ellos," dice Johnny casi gritando. "Prefiero estar aquí. De todos modos, mi papá ya no quiere saber nada de mí. Así que es mejor que me encierren y se olviden de mí."

A Eladia se le humedecen los ojos. Quiere decirle tantas cosas, pero no encuentra las palabras, ni siquiera en español.

"Estás equivocado. Necesitamos la acería. Tu papá ha sacrificado tanto para ti y tus hermanos. Mira cómo estás. ¿Tienes mejor idea? ¿Tienes otro remedio?"

"Es cierto. No se me ocurre nada mejor."

Todos sus hermanos entraron a la acería uno tras otro, pero Johnny sólo ve el daño que la planta le ha hecho a su familia: alejar a Procopio, hacerlo hermético, abrir un abismo entre su padre y su madre, entre padre e hijos, el peligro de la excitación de la vida callejera y el carácter seguro de la vida en la acería, con sus horarios implacables, sus largos días y sus cargas que acaban con el cuerpo.

Johnny es condenado a prisión; su mamá y hermanos lo visitan, pero su padre no. Procopio nunca va, a pesar de que Eladia le diga a su hijo que pronto irá. Esto crea una gran distancia entre ellos, una distancia casi insalvable y que es susceptible de crear un abismo de por vida entre padre e hijo.

Johnny pasa los próximos años de su vida—hasta los veinte—en una prisión juvenil. Eladia lo visita y trata de convencerlo para que perdone a su padre y piense en la posibilidad de trabajar en la acería cuando cumpla su condena.

"Tienes que dejar de meterte en problemas," le suplica Eladia en una de sus visitas. "Piensa en la acería cuando salgas. Es la única oportunidad que tienes."

"Ya veremos. Tengo mucho tiempo para pensar," responde Johnny, quien no quiere comprometerse a trabajar en el mismo lugar de su padre.

A su vez, Eladia presiona a Procopio para que le ayude a Johnny y no lo rechace.

"Es tu hijo; procúrale," le dice a su esposo a la hora de la cena.

"¿Y por qué? Nunca logrará nada. Olvidémonos de Johnny. Ya no es hijo para mí," responde Procopio con frialdad.

Pero Eladia no es capaz de darle la espalda a Johnny; sabe que existe algo que puede acercar de nuevo a padre e hijo, algo por lo que Johnny puede luchar cuando salga, algo que le ha dado a su familia, a su comunidad y a su mundo lo peor y lo mejor, que da y que quita, pero que también perdona. Es algo que ha visto una y otra vez, y ese algo es la acería.

Segunda Parte

LA SUITE DE NAZARETH

1

MECANISMO DE PRECISIÓN

Una grúa aérea con enormes tenazas de hierro levanta varias toneladas de lingotes de acero de color rojo anaranjado de los fosos de remoje. La grúa se desliza por los rieles y descarga los lingotes en unos rodillos de acero inoxidable que transportan los lingotes a la fragua neumática del cilindro de 32 pulgadas. La fragua tritura los lingotes con una fuerza descomunal y los moldea en largas vigas que serán llevadas a otras instalaciones donde les darán formas más definidas: vigas I, H y láminas o varillas de varios diámetros. Cerca de allí, un carro góndola que se desliza por un riel angosto lleva más lingotes al foso de remoje, situado junto a la verja metálica y de acero corrugado de más de dos pisos de altura que da a la Avenida Slauson; es la verja de la Nazareth Steel Corporation.

Johnny Salcido mira desde el otro lado de la calle, pero no tarda en retirarse; el calor de los lingotes, conocidos como los "tamales calientes" debido a su forma y a sus altas temperaturas, penetra en la ropa y la piel de cualquiera que esté incluso a semejante distancia.

Sin embargo, Johnny observa la acería tanto tiempo como puede. Ve las olas de calor de cada lingote virgen elevándose en el aire. Es allí donde trabajará, pues está desesperado por conseguir un empleo. Es mayo de 1970. Lleva un mes casado y mucho más desempleado. Larguirucho, pero musculoso, Johnny tiene facciones fuertes y oscuras, cabello grueso que se peina hacia atrás y un asomo de perilla debajo de su labio inferior. Tiene apenas veinte años, pero su mirada es vivaz, quizá por las drogas, los robos, la violencia y la cárcel. Todos los que lo conocen advierten su disposición de estar preparado para "lo que sea." Ahora Johnny está listo para su nueva esposa, su nuevo trabajo y quizá también para una familia.

Aunque no tiene la menor idea de cómo empezar su nueva vida, se siente preparado para lo que tenga que hacer. Trabajar en Nazareth Steel es su única oportunidad, no sólo de sobrevivir, sino también de enderezar su camino y reivindicarse. Eso fue lo que su madre Eladia le dijo en repetidas ocasiones, cuando estaba detrás del alambre cortante y de las puertas con barrotes de la prisión juvenil. Discutió con ella, pues no quería trabajar en la misma acería en la que su padre había pasado veinticinco años. Después de todo, se trataba del mismo padre que lo había expulsado de la casa cuando tenía apenas quince años, obligándolo a valerse por sí mismo, a vivir en calles repletas de basura, a dormir en casas de amigos y en cuevas de drogadictos. Procopio esperaba que sus hijos fueran trabajadores, no vagos ni delincuentes como parecía ser Johnny.

Pero después de salir de la cárcel, Johnny concluye que si no encuentra empleo en la acería, lo más seguro es que vuelva a robar, a consumir drogas y muy probablemente, a la celda de una cárcel… y concluye también que esa vida no vale la pena.

Mientras tanto, sus cuatro hermanos mayores han ido a parar a la acería y tres de ellos aún están allí: Junior, Rafas y Bune. Severo, el hermano mayor, murió pocos meses después de haber comenzado a trabajar en Nazareth.

Sus hermanos sólo lo han visitado una vez: el día de su boda. Pero el distanciamiento se redujo cuando supieron que había sido contratado para trabajar en Nazareth sin que su padre lo hubiera recomendado, lo que sin duda alguna le habría asegurado un cupo. Johnny se siente bastante orgulloso de eso, pero su padre no quiere escuchar esa historia. No obstante, Johnny sabe que Procopio se siente realmente aliviado de ver que su hijo menor seguirá sus pasos de acero.

La planta es un hueso duro de roer; miles de personas se apiñan semanalmente para conseguir un empleo paleando o cargando lo que sea. Sin embargo, Johnny es enviado a la unidad de mantenimiento, una posibilidad prestigiosa para el pobre barrio del sur de Los Ángeles donde ha crecido. No todos pueden trabajar en esa unidad y él lo sabe.

Para la época en que comenzó a trabajar, Nazareth Steel llevaba treinta años operando sus poderosos hornos eléctricos, talleres de laminación, fábrica de cables, bodegas y patios de chatarra que se extienden a lo largo de varios acres de terrenos privilegiados. En ese entonces, generaciones enteras de padres, hijos y nietos ya habían trabajado en la planta. Nazareth emplea a una buena cantidad de mexicanos que viven en zonas circundantes como East L.A., a negros y a mexicanos de South Central L.A., y a blancos y mexicanos de clase trabajadora de zonas como Bell, South Gate y Lynwood. Los trabajadores vienen de estados sureños y lejanos: Texas, Arkansas y Louisiana, de territorios indígenas de Oklahoma y Arizona y de lejanos estados mexicanos como Durango, Sinaloa, Sonora, Chihuahua y Jalisco, pero especialmente de Zacatecas, donde se ha extraído plata durante varios siglos.

Los mexicanos y los negros realizan oficios mal pagados. Además, el trabajo es agotador durante los tres turnos, pues la planta nunca duerme. En cambio, los trabajadores de las cuadrillas de construcción, mantenimiento y electricidad reciben mejores salarios; casi todos son blancos sureños que han venido expresamente para ocupar los cargos más calificados. La mayoría de los capataces y administradores también son blancos.

En la década de los setenta, después de diez años de duras batallas por los derechos civiles entre las que se destacaron los motines de Watts en 1965 y los disturbios en East L.A., Nazareth comienza a flexibilizar sus barreras raciales. Gracias a un decreto de mutuo acuerdo firmado por los Trabajadores Metalúrgicos Unidos de América, los negros, mexicanos e indígenas pueden ocupar cargos que anteriormente estaban reservados para los blancos; un decreto similar permitirá posteriormente que las mujeres puedan trabajar en todas las áreas de la planta (siempre y cuando no sean trabajos de oficina).

Es por esto que Johnny Salcido, antiguo drogadicto, ex cholo y ex pinto de temer, consigue trabajo en la unidad de "aceitadores y engrasadores," que ocupa el primer nivel entre todos los equipos de trabajadores calificados en Nazareth. Aunque el término "aceitador y engrasador" le suena despectivo, Johnny sabe que eso se trata de algo bastante decoroso. Cuando salió de la prisión de Chino, su oficial de libertad condicional le dijo que las fábricas metalúrgicas y de manufacturas tenían empleos para los pupilos del estado, así que recibió entrenamiento en mecánica básica. Todavia no se había casado con su novia Aracely Velasco, una hermosa chica de dieciocho años que en ese entonces vivía en South Central L.A. Todo parecía prometedor para Johnny... Todo.

Le cuesta creer que ha conseguido el trabajo. El día anterior, su oficial de libertad condicional le entregó las cartas de recomendación y él las llevó a las oficinas de admisión de Nazareth Steel, situadas a un lado de la planta, en un edificio de ladrillo que tiene el aspecto y el aire de comienzos de la década de los cuarenta. Parecía como si nada hubiera cambiado en treinta años. Le fue bien en la entrevista: el funcionario escasamente le preguntó por sus intereses o habilidades. No importaba, pues sería entrenado para el programa de Nazareth. Johnny sabía que era simplemente una cuota más del decreto de mutuo acuerdo y advirtió que a los administradores de la planta les tenía sin cuidado este decreto. Todos los empleados de la oficina parecen reclamar los cupos disponibles para ellos. "Pues consigan amigos—a quién le importa cómo—y llenen sus cuotas," concluyó Johnny. Así podrán dejar de contratar negros y latinos para los trabajos calificados. Afortunadamente, ingresó a las unidades especializadas antes de que las cuotas mexicanas llegaran al tope.

Ese mismo día, Johnny llenó toneladas de formularios, le tomaron fotos y huellas digitales—como si se tratara del registro que le hicieron cuando entró a la prisión—y luego le hicieron un rápido examen médico. La única vergüenza que pasó fue cuando le entregó un recipiente plástico con su orina a la secretaria.

"¡A mí no!" protestó ella retirando las manos. "Déjelo en la ventana del laboratorio." La única palabra que le faltó agregar a la secretaria fue: "¡estúpido!"

Recogió su uniforme a pocas cuadras de la planta después de aprobar los exámenes iniciales. La compañía le dijo que fuera a una tienda de la zona que alquilaba y limpiaba uniformes y abastecía también a muchos talleres de fundición, fraguas, plantas empacadoras y de producción en línea. Debido a la increíble cantidad de mugre que sus uniformes podían acumular en un solo día, Johnny no tardó en comprender con qué frecuencia tendría que llevarlos allá.

Le dieron un juego de pantalones y camisas verde oscuro con su nombre grabado al lado izquierdo. También le dieron zapatos con puntas de acero y un casco de pasta verde, el color utilizado por los aprendices. (Los colores de los cascos indicaban la jerarquía de los trabajadores.) Como trabajaría en una unidad de mantenimiento, tuvo que comprar un cinturón de cuero para guardar las herramientas que adquirió en Sears, así como un juego básico con una llave inglesa, otra graduable, martillos, cerrojos y pinzas.

Johnny no tardó en saber que Sears era el lugar ideal para comprar herramientas. La línea Craftsman, por ejemplo, tenía garantía de por vida. Si alguna herramienta se averiaba, te la cambiaban por otra. Era por esto que los trabajadores calificados solían decir: "mejor imposible." El equipo de seguridad también es obligatorio: lentes de seguridad, tapones para los oídos, guantes, zapatos y casco duro. Recuerda haber visto una caricatura en la oficina de personal donde aparece un trabajador de la acería a quien le ha caído un balancín encima y está en el suelo. Sin embargo, el casco duro, los guantes, los zapatos y los lentes protectores están intactos.

"Me alegro de haber usado los equipos de seguridad," dice la leyenda.

Más tarde, Johnny llega a casa antes de que Aracely regrese de su trabajo en la fábrica de producción en línea. Se pone el uniforme, el casco, los zapatos y el cinturón de herramientas. Se mira en el espejo, sosteniendo el peso de los equipos con su cuerpo y permanece un buen rato así. "Parezco un soldado," pensó. Sólo que su campo de batalla es la acería, sus armas las herramientas y su victoria consiste en aceitar y engrasar bien la maquinaria.

No se dio cuenta cuando Aracely entró, pero la escuchó atravesar la sala del pequeño apartamento que rentaron en Florence, South L.A. Él salió a su encuentro con su nuevo atuendo y poco faltó para que ella sufriera un paro cardíaco.

"Mierda. Creí que eras un ladrón o algo así," dijo un poco extrañada de haberse sorprendido tanto.

"No, mujer; soy el nuevo trabajador de la acería. Estoy en la cuadrilla de 'lubricación y engrase' de Nazareth Steel," replicó Johnny con una amplia sonrisa, dejando al descubierto el hueco de un diente ausente al lado izquierdo. Sus pensamientos se dirigieron súbitamente a su padre Procopio, quien había trabajado tantos años en la acería.

"No me digas: ¿conseguiste el trabajo?" exclamó Aracely. "¡Qué bien, mi amor!"

El lunes siguiente, Johnny se siente extrañamente nervioso. Está tan alterado que no le entra el desayuno. Alguna vez trabajó brevemente limpiando las entrañas de los animales sacrificados en una planta empacadora de carne. Sabe que Nazareth es considerada lo máximo entre las muchas fábricas enormes que hay en el barrio: de coches, llantas, puentes, aviones o bombas. Para que las fábricas pudieran funcionar a toda máquina, se construyeron seis proyectos de vivienda con subsidios federales en South Central L.A., después de la Segunda Guerra Mundial para alojar a los negros sureños que trabajaban allí. También hay seis proyectos de vivienda en East L.A., ocupados mayoritariamente por mexicanos.

Nazareth es la abuela de todas las grandes fábricas; es la acería más grande al oeste del Mississippi y ahora Johnny forma parte de ella.

Aracely lo observa atentamente antes de salir apresurada para su monótono trabajo diurno ensamblando piezas de lavadoras.

"Te ves bien, *ese*," le dice mirándolo de tal forma que lo hace sentir aún más cohibido. Aracely tiene cabello corto y ensortijado, piel de color miel oscura y rostro dulce; su cuerpo es pequeño y sus caderas son mucho más grandes que sus pechos. Pero es guapa, de complexión agradable y tiene una fuerte personalidad y una inteligencia que Johnny siempre ha respetado. A él le atrae tanto su mente como su humor y belleza natural. "Si hubiera sabido que un uniforme, un casco duro y unas herramientas excitaban tanto a las mujeres ya me los habría puesto hace mucho tiempo," concluye.

Han rentado un apartamento en la avenida Maie, detrás de una vieja casa recubierta con láminas de madera no lejos de la calle Florence. Florence es uno de los vecindarios más pobres y antiguos de la zona sur, un viejo barrio pachuco de los años cuarenta y cincuenta que ahora es sede de la Florencia Trece, una de las pandillas más grandes de Los Ángeles. Sus graffitis elaborados y crípticos—especialmente el símbolo *F13*—están pintados en todos los muros, botes de basura y postes telefónicos del vecindario.

Varias familias ocupan la parte frontal de la casa y en el jardín exterior hay cavidades con viejos restos de carbón para asados, juguetes de plástico cubiertos de mugre y sillas plegables oxidadas. El casero, que vive lejos de allí, va una vez al mes a recoger el dinero de la renta de las varias casas y apartamentos que tiene en esa manzana.

Johnny sale de su apartamento como si fuera un vaquero vestido con cuero y diamantes de imitación, pero realmente está engalanado con los implementos de la acería. No tarda en advertir que sus vecinos podrían pensar que está presumiendo, así que sube rápidamente a su coche y toma la avenida. Conduce una breve distancia hasta llegar a Maywood; avanza por una calle que atraviesa la planta, flanqueada por dos grandes estacionamientos para los empleados de Nazareth; nunca están vacíos, pues todos los turnos están copados. Estaciona su destartalado Impala 58 bicolor y se apea. Ve el humo escapar de varias chimeneas. El aire silba y golpea fuertemente a diversos intervalos. El rugido de los hornos eléctricos y el estruendo de la chatarra arrojada a los vagones rematan la sorprendente cacofonía de sonidos mecánicos. Desde el estacionamiento, alcanza a percibir el olor a sulfuro y a piedra caliza, el hollín de carbón y de hierro, y advierte que la acería encierra un mundo poderosamente sensual. Posee su propia música aparentemente inconsciente, aunque adquiere coherencia en armonías propias con el paso del tiempo. Es un lugar de otro mundo, muy diferente a su vecindario de Florence con sus pequeños comercios rudimentarios, tiendas de licores y taquerías.

Entra a una pequeña caseta de zinc antes de cruzar la puerta principal de la planta, que está custodiada por oficiales de seguridad uniformados. En la caseta hay una tarjeta con su nombre y su número, que deberá introducir en el reloj de control y que recordará tanto como el que tenía en la prisión juvenil. Introduce la tarjeta en uno de los relojes de control alineados. La fecha y la hora que indican el comienzo de su turno aparecen marcadas en la tarjeta, y luego la deja al lado de otras. Algunos trabajadores que han terminado el turno de noche caminan pesadamente hacia la caseta para marcar sus tarjetas y dejarlas junto a la suya; las insertan en uno de los relojes de control y las dejan en el compartimiento reservado a los que han terminado el turno. Todo es rutinario: los horarios y los procedimientos operativos. Todo es como el mecanismo de un reloj.

Es escoltado por un guardia e ingresa a lo que parece ser una pequeña ciudad. Algunos trabajadores están saliendo de la planta; otros—como él—apenas están entrando. Ve pasar varios montacargas. La suciedad y las partículas metálicas se amontonan a sus pies. En un extremo de los rieles, grúas gigantescas con imanes arrojan toneladas de chatarra a los vagones de un tren. Johnny ve cómo el acero líquido y derretido es vaciado con un caldero grande en las lingoteras que hay encima de otros vagones. Esta imagen por poco le quita el aliento. Anteriormente ha visto escenas similares, quizá en revistas o en alguna película—quién sabe en dónde—pero ser testigo real de esa escena es algo realmente grandioso. Tal vez—empieza a comprender—es por eso que su padre ha pasado gran parte de su vida allí. Se dirige hacia la caseta de los maquinistas, una edificación grande de acero corrugado que está al lado de cuatro gigantescos hornos eléctricos y del taller de laminación de 22 pulgadas. Entra y ve a seis trabajadores de la unidad de mantenimiento. Son nuevos y visten uniformes semejantes al suyo, pero de colores y tallas diferentes. Los hombres están sentados ante una mesa de madera con varias hendiduras y manchas de grasa, esperando a que llegue el capataz y comience la inducción.

Johnny los saluda a todos y les da la mano.

"Hola. Mi nombre es Johnny Salcido."

Uno de los trabajadores es un indígena seminole de Oklahoma. Hay dos chicanos, un negro, un colombiano y un blanco joven. Salvo por el colombiano, el seminole y uno de los mexicanos, los demás parecen recién salidos de secundaria. El blanco se dirige a un rincón para fumar un cigarrillo. A Johnny le parece que todos se ven bien con sus uniformes limpios y bien planchados, aunque el negro y uno de los chicanos llevan jeans y franelas. En sus cinturas y en la mesa se pueden apreciar varias clases de cinturones de herramientas.

"Toma un *locker* vacío," le dice Ray García, uno de los chicanos. Hay pocos *lockers* desocupados y Johnny ve uno en el medio. Mira el interior y ve que la superficie metálica está cubierta de graffitis y calcomanías. En una de las paredes hay un fragmento de una foto de revista con una chica desnuda. Johnny introduce sus herramientas, cierra la puerta y la asegura con el candado que compró el día anterior.

En ese instante entra un hombre mayor de cara roja y casco con franjas azules y blancas. A su lado aparece un maquinista con casco azul. Es obvio que se trata de un veterano: tiene el cinturón gastado, las herramientas curtidas y su casco completamente raspado.

"Bienvenidos," dice el hombre de cara roja, que es el jefe de la cuadrilla de aceitadores y engrasadores. Johnny sabrá después que trabajó en una mina de carbón de West Virginia veinte años atrás. El hombre de bigote que está su lado escupe una desagradable masa de tabaco en un bote ubicado a un lado de los *lockers*.

"Mi nombre es Taylor. No tengo mucho para decirles, salvo que harán lo que les diga; no llegarán tarde, no se irán temprano ni se comportarán mal. Si tienen quejas, llévenlas al sindicato. Les presento a Bob Michaels, es el representante, y les dará más detalles sobre esa organización, así como sobre beneficios y aumentos salariales. Yo sólo les daré instrucciones claras y horarios de trabajo. Recibirán continuamente listas con los trabajos y rondas que deberán hacer. Habrá dos hombres por cada tarea a menos que yo diga algo diferente. Esta cuadrilla está compuesta por veinticinco personas. Conocerán hasta el último rincón de esta planta y a todos los aceitadores y engrasadores, quienes en estos momentos están recibiendo su lista de trabajos. En esta caseta se cambiarán de ropa, dejarán sus herramientas cuando terminen el turno, vendrán por lo que puedan necesitar y recibirán sus tareas. Las duchas y los sanitarios están a la izquierda. Comerán acá y mantendrán todo limpio. Si terminan de trabajar y no tienen más tareas, trapearán el piso y limpiarán las mesas y los *lockers*. Los trapeadores y los baldes están en uno de los depósitos de herramientas. Cada herramienta que saquen será registrada y tendrán que devolverla sin restos de grasa tan pronto dejen de usarla. Lavarán las herramientas en las cubas de trementina que están afuera. También recibirán una máquina de engrasar y cortadoras de tubos. Trabajarán en el turno del día durante las próximas semanas. Cuando se hayan familiarizado con la rutina y hayan demostrado sus capacidades como aceitadores y engrasadores, comenzarán a trabajar en las cuadrillas de reparación en diferentes turnos y sitios de la planta; pero eso será después. Por ahora, harán mejor si se concentran en ser los mejores aceitadores y engrasadores que hayan llegado a esta planta. ¿Tienen preguntas?"

Algunos de los nuevos empleados respondieron "no" o "todo está bien."

A Johnny le pareció que Taylor era un hombre bueno; de eso no había duda. Mientras Taylor hablaba, él pensaba en música country y competencias de autos reforzados. También le pareció directo y responsable. De complexión fuerte para su edad y ojos ligeramente bizcos como los de Clint Eastwood, Taylor parecía poder cuidarse solo.

Esa noche, Johnny se acuesta en la cama y mira al techo. Aracely está acostada junto a él, su pierna derecha sobre su cuerpo. Se ha puesto una bata y un camisón sexy y le ha hecho un *strip tease* lento. Él se rió bastante; Aracely estuvo muy divertida. Decía: "Uy, ¿qué pasó?" o "¡Cielos! Mi ropa está resbaladiza," mientras se quitaba sus prendas y se agachaba para recoger su ropa interior. Quedó completamente desnuda a un lado de la cama, su piel oscura resplandecía de sudor, el cabello cubriéndole su rostro y la luz de la luna que se filtraba por la ventana silueteando su cuerpo contra la pared del fondo, y Johnny tuvo dificultades para contenerse; el uniforme de la acería, las herramientas, los zapatos y el casco que llevaba puestos cuando llegó a casa le fueron de mucha utilidad.

Johnny conoció a Aracely en la época en que se mantenía con sus amigos cerca de la escuela de secundaria de Fremont, aunque él ya se había retirado de la escuela. Se mantuvo en contacto con ella y se escribieron incluso mientras cumplía su sentencia. Ella vio algo en él que no veía en otros chicos: sentimientos intensos, lealtad y una nobleza que ni siquiera podía definir. Lo olvidó un tiempo, pero más tarde decidió que realmente quería estar en contacto con él. Se hicieron novios, algunas veces fue a visitarlo a la cárcel con Eladia y se casaron tan pronto recobró la libertad. Johnny se adormece y piensa en el dinero que ganará. El salario que reciben los trabajadores no calificados es relativamente bueno; pero el de un trabajador calificado es mucho mejor. Sin embargo, pertenecer a esta categoría es algo casi inaudito. En su vecindario es el pináculo del éxito, la historia del "éxito" que se supone dura toda una vida… no, varias vidas. Las generaciones dependientes de la acería son una verdadera legión en Florence. Los trabajadores metalúrgicos se encontraban entre los mejores pagados de la industria tras una fuerte huelga en 1959, que con el paso del tiempo condujo a lucrativos acuerdos a cambio de una paz relativa en las acerías.

Sin embargo, los salarios que reciben los trabajadores de las unidades especializadas—además de mejores beneficios de salud y planes de retiro—es algo que les han negado a los mexicanos durante mucho tiempo. El decreto de mutuo acuerdo les cambió la situación a unos pocos elegidos y Johnny es uno de ellos; es uno de los candidatos más destacados y afortunados, de los pocos que pueden caminar con orgullo por las desgastadas calles de Florence e inspirar una buena dosis de respeto.

El desempleo es rampante, aunque hay muchas fábricas y talleres de fundición. Hay demasiados alcohólicos y drogadictos en los callejones, afuera de las tiendas de licores, y cholos vagando en las esquinas.

Johnny comprende que les está abriendo camino a varias generaciones futuras de Salcidos. Nadie hecharía a perder un trabajo en

Nazareth Steel. Parece increíble, pero ya tiene su futuro resuelto a pesar de su tierna edad. ¿Cuántas personas de su barrio pueden decir lo mismo? Él y Aracely lo van a lograr, piensa. Podrá comprar un nuevo coche y tal vez incluso ahorrar para comprar una casa nueva. O para tener un bebé, pues cree que podrán hacerlo gracias a su salario y beneficios. No será una pareja pobre. No vivirán más en pequeños apartamentos deprimentes con caseros que no reparan las goteras del techo ni los sanitarios atascados. Ya no se sentirá como un inútil que no vale nada y que sólo sirve para robar y meterse en líos. Ya no tendrá que robar. Es un trabajador metalúrgico: un trabajador metalúrgico... ¡Imagínense! Johnny sonríe mientras mira a Aracely, tan plácida y hermosa en sus brazos. Termina por quedarse dormido; es un sueño maravilloso y bien merecido: es el sueño de su vida.

"¡Oye, Incendiario!" le grita uno de los maquinistas más veteranos desde lo alto de una grúa aérea de la planta de 10 pulgadas.

Johnny acaba de salir debajo del hervidero; los motores eléctricos, cigüeñales, cojinetes y enganches están cubiertos de grasa, empapados de aceite y salpicados con partículas de acero. Se mira y ve que está cubierto de grasa y aceite desde el casco hasta los zapatos.

"No fumes porque explotarás," bromea otro trabajador.

Incendiario es el nuevo sobrenombre de Johnny; todos los trabajadores tienen uno. No tardará en conocer a muchos de estos personajes. Está Harry el sucio, un trabajador con sangre apache que siempre parece estar cubierto de mugre y suciedad. Otro es Mike Llave-Uno, que siempre sale del trabajo con su ropa impecable y bien planchada, y el casco sin una pizca de polvo. En lugar de un raído cinturón de herramientas, lleva siempre una resplandeciente llave de acero inoxidable que asoma por su bolsillo posterior, de ahí su sobrenombre. No se sabe cómo, pero logra permanecer limpio por más sucios que sean sus trabajos.

También está Rex el Mex, el único mexicano que lleva ya veinticinco años en la planta y que le dice chingadera a todo lo que ve.

"Pásame esa chingadera," le dice al aprendiz señalando alguna herramienta. O "tráeme esas chingaderas," cuando quiere que el operador de la grúa aérea le traiga algo. O "si veo otra chingadera de esas en el piso, golpearé a alguien," señala cuando pisa un pedazo de papel de aluminio en la caseta de los maquinistas. El papel tiene restos de un burrito del camión de la "basura," como le dicen a la furgoneta que va a vender comida a la hora del almuerzo, pues la única cafetería de la fábrica es exclusiva para los oficinistas.

También está Pesado, un empleado que pesa 350 libras y que trabaja en los hornos eléctricos en el turno del día; se dice que no hay nadie en la planta que sepa mejores historias que él; puede pasar varias horas contándoselas a cualquiera que lo escuche.

Johnny comprende que Incendiario no es un sobrenombre agradable, pero se queda así hasta que aprende a evitar el contacto con cualquier clase de líquidos inflamables y manchas de grasa.

Muy poco tiempo después, todos le llaman Incendiario, incluso los nuevos integrantes de la unidad de aceitadores y engrasadores, que tienen un poco más de éxito en evitar las manchas de grasa. Johnny se caracteriza por su torpeza durante sus primeros días en la acería. Aprende a fuerza de golpes que tiene que estar supremamente alerta. Un movimiento equivocado, una orden olvidada, o un solo descuido pueden ser fatales. Un operario de grúa que estaba embriagado se vio envuelto en un presunto incidente. Todos saben que muchos de los operadores de las grúas están borrachos la mitad del tiempo. En esta ocasión, el operario estaba tan ebrio que no vio a unos albañiles que cambiaban unos ladrillos en el interior de un horno. El operario vació una carga de chatarra en su interior, sepultando a tres albañiles debajo de varias toneladas de coches aplastados y desperdicios metálicos.

Desde entonces, las grúas que se dirigen a los hornos encienden automáticamente sirenas y luces titilantes en señal de advertencia. Los percances de Johnny son mucho más inofensivos. Una vez iba en el montacargas a recoger un equipo, pero dejó las cuchillas arriba; reventó unas tuberías y llovió agua por todas partes. En las reuniones de seguridad que se realizaron al mes siguiente, el instructor dibujó un montacargas y una figura humana para mostrar lo que no se debía hacer en ese tipo de vehículos; total, Johnny fue el blanco de todas las bromas durante ese mes.

Otra vez estaba en una de las bodegas. Una grúa aérea levantaba varias toneladas de tubos metálicos que estaban sostenidos por un cable metálico bastante desgastado que Johnny, debido a su inexperiencia, utilizaba para amarrar cualquier cosa. Sintió deseos de orinar y se apresuró al baño justo antes de que el cable se reventara y los enormes tubos cayeran exactamente en el mismo lugar en donde había estado segundos antes.

En otra ocasión, estaba operando la grúa aérea para retirar los lingotes de las conchas de escoria y llevarlos a los fosos de remoje. Johnny y Ray, que era su compañero de trabajo esa semana, tenían que instalar una engrasadora de aire en una plataforma y lubricar todos los rodillos de las tenazas de la grúa. Ray estaba desenredando la manguera de la grasera; Johnny movió la grúa hacia la plataforma y se olvidó de levantar las tenazas de hierro. Estas golpearon un lingote de un vagón, y éste chocó contra otro. Se produjo un efecto dominó, de tal forma que varios lingotes fueron a dar al suelo. Johnny subió rápidamente a la grúa, mientras Ray exlclamaba "¡Puta madre!" una y otra vez. Conectaron la manguera a la engrasadora y se retiraron. Varios trabajadores llegaron para ver qué había sucedido y poco faltó para que Taylor despidiera a Johnny por ese incidente.

Pero el mayor peligro ocurrió en la grúa aérea del cilindro de 22 pulgadas, donde poco faltó para que Johnny perdiera un brazo. Supuestamente, la compañía debía advertirles a todos los trabajadores de la planta que abrir la puerta de la cabina era un procedimiento peligroso. Un día, Johnny abrió la puerta y entró a la cabina, pero un instante después la puerta se cerró estruendosamente. Apenas si logró retirar su brazo cuando el escalofriante sonido lo hizo saltar. Johnny comprendió de inmediato que estuvo a un paso de perder su brazo. Sintió mucha rabia durante varios días, pues nadie le había advertido sobre el peligro de la puerta.

Con el tiempo, adquirirá el hábito de operar cuidadosamente los equipos y ver muy bien lo que hace. Pero poco le faltó para destruir zonas enteras de la planta antes de aprender a realizar su trabajo con destreza.

Pesado lleva una silla metálica chirriante y manchada de grasa al interior de la caseta de los maquinistas, a un lado de los hornos eléctricos. Habla despacio, preparándose para contar una historia. Un par de trabajadores metalúrgicos y dos aceitadores y engrasadores—Johnny y Ray—están junto a él en medio del sonido ahogado de las máquinas. Pesado ajusta su peso monumental y mira arriba, hacia el ventilador de techo y las luces fluorescentes que cuelgan de los cables; tiene los dedos cruzados como un racimo de salchichas sobre su camisa de trabajo azul, a la altura de su pecho.

"Algo que deben tener en cuenta," dice Pesado con su fuerte acento sureño, "es mirar lo que hacen con la 'señorita.' Uno las paga todas."

"¿Y quién es la señorita?" pregunta Ray.

"Es la acería, hijo," explica Pesado. "Es tu querida. Pasas más tiempo aquí que en tu casa o en el bar. Si la tratas bien, no hay problema. Pero te las cobrará si la engañas, la molestas o le haces algo inapropiado."

Los demás escuchan.

"Les tengo una historia, caballeros," continúa Pesado. "Toda una lección en *re-la-cio-nes.* Había un mexicano que trabajaba como fundidor, y tuvo una aventura con la esposa del jefe de los fosos. Eso no es nada del otro mundo; ese tipo de cosas pasan con frecuencia. El problema era que el mexicano vivía justo enfrente de su jefe, y decidió seguir viendo a la esposa de este. Una noche, justo antes de que comenzara el turno de la noche, el mexicano se despidió de su propia esposa con un beso y se dirigió al paradero del autobús. Y mientras caminaba por el jardín, un sonido fuerte y ahogado detonó en el aire y una bala le atravesó el casco. El tipo se desplomó en el piso como un costal de papas. Moraleja de la historia: nunca tengas un romance con ninguna mujer cuyo esposo viva al alcance de un disparo."

La historia es recibida con lánguidas sonrisas y guiños aprobatorios.

Pesado hace una pausa para que la historia surta efecto antes de contar otra.

"Algunos de ustedes todavía no trabajaban acá cuando sucedió este incidente, unos cinco años atrás," dice Pesado, respirando con dificultad. "Yo estaba presente y lo que les voy a contar es la maldita verdad. Lo juro por Jesucristo, si es que no me cae un rayo por jurar en vano. Había un capataz a quien todos los trabajadores detestaban. Se llamaba Sanford Duncan. Sí, señores, ese Sanford era un puñetero arrogante que creía sabérselas todas. No le podían decir que estaba equivocado. Si él decía que la luna era verde, pues así era: la luna era verde. Trataba mal a todos los trabajadores. Para empezar, a todos les decía polacos. No importaba que la persona no fuera polaca; para él, todos eran polacos. ¡Y como gritaba! Sus alaridos llegaban hasta Cucamonga. Les gritaba a los trabajadores porque no habían limpiado la escoria del piso, o porque no reaccionaron con celeridad cuando la temperatura aumentó peligrosamente después de que los hornos fundieran hierro durante varias horas."

Pesado se mueve ligeramente hacia un lado para aliviar la presión del tórax, y poder respirar con mayor facilidad. Dos hombres asoman sus cabezas por un orificio de la caseta en el que debería haber una ventana, para poder escucharlo.

"Un día, Sanford estaba a cargo de una cuadrilla de peones jóvenes y recién llegados del campo, y les dijo que lo siguieran al techo del horno, donde está el filtro de manga. Les gritaba por una cosa y por otra. Uno de los jóvenes le insistió que era peligroso caminar por los paneles de zinc del techo, y no le faltaba razón: el peso de cualquiera podía hacer que el techo cediera, y que ellos cayeran desde 100 pies de altura y fueran a dar a uno de los hornos que estaban abajo. ¿Ustedes creen que a Sanford le importó? No, se enojó y les dijo: 'dejen de hablar basura. Todos ustedes son una manada de polacos perezosos.' Y empezó a caminar por el techo mientras los jóvenes permanecían cerca con la boca abierta, parados sobre las vigas de seguridad. '¿Ven?' les dijo, mientras los sistemas hidráulicos movían las cubiertas hacia arriba y hacia abajo para recoger el polvo de sulfuro y otros desperdicios del filtro de manga. 'No pasa nada.' Y entonces dio un paso adelante y antes de que alguien pudiera decir algo, el tonto rodó por el techo gritando como un cerdo apuñalado y cayó a un foso hirviente de metal derretido. El oxígeno de su cuerpo produjo un ligero estallido al entrar al tanque de acero líquido. Los operadores del horno no podían hacer otra cosa que seguir arrojando chatarra para que se derritiera. Retiraron la escoria de arriba y cuando la temperatura llegó a su punto, vertieron la masa derretida en los moldes de los lingotes. Lo cierto es que no pudieron hacer nada por Sanford. Todo tenía que seguir funcionando."

Pesado mira a los hombres que lo escuchan, entre los que se encuentra un grupo de trabajadores con cascos duros que están a la entrada de la caseta. Uno de los capataces también se detiene para escuchar.

"En algún lugar," dice Pesado, inclinándose hacia delante, examinando el salón con los ojos hundidos de su cara rolliza, "del centro de Los Ángeles hay un edificio con vigas de acero elaboradas con lingotes que contienen el cuerpo de Sanford. En algún lugar hay un puente o una tubería subterránea que alberga para siempre sus restos desafortunados. Moraleja de esta historia: nunca creas que sabes más de lo que sabe la acería. La señorita siempre tiene la razón."

"Está bien. Creo que ya ha sido suficiente," dice el capataz después de una larga pausa. "Regresen todos a trabajar."

Johnny recoge su cinturón de herramientas y su máquina engrasadora, y sube al techo del horno por una escalera; no se puede sacar de la cabeza la historia de Sanford, cuya presencia—quizá fantasmal—parece deambular a su lado mientras va a engrasar una máquina, una de las varias tareas que tiene en su lista de trabajo.

"Muévete. ¿No ves que todo se está retrasando por ti?" le grita Robert. Johnny está a ochenta pies de altura, aferrándose a su vida entre los inmensos brazos eléctricos que están en la parte superior de uno de los techos de los hornos.

Aunque los hornos llevan varias horas enfriándose, la temperatura es de 250 grados aproximadamente, y Johnny ve el humo que sale debajo de sus botas de acero. Se para frente a un "botón" de un cojinete para poder introducir la punta de su máquina engrasadora, aprieta el gatillo, engrasa el cojinete y hace lo mismo con otro. Sin embargo, muchos de los orificios están averiados o taponados. Johnny utiliza su llave inglesa para retirar botones viejos y reemplazarlos por otros nuevos. A veces tiene que hacer entrar la llave a martillazos para sacar un botón atascado dentro del orificio.

Sin embargo, el calor es insoportable, y los gritos de Robert tampoco alivian las cosas.

Robert Thigpen comenzó a trabajar como aceitador y engrasador seis meses antes que Johnny; es otro beneficiario del decreto de mutuo acuerdo. Taylor, el capataz, procura mezclar trabajadores nuevos con otros más experimentados para realizar las tareas generadas por computador, ya que son más complicadas. Así, unos aprenden de otros y confían mutuamente entre sí, y llegan incluso a poner sus vidas en manos de su compañero.

Johnny acepta esto como una verdad. Son muchos los trabajos en los cuales sus compañeros de equipo detentan literalmente el poder sobre su vida y su muerte. Una vez, mientras estaban engrasando las ruedas de las grúas de los fosos de remoje, Johnny tuvo que colgarse de los rieles para llegar hasta los rodillos. Aunque los trabajadores utilizan cinturones de seguridad cuando realizan trabajos en sitios altos, los cinturones son aparatosos y pueden convertirse en un obstáculo. A veces deciden no utilizarlos, y tienen que confiar entonces en su compañero para estar seguros. En esa ocasión, el compañero de Johnny se aferró a sus piernas para no caerse. Bien sea que quieran o no, tienen que confiar en sus compañeros, aunque no los conozcan bien, y sería un eufemismo decir que los trabajadores se sienten vulnerables. El "tutor" de Johnny es Robert, un negro de sesenta años que grita las órdenes y humilla a sus compañeros. Es alto, tiene un delgado bigote de aspecto distinguido y dedos largos. Johnny lleva un par de semanas trabajando con él y ya está harto; no soporta la idea de que Robert se cuelgue de sus piernas mientras realizan trabajos en las grúas de los fosos de remoje.

Para comenzar, Robert casi nunca colabora ni mueve un dedo. Vocifera, ordena con gritos y salta como un loco cuando Johnny comete un error. Y mientras está allí, sin cinturón de seguridad, sobre el techo abierto del horno que muestra el rojo resplandeciente de los ladrillos refractarios en su interior, Johnny prácticamente no resiste más.

"Hazlo tú entonces," responde Johnny.

Robert lo mira con desprecio.

"Eres una mujercita cobarde," le dice. "Ya sabía que no tienes lo que se necesita para este trabajo. Una niña podría hacerlo mejor que tú. No sé dónde están los hombres de verdad. Lo único que veo por aquí son gallinas que tratan de mantener sus plumas en orden."

"¡Vete al diablo!" responde Johnny. "Te patearé en el trasero tan pronto termine con esto."

Robert se ríe. "Ya era hora de que aprendieras," dice. "Apresúrate para que veas a quién le van a patear el trasero."

"¡Joder!" grita Johnny mientras trata de engrasar un rodillo y detecta otro botón aplastado.

Johnny termina de engrasar los mástiles de los rodillos y consigue bajar del techo, descendiendo con dificultad por las escaleras de acero y los puentes de trabajo que hay alrededor de los hornos. Sus guantes de asbesto aíslan un poco el calor cuando se agarra de los pasamanos, pero, sin embargo, puede sentir la temperatura penetrándole las manos. Mientras desciende, imagina que le rompe la cara a Robert con un fuerte puñetazo.

Pero tan pronto llega al piso del horno, estalla una gran conmoción en la planta de al lado; una sirena suena en repetidas ocasiones, indicando que ha ocurrido algo peligroso. Robert deja de enrollar las mangueras de las bombas de grasa, mira hacia el sitio de dónde vienen los gritos y ve a varias personas salir apresuradamente.

"Mierda, pasó algo en el cilindro de 10 pulgadas," exclama Robert. "Vamos a ver qué ha sucedido."

Robert y Johnny se dirigen rápidamente al taller de laminación en donde se fabrican las vigas y refuerzos de acero para el sector de la construcción. Descienden rápidamente por las escaleras metálicas, atraviesan un pasillo que hay entre los hornos y el cilindro y sus herramientas producen un sonido metálico.

Unos trabajadores con cascos amarillos se apretujan alrededor de un hombre tendido en el suelo y los rodillos de bielas de acero candente chisporrotean en el aire. Normalmente, los rodillos entran y salen de un sistema de matrices que moldea las barras y les da el tamaño y la resistencia adecuada. Sin embargo, Johnny vio en sus primeros días de trabajo que las bielas se descarrilan fácilmente. Las cuadrillas de peones utilizan varas largas para ponerlas de nuevo en su sitio, pero si el acero comienza a acumularse, tendrán que suspender la producción y cortar los rollos con antorchas de acetileno en pequeños pedazos que después se mezclaran con chatarra y que se arrojarán a los hornos.

Pero esta vez, una de las bielas al rojo vivo se descarriló y le atravesó el estómago a uno de los trabajadores de casco amarillo, quien no pudo esquivarla. La biela rueda varios pies antes de que puedan detener la producción. Un par de hombres se apresuran a utilizar las antorchas de gas para retirarle pedazos de acero que se le han incrustado adelante y atrás, y lo acuestan tan suavemente como pueden hasta que llegue el servicio de emergencia médica. Por encima del corrillo que se ha formado, Johnny alcanza a ver a un mexicano de unos treinta y cinco años, retorciéndose con una mueca de dolor y respirando con dificultad. No cree lo que ve: el rodillo le ha atravesado el cuerpo y le ha salido por la espalda. No hay sangre, pues el rodillo ha cauterizado prácticamente el hueco de la herida, aunque por la parte posterior asoman intestinos y otros tejidos calcinados. El hombre se estremece y murmura unas pocas palabras mientras que algunos compañeros le sostienen la cabeza y lo toman de las manos. Un hombre le dice en español que no le ha sucedido nada grave y que todo saldrá bien. El hombre herido parece calmarse un poco. Tiene la boca abierta como la de un pez sacado del agua, sus ojos completamente abiertos y que, sin embargo, no parecen ver nada. El tiempo se detiene. Se puede escuchar el estruendo de otros sectores de la planta, pero Johnny siente como si una burbuja hubiera envuelto al hombre herido y a todo lo que está a su alrededor. Escucha a alguien rezar.

Ha visto muchas cosas en su vida: amigos abaleados, sobredosis de drogas, motines en la cárcel, pero esto es mucho más escalofriante, tal vez porque ha sucedido tan intempestivamente. Este tipo de accidentes ocurre con mucha frecuencia, pero la planta sigue produciendo acero, retumbando y martillando para cumplir con sus metas de producción. A ningún trabajador le conviene que cierren la planta durante mucho tiempo. Las ganancias y el sueldo diario implican que la acería tiene que seguir funcionando día y noche, a toda costa. Los capataces del cilindro de 10 pulgadas, de cascos con franjas blancas y amarillas, llegan y apartan a los trabajadores del hombre agonizante. Una ambulancia médica se detiene a su lado; dos paramédicos uniformados entran apresuradamente y se abren paso por entre el corrillo humano. Los paramédicos estudian la situación, pero no dicen nada; sus miradas transmiten la certeza de que este hombre no sobrevivirá. No obstante, se agachan y tratan de brindarle la mayor comodidad posible.

Justo antes de que el hombre comience a convulsionar, dice un nombre… el de su esposa, el de su novia, el de una mujer: "Elena." Los paramédicos están en cuclillas, sosteniéndole la cabeza y las manos, así como lo hicieron anteriormente sus compañeros. Mientras tanto, el hombre exhala su último suspiro y cae inerte al suelo. "Elena" es lo último que dice.

"Debe ser una mujer notable para ser la última palabra que salió de sus labios antes de morir," piensa Johnny. Si él se muriera, también pensaría en un nombre: el de Aracely. Morir en la acería, rodeado de amigos, con el nombre de una mujer en los labios, es una manera decente de abandonar el mundo, concluye. Para él, pensar en estas cosas es un modo de escapar y de no sucumbir al torbellino emocional que parece imperar a su alrededor, mientras un hombre yace inmóvil en el suelo. Los trabajadores se quedan petrificados y sin decir una sola palabra por lo que parece ser una eternidad. Por la expresión de Robert, pareciera como si fuera él quien hubiera sido atravesado por la biela.

Johnny siente náuseas y decide marcharse.

2

DÍA DE PAGO

Cada dos viernes, los maquinistas y otros trabajadores calificados hacen fila en la caseta de pago para recoger sus cheques; los demás trabajadores reciben los suyos en viernes
alternos. La caseta está construida con madera sin pintar.
Los oficinistas de Nazareth abren la cerradura, entran y dejan sus cajas
y papeles en estantes astillados, corroídos y llenos de telarañas.

Los trabajadores aparecen con la ropa sucia y sus cascos duros.
Traen llaveros y placas metálicas donde están inscritos sus números de
trabajo, con el fin de demostrar su verdadera identidad antes de recibir
sus cheques.

Los oficinistas les entregan cheques relativamente jugosos, resultado de una gran cantidad de horas de tiempo extra y de turnos dobles
que han acumulado la mayoría de los empleados. En ese entonces
había tanto trabajo que las vigas y las bielas de acero salían prácticamente volando de la planta, y las máquinas eran reparadas, desmonta-
das o reemplazadas por otras, de tal modo que los equipos de
reparación trabajaban las veinticuatro horas del día.

Los hombres hacen fila el día de pago y por todas partes se ven
formularios de apuestas. Son los primeros años de la década de los
setenta y los hipódromos de Hollywood Park y Santa Anita reciben
a una gran cantidad de trabajadores de la construcción, la manufactura y la acería. Además de los formularios de apuestas, se ven volantes
de bares cercanos y clubes de juegos de mesa que ofrecen descuen-
tos especiales en bebidas y juegos de azar para los trabajadores de la

acería. Además los vetustos hoteles de mala muerte de la avenida Slauson ofrecen tarifas por horas y las prostitutas permanecen en la acera o en las puertas ofreciéndose a los hombres que han salido del trabajo.

Algunas mujeres esperan en los coches mientras sus esposos reclaman sus cheques; están con los brazos cruzados, el cabello desaliñado y una mirada penetrante para constatar que sus hombres no se vayan a otros lugares. Pero aparte de esto, no hay nada que les impida disfrutar los frutos de su labor; esto quiere decir que gastarán casi todo el valor de sus cheques incluso antes de acercarse a un banco o a un cambiadero de cheques.

Los bares y los hoteles también se los cambian. ¿Quién puede resistirse a que le cambien su cheque y disponer de una cuenta automáticamente? Muy pocos, a excepción tal vez de los fanáticos religiosos. Sin embargo, son muchos los que van el domingo a la iglesia, arrepentidos después de dos días seguidos de juerga.

Se sabe que las acerías pagan bien; pero muchos hombres no saben qué hacer con tanto dinero después de verlo en sus manos por primera vez, así que terminan malgastando casi todo lo que han ganado con tanto esfuerzo en apuestas de caballos, licor y prostitutas.

Johnny tampoco tarda en sucumbir. Inicialmente, le entrega el cheque a Aracely y se siente orgulloso de mostrarle esa cifra, ese dinero que ahora se gana legítimamente. Pero eso no dura mucho. Él también se contagia, y los bares ejercen una atracción irresistible en él.

"Oye Johnny, ¿qué tal si vamos a tomarnos unas cervezas?" le sugiere Clyde, mientras hacen fila para reclamar sus cheques. Clyde es un indio cherokee de Oklahoma. Es alto, de cabello largo y aprendiz de maquinista, lo que significa que está un nivel por encima de los aceitadores y engrasadores. (Poco después de que el decreto de mutuo acuerdo entrara en vigencia, Nazareth contrató indios de Oklahoma para trabajos calificados, pues algunos habían trabajado en petroleras y astilleros de Texas).

"No sé, Clyde. Creo que será mejor que lleve este cheque a casa antes de que pierda algunos de estos ceros."

"Gastaremos poco. Podemos apostar las bebidas en juegos de billar."

"Para ser sincero, no juego muy bien."

"Yo tampoco," responde Clyde. "Pero eso nunca ha sido un obstáculo para mí."

A Johnny no le quedan más argumentos. Le asiente a Clyde, justo cuando ve deslizar su cheque y un bolígrafo para firmar un recibo por la pequeña abertura de la caseta de pagos.

Wild Wooly's es uno de esos bares. Es un bastión de blancos racistas. En la rocola sólo hay música country y western. Los antros bulliciosos de los negros están más abajo de Slauson, camino a South L.A. Los bares de los mexicanos están más cerca de East L.A., y de algunas de las vías principales de South y de Southeast L.A. Como cherokee que es, Clyde tiene sus reticencias hacia los blancos. No obstante, tanto su cultura como la del territorio indio de Oklahoma están claramente influidas por la cultura blanca, y a él, por ejemplo, le gusta la música country. Clyde habla y camina como una persona de Oklahoma, pero sabe muy bien que es indio.

Johnny y Clyde se conocieron en la caseta de los maquinistas, donde los aceitadores y engrasadores, aprendices, y maquinistas se reunían, comían o se preparaban para realizar los trabajos asignados. Entablaron amistad rápidamente y Clyde, que tiene fuertes rasgos indios y piel más clara, busca con frecuencia al "pariente" mexicano de piel oscura, como le dice a Johnny.

"Jugaremos ocho bolas," dice Clyde. "Fingiremos que no sabemos jugar; así atraeremos tipos a los que podamos sacarles cervezas. No creas que vamos a perder; ya verás a qué me refiero."

Ven una mesa vacía. Johnny sabe jugar, pero no tan bien como otros. No tiene que fingir que juega mal, pero Clyde oculta más de lo que muestra. Las cosas comienzan a cambiar cuando dos clientes del bar los desafían a jugar. Johnny sigue dando tacadas mediocres aunque un poco afortunadas, pero Clyde hace gala de una destreza total. Hace una carambola tras otra y se ganan algunas cervezas. Pero al poco tiempo, un grupo de trabajadores rodean a los dos hombres de pieles oscuras y Johnny sabe que no tardarán en tener problemas.

"¿No te molesta que vengan frijoleros a este bar como si los hubiéramos invitado?" le pregunta un blanco a otro sin mirar a Clyde ni a Johnny. Los blancos creen que Clyde es mexicano. Este los mira unos instantes y explica: "No soy frijolero, soy cherokee. Y hasta donde sé, no necesito ninguna maldita invitación."

"Mexicanos o cherokees, ustedes son frijoleros para nosotros, imbécil," dice otro blanco que lleva puesta una franela.

Johnny siente la adrenalina correr por su cuerpo. Es un peleador nato. Le gusta esa sensación, la forma en que la sangre se agita dentro de su piel y esa especie de nube roja que se acumula en su cabeza. Mira y comprende que la batalla será desigual, pero se siente animado. ¿Por qué no? Pocas cosas lo emocionan tanto en este mundo como una buena paliza. Se hace al lado de Clyde y les lanza una mirada llena de odio a los cinco tipos que los rodean.

"Soy mexicano," dice Johnny. "¿Quién se atreve a sacarnos?"

"Oigan, este apestoso habla inglés," les dice el primer blanco a sus amigos. "Pero no entiende ni mierda."

Normalmente, Johnny habría lanzado el primer puño y golpeado a su rival casi hasta que perdiera el conocimiento. Pero con los blancos, es mejor no ser el primero en comenzar; ellos hablan y amenazan, pero Johnny ve que no se acercan y esperan que sea él o Clyde quien lance el primer golpe para que los demás se unan a la pelea.

"Ya estoy harto de tanto apestoso que hay en este bar," señala Clyde inoportunamente. "Vámonos al bar de enfrente."

Uno de los blancos lo mira. Un hombre mayor, pelirrojo y de bigote está sentado en la barra. Johnny lo reconoce: es un maquinista veterano de la acería. Le dicen Dent y su verdadero nombre es Earl Denton. Desde un comienzo, Procopio le advirtió que se cuidara de él. Dent casi no habla, pero parece inspirarles respeto a los jóvenes del bar. Mira, esboza una ligera sonrisa y asiente.

Es la señal para que se desate una batalla campal. Johnny siente un puñetazo en la barbilla y la sangre mana de su labio. Clyde recibe golpes en ambos lados. Johnny toma un taco de billar y comienza a agitarlo; golpea en los nudillos a un tipo que tenía las manos en la mesa de billar y le da otro en la cara con la parte más gruesa del taco. Sin embargo, Clyde recibe golpes a diestra y siniestra; logra recobrar el equilibrio y lanza unos golpes; está en capacidad de pelear. Johnny agarra una silla, pero alguien se la arrebata y otro tipo le pega un puñetazo a un lado de la cara. Johnny comienza a lanzar golpes en todas las direcciones. Pero sus rivales son cada vez más numerosos; lo derriban y le lanzan una lluvia de golpes en la cara, el cuello, el pecho y la espalda. Intenta gatear hacia la puerta y pierde de vista a Clyde. Recibe varias patadas, especialmente en las costillas y en el estómago. Los zapatos con puntas de acero surten su efecto y siente un dolor ardiente en las costillas; en un momento dado escucha un golpe seco. También recibe un par de golpes de tacos de billar. Parece como si todo el bar estuviera contra ellos. Johnny intenta levantarse, pero los golpes vuelven a derribarlo. Agarra a un hombre por la camisa con el fin de tumbarlo, pero se queda con un pedazo de tela en sus manos.

Johnny está herido. Siente algunos huesos rotos. No ve a Clyde. Lo único que atina a pensar es en gatear hasta la puerta. Toca el cemento de la acera y siente que varias manos lo empujan y varias patadas lo expulsan de una vez por todas. Clyde no tarda en seguirle: cae sentado en su trasero, su cara cubierta de sangre.

Alguien cierra la puerta. Johnny y Clyde se miran; parece como si les hubiera pasado un tornado por encima. La acera está desierta. Johnny comienza a reírse, pero sus costillas le arden como si le hubieran puesto planchas calientes. Poco después, llega una ambulancia, y los peatones los miran extrañados. Johnny y Clyde son conducidos al hospital más cercano. Tienen buenos seguros médicos, pues son trabajadores metalúrgicos. La acería paga por todo.

Aracely entra completamente enfurecida al hospital. "¿Dónde está la habitación de Johnny Salcido?" le pregunta a la primera enfermera que ve.

Su esposo está en una habitación del Hospital Kaiser, en Bellflower, después de haber recibido tratamiento prioritario en la sala de emergencias.

Aracely entra a un ascensor y oprime ansiosamente el botón del piso que ha mencionado la enfermera. Cuando encuentra su habitación y ve a Johnny; se le humedecen los ojos y las lágrimas le ruedan por las mejillas, más de rabia que de alivio.

"¿Quién diablos te hizo esto?" pregunta como si ella misma fuera a encontrar a los culpables y golpearlos hasta volverlos papilla, algo que Johnny sabe que es capaz de hacer a pesar de su pequeña estatura.

"No te preocupes," intenta decir Johnny con su pecho completamente vendado y la cara amoratada e hinchada. "Algunos gabas de la fábrica. Ya me las pagarán. Mira, nena, te presento a Clyde."

Clyde está en una cama al lado de Johnny. Tiene la cabeza vendada y un cabestrillo en su brazo fracturado. Aracely lo mira, pensando que es blanco, pero luego advierte que no lo es.

"No puedes seguir peleando. Sé que te gusta pelear y que lo haces bien. Pero estoy cansada de que siempre te golpeen."

"Ya sé, muñeca. Ya sé," dice Johnny con los dientes apretados. "Sólo queríamos divertirnos. Pero ya sabes, siempre viene alguien y lo arruina todo."

"También estoy cansada de que pases los fines de semana fuera de casa," añade Aracely, y su voz denota más rabia. "No vas a ser un pendejo como mi padre, ¿entiendes? Estarás en casa los fines de semana; no en un hospital ni en una celda."

Johnny mira a Clyde, quien vive con una mexicana y sabe lo furiosas que pueden ser; los dos se lanzan una mirada de complicidad.

"Si no me escuchas, te daré una golpiza peor que la que te propinaron esos pinches putos gabachos," afirma Aracely.

Johnny y Clyde no dicen nada; no están en condiciones de discutir. Y además, saben que ella habla en serio.

Johnny termina de recuperarse en casa y pierde valiosos días de trabajo. Sus hermanos Junior, Rafas y Bune van a visitarlo. También lo llaman sus compañeros de equipo; Robert Thigpen entre ellos. Aunque no le cae bien, Johnny ha comenzado a ceder un poco luego de trabajar tanto tiempo con él, de discutir y estar a un paso de irse a los golpes.

"Debes ser el mexicano más tonto que he conocido," le dice Robert bromeando por teléfono. "¿Fuiste a Wild Wooly's sin tus hermanos? ¿Qué estás pensando, tonto, que te iban a recibir con una fiesta?"

Johnny se ríe. "No nos fue mal. Rompí una o dos narices. Pero mi cheque es una basura."

"No me busques para nada de eso," dice Robert. "Para empezar, nunca he puesto mi trasero en ese sitio. No cuentes conmigo."

Pasan las semanas y Johnny se muere por volver a trabajar. Finalmente, el doctor le da el visto bueno y ese día se despierta más temprano que de costumbre, se pone su uniforme limpio, desayuna café y pan dulce en la avenida Florence y llega a la planta.

Poco después entra a la caseta de los maquinistas. El señor Taylor tiene el ceño fruncido. No le dice una sola palabra, pero parece saber lo que le ha ocurrido.

Johnny está poniendo sus cosas en el *locker*; Robert se dirige a él y lo trata respetuosamente, a pesar de haber bromeado con él por teléfono.

"No te ves tan mal," le dice. "Pero la próxima vez, lleva un ejército."

Ray y los otros chicanos de su equipo se acercan a saludarlo. Ray le susurra al oído: "El viernes por la noche haremos una incursión en Wild Wooly's. No necesitas ir, Johnny; ya has sufrido bastante. Pero nos vengaremos por ti."

"Iré con ustedes," le dice Johnny, sin importarle la advertencia de Aracely.

"Ya basta. Recojan sus tareas y váyanse a trabajar," ordena Taylor en medio del barullo de las voces, del ruido y estruendo de la planta.

Robert es de nuevo el compañero de labores de Johnny. Ambos miran la hoja de tareas. Tienen que lubricar y engrasar los brazos oscilantes, los enganches, los motores, las balineras y los cojinetes que hay debajo del hervidero del cilindro de 22 pulgadas. Es mucho trabajo, pero relativamente fácil. Tendrán que trabajar debajo de la superficie y podrán tomar descansos largos si quieren. Johnny concluye que es una buena forma de regresar a la acería.

Piden una máquina engrasadora y varias llaves ajustables, candados grandes en U y llaves para tuberías. Se dirigen con las herramientas al cilindro de 22 pulgadas, que está cerrado por reparaciones. Los dos entran al foso del hervidero, que está lleno de grasa, aceite y de partículas metálicas que suelen desprenderse del acero caliente moldeado en varillas. Johnny y Robert cierran las cajas eléctricas para asegurarse de que nadie encienda ningún motor ni equipo mientras trabajan en ellos, van a un extremo del foso del hervidero y luego al otro, engrasando botones y aceitando cajas de engranaje. También reparan griferías de cobre y tuberías rotas.

Terminan sus deberes dos horas antes de terminar su turno. Y en vez de ir a la caseta de los maquinistas para recoger otra lista de trabajos o limpiar la caseta, como se supone que deben hacer, deciden buscar un par de sitios relativamente limpios para hacer una siesta. Es el lugar ideal para ello a menos que alguien baje al foso a ver qué están haciendo, algo que difícilmente hacen los capataces.

Cuando Johnny va por la manguera de aire para conectarla a la grasera, ve a alguien en el puente de trabajo. Lleva un casco azul rayado y un cinturón con muchas herramientas. De su boca cuelga un cigarrillo y mira a Johnny con dureza; es Dent.

Johnny sabe muy bien que es el jefe de la facción del Ku Klux Klan de la acería. Esta organización ha estado en la planta desde comienzos de los años cincuenta. Observan a todos los "problemáticos," especialmente a los líderes comunistas y a los sindicalistas más beligerantes. El Klan es un grupo terrorista ilegal; amenaza, hace despedir o ataca a quien quiere. Sus miembros hacen todo lo posible para que los trabajadores permanezcan divididos y no tengan la fuerza suficiente para producir cambios en la Nazareth Steel Company. Son los ojos, oídos y hasta los brazos no oficiales de la compañía. Los trabajadores mexicanos y negros los desprecian profundamente, especialmente desde que los *Black Panthers* y los *Brown Berets* comenzaron a lanzar campañas de adoctrinamiento y educación en algunos barrios de Los Ángeles.

Johnny mira hacia otra parte. No le interesa expresar que le importa un comino si Denton está allí o no. Pero en ese instante advierte que Denton lo está observando, lo que significa que algo anda mal. Johnny regresa al foso y le informa a Robert.

"Eso no está nada bien. Ese tipo es todo un cabrón."

"Ya sé. Estaba en el bar el día que me golpearon. Vi cuando les hizo señas a los blancos para que nos golpearan a Clyde y a mí."

"¿Estaba en el bar? ¡Mierda! ¿Por qué no lo dijiste antes? Vigilará cada uno de tus movimientos para evitar que te vengues de él. Observará cada uno de tus pasos; un paso en falso y eres hombre muerto."

"¿A qué te refieres?"

"Tiene fama de tender trampas, de inventar chismes sobre los trabajadores problemáticos que hay en la acería y de pasarle información al capataz," explica Robert. "Y no me refiero a que sólo los haga despedir, pues lo ha hecho en repetidas ocasiones. También he escuchado que es responsable de varias mutilaciones y muertes. Es un hombre de temer."

"¿Entonces crees que está tratando de ver si nos dormimos para delatarnos ante el capataz?"

"Sí, y yo no le daría ese gusto. Es un tipo realmente malo; no tiene ni un gramo de piedad."

Johnny y Robert deciden que es mejor no dormir la siesta. "¡Qué desperdicio!" piensa Johnny. El trabajo estaba fácil y ahora no podrán dormir. Pero saben que si Denton estaba allá, era porque quería buscarles problemas. Ese hombre desprecia a los obreros mexicanos y negros, pero lo que más le molesta es que unos pocos mexicanos y negros hayan ascendido a las codiciadas posiciones calificadas.

Desde que el sindicato y la compañía firmaron el decreto de mutuo acuerdo, se desató una guerra en la planta, en los bares y en la oficina del sindicato. Los blancos respondieron al decreto haciendo todo lo posible para que ninguna persona negra ni de piel oscura aspirara a ninguno de los trabajos calificados y bien remunerados. La violencia fue su método persuasivo.

Un día, Johnny entra a la caseta de los maquinistas. Seis trabajadores discuten en una de las mesas que están al lado de los *lockers*. Camina distraídamente hacia el suyo. Lo abre, saca su cinturón de herramientas y oye algunos fragmentos de la conversación.

Harley Cantrell es quien habla con más vehemencia. Es alto, de cuerpo proporcionado y trabaja en el mantenimiento de la bodega. Tiene cabello largo y rubio y le falta poco para cumplir treinta años. Inicialmente, Johnny pensó que era otro de los pintorescos personajes que se ven en la planta; allí trabajan personas de todas las religiones, condiciones sociales y afiliaciones políticas, de tal suerte que la acería es un microcosmos del mundo.

Los miembros del grupo de Harley son albañiles, electricistas y peones. Casi todos son jóvenes anglosajones. Harley tiene un grado universitario; abandonó sus estudios de postgrado para trabajar en la acería y—según cree Johnny—hacer proselitismo en favor de la "revolución."

"El racismo es una estrategia para dividirnos," declara Harley, enfatizando en las ideas principales con sus manos y examinando con sus ojos las miradas inquisitoriales de quienes lo escuchan. "Los hombres entran a la acería con sus pieles negras, cobrizas o blancas, pero salen cubiertos de grasa, de escoria y mugre, y nadie puede distinguir a unos de otros. A fin de cuentas, son 'hermanos en la mugre.' Y cuando salen de la fábrica, duermen en barrios segregados racialmente, beben en bares segregados y casi siempre se mantienen con gente de su misma raza. La sociedad nos ha hecho creer que tenemos más en común como 'raza' que como trabajadores. En la acería, estas divisiones se hacen más marcadas por el sistema laboral vigente, que comienza a ser desmantelado lentamente por el decreto de mutuo acuerdo, aunque no como se necesita."

"Sí, pero tenemos problemas raciales," dice Ray, el chicano que trabaja en la cuadrilla de aceitadores y engrasadores. "Ya sabes que los blancos tienen acaparados casi todos los trabajos calificados y los cargos del sindicato. ¡Mira quiénes mandan en la planta! Los gabachos. Así que no vengas a decirme que la raza no importa."

"Claro que sí; no estoy diciendo que no," responde Harley. "La raza influye y todos debemos rechazar el racismo. De hecho, los trabajadores blancos necesitan tener en cuenta lo siguiente: la supremacía blanca también nos afecta a los blancos. Lo cierto es que hay blancos que también son explotados por su trabajo, tal vez no tanto como los negros ni los de piel cobriza, pero lo cierto es que sí logran mantenernos como perros y gatos."

"¿Así es como funcionan las cosas aquí?" les pregunta Johnny—que nunca se queda callado durante mucho tiempo—a los que están sentados. "Me refiero a la explotación de la que están hablando. A mí me pagan muy bien aquí. Nunca había estado tan bien. Hay que ver los trabajos de pacotilla que tiene que hacer mi gente en otras partes: es obvio que se los están chingando. Peor aún, muchos negros y mexicanos prácticamente no pueden conseguir ningún otro trabajo. Claro que hay problemas en la acería, pero no veo por qué habríamos de quejarnos de que nos están explotando."

"Sí, es un asunto muy complejo. Intentaré desglosarlo punto por punto. Sólo hay dos formas de ganarse la vida en este mundo: trabajando o robando. Nosotros los trabajadores sabemos cómo conseguimos nuestro dinero, pero ¿dime cómo lo consiguen los dueños de las fábricas y de las acerías? Claro que las corporaciones y los bancos no roban poniéndote una pistola en la sien; lo hacen por medio de las leyes y las licencias legales del así llamado 'sistema de libre mercado.'"

"He aprendido lo siguiente," continúa Harley, respirando profundamente. "Las acerías no producen acero, sino ganancias. Y no lo hacen sumándole el precio a los costos de producción. Sólo obtendrán ganancias si mejoran realmente su tecnología y reducen los costos, que es lo que hacen muchas acerías cuando realizan despidos masivos de trabajadores. Otra cosa que hacen es abaratar el proceso de manufactura; es decir, pagarles a los trabajadores mucho menos de lo que producen con su trabajo. Hacen esto violando los contratos con los sindicatos o trasladando sus plantas a zonas donde la mano de obra es barata, como en el Sur, en México o en Asia."

"No sabía nada de eso," interrumpe Johnny. "Creía que nos pagaban con las ganancias."

"Bueno, realmente es tu trabajo el que produce las ganancias," explica Harley. "Por ejemplo, el trabajo de un obrero metalúrgico puede producir unos mil dólares de ganancias en una hora. A su vez, la acería paga la maquinaria, el mantenimiento, las deudas, las instalaciones, las operaciones y los salarios con esas ganancias. El pago por las máquinas y las deudas no produce ganancias, pero los salarios sí, porque a nosotros no nos pagan lo que realmente nos corresponde. Ahora, es cierto que los trabajadores metalúrgicos están entre los mejores pagados del sector industrial. Pero aún si ganamos veinticinco dólares la hora y recibimos beneficios adicionales, es tan sólo una fracción de los mil dólares que producimos en esa misma hora con nuestro trabajo. De nuevo, una buena parte de ese dinero se destina a gastos de capital, préstamos, dividendos y asuntos semejantes. Sin embargo, lo cierto es que sobra mucho dinero. Los propietarios—sentados en cómodas oficinas de compañías con accionistas y firmas de abogados—se embolsillan el resto. Es así como roban sin trabajar y pueden jugar golf todo el día, viajar a Europa, tener mansiones en varios lugares del mundo, hacer negocios exorbitantes y crear asociaciones que cabildean por sus intereses en el gobierno y en diferentes estamentos de la sociedad. Es por ello que son considerados la clase dirigente. Dirigen todos los asuntos y se llevan casi todos los beneficios."

Johnny decide quedarse; los asistentes le lanzan una lluvia de preguntas a Harley, quien está en su elemento. Johnny reconoce que las palabras de este hombre tienen sentido. Pero sus teorías también parecen estar muy bien acomodadas: Harley parece tener una respuesta para todo.

La vida no se puede explicar tan fácilmente, concluye y se retira, escuchando todavía la voz de Harley.

Procopio trabaja en una de las cuadrillas de peones en los hornos eléctricos. Lleva ya más de dos décadas en la acería; de piel oscura, rechoncho y desconfiado, es considerado como "un viejo soldado" y sus compañeros lo respetan mucho.

Un sábado, Johnny está engrasando algunos rodillos, engranajes y pistones.

"¿Qué tal, m'ijo?" le pregunta Procopio. Generalmente, cuando la planta está en pleno funcionamiento, el ruido es tal que nadie puede conversar. Los trabajadores se valen de gestos y señas para comunicarse. Por ejemplo, si el capataz señala uno de sus brazos con dos dedos, significa que les está preguntando a los trabajadores si quieren trabajar turno doble. El trabajador sólo tiene que asentir para cerrar el trato. Señalar un ojo y luego hacia arriba significa "grúa aérea," pues el ruido es tal que ahoga incluso el sonido de las sirenas que anuncian el paso de una carga de acero.

Ese día hay pocas reparaciones, y la planta está bastante calmada.

"Hola 'apá," dice Johnny al verlo. "No mucho, solo tengo que cambiar algunos accesorios de cobre y unos acoplamientos antes de poder terminar de lubricar y engrasar. Y usted, ¿cómo está todo?"

"Aquí nomás," responde Procopio. Vacila mientras ve a Johnny trabajar como si estuviera concentrado en lo que hace, pero sus ojos demuestran que tiene otra cosa en mente.

"Mira, me dijeron que Dent y sus hombres tienen sus ojos puestos en ti," dice finalmente. "Sé que ellos estuvieron involucrados en la golpiza que te dieron. Ya te lo he advertido: mucho cuidado con ese tipo, m'ijo."

"No les tengo miedo a esos pinches gabas," dice Johnny. "Todavía no les he hecho nada, pero me las pagarán en cuanto pueda."

"Te lo estoy diciendo, Juanito," dice Procopio con más preocupación en su voz. "Puedes desquitarte, pero no sólo tienes que ser valiente, sino también muy astuto. Sé que lo eres. He conocido muchos tipos valientes en este lugar, pero ya no están acá. Sin embargo, los astutos siguen aquí."

"¿Qué estás diciendo?"

"Estoy diciendo… escucha, nunca te he contado cómo murió tu hermano Severo; no te he contado toda la historia."

"Papá, sé que murió en el cilindro de 32 pulgadas; perdió el equilibrio y cayó entre los rodillos. ¿Qué es lo que no sé?"

"No te puedo decir gran cosa, pero sí lo siguiente," dice Procopio con una intensidad en los ojos que Johnny no le ha visto antes. "Comencé a participar en la organización de la acería. Ya sabes, en el sindicato. Los paisanos nos organizamos luego de que nos trataran como perros durante varios años. Amenazamos con hacer huelga y poco después Severo entró a la acería. He combatido a Dent y a sus secuaces desde que comencé a trabajar aquí. A veces ganábamos, y otras veces perdíamos. Pero a principios de los años sesenta, empezamos a obtener cargos en el sindicato. Solucionamos varios problemas, hicimos algunos cambios y participamos en las convenciones nacionales de trabajadores metalúrgicos que condujeron al decreto de mutuo acuerdo. Y eso fue posible gracias en gran parte a nosotros, mi'jo. Los mexicanos que trabajaban en las acerías de Chicago, Pennsylvania, Indiana y aquí en California comenzamos a mostrar nuestro poderío. Aquí en Nazareth tuvimos que luchar contra los del Ku Klux Klan; ellos no pudieron hacerme nada. Permanecimos muy unidos. Sin embargo, Dent y sus secuaces sabían que Severo estaba trabajando aquí. Era apenas un mocosillo, todavía sin experiencia. Era tan joven, tan deseoso, tan trabajador. No sé cómo ocurrieron las cosas, pero estoy convencido de que Dent y el Klan están involucrados en su muerte."

"¡Chingao, nunca me habías dicho esto!" exclama Johnny, asombrado de lo que le ha dicho su padre, allí, en medio del turno, como si no hubiera otro tiempo distinto al presente.

"¿Y cómo? No tenía ninguna prueba sólida. Pero ya que trabajas aquí, es bueno que lo sepas. Dent me amenazó a mí y a los otros paisanos. No le temíamos; lo desafiamos a él y a sus secuaces. Poco después, esa misma semana, estaba limpiando el piso de de los hornos cuando me dijeron que Severo había muerto en el cilindro de 32 pulgadas, que había sido un accidente inesperado. ¡Imagínate! Me dijeron que supuestamente se resbaló, pero yo sé que había muchos guardias alrededor. Alguien tuvo que empujarlo, era la única forma. Severo nunca se hubiera lanzado voluntariamente. El corazón me dice que fue Dent."

"¿Y qué hiciste?"

"Muchas cosas. Recuerda que llevo mucho tiempo aquí. Sin embargo, nunca pude demostrar nada. Ante todo, he estado esperando. Fue por eso que me dio tanto coraje que hubieras conseguido tu empleo sin antes consultarme. Necesitaba que te prepararas, pero eres terco como tu madre. Supe que debía decírtelo después de la golpiza que te dieron. Tienes que ser muy cuidadoso. Podrían buscarte problemas para joderme y no quiero perder otro hijo."

A Procopio se le humedecieron los ojos, pero se limpió las lágrimas antes de que se le derramaran. "Después hablamos de esto, m'ijo," señaló y se marchó. "No hagas nada por ahora. Tenemos que pensar en cómo actuar."

Johnny ve a su padre alejarse. Procopio no es hombre de muchas palabras; han hablado muy poco desde que Johnny se fue a vivir con Aracely y especialmente después de la boda. Pero ahora se encuentra en territorio de su padre. Debería indagar más sobre él, sobre lo que sabe y lo que no. Los veteranos de la acería saben muchas cosas. Son personas sabias, aunque generalmente retraídas. Pero si te ofrecen sus conocimientos, tienes que escucharlos. Tal como lo revela Pesado en sus historias, la acería ha sido testigo de muchas cosas. Los veteranos saben lo que ha visto la planta y todo lo que eso significa. Si un trabajador está interesado en saber sobre esas cosas, tanto mejor para él. De lo contrario, tendrá que aprenderlo con dificultad.

Después de lo que le ha dicho su padre, los pensamientos de Johnny se dirigen a su hermano mayor. Tenía dieciocho años cuando comenzó a trabajar en la acería y él tenía apenas trece. Recuerda los gritos de su madre cuando Procopio le dijo que su hijo había muerto pocos meses después de conseguir empleo en la acería. Severo había sido entrenado para eso: para convertirse en la segunda generación de obreros metalúrgicos de la familia. Sus otros hermanos siguieron el mismo camino pocos años después de la muerte de Severo. Esto afectó profundamente a Johnny; al poco tiempo, comenzó a tener problemas en la escuela y en el vecindario. Se mantenía con los líderes de la pandilla de Florencia Trece, que eran mayores que él. Veía algo heroico en ellos; la muerte de Severo había creado un vacío y él quería llenarlo. Sintió también una gran injusticia; ¿por qué una persona buena como su hermano había desaparecido de este mundo que ya estaba atestado de personas malas y poco confiables? Después de la cárcel, las drogas y penas sentimentales, Johnny está ahora en la misma planta donde murió su hermano, completando un círculo del que nunca imaginó ser parte. Saber más sobre la muerte de su hermano es ya una prioridad, así como participar en una cuenta que está pendiente desde hace mucho tiempo.

Aracely y Johnny se sienten un poco incómodos en la sala de Robert Thigpen, quien se dispone a preparar berzas y codillos de jamón, una antigua receta sureña que trajo de Alabama hace unos diez años. Su novia Wanda le grita descompuesta; Johnny y Aracely se miran con incomodidad. Robert había bebido casi una docena de cervezas y ya estaba como una cuba cuando les abrió la puerta. Las latas inertes están desperdigadas por la mesa y el piso. Wanda llegó poco después, estalló en cólera e ignoró a la joven pareja de visitantes.

Robert trata de apaciguarla, pero ella lo rechaza con las manos y lo empuja contra el refrigerador.

"No sé qué diablos hago contigo," le grita Wanda. "Eres un borracho inútil. Debería dejarte ahora mismo."

"No, nena, no lo hagas," implora Robert. "Yo te amo. Solo te tengo a ti, cariño. No hables así. Ven, te presento a mis amigos. Disfrutaremos de una deliciosa cena, tú, mis amigos y…"

"¡En semejante estado!" grita Wanda. "No, gracias. No lo digo por tus amigos de la acería, pero me molesta que bebas tanto. Estoy cansada de preocuparme por ti, de pensar si te escaparás al bar o te irás a holgazanear con alguna mujerzuela y a traer toda clase de mierda desagradable a mi cama."

" Por favor, nena… tenemos visita," dice Robert intentando hablar en voz baja, pero lo hace tan duro que su voz llega hasta la sala. "Son gente amable. Ven, quédate a cenar."

"Me llevaré mis cosas," dice Wanda lanzándole una mirada llena de veneno. "Esta vez no me detendrás. Estoy harta de ti, ¿entiendes? Me iré. Puedes buscarte un coño en otra parte."

Aracely casi se ríe, pero logra contenerse y mira a Johnny para ver su expresión. Está callado, sin saber si debe intervenir o dejar que las cosas sigan su curso.

Sabe que Robert y Wanda tienen una relación bastante traumática, pues últimamente, su compañero solo le habla de eso. Wanda lo está enloqueciendo, pero él no reacciona. Ama a esa mujer; lo único que hace es beber y ella se pone cada vez más furiosa. Es una pareja forjada en el infierno metalúrgico.

Robert tiene problemas con el alcohol desde hace algún tiempo. Muchas veces trabaja con los ojos prácticamente cerrados y su coordinación deja mucho qué desear. Johnny ha tenido que dejarlo durmiendo en algún hueco oscuro o detrás de una pila de vigas y hacer el trabajo que les han asignado a los dos. Eso le molesta, pero también siente lástima por Robert. Sabe que el trabajo que hacen puede aniquilar a cualquier hombre.

Robert es consciente de que Johnny lo está encubriendo. Se ha vuelto más abierto con él, le cuenta los problemas que tiene con Wanda. Y como un gesto de agradecimiento, lo ha invitado a cenar con su esposa.

"Preparo la mejor comida sureña que puedas encontrar," alardea Robert.

"Está bien, me gustaría probarla," aceptó Johnny. "Le diré a Aracely. No lo dejes para muy tarde." Johnny y Aracely se vistieron bien y condujeron hasta llegar a casa de Robert, en el cruce de Avalon y la Calle 107, en Watts, un sector de South Central L.A. Es una comunidad mayoritariamente negra, pero a Johnny y Aracely no les incomoda en absoluto, pues siempre han vivido en esa zona.

Robert les abrió la puerta y ellos le sintieron de inmediato el fuerte aliento a cerveza. Comenzó a hablar demasiado rápido y les ofreció cerveza. Johnny aceptó. Aracely no.

Robert hablaba y las ollas hervían en la estufa. Wanda llegó inesperadamente y se desató el consabido drama.

Poco tiempo después, se hace evidente que Johnny y Aracely no cenarán berzas con codillos de jamón. Robert suplica y llora, Wanda se conmueve y lo recibe en sus brazos. Johnny y Aracely se levantan y se marchan en silencio.

Earl Denton mira las chispas lejanas de los sopletes de soldadura y a los trabajadores martillando los rieles por donde circulan los coches de la escoria. Sus ojos azules reflejan los destellos eléctricos de un arco de soldadura en la distancia. No obstante, en lo más profundo de sus huesos siente como si estuviera resbalando por una montaña pendiente. Ese mundo, al que tanto le ha apostado, parece estar llegando a un fin ignominioso.

En los años cuarenta y cincuenta, la compañía contrató trabajadores que resultaron ser miembros del partido comunista. Dent se hizo parte de un grupo pro americano que se encargó de identificarlos y de hacerlos despedir. Los amenazó, los atacó y les entregó sus nombres a los oficiales del gobierno. Obró así porque ama a su país, porque ve lo grande que puede ser. Es consciente de la multitud de fuerzas enemigas que existen en el mundo y que quieren destruir a los Estados Unidos. Le han dicho que este tipo de actos suelen comenzar en lugares como la acería. Según Denton, cualquiera que intente acabar con la planta de Nazareth, está haciendo lo mismo con los Estados Unidos. No se ha casado nunca, pues no quiere estar atado. Nazareth Steel es su vida, su esposa, y no necesita nada más.

Un grupo de antiguos carboneros de Kentucky y West Virginia llegaron a comienzos de los años cincuenta para desempeñarse como maquinistas. Emmet Taylor, Bob Michaels, Hank Cheatham y Pesado son algunos de ellos. Son ruidosos, graciosos y trabajadores; solo que algunos son también miembros del Ku Klux Klan, una sociedad secreta consagrada a la supremacía blanca, a Dios y a la patria. Denton no tardó en unirse y con el tiempo demostró ser su integrante más destacado.

El pequeño grupo aterrorizaba especialmente a los negros y a los mexicanos que se salían de los parámetros establecidos. Dent recordó el secuestro violento de un negro que era miembro del sindicato. Lo sacaron de su casa después de la medianoche. Le taparon la cabeza con un saco, lo condujeron a un garaje vacío y lo golpearon hasta que cayó al suelo. Luego lo dejaron inconsciente y lleno de sangre en los rieles del ferrocarril que dividían a South Gate, un sector exclusivamente blanco, de Watts, una comunidad mayoritariamente negra y mexicana.

En aquellos días, Los Ángeles parecía la típica ciudad sureña de

Jim Crow. Las leyes discriminatorias mantenían a negros, mexicanos y filipinos hacinados en las peores viviendas, segregados y olvidados. La fuerza policial estaba conformada mayoritariamente por inmigrantes sureños blancos y granjeros de California que buscaban empleos y cargos que inspiraran respeto y poder. Tenían luz verde para hacer lo que les dara la en gana en las comunidades negras y latinas. A veces se enfrentaban a los blancos de los campos empobrecidos de Oklahoma y Arkansas que vivían junto a los cultivos que rodeaban la ciudad. Pero también reclutaron miembros de estas comunidades para mantener a raya a la gente de "color."

Denton ve a Nazareth como parte del gran ideal americano que siente que debe dirigir el mundo; se ha convertido en los ojos de la compañía con el paso del tiempo. Y como cada vez hay más trabajadores negros y mexicanos, ha dedicado tiempo adicional para que no saboteen las grandes metas de producción de la planta.

Dent también odia a los negros, su comportamiento desenfadado, sus voces ruidosas, la forma en que brillan sus pieles al calor de la batalla comunal con el acero. Asimismo, detesta las caras oscuras de los indios mexicanos, su aire furtivo y su lengua extraña que hiere sus oídos blancos. Las "minorías" cantan demasiado, se ríen demasiado y son demasiado rápidas con las palabras. Denton es el guardián del poderío americano. Él protege el gran sistema de vida americano, el "gran sistema blanco," como lo define.

La compañía adora a Denton. El sindicato nunca será una amenaza para la compañía mientras que existan hombres como él. Los jefes corporativos de la acería y Denton están unidos por una relación estrecha. La misma sangre parece correr por sus venas, sólo que los primeros son los dueños de la acería y el segundo actúa como su guardián.

Sin embargo, el origen de Denton no es distinto al de aquellos inmigrantes que hablan lenguas extrañas, a los hombres cherokees y de Mississippi que tanto desprecia. Nacido y criado en Texas, salió de un ambiente difícil y llegó a la Costa Oeste para tratar de ser alguien. Es la misma razón por la que han venido casi todos los inmigrantes a este país, pero claro está que Denton no lo ve así.

Es un maquinista, sabe su oficio y utiliza su cerebro. No es un trabajador cualquiera, es el caballero de la fragua. Está por encima de los demás, observando a menudo desde lo alto. Carga sus herramientas al hombro y camina por la acería, no como si ésta fuera dueña de él, sino como si él fuera dueño de ella. La acería es su diosa y Denton su protector, hermano, amigo y amante fiel. Ha reparado su maquinaria durante varios años. ¿Qué sería de ella sin él? Esos negros, mexicanos y blancos comunistoides no saben lo que significa trabajar, pero eso sí, son los primeros en armar problemas.

"Son unas sanguijuelas," dice gruñendo varias veces a cualquiera que esté dispuesto a escucharlo. "Solo toman y no dan más de lo que tienen que dar."

Desde su percha metálica, Denton los ve trabajar, percibe sus ínfulas y jura que pagarán por sus "crímenes."

Esposas, hijos, casas, botes, coches y algunas drogas de vez en cuando es algo que hace parte de la vida de la élite trabajadora. Pero cuando se trata de las necesidades de la acería, los trabajadores dejan de ser imprescindibles. La acería tiene sus propias exigencias, sus propias adicciones. Claro, la acería hace que todo eso sea posible; algunos de los trabajadores metalúrgicos tienen dos o tres casas (y muchos de ellos tienen el mismo número de esposas). Pero cuando la "señorita" los llama, hay que acudir corriendo.

La acería tiene horarios eternos además de los cambios de turno; los supervisores de la planta les asignan turnos rotatorios a casi todos los empleados, motivo suficiente para que casi nadie pueda tener una vida familiar saludable.

Por ejemplo, un obrero o un trabajador especializado es asignado al turno de día durante una semana; la segunda semana trabajará en el turno de la tarde, y en la tercera tendrá que trabajar en el turno de noche. Su patrón de sueño escasamente se habrá adaptado al cambio cuando tiene que comenzar de nuevo: semana tras semana, mes tras mes, año tras año.

Por esa razón, los trabajadores se mantienen cansados, malhumorados y a veces se comportan de un modo realmente censurable. Los líos domésticos son el principal problema de la planta y están relacionados con altos niveles de alcoholismo y de drogadicción: la planta tiene sus propios consejeros y programas de recuperación, especialmente para prevenir que los profesionales independientes les expidan licencias laborales a sus trabajadores.

Los vendedores de drogas, incluyendo a algunos de los Florencia Trece, hacen un buen negocio en el estacionamiento vendiéndoles píldoras de anfetaminas, o "blancas," a los trabajadores antes de que comiencen su turno. Ellos las consumen para rendir al máximo. El resultado: algunas veces sufren trastornos de conducta y toman decisiones equivocadas. Se embriagan con frecuencia cuando no están en la planta y apenas entran tragan blancas como si fueran chicles para mantenerse despiertos. La palabra *impredecible* no alcanza para describir su conducta permanentemente cambiante.

Al comienzo, Johnny intenta mantenerse al margen, ya que es un aceitador y engrasador, y su unidad trabaja durante todo el día. Sin embargo, no tarda en percibir otros problemas. Para comenzar, casi todos los trabajadores ascienden a aprendices de maquinistas después de trabajar algunos meses en la cuadrilla de aceitadores y engrasadores. Esto significa mejores salarios y beneficios (y también turnos rotatorios). Johnny ve que los demás ascienden, pero la mayoría de los chicanos, negros e indios de su cuadrilla permanece estancada.

Un día, la compañía contrata a un grupo de jóvenes anglosajones. Johnny es el encargado de entrenarlos y pocas semanas después, los neófitos son ascendidos a aprendices. Sin embargo, él permanece en la misma posición. La acería apela a estrategias complejas para que los trabajadores de color sigan siendo discriminados y no puedan hacer nada al respecto. Johnny se enfurece y decide entablar una demanda por discriminación ante el sindicato.

Esto llama la atención de Lane Peterson, el director de la planta, un administrador de cuarenta y tantos años, calvo, de esos que visten camisa blanca y corbata. Este hombre de Pennsylvania controla la acería como si fuera un *sheriff* del Lejano Oeste. Hace lo que quiere y las oficinas principales interfieren poco, salvo cuando la producción sufre tropiezos. Peterson casi nunca se entremete en asuntos administrativos, pero no vacila en actuar cuando se trata de enfrentar problemas organizados como quejas por discriminación, pues deduce que casi todas deben provenir de minorías.

Desafortunadamente, los jefes de la planta no constituyen el único problema para Johnny.

El sindicato está en manos de los vejetes más conservadores que ha producido la acería. Por ejemplo, Harry el sucio trabaja como guardia en los tribunales. Bob Michaels, el representante sindical, pertenece a la misma camarilla. No hacen otra cosa que jugar bingo y sostener reuniones monótonas que no conducen a nada.

La petición de Johnny es rechazada y el sindicato se niega a hacer algo al respecto. Él comienza a buscar apoyo en las reuniones del sindicato, a exigir algunos cambios y a hablar con sus compañeros de trabajo.

"¿No están cansados de tanta mierda?" le pregunta a un grupo de trabajadores de cascos marrones a la hora del almuerzo. Lo han trasladado a la fábrica de cables, que es como la Siberia de la acería: Johnny cree que lo han enviado allí para que no pueda hablar con los operarios de los hornos y del cilindro de la planta principal, que son más vulnerables.

"Sí, pero lo que hagamos no va a cambiar nada," dice un negro llamado Al Simmons. "Llevo quince años aquí: ¿no crees que hemos hecho todo lo que ha estado a nuestro alcance?"

"No acepto que se rindan. Nos mantienen oprimidos, fingiendo que hay un decreto de mutuo acuerdo, pero buscan todas las formas posibles de violarlo."

"No nos estás diciendo nada nuevo," continúa Al. "Pero no iremos a ninguna parte mientras que el sindicato esté en manos de esos viejos racistas."

"Bueno, entonces hagamos que cambien las cosas," propone Johnny. "Elijamos a nuestra gente."

Al mira a Johnny como si estuviera loco.

"¿Cómo crees que reaccionarán Denton y el Ku Klux Klan? Harán todo lo posible para que cualquiera que intente cambiar las cosas sea despedido o le pase algo peor."

"No les tengo miedo," afirma Johnny. "Vamos a ver si lo hacen."

"Puede que tengas bolas de acero, pero no llegarás a ningún lado si no tienes gente que te apoye."

"Bien, ayúdenme entonces. Se que puedo convencer a varios trabajadores si proponemos una lista de candidatos para las próximas elecciones del sindicato. Una lista de negros y de mexicanos, ¿qué les parece?"

"¿Negros y mexicanos? Oye, llevas poco tiempo acá, ¿verdad? ¿No te das cuenta que somos como el agua y el aceite? ¿Cuándo vas a lograr unir a los negros y a los mexicanos de esta acería o de esta ciudad? Estás soñando demasiado."

"Tenemos que comenzar por algo," insiste Johnny. "Tal vez pueda decirle a mi papá que nos ayude. Participó a comienzos de los sesenta, cuando el sindicato estaba en manos de negros y mexicanos. Recuerda cómo eran las cosas en aquel entonces y todos los cambios que ocurrieron después. Claro que ahora la realidad es diferente, pero podemos hacerlo de nuevo. Tenemos que hacerlo. De lo contrario, siempre estaremos jodidos."

"De acuerdo. Te diré lo siguiente," señala Al. "Consigue representantes de los peones, de los operarios de los cilindros y de las unidades especializadas de todos los talleres de laminación, las fraguas, la fábrica de cables, la bodega y los hornos: dime cómo lo hiciste y te apoyaré. Organiza una reunión en algún lugar, no me importa en dónde: puede ser en la iglesia local si quieres. Pero si no asisten suficientes personas—y créeme, sé lo que eso significa—me retiraré."

"Bien, esto ya es un comienzo," dice Johnny animado mientras observa a los asistentes. Todos son negros; prestan atención, pero no participan en la conversación. Johnny sabe que Al es un líder y que ellos lo respetan. "Transmitiré el mensaje. Organizaremos una reunión y veremos quiénes asisten. Si no consigo suficiente apoyo, podrás retirarte y no me molestaré. ¿Trato hecho?"

"Sí. Pero déjame terminar antes de que suene el pito."

Esa noche, Johnny visita a sus padres, quienes viven en la calle

Nadeau, a pocas cuadras de su apartamento. Procopio y Eladia viven en una de las seis casas alineadas una frente a otra; Tiene apenas una habitación, y está bien para ellos. Hace ya mucho tiempo que rentaron la casa donde vivían, la misma en la que Johnny creció.

Procopio está viendo televisión en la sala. Johnny entra y lo saluda. "¿Qué hubo, 'apá?"

"M'ijo, ¿qué te trae por aquí? Ya casi nunca vienes," dice Procopio, levantándose de un sofá forrado en plástico.

"No te levantes, papá," le dice Johnny. En ese momento su madre llega con su delantal manchado de comida. Se limpia las manos y besa a Johnny en la mejilla.

"Y tú, sinvergüenza, ¿en dónde has estado últimamente?" le pregunta.

"Trabajando, igual que papá y todos los demás."

"¿Cómo sigues de las costillas? Me refiero a las que te rompieron."

"Bien, mamá. Volví a trabajar hace unos días. Estoy bien."

Johnny se sienta al lado de Procopio y ve brevemente la televisión en señal de cortesía: no le interesan los pésimos programas mexicanos con esos payasos estúpidos que hacen las bromas más flojas que haya escuchado.

"Oye, 'apá. Estoy organizando una lista de candidatos de chicanos y negros para las próximas elecciones del sindicato," dice por fin Johnny.

Procopio se da vuelta para mirar a su hijo.

"N'ombre. ¿De veras crees que puedes hacerlo, cuando sabes que Dent y todos sus secuaces están encima de ti?"

"Exactamente. Eso es lo que haré. Ya estoy harto de tener que andar con tanto cuidado. Ya fue suficiente con haber tenido que decirles a mis amigos que no fueran a Wild Wooly's cuando regresé a trabajar. Necesitamos controlar el sindicato y utilizarlo a nuestro favor para que satisfaga nuestras necesidades y deje de estar controlado por esos perros racistas que se han burlado de lo que significa ser un sindicalista."

"Estallará una guerra y varias personas saldrán lastimadas," advierte Procopio.

"Lo sé. Pero tenemos que hacerlo. Mira por ejemplo mi situación: no he podido ascender a maquinista. Los directivos de la compañía sólo sacan disculpas. Dicen que sé hacer mi trabajo mejor que cualquiera, y se valen de ese argumento para dejarme allí con el mismo salario. Necesito ascender a maquinista si quiero lograr algo en la planta. Ese es solo uno de los muchos asuntos pendientes que tenemos y sabes muy bien a qué me refiero, ¿verdad, 'apá?"

"Entiendo, m'ijo. Solo quiero que estés seguro de lo que haces."

"Conseguiré apoyo. Les hablaré a mis amigos de las unidades especializadas. También puedo conseguir el apoyo de los fundidores de los hornos y de las cuadrillas de peones de todos los talleres de la planta. Pero necesitaré tu ayuda. Todo el mundo te conoce. Si cuento contigo, podré organizar una reunión para hablar de estos asuntos. Logré incluso que Al Simmons esté dispuesto a unirse."

"¿Al Simmons?" exclama Procopio tocándose la nariz. "No te fíes de él; solo le interesan los negros."

"Es cierto; el problema es que los mexicanos y los negros no se miran ni a los ojos. Es por eso que la compañía mantiene la rivalidad entre nosotros. Terminamos peleando unos con otros por migajas, mientras que Dent y los miembros del Ku Klux Klan ocupan los mejores cargos y la compañía comete asesinatos que quedan impunes."

"¿Te refieres a casos como el de Severo?"

"Sí, 'apá. No se me ha olvidado lo que me contaste. Entiendo que no es el único caso. Sé de otros trabajadores a quienes supuestamente los dejaron solos y terminaron 'accidentados.' También me enteré cómo fue que Dent y sus matones sacaron al último presidente chicano del sindicato: robaron dinero y le echaron la culpa a él. Sé muy bien de lo que son capaces, pero estoy dispuesto a responder al fuego con fuego. Es la única opción que tenemos. Creo que vale la pena, así me expulsen de aquí."

"No me preocupa que te despidan. Pero no quiero que te pase nada. Perder a Severo ya fue bastante doloroso."

"Lo sé, papá. Tomaremos precauciones. Nos cuidaremos mutuamente, así como lo hacíamos en Florence; aprendí algunas cosas allá. Esos tipos todavía me cuidan. Saben que ya no estoy en la 'vida,' pero me cuidan a mí y a Aracely. ¿Recuerdas una vez que un tipo entró a nuestro apartamento mientras ella dormía? Ella llamó a Popeye y a Chivo, no a la policía. Llegaron de inmediato y se encargaron del pinche ladrón. Esos tipos todavía me tratan como si yo fuera uno de los suyos. Incluso, se sienten orgullosos de que yo esté trabajando en Nazareth. Soy como un héroe para ellos, pues casi ninguno puede conseguir empleo."

"Órale, m'ijo, será que estoy cansado y viejo," dice Procopio. "Pero yo era como tú. Realmente me da mucha alegría que estés en la acería. Tienes el espíritu de antaño, y creo que vale la pena intentarlo. Para ser honesto, estoy cansado de que esos güeros lo controlen todo. Son una pequeña minoría, pero creen que pueden controlar el sindicato y todo lo que pasa en la planta. Solo quiero que recuerdes esto: tienes que ser muy listo. Tienes huevos, pero también necesitas cerebro."

Durante las siguientes semanas, Johnny habla con todos los peones, obreros, maquinistas y otros empleados de confianza. Como se mueve por toda la planta, puede transmitir mensajes entre varios sectores que normalmente no tienen comunicación entre sí. Obtiene el respaldo de Ray y de los chicanos que trabajan en la cuadrilla de aceitadores y engrasadores. Clyde Fourkiller y los indios de la cuadrilla de engrase y las unidades de reparación aceptan trabajar con él. Habla con Tigre Montez, uno de los líderes de los trabajadores del cilindro de 10 pulgadas, y con Pepe Mosca Herrera, uno de los principales fundidores de la planta de los hornos. Sus hermanos dudan un poco más, pero Procopio habla con ellos y consigue su ayuda.

Logra incluso que Rex—el viejo maquinista—le preste atención, aunque Johnny sabe que el veterano los criticará; ya ha visto muchas cosas y no va a gastar energías en ninguna lucha sindical de advenedizos, a pesar de que cree en ella, pues ha sido el único mexicano que ha trabajado varias décadas en las unidades especializadas.

Por supuesto que todo llega a oídos de Lane Peterson. Sus espías le han informado que Johnny está hablando con trabajadores importantes. Peterson se sienta en su escritorio y saca una carpeta vacía. Escribe *Johnny Salcido* en la parte superior y la guarda en un archivador del que solo él tiene llaves. Es así como lleva la cuenta de los problemas potenciales que puedan presentarse.

Un día, Johnny hace fila para comprar su almuerzo en el carro de comida mexicana que se estaciona en la caseta de los maquinistas. Está pidiendo un burrito de carne asada y Harley Cantrell se le acerca.

"¿Cómo te va, Johnny?"

Johnny mira quién lo ha saludado. No sabe muy bien qué pensar de él y de sus compañeros de grupo. Son agradables, le complace que se siente con los integrantes de la cuadrilla de engrase—algo que muy pocos hacen—y que discuta de temas políticos con ellos. A Johnny le encantan esas discusiones, e incluso coincide con Harley la mayoría de las veces, pero también nota que los maquinistas lo evitan como si se tratara de una plaga.

"¿Qué tal, Harley? ¿Qué ha pasado?" le pregunta Johnny, sin mucho interés, pues sabe que habla con todos para hacer propaganda comunista.

"Entiendo que estás buscando apoyo para obtener el control del sindicato," dice Harley.

"¿De veras?" responde Johnny, preguntándose cómo pudo haberse enterado. "Sí, bueno, estoy proponiendo que los chicanos y los negros asumamos el control y creo que tú entiendes de qué se trata."

Harley está acostumbrado a que lo rechacen, pero eso no lo detiene ni un ápice. Todos los trabajadores son importantes, todos los trabajadores implican un desafío. Sabe que ser comunista en una acería norteamericana es como estar en un nido de serpientes. Pero tiene una visión, una fuente de conocimientos y un plan.

"Sí, creo que necesitarás ayuda," explica Harley. "No haremos nada que no quieras, pero puedo conseguir el apoyo de muchos trabajadores que no te apoyarían inicialmente. Todos tenemos algo en juego, estamos juntos en esta planta, sabemos que hay injusticias, y si atacan a un trabajador, nos estarán atacando a todos. Además, odio a esa camarilla de fascistas que dirige el sindicato. Lo mejor que podemos hacer es deshacernos de esos payasos."

"Bueno, yo no rechazo el apoyo de nadie. Vamos a necesitar todo el respaldo posible," dice Johnny. "Pero espero que entiendas que no queremos que tú ni tus amigos comunistas asuman el control. Eres bienvenido, pero seremos nosotros quienes dictaremos las reglas del juego."

"Oye, no queremos controlar nada," dice Harley riéndose. "Odiamos al sistema capitalista y estamos a favor de una sociedad trabajadora. Aparte de eso, estamos dispuestos a apoyar a cualquiera que intente mejorar la situación de los trabajadores. Podemos ayudar de muchas formas. Ronnie—ya sabes, el electricista japonés de los hornos—está con nosotros. Él sabe cómo hacen dinero la planta y los accionistas, sabe de los planes de retiro y de su relación con el sindicato local. Te daremos toda la información que necesitas. Le transmitiremos el mensaje a toda la planta. Muchos trabajadores también quieren un cambio, no sólo los chicanos y los negros, sino también muchos blancos. Tal como dijo Benjamín Franklin: 'o nos mantenemos juntos, o nos colgarán por separado.'"

"Está bien, Harley," dice Johnny para dejar las cosas en claro, algo que Procopio le sugirió cuando hablara con personas como él. "No quiero que esto sea una especie de golpe comunista. Si lo hacemos, la compañía nos cortará la garganta. Necesitamos que esto tenga una mayor trascendencia. Hay católicos, evangélicos y anticomunistas entre los maquinistas. Los hay de piel cobriza, negros y estoy dispuesto a reconocer que también hay blancos: los necesitamos a todos si queremos deshacernos de esos bastardos. Claro que puedes ayudarnos, pero no conviertas esto en una causa comunista. Y si das al traste con esto, nunca más volveremos a escuchar tu discurso comunista, así a veces tengas la razón."

"Tienes algunas ideas infundadas sobre los comunistas," dice Harley. "Pero ¡qué diablos! estoy de acuerdo, no se trata de nosotros. Se trata de la justicia y de la igualdad en nuestro lugar de trabajo. Si quieres nuestro apoyo, no vacilaremos en dártelo."

Johnny sabe que los comunistas pueden ser de gran ayuda. Mientras que la gran mayoría de los obreros de la acería escasamente ha terminado la secundaria, los comunistas son instruidos y pertenecen a la clase trabajadora. Nunca está por demás tener tipos inteligentes de tu parte, concluye, creyendo en lo que le ha dicho su padre.

"Está bien; contaremos contigo. Te informaré cuando nos reunamos. Solo quiero invitar a personas confiables. Ya sabes que hay que ser discretos: si nuestros planes caen en manos equivocadas, perderemos antes de haber comenzado."

"Sabemos quién es quién. Te buscaré."

Harley se va y Johnny piensa que el asunto está adquiriendo más importancia de lo que había creído inicialmente. Se pregunta si realmente podrá controlar todas las ramificaciones de lo que está intentando hacer, pero ya no se puede echar para atrás, pues su credibilidad está en juego. Tiene que salir adelante, cualquiera puede decir lo que sea, pero él tiene que hacer que las cosas cambien.

3

NOCHES, PAREDES Y UN BEBÉ

En su apartamento de una habitación, Aracely barre el polvo debajo del colchón sostenido por bloques de hormigón; saca con la escoba un calcetín sucio, colillas de cigarrillo y una lata de cerveza aplastada. Casi no puede agacharse y respira con dificultad, pues tiene ocho meses de embarazo.

"Fumando en la cama," exclama para sus adentros. Desde hace algún tiempo está preocupada por la forma en que Johnny fuma y bebe. No se trata de los daños que puedan sufrir el bebé y ella, sino que cuando está en casa—pues la mayoría de las noches no lo está— necesita beber por lo menos seis cervezas antes de dormirse.

Aracely se incorpora y pone su mano en la cadera. Le duelen la espalda y las piernas; unas venas varicosas comienzan a aflorar prematuramente detrás de sus rodillas. Decidieron que ya era tiempo de tener hijos, algo que siempre habían querido. Gracias a todas las horas extra de su esposo, Aracely ha dejado su monótono trabajo en la línea de ensamblaje y permanece todo el tiempo en casa.

Johnny por fin se ha convertido en aprendiz de maquinista. Esto significa un mejor salario, pero también trabajar en los temidos turnos rotatorios. Las ventanas de la pequeña habitación están cubiertas con papel aluminio para evitar los rayos solares cuando Johnny duerme de día y trabaja de noche.

Lo único rescatable de todo esto es el formidable plan de salud que reciben los empleados, que cubre el cuidado prenatal y la maternidad. Aracely y Johnny están tomando incluso clases gratuitas de

Lamaze en el centro de salud de Huntington Park, al otro lado de la vía del tren de Alameda, un poco más arriba de Florence.

Está sorprendida, pero también contenta, de que Johnny esté interesado en las clases de Lamaze; practica con cuidado todos los métodos de respiración y lee todas las cartillas sobre cuidado infantil. Los trabajadores del sindicato han luchado para obtener estos beneficios a nivel nacional; pero las batallas del sindicato local están lejos de terminar.

Johnny lleva varios meses trabajando en la organización de una lista de candidatos negros y chicanos para cargos directivos del sindicato. Aracely asiste a la primera reunión del movimiento en ciernes, que tiene lugar en una iglesia de South Central L.A. La mayoría de los asistentes son blancos, y no asisten tantos mexicanos y chicanos como Johnny quisiera. Esto lo obliga a concluir que la mayoría de los mexicanos no confían en los negros. Él sostiene que no pueden ganar sin la participación y el apoyo mutuo; pero solo unos pocos miembros de la Raza asisten a la primera reunión.

Al Simmons cruza las puertas de la iglesia, echa una mirada alrededor, ve que los negros son mayoría y por poco se retira. Sin embargo, Johnny lo convence para que permanezca.

"¿Me estás diciendo que vas a liderar una revuelta en el sindicato cuando no puedes traer ni a tu propia gente?" pregunta una vez que comienza formalmente la reunión. Varios negros asienten.

"Bueno, ya lo has dicho, Al. Los negros y los mexicanos no se llevan bien," explica Johnny. "No será fácil. Pero estoy dispuesto a que las cosas funcionen. Este es solo el comienzo."

"Oye, no olvides que algunos mexicanos hemos venido," grita Junior desde la parte posterior de la iglesia.

"La familia Salcido está aquí," añade Al, provocando la risa de varios asistentes. "Sé que no es fácil unir a la gente. Pero si cumplo con mi parte del trato, es natural que quiera saber qué me puedes ofrecer. Necesitaremos muchas fuerzas si queremos sacar a los blancos. Yo tengo las mías, ¿dónde están las tuyas?"

"Entiendo, pero creo que la gente está esperando a ver qué sale de esta reunión," dice Johnny. "Si podemos elaborar algunos planes generales, algunos pasos para la acción y quizá algunas estrategias para reclutar más trabajadores, estoy convencido de que podremos conseguir su apoyo."

"Joven, estás poniendo mi paciencia a prueba," interrumpe Al. No quiero cargos secundarios. Sacaremos a esos tontos; queremos que el sindicato esté dirigido por negros. De todos modos, somos nosotros quienes hemos venido. Estamos listos, así que pongámonos en marcha."

Johnny sabe que esa ha sido la posición de Al desde el comienzo. No necesita a los mexicanos; está organizando las fuerzas laborales negras y cree que no necesita a ningún otro grupo.

En ese momento, Robert Thigpen se pone de pie. No ha dicho nada durante la reunión, y ya le había manifestado a Johnny que no quería una revolución en el sindicato. Sin embargo, ha asistido a la reunión; un poco borracho y con los ojos rojos, pero ha asistido.

"Sí, hermano, podemos hacer eso," logra decir Robert, hablando lenta y cuidadosamente. "Pero aún somos una minoría en este lugar. Los mexicanos son la mayoría. Los necesitamos a ellos, y ellos nos necesitan a nosotros. He trabajado mucho tiempo con Johnny. Confío en su palabra. Es el mejor representante que tenemos para hacer una fuerte demostración contra esos miserables halcones del sindicato. Si quieres que esta revuelta tenga el color negro, perderás. Propongo que enviemos más volantes—en inglés y en español—y que incluyamos a nuestros hermanos en esto. Podemos hacer que ruede la bola, pero asegurémonos de que ruede entre más trabajadores de la planta. Nuestro poder está en nuestros números. Y nos irá mejor si hacemos todo lo posible para que esos números aumenten, hermano."

Johnny está impresionado por el razonamiento de Robert, pues casi siempre está demasiado borracho como para decir algo en serio. Sin embargo, consigue expresarse con elocuencia. Esto hace que los demás asistentes se calmen… todos, menos Al.

Mira a tu alrededor, hermano," responde Al, haciendo énfasis con tono sarcástico en la última palabra. "Puedes ver que somos el único grupo fuerte. No necesitamos a los mexicanos; ni siquiera pueden unirse. Y definitivamente no necesitamos a ningún blanco."

Al se da vuelta y señala a Harley Cantrell y a otros cuatro blancos que están en la parte posterior de la iglesia.

"Estamos endemoniadamente seguros de que no necesitamos a ningún blanco," repite Al. "Podemos hacer esto solos. En mi opinión, no hay blancos buenos ni malos. Solo son eso: blancos pobres y racistas. No podemos confiar en ellos mientras podamos derrotarlos."

Johnny ve la división entre los trabajadores; es más grande que varios cañones del Colorado juntos. Los chicanos, los negros, los indios, los blancos: todos viven en su propio mundo, aunque todos se enfrentan también al mismo poder monolítico de la compañía y de los halcones del sindicato que trabajan para ella. Procopio le había advertido a Johnny que los blancos conservadores se habían valido de estas divisiones para asumir el control del sindicato a finales de los años sesenta.

Johnny está a punto de claudicar. Quizá todo sea un error. ¿Cómo podrá luchar contra tantos años de amargura, rivalidad y odios? Es así como los poderes dominantes ganan siempre: manipulando la desconfianza. ¿Cómo se ha atrevido a pensar que podrá reparar el daño causado por el racismo, el miedo y la competencia despiadada en la lucha por la supervivencia a lo largo de tantas generaciones? Los mexicanos no se molestaron en asistir, precisamente lo que buscaba Al para poder hacer lo que quiere: Johnny debe haber estado loco para pensar que podría superar unas divisiones tan profundas.

Quiere sentarse. Mientras tanto, Procopio se para lentamente de su silla; lleva un overol raído, una camisa de trabajo amplia y gris. Su piel oscura contrasta con su cabello casi enteramente canoso y corto. Se dirige a Al y a todos los asistentes en un inglés con un fuerte acento.

"¿Ustedes dicen que odian a los blancos?" señala Procopio con voz fuerte y resonante. "Pero no saben lo que es el odio. He visto lo que han hecho los perros racistas y sus esbirros corruptos en México y también cuando trabajé en Arizona. Vi cómo Severo—mi propio hijo—fue asesinado por Dent y los miembros del Ku Klux Klan. Les repito: ustedes no tienen idea de lo que es el odio. Es probable que yo no sepa mucho. Solo soy un trabajador de los hornos, pero sí sé una cosa: que el odio los mata a ustedes, no a ellos. Mi padre vio cómo miles de personas fueron asesinadas, ahorcadas y torturadas durante la revolución mexicana. Vio cómo los yaquis—nuestra propia gente—fueron esclavizados y expulsados de su tierra como si fueran pulgas. Mi padre tenía tanto odio que el alcohol que terminó por matarlo no pudo ablandarle su corazón de piedra. Odiaba a su esposa—a mi mamá, una india hermosa y encantadora—y nos odiaba a nosotros, sus propios hijos. Una vez que comenzó, no pudo dejar de odiar… ese fue su problema. Y ese es el problema de ustedes también, Al. Estoy de acuerdo con mi hijo Johnny y con su amigo Robert. Tenemos que hacer lo que ellos no esperan que hagamos: unirnos. ¿Se imaginan, hermanos? Si nos uniéramos: ¡válgame Dios! Y en cuanto a luchar junto a los blancos: fíjense, si contamos con personas como Harley y otros blancos que están dispuestos a combatir a quienes ocupan los cargos directivos del sindicato, ¿no creen que eso nos ayudará? ¿Por qué nos empeñamos en querer dividir a la gente más pobre según el color y el idioma, mientras que tratamos a los blancos como si fueran un bloque de granito sólido? No lo son, no todos están de acuerdo. No todos son racistas. Algunos de ellos, como ustedes saben, son tan pobres como nosotros. Si nos unimos—todos los pobres sin importar el color—y hacemos que nuestros enemigos se dividan, tendremos la clave ganadora; es como apostar a los caballos: apuestas a los menos opcionados y la mayoría de las veces no ganas, pero cuando lo haces, ganas en grande. Tenemos que comenzar a ganar en grande. Se trata de una elección. Pero, ¿y luego qué? Necesitamos estrategias. Necesitamos tácticas. Podemos lograr todo esto, pero tenemos que pensar en grande, no en cosas pequeñas."

Procopio hace una pausa y luego concluye: "Eso es todo lo que tengo que decir."

Y entonces, varias personas, incluyendo algunos negros, comienzan a aplaudir; Harley y sus amigos son los que aplauden con más entusiasmo. Johnny se levanta de su silla y se une lentamente a la ovación general, aplaudiendo cómo lo hicieron los huelguistas del Sindicato de los Trabajadores Agrícolas Unidos cuando su héroe, César Chávez, pronunció su discurso. ¿Acaso Chávez no contó con el respaldo de blancos, negros, filipinos y gentes de todas las clases y razas en la huelga de la uva de 1965 que ayudó a que el sindicato fuera reconocido? se pregunta Johnny.

Al se sienta y escucha a otros hablar; son hombres articulados, que básicamente están de acuerdo con Procopio y proponen estrategias para asumir el control del sindicato en beneficio de las mayorías. Al ya no parece estar tan pesimista como antes; después de todo, quizá este sueño de unidad sea posible.

Johnny comienza a sonreír. Parece ser el comienzo de la victoria: es lo que él quería poner en marcha. Las piezas del rompecabezas comienzan a encajar. Habla con personas que le ofrecen alternativas. Hay una dosis de sabiduría ganada con esfuerzo, incluyendo a quienes han participado en huelgas de otras industrias o que han sostenido batallas similares en otras grandes fábricas. El hecho es que este tipo de lucha se está llevando a cabo en todas partes, no sólo en Nazareth.

Con el tiempo, Johnny propone una lista de candidatos y un programa que contiene los cambios que quieren promover en la campaña, para que esa reunión sea productiva y la mayoría de los asistentes asistan de nuevo a la próxima reunión… y a la próxima y a la próxima.

Ese día, Aracely percibe una fuerza y una paciencia en Johnny que no había visto antes. Y también ve la fuerza y la experiencia de Procopio, su suegro, un hombre usualmente callado y que ahora parece ser un volcán en erupción. Se siente orgullosa de él y de su familia, pero también se siente triste. Johnny es un buen hombre, quizá demasiado bueno, y seguramente sufrirá y se decepcionará. Ella también se pregunta si se ha sentido desilusionada y herida por todo el tiempo que Johnny le dedica a la acería en vez de estar con ella y con la familia que han formado. Trata de no pensar mucho en esto mientras está sentada, observando lo que sucede en la reunión.

"Gracias, Robert, te agradezco tu apoyo," le dice Johnny a su compañero de trabajo, quien se acerca a él mientras que los demás mueven sus sillas para irse.

"Escuchen, no estoy tan jodido como ustedes pueden pensar," dice Robert. "Aquí hay algo que vale la pena intentar."

Johnny mira a su padre y lo abraza, algo que no ha hecho desde que era muy niño.

Procopio se siente incómodo y fuera de lugar, pero consigue abrazar brevemente a Johnny con un brillo de satisfacción en sus ojos. Sus hijos lo acompañan sonrientes. Aracely aprende algo acerca de los hombres: que pueden amar, pero no siempre lo expresan como lo hacen las mujeres.

Las reuniones continúan. Otros trabajadores mexicanos se interesan por la causa gracias a los volantes—y a la influencia de los hermanos Salcido y de su padre—casi la mitad de los asistentes a la quinta reunión son mexicanos y casi la otra mitad es negra. Al está contento. Incluso asisten más trabajadores blancos. Parece que, después de todo, la mayoría de los trabajadores tendrá una representación.

Finalmente, y luego de varias reuniones, discusiones, pasos en falso y malentendidos, logran crear una lista de candidatos que se enfrentarán a los representantes de la vieja guardia del sindicato. La lista está integrada por Al Simmons para presidente, Johnny para vicepresidente, Tigre Montez—del cilindro de 10 pulgadas—para tesorero; Jacob Wellborne, otro líder de la cuadrilla de peones para tesorero; y Harley Cantrell como oficial de orden, pues muchos creen que se necesita un blanco progresista entre el grupo nominado. Debido a la participación de Harley, no podrán decirles gabachos a los blancos ni referirse a ellos con términos despectivos. Johnny está de acuerdo con esto. Si piensan derrotar a los dirigentes del sindicato, que son pocos, están afianzados en sus cargos y son de extrema derecha—sin importar el color—necesitarán un número significativo de blancos a su favor. Entre los nominados para cargos directivos del sindicato hay varios negros, mexicanos y—teniendo en cuenta su punto de vista sobre el asunto—unos pocos blancos que respaldan su plataforma de igualdad y de justicia para todos los trabajadores, sin importar el color.

Claro que la vieja guardia no permanece cruzada de brazos ante este escenario. Como sus cómodos cargos en el sindicato están en juego, actúan con mayor rapidez de lo que han hecho con respecto a cualquier petición legítima. Colocan calcomanías y volantes en todos los lugares de la planta. Uno de los avisos, que lleva la bandera norteamericana, dice: "confía en los justos y efectivos."

Adicionalmente, Dent y sus secuaces entran en acción: dejan amenazas en los *lockers* de varios trabajadores y en los parabrisas de sus coches. Johnny encuentra en su *locker* un pedazo de papel con la figura de un hombre ahorcado. Y como si fuera poco, propagan el rumor de que los comunistas intentan apoderarse del sindicato, exactamente lo que había temido Johnny cuando invitó a participar a Harley.

Uno de los contratiempos tiene que ver con Mosca, líder de los operarios de los hornos, quien de repente cambia completamente de parecer. Pasa de apoyar al movimiento de Johnny, a oponerse completamente a él y a decir que es una peligrosa pérdida de tiempo. Procopio, quien está ayudando a difundir información sobre la campaña de su hijo entre las cuadrillas de peones, dice que Denton y el Ku Klux Klan acorralaron a Mosca. Este es un hecho desafortunado, pues tiene una influencia considerable entre los trabajadores. Sin embargo, no es un hombre de principios, sino un insecto parasitario, como su apodo lo indica, y es el primero en decir que la nueva lista de candidatos está conformada por un "montón de comunistas y de rojos."

Gerardo Reyes, que trabaja en la cuadrilla de peones del cilindro de 32 pulgadas y uno de los principales activistas, es encontrado herido de gravedad después de haber resbalado y caído al piso desde 20 pies de altura. De nuevo, no parece ser un accidente, pues alguien derramó una lata de aceite en la pasarela metálica. Gerardo se ha fracturado las dos piernas, pero jura permanecer activo en la lucha por obtener el control del sindicato una vez se recupere.

"Que se jodan," dice Gerardo desde la cama del hospital cuando Johnny lo visita. "Debían haberme matado. Pero no lo hicieron, así que se jodan."

Johnny no es inmune a los ataques. En su primer día como aprendiz de maquinista lo asignan para trabajar con un maquinista oficial llamado Steve Rodham, uno de los hombres más racistas de toda la planta. Johnny percibe que está tramando algo.

Steve no le dice nada y se va al sitio de reparación al cual han sido asignados. Johnny lo sigue y durante la mayor parte del día, Steve lo hace ir y venir una y otra vez—lo manda a traer herramientas de la caseta—y Johnny se siente como una mula.

En un momento determinado, Steve está soldando dos piezas metálicas en arco y le dice a Johnny que las asegure con candados en U. Sin embargo, no le advierte que no puede mirar la luz de la soldadura, que tiene casi la misma energía que la de un rayo, y continúa soldando las piezas metálicas. Johnny mira atentamente la soldadura, y Steve permanece en silencio.

Observa el "pequeño sol" en el punto de fusión entre la varilla y el metal; sólo lleva puestas unas gafas de seguridad para protegerse los ojos. Steve hace unos puntos perfectos a lo largo de las grietas; a fin de cuentas lleva dos décadas haciendo eso. "Es increíble la destreza que se necesita para hacer una simple soldadura," piensa Johnny.

Lo que no sabe es que necesita un casco para soldadura en arco que le cubra toda la cara y que tenga una ventana especial para sus ojos como la que tiene Steve. Las gafas de seguridad no brindan ninguna protección contra la soldadura en arco. De hecho, Steve se ha cubierto el torso y los brazos con piezas de cuero; pues de lo contrario, podría recibir los mismos efectos de una insolación. Johnny no tiene ninguna protección sobre su piel.

Más tarde, tiene dificultad para mantener sus ojos abiertos mientras conduce a casa. Consigue llegar, pero su condición empeora. Sus ojos le arden como si le hubieran clavado pequeñas agujas. Puede sentir los fragmentos de pelusa, polvo y partículas metálicas en sus globos oculares. Aracely se preocupa. Johnny actúa como si no hubiera pasado mayor cosa, pero el dolor se vuelve insoportable. Finalmente deja su orgullo a un lado y pide que lo lleven a la sala de emergencias; Aracely lo lleva al Hospital Kaiser. Los médicos le examinan los ojos, lo escuchan y luego le dicen que ha perdido la lubricación en sus ojos y que si hubiera mirado la soldadura en arco un poco más, habría sufrido lesiones permanentes en su visión.

Esa noche, cuando está en cama, ella lo abraza cariñosamente y le cubre sus ojos con gasa y vendas hasta que se queda dormido. Pasan varios días antes de que recupere la lubricación y sus ojos vuelvan a estar húmedos y protegidos. Al igual que antes, Johnny pierde varios días de trabajo, y de nuevo, un perro racista es el culpable de sus lesiones. Siente deseos de vengarse, pero sabe que necesita esperar un tiempo. Steve Rodham no asumirá la responsabilidad por lo que hizo; le ha dicho a todo el mundo que Johnny debía saberlo, y que no le corresponde dar lecciones de seguridad básica.

Johnny tendrá que adelantárseles a Steve y a sus amigos si quiere disputar las elecciones del sindicato local. Necesita estar listo para lo que sea.

Sin embargo, Aracely está encinta. Esto estropea los planes de Johnny, pero de todos modos decide continuar con la campaña para asumir el control del sindicato. Aracely se preocupa por la forma en que lo están atacando.

Aracely se dirige a la cocina para guardar la escoba, pero sus labores domésticas y preocupaciones terminan por cansarla. El sol de Los Ángeles cae sobre el apartamento. Ella coloca un pequeño ventilador al lado de una silla mecedora y deja un cartón de leche a sus pies. Se sienta en una silla, y su barriga sobresale tanto que no puede verse los dedos de los pies.

La batalla continúa. Aracely es parte de ella, así le guste o no. Si a Johnny le sucediera algo, tendría que criar sola a su hijo, que pronto nacerá. Pero ella cree en él y en la lucha en la que se ha involucrado. Si ha aprendido algo, es que hay que luchar por la dignidad y el respeto que se quiera conseguir en este mundo. Alejarse de los problemas porque son "problemas," no es una alternativa. Nunca lo será para Aracely ni para Johnny. No cuando se trata de alcanzar lo que otros dan por descontado, de conseguir lo que te corresponde como trabajador norteamericano y como ser humano.

Pone sus pies sobre un cajón de madera y minutos después

cae dormida; sus preocupaciones son como una tinta oscura en sus sueños.

Hay algo con respecto al turno de noche. Johnny no tiene problemas con los turnos de día y de la tarde: de hecho, el turno de la tarde es su preferido, ya que puede dormirse tarde y aprovechar el día para hacer cosas que no puede hacer en otras ocasiones.

Pero las noches son diferentes: suceden varias cosas extrañas.

Al igual que muchos niños, Johnny aprendió a temerle a la oscuridad de la noche, a los peligros invisibles, a las criaturas que merodeaban, al silencio inquietante acentuado por grillos, búhos y murciélagos. Es la hora de los sueños, del tiempo mágico, del reino de los espíritus en que no puedes controlar nada. Johnny le teme a la noche. Recuerda varias veces, cuando era niño, haber tocado la puerta de la habitación de sus padres para pedirles que lo dejaran dormir con ellos. Eladia se levantaba y lo llevaba de nuevo a su habitación, sugiriéndole cariñosamente que Jesús y los ángeles guardianes estaban cerca y velaban por su seguridad. Pero eso lo asustaba aún más.

Recuerda un sueño que tuvo a los cuatro o cinco años. Se había caído de la cama. En la pequeña casa, al lado de las líneas del ferrocarril cerca de la avenida Florence, había un corredor que conducía al comedor y a la cocina. Johnny vio una figura grande y oscura, un fantasma o monstruo de mal agüero, algo demasiado terrible como para describirlo. Se movía lentamente hacia él, pero Johnny no podía levantarse. Lo intentó una y otra vez, pero estaba adherido al piso de su habitación, como si le hubieran echado goma de pegar. La criatura se acercó y él gritó, pero sus gritos no eran audibles. Estaba solo e indefenso. Sintió que iba a morir. Nunca logró olvidarse de ese sueño que todavía lo persigue.

Así que los turnos de noche son especiales para Johnny. Especiales en un sentido inquietante.

La primera vez que Johnny llega de noche a la acería, todo se siente diferente; el aire fresco y el cielo oscuro se ciernen sobre una planta ruidosa y fuertemente iluminada. Se dirige hacia su *locker* de la caseta principal. No hay nadie; el lugar parece abandonado y muy diferente a lo que se ve durante el día, cuando los aceitadores y engrasadores y los aprendices de maquinistas se reúnen para compartir historias y cigarrillos mientras se preparan para sus labores. Johnny se siente mal, como si no debiera estar allí.

Saca sus herramientas, su casco duro y sus gafas, y va a la caseta de los maquinistas que hay debajo del piso de los hornos. Esa semana le toca trabajar en los hornos eléctricos. Se acerca a ellos y escucha su sonido monstruoso: los cuatro hornos funcionan simultáneamente y al máximo de su capacidad. Ve a los trabajadores arrojar coque y cal a una de las bocas, y también observa el color y la consistencia del acero derretido en su interior. Un fundidor introduce una vara larga en la abertura para que la mezcla reciba un poco de oxígeno antes de retirarla y cerrar las puertas del horno. El resplandor amarillo y rojizo del acero derretido se refleja en los rostros de los trabajadores, mientras sus siluetas y las de los equipos cercanos se reflejan a su vez en el piso.

Johnny entra a la caseta. Rex, Bob Michaels, Frank Horner—otro maquinista—y el capataz de los operarios de los hornos del turno de noche están sentados bebiendo café, hablando y riéndose de las bromas flojas de Rex, su compañero de trabajo; Bob y Frank vienen de otras instalaciones de la planta para charlar. Johnny cuelga sus herramientas de un gancho que hay en los *lockers* manchados de grasa y llenos de golpes. Hay cortadoras de tubos, abrazaderas para mesas, tubos de diferentes tamaños, recipientes de trementina y un escritorio grande y metálico con una silla desgastada y ocupada por Rex. Una de las paredes está cubierta con fotos de mujeres desnudas de revistas.

"Siéntate, relájate… ya casi comenzamos," dice Rex sin mirar a Johnny.

Johnny se sienta en un banco de madera pintado en el cual durante varios años han grabado nombres y declaraciones de amor. "¿Alguien tiene café?" pregunta.

Rex lo mira con dureza. "Esta vez te daré café, pero de ahora en adelante traerás tu propio termo," responde. "Y trae también tu propria azúcar. No se consigue fácilmente aquí; la gente mata por ella, así que escóndela en tu *locker*. Recuerda, si no traes tu propia azúcar, la suerte no estará de tu lado."

Johnny toma nota en su mente: la primera regla del turno de noche es traer café y azúcar.

Momentos después, los trabajadores se dispersan. Johnny permanece de pie y está a punto de dormirse, pues no tiene la costumbre de estar despierto a esas horas. Además, tampoco pudo dormir durante el día debido a la ansiedad que le produjeron los deberes del turno de noche.

Rex examina unos documentos en el escritorio. Tiene nariz y rasgos indios, cabello canoso y corto y una panza cervecera debajo de un pecho musculoso. Nació en México, pero aprendió rápidamente a hablar inglés y las costumbres anglosajonas en la planta. Casi nunca habla español, pero cuando lo hace, usa fuertes insultos.

Johnny piensa que es un hombre extraño para los parámetros mexicanos, pero se sorprende cuando lee las tarjetas de control y descubre que su verdadero nombre es Eugenio Plutarco Pérez de Garibay.

Rex le lanza una mirada fugaz a Johnny, abre un cajón y mete un folleto rectangular que contiene las hojas con los trabajos asignados. "Tienes que llenar estas chingaderas cuando termines tu turno y describir el trabajo que has hecho," explica Rex. "Te diré en dónde trabajaremos y con cuáles equipos. Asegúrate de firmar y de escribir tu número de empleado en cada página."

Segunda regla.

"Sólo escucha lo que te digo; no tienes que pensar demasiado por ahora," continúa Rex. "Pero hay algunas cosas que debes saber. No te vayas a dormir a ningún lado sin decírmelo. Necesito saber siempre en dónde estás. Si vas a cagar o a visitar a alguien en la planta, dímelo. Presta atención a los pitos de aire; cada número significa algo diferente. Lo más importante es que recuerdes la señal de cinco pitos: cuéntalos y asegúrate de que sean cinco. Es la alarma para los maquinistas y significa que hay una reparación de emergencia. En ese caso, recogemos nuestras herramientas y vamos rápidamente donde el capataz del horno para ver qué ha sucedido. Interrumpe lo que estés haciendo y ve inmediatamente al piso del horno. Las reparaciones tienen que realizarse tan rápido como sea posible. Los trabajadores de esa área tienen cuotas de producción. Cualquier demora en las reparaciones afectará su producción. Si tenemos que apagar un horno, debemos informarle al capataz. Es una decisión importante, así que tiene que saberlo. No tendrás problemas si sigues mis consejos. ¿Entiendes, Méndez?"

"Simón. Está claro," responde Johnny. Toma nota mental de las reglas tres, cuatro, cinco y seis.

Le agrada que Rex no se ande con rodeos y que siempre vaya al grano. A Rex también le gusta conversar, a diferencia de muchos maquinistas huraños, cuyo lema parece ser: "No expliques ni te quejes." Johnny aprenderá mucho de Rex.

Hay revisiones rutinarias que se tienen que hacer en los hornos y sitios aledaños cuando no hay reparaciones programadas. Tienen que examinar todos los indicadores de las maquinarias hidráulicas que abren las puertas y las cubiertas de los hornos. Tienen que revisar las torres de refrigeración que atraviesan la planta de los hornos, donde el agua que circula por las múltiples tuberías y que refrigera los hornos regresa (a altas temperaturas) y se enfría de nuevo para que pueda refrescar los hornos una vez más. Una de las reparaciones más frecuentes son las roturas de las tuberías de agua en las estructuras de los hornos. Tienen que revisar la presión del aceite y del agua, los motores eléctricos y los tableros de los comandos y constatar que los vagones y las grúas aéreas estén trabajando adecuadamente. A veces, cuando no hay reparaciones por hacer, reemplazan los cables metálicos de las grúas, tanto las que están afuera como las aéreas que se encuentran en el interior de la planta. Hay mucho qué hacer por la noche.

Pero algunas veces, no hay nada qué hacer.

Cuando los hornos están "ronroneando," como dice Rex, y se han hecho todas las revisiones rutinarias—"las rondas"—Rex regresa a la caseta de los maquinistas, cierra la puerta y le ofrece un banco a Johnny para que duerma un rato mientras él duerme cómodamente en su silla vieja y desvencijada. Johnny está tan cansado que se duerme en cuestión de segundos. Rex lo despierta un par de horas antes de que amanezca y le dice que tiene que estar completamente despierto cuando lleguen los capataces y los trabajadores del turno matinal.

A Johnny le gusta que el amanecer lo sorprenda revisando el filtro de manga y sus múltiples brazos hidráulicos en las torres del agua, o en el techo de la planta de los hornos. El sol hace resplandecer el cielo con un brillo entre naranja y rojizo, semejante al color que es posible observar en los hornos. Desde donde está, en los puntos más altos de las torres o del techo, Johnny observa el horizonte donde las palmeras, las edificaciones industriales, los complejos de apartamentos en construcción y las casas unifamiliares se extienden a través de varias millas.

El mundo parece abrirse como un huevo agrietado. La mañana anuncia el final de la demencia nocturna. Todo parece equilibrado y en su lugar cuando amanece. Johnny se siente renovado, vivo de nuevo, y que la sangre le circula libremente por sus venas. Aunque tiene el cuerpo cansado, su mente está despejada, recargada y dispuesta a enfrentar cualquier reto. Quizá porque él nació al amanecer, como una vez le dijo su madre, se siente en armonía con el nacimiento de la mañana. Escucha el trinar de los pájaros antes de la alborada. Se llaman unos a otros y luego se oyen diversos cantos de pájaros que parecen sacar el sol del manto de la tierra que lo cubre. Aunque la fatiga se apodera de él como una fiebre creciente, la aurora es sinónimo de un par de horas más en la planta, de un corto camino a casa y de los amados brazos de su esposa encinta. Toda la noche es una batalla, pero toda la mañana será el triunfo del hogar sobre el trabajo.

Las horas antes de la aurora se le hacen eternas, a no ser que haya dormido bien o que esté ocupado haciendo reparaciones dispendiosas. Durante toda la noche, pero particularmente después de la medianoche premonitoria, verá un reloj y lo observará mientras marca lentamente el tiempo del turno, algo que consigue atormentarlo. El tiempo parece detenerse en los momentos cruciales.

Sin embargo, se siente como si estuviera en una batalla armada mientras hace alguna reparación. La gente grita. Los corazones palpitan. Las tuberías crujen. Una noche, la puerta de un horno se atasca. Los operarios no consiguen abrir la puerta de concreto y acero a fin de arrojar el coque, la cal y las descargas de oxígeno necesarias. El capataz les grita a Rex y a Johnny que terminen la reparación para que la chatarra se siga fundiendo. Rex decide ignorar la advertencia, pues las cuotas de producción le tienen sin cuidado. No obstante, analiza la situación, diagnostica la solución adecuada y le dice a Johnny que traiga tubos, herramientas, equipos y otras chingaderas para que todo vuelva a funcionar. Es un zorro viejo. Casi todos sus trabajos son "chapuceros." En otras palabras, Rex hace las mínimas reparaciones posibles para mantener los hornos en funcionamiento hasta que lleguen los trabajadores del turno de la mañana y hagan las reparaciones necesarias.

"Somos como médicos," comenta. "Realizamos exámenes rutinarios, hacemos operaciones de emergencia y ofrecemos tratamientos a largo plazo. La mayoría de las emergencias que atendemos aquí se limitan a detener el sangrado. Si hacemos eso, otros médicos concluirán el tratamiento. Recuerda: los trabajadores de los hornos esperan milagros, y lo mismo espera la gente de los médicos. Pero nosotros no hacemos milagros. Créeme, si algo no se puede reparar, pues no se puede reparar. Pero gracias a mi experiencia, puedo decirte—no lo digas en voz alta—que casi todo lo que hay en este lugar puede repararse: casi todo."

Sí, Johnny aprende mucho trabajando con Rex en el turno de noche. El trabajo es más intenso de día, pues entre otras cosas, los trabajadores hacen las reparaciones que no pudieron efectuarse por la noche. Las tardes tampoco ofrecen mucho espacio para hacer reparaciones chapuceras. Johnny comienza a valorar el hecho de trabajar con Rex a pesar del susto que le produce trabajar de noche, cuando tiene que luchar casi todo el tiempo para mantener sus ojos abiertos.

Rex trabaja mucho, pero también descansa mucho. Y cuando todo regresa al ritmo habitual, apagan las luces y ambos terminan convertidos en un par de troncos roncando al unísono, bajo el rugido incesante de los hornos.

Johnny se sienta con su padre y sus tres hermanos en la pequeña sala de su apartamento para planear los pasos previos a las elecciones. Aunque los candidatos nominados realizan sus propias reuniones, la familia sostiene discusiones separadas para abordar la dinámica y los detalles del golpe que planean asestar en los cargos directivos.

A pesar de lo que piensen los demás, los Salcido son el motor que empuja el tren.

Se rumora que los miembros de la vieja guardia cometerán fraude en la votación. Johnny propone que los candidatos se turnen para vigilar las cajas de las boletas en la sede del sindicato, pero también tienen que ocuparse de otros asuntos.

"Se está llevando a cabo una gran intimidación en la planta," informa Rafas.

Rafas se parece mucho a sus hermanos: de piel oscura, rostro agradable y cuerpo bajo y fornido. Rafas, sobrenombre de Rafael, es el más alto de todos y el tercero de los hijos. Junior nació después de Severo, mientras que Bune lo hizo después de Rafas. Johnny es el más corpulento y casi todos los días bebe cerveza como si fuera agua. Es el que está en mejor forma, el más joven y el más travieso. Es alto y después de varios años se volverá tan robusto como sus hermanos debido a la ingente cantidad de licor, trabajo y las deliciosas comidas que prepara Aracely.

"Dent y esos imbéciles están aumentando la presión," informa Rafas. "Hay muchos trabajadores que no se están dejando intimidar. Sin embargo, me temo que la mayoría ni siquiera se moleste en votar."

"No puedo creerlo," dice Johnny. "¡Dejarse mandar por un puñado de malditos racistas! ¿Acaso no saben que esos perros se ponen los pantalones como todo el mundo, primero una pierna y luego la otra? No valen ni mierda. Tenemos que enfrentarnos a esos cabrones."

"Bueno m'ijos, tienen que entender que los trabajadores no temen que les hagan daño," interviene Procopio. "Solo quieren trabajar y alimentar a sus familias. No quieren perder sus trabajos. ¿Para qué enfrentarse a los tipos del sindicato mientras no estén en juego sus empleos? Ellos quieren estabilidad, no cambios. Tenemos que convencerlos de que sus trabajos *si* están en juego. Ellos tienen que entender que la compañía hará lo que le de la gana mientras haya un sindicato débil. Los jefes ya han despedido a cuadrillas enteras. Han negado pensiones y beneficios. Han contratado incluso a algunos tipos de Michoacán—sin papeles—para que hagan las reparaciones de la maquinaria de la nueva fábrica de cables por muy poco dinero."

"Hablaré con ellos," dice Johnny. "Los maquinistas quieren joderlos, aunque por razones equivocadas. Haré que estén de nuestro lado y los defenderé."

"Dent y los del Ku Klux Klan están observando a todo el mundo," agrega Junior. "Se ponen en las pasarelas y se aseguran de que nadie hable durante mucho tiempo. Los trabajadores tienen que palear constantemente. De lo contrario, le informan a la compañía quiénes no están cumpliendo con sus deberes para que reciban una amonestación. Si recibes varias, estarás en la cuerda floja. Me gustaría que pudiéramos hacer algo con respecto a Dent y a esos cabrones del Ku Klux Klan."

"Ahora no," dice Johnny. "Todos sabrían que fuimos nosotros y nos perseguirían. No sé cuando, pero Dent las pagará algún día. Por ahora, la única forma en que podemos enfrentarnos a ellos es concentrándonos en las elecciones."

"No me parece bien, 'manito," señala Bune. "A menos que suceda algo drástico, los trabajadores pensarán que solo se trata de una rencilla entre dos facciones rivales del sindicato y les importará un carajo quién gane."

"Entonces tendremos que hacer que les importe," dice Johnny. "Harley es bueno para hablar, es un cabrón inteligente. Puede inventar lemas y escribir volantes convincentes. Repartiremos volantes y correremos la voz. Hablaremos todos los días con los trabajadores hasta el día de las elecciones. Harley puede reclutar gente a diario, pues todo el mundo lo conoce. Al conseguirá lo que pueda, aunque muchos negros no lo quieren a él. Me pregunto incluso si fue una buena idea incluirlo en la lista de candidatos."

"¿Qué más podíamos hacer?" explica Procopio. "Al trajo a su gente. Todos los días está con los negros. Teníamos que incluirlo en la lista. Sé que mucha gente piensa que él se parece mucho a una versión negra del Ku Klux Klan, pero es un hombre fuerte y tiene buena acogida. Lo mismo sucede con Harley. Claro que es comunista, algo que a mí personalmente no me importa. Además, se mueve bastante y está reclutando a un buen número de blancos que se oponen a Dent y a los halcones del sindicato. Los necesitamos a ambos."

"Tienes razón, 'apá," coincide Johnny, preguntándose si su padre ha cambiado de opinión sobre Harley. "Al y Harley están trayendo la gente que necesitamos, pero la mayoría de los trabajadores de la acería creen que son demasiado extremistas como para seguirlos. Necesitamos exponer nuestras ideas de tal forma que logremos convencerlos para que voten."

El dolor llega en oleadas: fuerte, profundo y angustiante. Aracely estaba dormida cuando sintió las primeras contracciones. No sabe muy bien qué hacer, pero sabe lo que significan esas contracciones. No quiere llamar a la acería y decirle a Johnny que vaya a casa hasta estar segura de que el bebé va a nacer. Se levanta, se viste con ropa limpia que tiene preparada para ir al hospital y saca del clóset una bolsa en la que ha echado todo lo que necesita.

Luego va a la cocina, se prepara un té, toma asiento y mira el reloj que está sobre el fregadero. Son las cuatro de la mañana.

Johnny está en el piso del horno, hablando con los fundidores y operarios sobre las elecciones. Lleva algunas noches sin sentir sueño. Recorre la planta y habla con todos los trabajadores cuando las cosas fluyen sin problemas en el turno de la noche. Rex no lo detiene; permanece en la caseta descansando o conversando con quien llegue hasta que amanezca o suenen los cinco pitos.

Una llamada telefónica despierta a Rex de su breve sueño; es algo extraño, pues el teléfono rara vez suena en el turno de noche.

"¿En qué puedo ayudarte?" contesta con acento fingido. Escucha con atención y luego cuelga. Recoge sus herramientas y atraviesa el corredor de paredes cubiertas de tuberías hasta llegar a los peldaños de metal y de cemento que dan al piso del horno. Sube los peldaños y le pregunta por Johnny al primero que encuentra.

"Sí, está en el otro extremo hablando sobre las elecciones," dice el obrero.

Rex se dirige a Johnny, quien no parece hablar de nada serio y parece estar bromeando. Johnny lo ve, deja de sonreír y asiente. Ver a su compañero de trabajo le hace palpitar el corazón y pensar inmediatamente en Aracely y el bebé.

"Hay una emergencia importante en la chimenea del cilindro de 10 pulgadas," dice Rex. "Necesitan nuestra ayuda. Harry el sucio y Frank Horner están allá. Los capataces de aquí nos mantendrán informados en caso de que suceda algo en los hornos."

Rex y Johnny suben a un montacargas destartalado. Cuando llegan a la zona de la chimenea, parece que todos estuvieran enfrascados en una batalla. Se ha desprendido una parte del muro de la chimenea. Varios lingotes de acero incandescente yacen en el gran horno, expuestos al aire a través de la abertura y se enfrían tanto que será imposible moldearlos. Harry y Frank están arriba con sus cinturones de seguridad. Una grúa aérea sostiene una gran lámina de acero grueso que tendrán que colocar en el hueco hasta que consigan apagar la chimenea y los albañiles puedan levantar de nuevo las paredes.

Los dos maquinistas están sucios, sudorosos y tienen sus caras y brazos ligeramente quemados. Llevan casi una hora tratando de cubrir el hueco con la lámina; están exhaustos y adoloridos, y necesitan que Rex y Johnny los releven.

La grúa aérea sostiene la lámina en su lugar para que Harry y Frank bajen por la escalera. Rex y Johnny subirán hasta el hueco caliente y llameante donde estaban sus compañeros. Nadie dice una palabra; Harry y Frank están demasiado débiles como para hacer otra cosa aparte de bajar las escaleras. Rex y Johnny sujetan sus cinturones de seguridad a unos ganchos que hay junto a la escalera y tratan de evaluar la magnitud del daño para poder concluir el trabajo.

En ese instante, Johnny recibe una oleada de calor y siente como si se le derritiera la piel de la cara. No dice nada, aunque quiere gritar cuando mira a su compañero. Rex aprieta su mandíbula, entrecierra los ojos, y trata de determinar cuál es el problema. Harry y Frank intentaron fijar la lámina con unas pinzas enormes en lo que ha quedado del muro, pero Rex advierte que poco faltó para que se viniera abajo debido al peso de la enorme lámina.

Rex le grita a Johnny que camine sobre unos tubos, se pare al otro lado y sujete la lámina. Johnny camina despacio y siente como si le estuvieran planchando los pantalones por dentro. Se agarra de la tubería y de unos ganchos que están cerca de su cabeza, pero el calor le traspasa sus guantes y por poco se cae. Por un momento siente que va a morir, pero luego aleja esa idea de su cabeza y sigue caminando sobre los tubos.

Rex se agarra de una de las enormes pinzas con sus guantes, aunque por poco la suelta debido al calor. Ve el fragmento de una viga adentro de la chimenea, y concluye que es lo suficientemente fuerte para soportar el peso de las pinzas y la lámina. Le hace señas al operador de la grúa aérea para que levante la lámina y la mueva, y otra a Johnny para que la tenga firmemente mientras él intenta unirla a la viga.

El operario de la grúa mueve lentamente la lámina, una de sus puntas golpea accidentalmente una tubería galvanizada que está conectada al sistema de refrigeración de la chimenea.

La tubería se rompe; el agua caliente comienza a salir y a Johnny le caen grandes gotas del líquido hirviente en la cara y en los brazos. Pierde el equilibrio y se resbala—esta vez grita—y el cinturón de seguridad evita que se caiga. Permanece colgando a unos treinta pies sobre el piso y las quemaduras le producen ardor en la piel. Siente que la muerte está cerca y sólo piensa en Aracely y el bebé.

Aracely llama a la acería cuando se le rompe la fuente, pero nadie contesta en la caseta de los maquinistas, el único sitio al que puede llamar de noche. Llama a su cuñada, que vive en la misma calle. Patricia está casada con Bune, quien esa mañana está en un bar con Junior. De todos los Salcido, Patricia es la más apegada a Aracely.

"Pati, necesito que me lleves al hospital. Se me ha roto la fuente y no he podido localizar a Johnny. He tenido contracciones fuertes. Se supone que Johnny está en los hornos eléctricos, pero llamé y nadie me contestó. Lo mismo me sucedió cuando llamé al conmutador de la planta. Necesito tu ayuda, mujer."

"Por supuesto, Ari. Ya voy," le dice Patricia. "Déjame recoger algunas cosas. Estaré allá en un minuto."

"Está bien, pero no te demores. Es probable que no me quede ni un minuto." Patricia llega y Aracely está acostada en el sofá, con las piernas abiertas y abarcando la voluminosa barriga con sus brazos.

"¿Estás dando a luz?" le pregunta Pati alarmada tras verla en el sofá.

"No, no quiero tenerlo aquí... ¡llévame de volada al Hospital Kaiser de Bellflower!"

El trayecto parece ser eterno. El hospital está a unas pocas millas del apartamento de Aracely, pero el tráfico comienza a congestionarse en las primeras horas de la mañana.

Los dolores del parto se vuelven más intensos. Aracely cree que le ha sucedido algo malo, pero no quiere preocuparse. Le pide a la Virgen de Guadalupe que la proteja a ella y a su bebé. También se pregunta donde estará Johnny y si alcanzará a llegar para el nacimiento del bebé.

"Pati, por favor llama a la acería todas las veces que puedas hasta que localices a Johnny," dice Aracely. "Quiero que esté conmigo cuando nazca el bebé. Se esforzó mucho en ser mi compañero de parto y sería realmente triste si se lo perdiera."

"No te preocupes, llamaré hasta que me comunique con alguien," responde Pati.

Los empleados del hospital sientan a Aracely en una silla de ruedas. Solo necesita su tarjeta médica para entrar, ponerse cómoda y tener el bebé. La auxiliar de enfermería la conduce por el corredor y la lleva a su habitación; Aracely escucha a una mujer que está pariendo y pide calmantes a gritos.

Pati sale para hacer una llamada telefónica. Apenas se acuesta en la cama y las auxiliares de enfermería se retiran, los ojos de la futura madre se llenan de lágrimas. Johnny, ay Johnny… ¿dónde estás, querido? se pregunta.

Johnny utiliza una herramienta para tratar de colgarse de algún tubo o gancho y llegar de nuevo al muro de la chimenea. Rex camina por encima de las mismas tuberías por las que caminó su compañero antes de quedar suspendido. El operario de la grúa aérea ha movido la lámina para que los hombres tengan más espacio. Varios obreros gritan abajo. Johnny no puede escuchar lo que dicen. Se siente débil, su piel está apretada por el calor y tiene parches de quemaduras en su cara y sus brazos. Rex tiene más de cincuenta años, pero es fuerte y ágil. Agarra a Johnny por las piernas y lo hala. Johnny ve el calor emanando de la ropa y del casco duro de Rex y su cara bañada en sudor.

Rex regresa a su posición original después de aferrarse al muro. Johnny cree que deberían bajar, pero ve que Rex quiere que terminen el trabajo. El también piensa que deberían apagar el sistema de la chimenea para que ésta se refrigere por completo y otros trabajadores puedan hacer bien el arreglo, pero sabe que Rex tiene la presión de cumplir con plazos de producción. De nuevo, esta es la preocupación principal, incluso cuando alguien corre el riesgo de morir. La planta tiene un pésimo récord de seguridad, y la compañía realiza mensualmente reuniones de seguridad para los equipos calificados y algunos de los maquinistas. Han fijado carteles y avisos que hacen referencia a la seguridad. Han convencido a todo el mundo de que los accidentes y las muertes son culpa de los trabajadores: alguien que no prestó atención a esto o no estaba preparado para aquello. Pero Johnny lo sabe muy bien; la exigencia implacable para que la fábrica funcione continuamente y las ganancias sigan entrando es algo que hiere y a veces mata a los empleados de la acería.

Rex y Johnny trabajan con mayor rapidez y el calor por poco los sofoca; pero ellos no se rinden. Media hora después ya han sujetado la lámina a las vigas de la chimenea, ayudando así a mantener una parte del fuego adentro. Luego reparan las tuberías de agua, poniendo temporalmente pinzas de caucho sobre las partes averiadas.

Las reparaciones—así sean chapuceras—permiten que las grúas aéreas saquen varillas maleables y las lleven al cilindro de 10 pulgadas. La producción ha disminuido, pero no se ha detenido por completo.

Los dos están completamente exhaustos. Nadie aplaude ni reconoce sus esfuerzos, ni los de Harry y Frank. Se suben lentamente al montacargas y regresan a la caseta de los maquinistas; el sol que yace en el horizonte se ha perfilado contra las torres de la fábrica y las construcciones de hojalata. Rex y Johnny se lavan y se aplican crema para aliviar las quemaduras en sus caras y sus brazos. Falta poco para que el turno termine, y Johnny piensa en lo primero que pensó cuando Rex le dijo que había una emergencia: en Aracely. Llama a casa inmediatamente.

Pati es la única testigo del nacimiento del pequeño Joaquín Salcido; no puede contener su alegría a pesar de que está exhausta. Sin embargo, Aracely se ve diferente. La nueva madre sale avante gracias a las técnicas de Lamaze, aunque Johnny no esté allí para asesorarla en el parto. El bebé parece estar extremadamente somnoliento y esto le preocupa a Pati. Pero el niño está en perfectas condiciones: la enfermera lo envuelve y se lo entrega a Aracely. El bebé, de color amoratado, tiene los ojos cerrados y mueve su boca ligeramente; está envuelto en un nido de mantas cálidas y su cabeza cubierta por una capucha. Aracely mira a su hijo y las lágrimas le resbalan por su cara; aunque son lágrimas de felicidad, también son producto del profundo dolor de que Johnny no esté presente.

4

ELECCIONES

El llanto de Joaquín traspasa la puerta de madera hueca que separa la sala de la habitación en donde Johnny trata de conciliar el sueño a mediodía. Un agujero en el papel de aluminio pegado a la ventana deja traslucir un rayo de luz en la oscuridad de la habitación, iluminando el polvo y un fragmento de la almohada de Johnny, quien abre lentamente los ojos y observa la forma en que la luz parece calcinar las delicadas figuras de la funda.

Dormir durante el día es bastante difícil de por sí, pero con el bebé es casi imposible. Joaquín sufre de cólicos y llora casi todo el tiempo que pasa despierto, como si algo le quemara las entrañas; es obvio que todavía no puede expresar nada. Aracely se apresura a cargar el bebé; camina de un lado para el otro con él, mientras lo arrulla y lo mece.

Johnny está completamente despierto. Permanece un momento en la cama, pensando erróneamente que sentirá sueño y volverá a dormirse, algo que no sucede. Se sienta en la cama y mira la habitación, concentrándose finalmente en el rayo de luz.

Tendrá que trabajar dentro de pocas horas.

Está lleno de amargura por no haber podido acompañar a su esposa durante el parto. La mañana en que Joaquín llegó al mundo, Johnny se duchó, se cambió de ropa y se apresuró al hospital. Cuando llegó, Aracely y el bebé ya estaban descansando cómodamente en compañía de Pati.

Johnny sale a la sala en sus bóxers, ajustando sus ojos a la luz diurna que lo envuelve todo. Aracely lo mira y suspira.

"Lo siento. Intenté calmar al niño antes de que llorara demasiado duro."

"Está bien," contesta Johnny, medio dormido. "Esperemos que esta noche no haya mucho trabajo."

Va a la cocina y se sirve un vaso de agua. Un espejo arriba del secador de platos muestra una marca oscura en su mejilla: es una de las quemaduras que sufrió mientras intentaba reparar la chimenea. Vuelve a pensar en que se perdió el nacimiento de su hijo y la rabia se le anuda en el estómago.

Las elecciones del sindicato están practicamente a la vuelta de la esquina. Esa noche, antes de comenzar su turno, irá a casa de Harley para hablar con los comunistas. Aunque al comienzo no confiaba en ellos, han demostrado ser íntegros y constantes durante la campaña. Escriben volantes efectivos con información que demuestra que los principales miembros del sindicato están confabulados con la acería. Dicen que el sistema "divide a las razas," que les lava el cerebro a los trabajadores con intereses y objetivos comunes y les hacen creer que tienen más cosas en común con la compañía que con sus compañeros.

Durante las semanas previas a las elecciones, Johnny se acerca más a Harley, un hombre inteligente y articulado, que nunca habla mal de nadie, salvo de los propietarios de la fábrica y de los títeres del sindicato. Le atrae la forma en que él y sus compañeros analizan cuidadosamente el "panorama general" y luego comparten metódicamente las conclusiones con sus compañeros.

"Todo es un proceso. Tienes que pasar por todas las etapas; no hay atajos," le recuerda siempre a Johnny.

Johnny ve que los revolucionarios piensan en todo antes de hacer cualquier movimiento y sus esfuerzos rinden frutos: Harley y sus amigos han convencido a un gran número de trabajadores blancos de la bodega a que se unan a su lucha para que el sindicato tenga nuevos dirigentes. Esto es crucial para derrotar a las blancos racistas, especialmente a los de las cuadrillas calificadas que controlan el sindicato.

Johnny llega a la pequeña casa cuadrada de Harley, y ve varios coches estacionados a la entrada y en la calle. Johnny tiene que dejar el suyo a unas casas de distancia. Camina en la fresca noche de verano, las noches que más le gustan. Aunque no es comunista, le atrae el sentido de humor tan fino e intelectual. No entiende muy bien en qué consiste el comunismo, pero está descubriendo que es más interesante de lo que la gente cree.

Su única experiencia previa con los "comunistas" estuvo relacionada con una secta fanática en la planta empacadora de carne en la que trabajó brevemente. El grupo se llamaba Frente Comunista Unido (Revolucionario). Eran blancos con educación universitaria que trabajaban especialmente con mexicanos casi analfabetas. A Johnny le pareció que esos tipos estaban completamente locos. Llevaban banderas rojas al trabajo y dejaban copias del "Libro Rojo" de Mao en el comedor. Discutían con todo el mundo—especialmente con sus compañeros de trabajo—y se burlaban de ellos por dejarse explotar y manipular por la "burguesía." Tenían la costumbre de utilizar palabras que nadie había escuchado nunca y de desvariar interminablemente sin importarles si alguien entendía o no.

Durante una campaña para fundar un sindicato, cruzaron por la entrada de la planta en un camión con banderas rojas y megáfonos, y les dijeron "estúpidos" a los trabajadores por no "entender" la revolución comunista. Sus esfuerzos para organizar un sindicato fueron saboteados finalmente; sobra decir que alejaron a más personas de las que reclutaron, y quedaron reducidos a un grupo insignificante, pero sumamente fastidioso.

Johnny está seguro que debían de ser infiltrados de la policía, pues malograban o destruían todo lo que cayera en sus manos. Además, hacían gala de un comunismo tan recalcitrante que terminaron por espantar a todos los trabajadores, lo que hizo que sus actos fueran más sospechosos.

En un comienzo, juzgó a Harley y a sus amigos a la luz de su primer encuentro con el UCF(R). Los comunistas de la acería pertenecen a diferentes organizaciones, incluyendo a la UCF(R). Harley pertenece a un grupo llamado Comité Organizador para el Trabajo

Comunista (COTC) que tiene muy poco que ver con el UCF(R) y con otros grupos. Johnny comprende que hay tantas diferencias entre los comunistas como entre los protestantes; pero afortunadamente, encuentra en Harley a un ser con una paciencia, un respeto y un carácter infinito.

Esa noche conoce a varias personas de la acería, casi todas blancas, a excepción de Ronnie Nakamura, un electricista japonés americano conocido por su habilidad con datos y números. Harley ve a Johnny y le ofrece una silla al lado de Ronnie.

"Johnny ha llegado; es hora de comenzar," anuncia Harley. "Durante la primera hora analizaremos la situación nacional e internacional actual, lo que nos permitirá enfocarnos en los asuntos prácticos que tendremos que abordar más tarde. Le he pedido a Ronnie que comience."

Ronnie mira a los demás, aclara su garganta y abre una carpeta que contiene artículos de periódico y hojas con muchas anotaciones a lápiz.

"El aspecto más sobresaliente del mundo actual es el creciente aumento del hambre y la miseria entre la mayoría de la población, mientras que un número cada vez menor de personas detenta casi todo el poder y las riquezas del mundo," comienza Ronnie. "Los Estados Unidos, particularmente después de la Segunda Guerra Mundial, ha surgido como la nación capitalista más poderosa del mundo, y se ha dedicado desde entonces a controlar los mercados financieros mundiales y la mayoría de los recursos industriales. Sin embargo, actualmente, y en vista de la inminente derrota del mayor poder militar del mundo a manos de los comunistas vietnamitas, la clase dirigente de este país ha recurrido a una mayor represión y al terror contra los más impotentes y los explotados—particularmente negros y mexicanos, pero también contra un creciente número de blancos. Este es un avance crucial; la clase trabajadora es consciente de sí misma como clase, algo necesario para agilizar la situación política que está madurando en términos revolucionarios."

A continuación, Ronnie cita ejemplos y estadísticas de artículos periodísticos que lleva varias semanas estudiando y coleccionando.

Johnny escucha. No entiende mucho, pero comprende lo más importante: este es un grupo que está dispuesto a "analizar las cosas." Sin embargo, hablan un lenguaje diferente. Las palabras son importantes para ellos: "la palabra adecuada para describir la situación adecuada," como dice Harley. Son estudiosos de la sociedad y de sus fuerzas motrices, pero no están alejados del resto del mundo como sucede con otros científicos; son un faro de actividad intelectual, integrados a las fábricas, plantas y refinerías más grandes, y a las personas que supuestamente les debe llegar el mensaje comunista.

Johnny no concuerda plenamente con ellos, pero está interesado. Le gusta la sensación y la tesitura de estas reuniones, donde las palabras, la pasión, las ideas y los sueños brotan espontáneamente de hombres y mujeres estoicas. Sin embargo, los años que ha pasado en la calle le han enseñado a ser *trucha*, como dicen en el barrio. Esto significa estar alerta, receloso y despierto. Tienes que ser trucha para sobrevivir a *la vida loca*.

Johnny sabe que el comunismo es considerado como un flagelo mundial, como la idea más anti americana que pueda tener alguien. Por lo menos eso es lo que enseñan las escuelas y los medios.

De cierto modo, Johnny siente una sensación extraña cuando asiste a las reuniones de Harley, como si le fueran a disparar tan pronto saliera. En varias partes del mundo—en México, Centroamérica, el sudeste asiático y África—hay muchas personas ávidas de aceptar ideas semejantes, simplemente por desafiar al *status quo*. Siente que está entrando a un lugar oscuro y prohibido, a un lugar que tiene la etiqueta del mal, pero que es extrañamente liberador. Sabe que los agentes del gobierno persiguen a estas personas. También sabe que el Ku Klux Klan y los cabrones del sindicato están decididos a no permitir que ningún comunista entre a la acería.

Lo que mantiene interesado a Johnny es la verdad ineludible de sus discursos y la lógica profundamente intensa de sus análisis. Hablan de un modo extraño y a veces tienen aspecto extraño. Pero ¡carajo! también iluminan la realidad de un modo que nunca antes había conocido.

Luego de una discusión particularmente acalorada—nadie discrepa realmente de nadie, pero la intensidad ayuda a consolidar la claridad y el compromiso del otro—Harley pasa a analizar las elecciones para el sindicato local.

"Estamos en medio de una batalla decisiva; la batalla por la verdadera justicia e igualdad en Nazareth. El primer paso es ocupar cargos en el sindicato, pero no será fácil. La vieja guardia está atrincherada y desesperada. Los directivos de Nazareth están atemorizando a la mayoría de los trabajadores para que no participen en las elecciones. Les han dicho a los trabajadores que si votan, les recortarán horas o los despedirán. También están coaccionando a algunos trabajadores para que apoyen a los dirigentes del sindicato. La compañía tiene intereses en esto. Me temo que no ganaremos fácilmente esta batalla, si es que acaso la ganamos. Deberíamos ganar las elecciones, pero el objetivo principal que debemos lograr es la unidad para mantenernos organizados y en pie de lucha sin importar los resultados de las elecciones."

En ese instante, Johnny comprende que los comunistas tienen su propia agenda. Las elecciones son un objetivo en sí mismo para él, pero para los comunistas son un trampolín hacia otra cosa: para obtener quizá el poder en la acería. Johnny mantiene su boca cerrada, pero comprender esto hace que cambie la relación con Harley y sus amigos. La discusión transcurre animadamente. Los comunistas quieren utilizar las elecciones para sus propios fines, concluye. Eso es lo que Procopio le aconsejo: que hay que tener buenas relaciones con los comunistas, pues básicamente son personas bien intencionadas, pero que se debe tener cuidado.

Al Simmons tiene sus propios planes.

Recluta a un grupo de negros militantes entre las cuadrillas de peones. Tienen sus propios vínculos y círculos de estudio con la comunidad. Se han reunido con los Black Panthers y con los miembros de los Esclavos Unidos de South Central L.A., aunque éstos dos grupos son rivales y están manipulados por agentes del gobierno, algo que condujo al asesinato de dos panteras en el campus de UCLA, algunos años atrás.

Al pregona una versión agitada del poder negro. Les dice a sus seguidores que nunca confíen en los blancos, así sean liberales o comunistas. Para Al, los blancos son lo peor. Te hacen bajar la guardia, pero
lo único que quieren es tener el dominio total. También sostiene que
los negros no deben confiar en los mexicanos, la mayoría de los cuales
son ilegales y no hablan inglés, sólo piensan en su propio beneficio en
términos laborales y se aliarán con los blancos en contra de los negros
cuando tengan que tomar partido.

Al quiere ser presidente del sindicato para manejarlo como lo han
hecho anteriormente los blancos. A diferencia de Johnny y de otros
como Harley, no quiere "cambiar" el sistema; solo quiere que los negros sean los que manden. No propone nada diferente a lo que han
propuesto los blancos racistas, salvo que los negros obtengan los mejores trabajos y cargos en el sindicato.

Pero Al también comprende que necesita a Johnny, a su familia, a
casi todos los mexicanos e incluso a los blancos, si quiere ganar las
elecciones. Hubo un gran desacuerdo durante el proceso que terminó
con la nominación de Al para el cargo de presidente del sindicato. En
aquel entonces, era él quien conseguía que la mayoría de los asistentes
fueran a las reuniones. Sin embargo, las cosas han cambiado, pero a
pesar de todo Al se ha postulado como el mejor candidato para presidente.

Creció en las calles de Watts, en el proyecto de vivienda Nicker-
son Gardens. Se hizo un lugar en las peligrosas calles de South Central enfrentándose a pandillas como los Gladiadores, los Slausons y los
Cazadores de Botines. Él forjó su reputación como un hombre a tener
en cuenta. Después de cumplir una breve pena en la prisión de Chino
por asalto a propiedad, trabajó en la fábrica de Goodyear Tire Company en la avenida Central, pero lo despidieron por provocar a los
trabajadores negros. Tan pronto llegó a Nazareth, comenzó a adoctri-
nar a los miembros de su raza y los invitó a reuniones que celebraban
en su comunidad, les habló sobre el poder negro y los puso en contacto con varios militantes de otras plantas y fábricas. Algunos años
antes de esto fue el líder de la Alianza de los Trabajadores Negros, una
organización que tenía representantes en muchas fábricas grandes de

Los Ángeles, hasta que sus miembros se volvieron demasiado "comunistas" como para que él quisiera continuar formando parte de la organización.

Uno de sus objetivos es organizar un grupo de trabajadores negros en Nazareth que pueda extenderse por el sector industrial de Los Ángeles y comenzar el proceso para que sus comunidades olvidadas y oprimidas tomen las riendas políticas y sociales.

Un día antes de las elecciones, Al se reúne con unos militantes negros en la parte superior de una torre de refrigeración de la fábrica de cables. Desde allí tienen una vista que se extiende varias millas, pero nadie puede verlos. Nadie sabe que están allá y la amistad que tienen con el capataz de la cuadrilla de peones les permite reunirse sin que nadie los moleste.

"Falta muy poco para las elecciones," señala Al. "Necesitamos movilizar todos los hermanos posibles para que voten. Sé que algunos no quieren que los molestemos, pero podemos demostrar que nuestra unidad y nuestros principios harán la diferencia. No me importa que trabajemos al lado de mexicanos y blancos liberales. Sin embargo, nuestro objetivo es controlar el sindicato y que nuestros hermanos ocupen los cargos directivos.

"¿Y cómo nos vamos a deshacer de los *eses* y de los blancos pobres cuando pasen las elecciones?" pregunta uno de los hombres.

"Ellos no saben lo que hacen," responde Al. "Nosotros somos los más decididos y organizados. Les daremos una paliza y ni siquiera sabrán de donde ha venido el golpe. ¿Y la familia Salcido? Son demasiado amables para enfrentarse a lo que tenemos en mente."

Mientras siguen hablando, un trabajador permanece sentado atrás sin decir una palabra. Se llama Tony Adams. Es nuevo, tiene poco más de veinte años y se convierte rápidamente en uno de los hombres más cercanos a Al. Nadie sabe que Tony es primo de Robert Thigpen, quien le aconsejó que estableciera contacto con los militantes negros y le diera información a él, pues no cree en el cuento del poder negro, y más bien ha comenzado a ver a Johnny como el verdadero líder para todos los de piel negros, blancos y cobriza, y no quiere que nadie sabotee sus esfuerzos.

Tony mueve su cabeza en señal de acuerdo, mientras que otros proclaman ruidosamente su respaldo a las políticas militantes de Al como si estuvieran en alguna iglesia. Tony está un poco de acuerdo con lo que dicen; el racismo contra los negros en Norteamérica es profundo, horrendo y omnipresente. Entiende por qué Al y los demás no pueden aliarse con nadie y tienen posiciones tan extremistas contra el mundo. Pero también está de acuerdo con su primo: si quieren que haya un cambio y una justicia real, deberán unirse todos.

"Controlaremos el sindicato y expulsaremos a todos los blancos y mexicanos que se interpongan en el camino," señala Al. "Si un mexicano quiere unirse a nosotros, lo aceptaremos, pero tendrá que acogerse a nuestro liderazgo. Haremos que el sindicato local sea un reducto del verdadero poder negro. Impartiremos clases sobre historia negra y organizaremos manifestaciones para exigir vivienda y educación, así como para discutir asuntos políticos. ¿Están todos de acuerdo?"

Se escuchan expresiones como "sí," "claro" y "¡Poder negro!" Tony se une al coro. Mira desde la torre para ver si alguien los está escuchando. Hay mucho ruido en la planta y el tráfico en la avenida Slauson es tan intenso que nadie podrá oírlos.

"Perderán así gane la nueva lista de candidatos," concluye Tony. Los diferentes grupos que intentan obtener representación por medio de sus candidatos solo están unidos en el papel; pero en realidad están más divididos que nunca.

El salón de los Trabajadores Metalúrgicos—Capítulo 1750—es una construcción marrón y gris de una planta, situada frente al extremo oriental de la acería. Tiene un amplio salón de reuniones, una cocina y varias oficinas. El estacionamiento, que está atrás colinda con viviendas de clase baja y media de Maywood, un distrito obrero.

Frank Horner, Bob Michaels, Hank "Harry el Sucio" Cheatham y Earl Denton están sentados alrededor de una mesa en el desolado salón de reuniones. Frank, un gigantesco veterano maquinista con un corte de cabello de los años cincuenta, fuma un cigarrillo sin filtro tras otro. Bob Michaels es más pequeño que Frank, pero actúa como un hombre duro, es ágil de palabra y de carácter irritable. Hank es mayor, calvo y más moderado; no habla mucho, pero guarda la compostura en situaciones difíciles. Earl Denton tiene estatura y peso normales y está claro que es el líder.

Steve Rodham y Ace Mulligan empujan las dos puertas del salón y miran a sus compañeros. Steve es delgado, aunque come como un caballo, y Ace es corpulento y velludo.

"Con razón esos negros e hispanos quieren deshacerse de ustedes," señala Mulligan. "Ustedes son unos viejos que dan lástima. Alguien debería sacarlos a patadas."

Nadie se ríe, todos se toman sus palabras con calma. Mulligan es el presidente local y maneja una grúa aérea en el patio de chatarra. Tiene poder, especialmente debido a su habilidad para restarle importancia a todo. Nadie se lo toma muy en serio salvo cuando bebe. Cuando lo hace, su sangre irlandesa se le sube a la cara y a las manos, y lo único que quiere es pelear. La mayoría de sus amigos intenta hacer todo lo posible para que no beba demasiado, pero Mulligan siempre encuentra la forma de hacerlo, muchas veces en bares que están lejos de aquellos que le han prohibido la entrada.

Steve y Ace toman asiento cerca de sus compañeros.

"Se está armando un problema," informa Steve con su típica voz ronca. "Los cabrones rojos han formado un grupo de estudio en casa de Harley. La mayoría trabaja en la bodega. Han elaborado una lista de peticiones y les pidieron a los trabajadores de los talleres de laminación y de la fábrica de cables que la firmen. Es una estrategia para que más personas acudan a votar este martes."

"No te preocupes por esos comunistas de pacotilla," dice Denton. "Nos encargaremos de ellos. Seguramente se trata de Johnny y esos mexicanos, pero Al y sus militantes negros me preocupan más."

Mulligan mira a Dent; parece sorprendido. "Es la primera vez que te veo inquieto por algo," dice. "Pensé que ya nos habíamos encargado de eso."

"Hemos logrado que la mayoría de los trabajadores no se molesten en votar y eso nos ayudará," señala Frank. "Pero los que van a votar pueden salirse con la suya. Necesitamos más votos aparte de los nuestros; de lo contrario, no creo que podamos ganar."

"Necesitamos más votos de los que se depositen en la votación," señala Bob. "Pero Johnny y sus compañeros piensan vigilar las urnas durante la votación. Van a inspeccionarlas para constatar que solo haya un voto por persona. También hablaron con el sindicato internacional, que enviará un representante para supervisar las elecciones."

"¿Y sabemos cómo se llama ese cabrón?" pregunta Mulligan.

"Ya hemos resuelto eso," insiste Denton. "Es un aliado nuestro; Johnny y sus compadres no tienen la influencia que tenemos nosotros con el personal extranjero. Pero Johnny seguirá siendo una maldita piedra en el zapato."

"¿Y qué pasó con las amenazas y todo lo demás?" continúa Mulligan. "Dent, ¿después de todos estos años te has dejado domesticar?"

"No soy tu maldito perro," responde Denton.

"Disculpa, socio," dice Mulligan retrocediendo, su cara completamente roja. "No estoy poniendo en duda tus capacidades, Dent. Se suponía que ibas a asustar a los Salcido y a los mexicanos, y que los utilizarías como ejemplo. Sé que no funcionó con el tipo del cilindro de 32 pulgadas. Se ha recuperado por completo y ya está trabajando de nuevo. Lo único que estoy preguntando es qué tienes en mente."

Dent ignora la pregunta. Hace lo que quiere y cree que no tiene que responderle a nadie, y menos aún al bocón de Mulligan. Sin embargo, su tono es más incierto que nunca antes.

"Tenemos otro problema," dice Dent. "El decreto de mutuo acuerdo ha quedado en entredicho luego de la orden de contratar mujeres para el piso del cilindro y para las unidades calificadas. Me han dicho que el sindicato internacional y la compañía han acordado contratar mujeres para estas posiciones. ¿Saben lo que significa esto? No solo tenemos que competir con los hombres de barro sino que ahora los malditos coños trabajarán a nuestro lado. Esto se jodió; es puro comunismo, peor que el infierno."

"¡Mierda, los días de los blancos, los cristianos y los hombres están contados!" comenta Ace en voz baja.

Los hombres se miran entre sí. Es lo que más temen. Tienen que permanecer unidos y no pueden ceder un ápice. Lucharon despiadadamente en el Sur—donde nacieron casi todos—para conservar sus privilegios, y se opusieron a los líderes de los derechos civiles para abolir la segregación. Pero no entendieron que ellos también eran pobres, a veces incluso más que los mismos negros. Y al poner sus botas en los cuellos de los negros y de los demás para mantenerlos oprimidos, los blancos terminaron hundidos en el mismo hueco.

Sin embargo, Dent y sus compañeros no se molestan en admitir esto. Para ellos, lo blanco es lo correcto, sin importar qué tan alejada de la realidad pueda ser su posición. Si creen que tienen la razón, así es.

"Debimos asustar a esos imbéciles antes de las elecciones. Ya sabes, atacarlos en sus sitios de reunión o algo parecido," dice Bob Michaels escupiendo una bola de tabaco en el bote de la basura.

"¿No se les ocurre algo un poco más creativo?" dice finalmente Hank.

"Al diablo con lo creativo," dice Steve reclinándose en su silla. "Me gustaría ahorcarlos con mis propias manos. ¿Te parece suficientemente creativo?"

"Escuchen. Ustedes se encargarán de conseguir los votos que necesitamos," interrumpe Denton. "Y yo me encargaré de los que no queremos que voten."

"Eso me parece bien," dice Mulligan, ligeramente aburrido.

Johnny escucha el crepitar de la carne cuando saca varios paquetes cubiertos con papel aluminio de los fosos de remoje. Tigre Montez y sus amigos están preparando carne en el horno industrial, práctica que también realizan los trabajadores de las calderas y de la chimenea. Los jugosos filetes de carne envueltos en papel aluminio se ponen sobre un lingote; hay que saber cuándo retirarlos antes de que se achicharren por completo, y luego de varios años de práctica, han perfeccionado el tiempo adecuado de cocción.

"¿Qué hubo, Johnny?" lo saluda Tigre. "¿Quieres un poco de carne asada?"

"No, gracias," dice Johnny. "Mejor hablamos."

Están en el turno del día. Se reúnen en el piso del cilindro de 32 ·
pulgadas para almorzar; Johnny quiere saber cómo será la votación,
pues las elecciones serán al día siguiente.

"Ya estamos en las últimas, Tigre," dice Johnny. "¿Qué pasa con
las cuadrillas y obreros de los cilindros de 32 y de 10 pulgadas?"

"Va bien, *ese*," dice Tigre mordiendo un emparedado de carne con
jalapeños. "Ya tengo mis tropas listas. Votarán, no tienen miedo. Los
cabrones del Ku Klux Klan trataron de hacerle daño a un par de trabajadores que estaban solos en el patio de chatarra. Es así como actúan:
te atacan cuando no puedes defenderte. Pero estamos unidos y ya no
se meten con nosotros; han aprendido la lección."

"¡Qué bien! He recibido informes alentadores del cilindro de 22
pulgadas, de la bodega y de la fábrica de cables," dice Johnny. "Pero
no sé qué pasará con las unidades de los hornos ni con las especializadas. Parece que han intimidado a un gran número de trabajadores.
Necesitamos que las cuadrillas de peones se salgan con la suya."

Bien, como ya sabes, carnal, son muy pocos los que todavía se preocupan por los pinches comunistas," señala Tigre. "Sé que han sido
útiles, pero también sabes que a los trabajadores no les importan los
de derecha ni los de izquierda. Sólo quieren trabajar; trabajan duro y
se manifestarán, pero no quieren estar en el bolsillo de nadie. Pero
creo que lograremos el apoyo de la mayoría de las cuadrillas si le hacemos ver lo que está en juego."

"Sé que no votarán por los viejos del sindicato; el problema es si
realmente votarán," explica Johnny. "La administración mantiene una
estricta vigilancia sobre las cuadrillas de peones. Son los más mal pagados y los que corren el mayor riesgo de ser despedidos. En la calle
hay cientos de personas dispuestas a trabajar y palear desperdicios
todo el día. Tomarán sus puestos en menos de un segundo. Así que
las cuadrillas saben que la administración los tiene agarrados por los
huevos."

"Tienes razón, *ese*. No votarán si creen que la administración los
está vigilando."

"Tenemos que infundirles valor," continúa Johnny. "Para que puedan luchar por sus trabajos. Independientemente de que ganemos o

perdamos, ¿qué podríamos hacer para proteger sus trabajos una vez que la administración comience a tomar medidas en contra ellos?"

"Daremos la pelea si ganamos," sugiere Tigre. "Pero si perdemos, no podremos hacer nada. Ellos lo saben muy bien. Quieren que les garanticemos el triunfo antes de dar un paso adelante, aunque esto no es posible, ¿verdad?"

"¡Pero ellos son nuestra garantía!" exclama Johnny.

"Realmente no," dice Tigre. "Incluso si ganamos, esos putos del viejo grupo del sindicato apelarán las elecciones. Nos mantendrán ocupados en reuniones y audiencias y harán todo lo posible para que no podamos ayudarle a nadie. Y mientras tanto, despedirán, hostigarán o llenarán de trabajo a estos trabajadores. ¿Entiendes a qué me refiero? Es por eso que se están preguntando qué garantías les podemos dar en el sentido de que no perderán sus trabajos después de las elecciones."

"No sé… creo que no podemos ofrecerles ningún tipo de garantías," admite Johnny.

"Así es, carnal. Eso es lo que nos está afectando. Ganar las elecciones puede ser peor que perderlas. Y de cualquier forma, estamos jodidos," dice Tigre suspirando.

"Órale, entiendo," dice Johnny. "¿Pero podríamos dejar que esta conversación quede entre nosotros?"

Tigre lo mira.

"No son secretos profesionales, amigo," comenta Tigre después de una breve pausa. "La gente sabe lo que está pasando, y sabe también cuáles serán las consecuencias, bien sea que ganemos o perdamos."

"Ya sé, pero tenemos que mostrarles el otro lado de la moneda," continúa Johnny. "Decirles que tendremos el salón del sindicato a nuestra disposición, que los representantes del sindicato irán de un lado a otro y presentarán cientos de peticiones en defensa de nuestros derechos, que obligaremos a la administración a que nos preste atención y haga algo con respecto a la situación tan jodida que hay aquí. Les mostraremos lo que pasa cuando el poder está en nuestras manos y nos permite obtener mejores trabajos y salarios para todos los trabajadores. Tenemos que enfatizar en que, pase lo que pase, es mejor pelear que sentarnos y no hacer nada. Esta compañía no valdría un carajo ni ganaría un centavo si no fuera por nosotros. Este lugar no funcionaría sin nosotros."

"Oye, estás hablando como el vato de Harley," bromea Tigre.

"Puede que él tenga sus defectos, pero creo que básicamente tiene la razón. De cualquier modo, haz todo lo que puedas para que tus hombres vayan mañana al salón del sindicato. ¿De acuerdo?"

"Simón. Pero recuerda; deberíamos hacer algo por ellos, así ganemos o perdamos."

Roosevelt Park está abarrotado de gente aquella cálida tarde del domingo. Los vendedores ofrecen paletas desde carritos, mientras que padres e hijos deciden de cuál sabor comprar. El parque está lleno de mexicanos sentados en frazadas, preparando asados y bebiendo cervezas que mantienen en las heladeras; unas pocas familias negras hacen lo mismo entre la multitud. Este es el sitio más frecuentado de Florence. Los niños negros y de piel cobriza corretean; unos pocos cholos con tatuajes permanecen bajo la sombra de los árboles. Los alcohólicos y los drogadictos están sentados en bancas que muestran las inclemencias del clima, para averiguar, o como dicen ellos mismos, para "hablar mierda."

Aracely y Johnny están acostados sobre una sábana y el pequeño Joaquín está dormido en su coche. El bebé se calma y duerme bien cuando hace sol; es casi una excepción, y Johnny disfruta de la relativa paz por algunos minutos. Junior, Rafas y Bune traen heladeras llenas de cerveza y carnes frías. Tres mujeres vienen detrás de ellos con alimentos y otros artículos que traen en bolsas; son Pati, la esposa de Bune; Sarita, la compañera de Rafas—sus tres hijos vienen detrás—y MerriLee, la novia de Junior, una afro americana a quien conoció recientemente en un club nocturno.

"¿Qué hubo, hermanos?" los saluda Johnny entreabriendo sus ojos.

Aracely se levanta y deja la comida sobre otra frazada; abre una bolsa con servilletas y cubiertos plásticos y los deja al lado de cuencos con arroz y ensalada de papa casera. Al lado hay una pequeña parrilla con perros calientes y presas de pollo que ha preparado Johnny.

Procopio y Eladia aparecen por el otro lado del parque con sus dos nietos, que están en edad escolar: son los hijos de Pati y de Bune. Procopio trae sillas plegables bajo el brazo.

Todos se saludan con sonrisas e intercambian frases. Parece una celebración, una reunión de familia en honor a una fecha especial, pero sólo se trata de estar juntos.

Las elecciones del sindicato se han realizado el martes pasado. Johnny y los demás candidatos pasaron todo el día en el salón del sindicato, observando a los votantes y vigilando las urnas. El representante del sindicato internacional no hizo otra cosa que charlar con Ace Mulligan y con varios halcones del sindicato. Sólo votaron algunos de los integrantes de las cuadrillas de peones y de obreros. Pero casi todos los miembros de las unidades especializadas, los operarios de grúas y de los hornos depositaron sus votos; y todos ellos hacen parte del bastión de los viejos líderes del sindicato.

Johnny, Al, Tigre y los demás sólo recibieron miradas de indiferencia o de odio por parte de muchos de los votantes que estaban a favor de la vieja guardia. No ocurrieron incidentes delicados en el salón del sindicato, excepto cuando Johnny fue a buscar al representante internacional para que ayudara con el conteo de los votos, pero no pudo encontrarlo. Más tarde, alguien lo vio en un bar cercano y lo llevó a la planta.

Sin embargo, las cosas fueron muy diferentes en la acería.

Un par de amigos comunistas de Harley fueron atacados y golpeados en la bodega y no pudieron votar. Los asaltantes resultaron ser miembros del Frente Comunista Unido, una facción rival, pero Johnny está seguro de que eran agentes pagados que actuaban para obstaculizar cualquier cambio posible en la planta. Además de esto, otros dos amigos de Harley fueron atacados y arrestados en la zona de estacionamiento y tampoco pudieron votar.

Algunos seguidores de Al se reunieron en el estacionamiento y hostigaron a unos blancos que salían hacia sus casas. Llegaron en grupo al salón del sindicato, los demás tuvieron que abrirles campo, se inscribieron para votar y depositaron sus boletas en las urnas. Sin embargo, también contribuyeron a alejar a varios blancos que querían votar por la nueva lista de candidatos.

Lo que más le irritó a Johnny fue la gran cantidad de mexicanos que no se molestaron ni siquiera en ir al salón del sindicato. Claro, sus amigos y algunas de las personas que le dijeron que lo apoyarían asistieron y votaron. Los hombres de Tigre también votaron masivamente, pero muchos de los obreros y de los miembros de cuadrillas marcaron sus tarjetas, subieron a sus coches y se apresuraron a sus casas.

Tardaron un día y medio en contar, analizar y recontar los votos. Ambos bandos amenazaron con abandonar el salón del sindicato antes de que el representante internacional anunciara oficialmente los resultados definitivos. Johnny y sus amigos rebeldes estuvieron cerca de la victoria, pero no la consiguieron. La lista de candidatos de los viejos líderes ganó por una ligera mayoría.

El día siguiente fue desalentador. Johnny lo notó en las caras de los trabajadores que querían un cambio, pero que se vieron obligados a regresar a la misma esclavitud de siempre. También vio las caras de los hombres que no votaron, algunos de los cuales se negaron a mirarlo a los ojos. Johnny piensa que la mayoría de los mexicanos de Nazareth no estaba dispuesta a arriesgar su futuro. Tenían trabajos que eran excelentes comparados con los que tenían sus compatriotas en otras partes, así que estaban decididos a no permitir que nada les hiciera perder sus empleos, por malas que fueran las condiciones en la planta. Aparentemente, un nuevo liderazgo en el sindicato no parecía tener nada que ver con esta situación, así que no se molestaron en votar.

Probablemente tenían la razón, concluye Johnny. Los oficiales del sindicato tienden a formar sus propias camarillas. Rara vez se dirigen a otros trabajadores, salvo en tiempos de elecciones. ¿Por qué habrían de arriesgar sus empleos por unas personas que escasamente se preocupaban por ellos?

Procopio también está profundamente decepcionado con los resultados de las elecciones; esta en particular fue semejante a las que tuvieron lugar durante el apogeo de las luchas que él mismo lideró a comienzos de los sesenta. Sin embargo, Procopio entiende muy bien que las divisiones entre los trabajadores de la planta son demasiado profundas como para solucionarse mediante una elección, y coincide con Harley en un punto importante: hay que educar a la gente sobre los intereses de su clase. De lo contrario, votarán basados solamente en sus preocupaciones inmediatas, o no acudirán a las urnas.

Johnny piensa en esto mientras está recostado en el parque. Necesita descansar allí con su familia. Sabe que Dent y sus secuaces les harán la vida difícil a los líderes rebeldes. Seguramente lucharán para que los despidan, les haran sufrir supuestos accidentes o los atacarán. Para comenzar, ya han hecho despedir a seis comunistas después de los incidentes de la bodega y del estacionamiento. Harley y Ronnie tuvieron que luchar mucho para conservar sus trabajos.

Después de las elecciones, Al se dedica a criticar y dice que no quería ser parte de la nueva lista. Tigre y su grupo siguen su rutina habitual; trabajan, apuestan a los caballos o van a jugar a los casinos de Gardena y de otras ciudades cercanas. Y Lane Peterson, el director de la planta, les envía cartas de felicitación a los jefes de los departamentos principales y les agradece que hayan mantenido a los "locos" por fuera de los cargos del sindicato.

Johnny concluye que el único grupo sólido y unido es el de los blancos de extrema derecha, que también es el peor de todos: el más destructivo, intolerante y despiadado de toda la planta.

Johnny recuerda que un profesor de la cárcel le dijo: "La gente se merece lo que tiene." No sabía lo que esto significaba hasta ahora: si la planta está jodida y si solo unos pocos están dispuestos a dejar atrás sus intereses personales y a hacer algo al respecto, ¿a quiénes culparán los demás? "Hay que sembrar para cosechar," recuerda que también le dijo su profesor.

"¿Quieres pollo y ensalada de papa?" le pregunta Aracely.

Johnny deja de pensar en esto y abre los ojos. Tiene la linda cara de Aracely frente a él; se llena de amor y poco le falta para llorar. Sin embargo, no claudicará. La acería significa guerra; aquí está el amor, su hogar y su hijo. Aquí está la familia: por lo menos se han reunido para alegrarse un poco la vida. Johnny no sabe si podrá sacar fuerzas para seguir organizando a sus compañeros de trabajo. Pero por ahora, la planta está completamente alejada de su mente. Tiene a Aracely, tiene a sus padres y hermanos, tiene a su hijo. Tiene a su barrio. Tiene esta vida.

Por ahora, esto tendrá que bastarle.

Por ahora.

5

UN NUEVO NACIMIENTO

ños más tarde, la acería de Nazareth prosigue su balada, su pulso de acero, cemento y piedra, fundiendo las vidas de varios mundos en uno solo, alimentando a nuevas generaciones de familias mientras los encadena a los hechos y desechos de las extensas comunidades del sureste de Los Ángeles, completamente alejadas de Hollywood, del mar, de las luces de las marquesinas, mientras sostiene rascacielos, puentes y tantas cosas más como parte de la base económica de una región, de la esencia de la vida que se desvanece fácilmente, invisible a la mayoría de los ojos y que no obstante continúa derritiendo, fundiendo y forjando acero como si el mañana no existiera.

En realidad, la planta y su fuerza laboral soportan ya el peso de muchos amaneceres. Johnny no se preocupa por esas cosas. Lleva años trabajando duro, día tras día, quiere trabajar tanto tiempo como su padre, quiere una familia grande, una casa grande, quiere retirarse y no hacer nada hasta su último aliento sagrado, rodeado de hijos y nietos, y mecerse en una respetada silla patriarcal, en el porche de madera de una casa en el sur de Los Ángeles.

Las tumultuosas elecciones del sindicato y las consecuencias que sucedieron durante los primeros tres años de Johnny en la planta han pasado hace mucho tiempo. Esa época se difumina en un recuerdo lejano y sombrío. Poco ha cambiado. El sindicato local continúa sumergido en su irrelevancia. Johnny cree que fue una lucha infernal. Él y su equipo perdieron, pero ha surgido como un hombre a tener en cuenta.

Ha adquirido un gran conocimiento de su oficio de maquinista; algunos de los más veteranos lo envidian, y los más jóvenes lo consideran un modelo.

Johnny aprende rápidamente y trabaja duro. Sus cualidades de líder reposado pero fuerte también son el tema de más de una conversación. Puede que Johnny no te simpatice, pero tienes que respetarlo.

Dos años después de Joaquín, nace Azucena. Esta vez, Johnny es testigo y partícipe de su llegada al mundo. Permanece un día y una noche al lado de Aracely. Un fuerte aguacero golpea contra la ventana y el techo. El agua no cede un solo instante durante el parto, evocando emociones húmedas en la habitación del hospital mientras que Johnny hace trucos de magia y lee chistes de un libro para que Aracely no piense en el dolor.

Johnny consigue dormir un poco durante los breves períodos de reposo. Aracely siente una molestia en la parte inferior de la espalda y le pide que le haga un masaje, pero él no responde. Lo mira y ve que está dormido en el asiento que hay al lado de su cama.

Aracely ya tiene una experiencia considerable, pues dio a luz a Joaquín casi sola y sin ayuda de ningún medicamento. El parto natural es un acto sagrado para ella, incluso durante la difícil "transición," la fase en que la mayoría de las mujeres maldicen al padre de su hijo, pero Aracely la atraviesa con integridad y valor y no se queja.

Finge interesarse en los elementales trucos de magia que hace Johnny y trata de reírse de sus bromas flojas; ve cuánto se esfuerza él... pobrecito. La pasa entretenida hasta que siente el embate de una contracción bastante fuerte.

Finalmente llega la hora. Una enfermera está al lado de un médico joven y de bata blanca y arrugada, agachado frente a las piernas de Aracely. Johnny le sostiene la cabeza y ella suda. Tiene la cara roja y respira entre gemidos, hasta que la cabeza del bebé emerge de su matriz.

Luego es Johnny el que tiene dificultades para salir avante; queda atrapado entre el asco y la mayor alegría que ha sentido. Johnny observa el nacimiento a través de un espejo que muestra las piernas abiertas de Aracely. Resiste tanto como puede. Se da cuenta de lo fuerte que es su mujer: se esfuerza mucho, puja y jadea. Johnny hace un gran esfuerzo para no sentarse y vomitar. Es un hombre duro, capaz de estar suspendido sobre vigas delgadas de acero a varios pies de altura sin el cinturón de seguridad, pero tan pronto emerge el cuerpo sangriento y lechoso del bebé basta para que caiga de rodillas.

La enfermera le pregunta si quiere cortar el cordón umbilical, pero él aparta su mirada. Ha visto cadáveres y miembros amputados en Nazareth; pero el hecho de preguntarse si su hija será normal, sino será más que un atado de vísceras y vasos sanguíneos lo deja aturdido.

Azucena llega al mundo con el agua de la lluvia chorreando por fuera de la ventana, su cabeza cubierta de cabello indio, oscuro y lacio. Sus ojos son almendrados; su nariz y boca, pequeñas y dulces. Johnny la mira y la carga un momento antes de que las enfermeras se la lleven.

Regresan con Azucena, envuelta en una manta de algodón, con una pequeña capucha en su cabeza como si se tratara de un capullo. Aracely dice que es igualita a Joaquín. La niña está dormida. Tiene la cara roja, la han limpiado y huele a vida nueva. Johnny olvida la náusea que sintió. Ahí está su hija. Es todo un ser. ¡Qué bendición, qué sueño!

¿Cuál será su papel con una hija? se pregunta intentando adivinar la respuesta. Johnny la mira y piensa que nunca ha visto algo tan hermoso.

Además del nacimiento de Azucena, han ocurrido otros cambios en las vidas de Johnny y Aracely desde las elecciones del sindicato. Los médicos creen que el llanto inconsolable de Joaquín se debe a la forma de beber de su padre y al consiguiente descuido. Después de sus primeros meses de vida, llenos de cólicos, el niño se vuelve calmado y retraído. Tiene problemas de aprendizaje y los médicos intentan ayudarlo. Esto le preocupa tanto a Johnny que ingresa a un grupo de rehabilitación de alcohólicos que hay en la acería.

Su amigo Robert Thigpen ha sufrido bastante debido a sus problemas con la bebida, y continúa bebiendo al mismo tiempo que asiste al mismo programa. Cada vez es más común que vaya a trabajar borracho, después de ausentarse durante varios días, hasta que finalmente es despedido. Johnny trata de mantenerse en contacto con él, pero pronto deja de tener noticias suyas. Robert se ha mudado y, según su primo Tony, termina viviendo en las calles del centro de Los Ángeles.

La historia de Robert es tan común que despierta más bostezos que gritos de sorpresa en la planta. Sin embargo, a Johnny le preocupa que no tenga adónde ir, que un trabajador metalúrgico pueda terminar tan anónimo y olvidado como un alcohólico del barrio más miserable.

Johnny decide dejar el alcohol. Es difícil al comienzo; los pocos abstemios activos son inactivos en otras cosas y se mantienen demasiado ocupados asistiendo a reuniones relacionadas con la sobriedad y otras cosas. Para Johnny, esto es semejante a cierto tipo de muerte. Les da miedo no asistir a las reuniones del grupo, les da mucho susto frecuentar sus bares preferidos y ver a sus viejos amigos, y se convencen de que alejarse de ésas tentaciones es vital para su salud y sanidad. Pero también terminan por diluirse socialmente. Johnny entiende que estos programas son necesarios para curar la adicción. "Encárgate de ti antes de que puedas encargarte de otra persona," dice el adagio. Pero Johnny siente que necesita trabajar y estar con sus amigos y familiares. No quiere ocultarse para sentirse mejor; quiere aprender a dejar de beber y seguir siendo importante para aquellos que están a su alrededor. Johnny no tarda en abandonar el programa de rehabilitación que ofrecen en la planta y se embarca en un programa personal dedicado a la sobriedad.

No es fácil, pero Johnny está decidido a hacerlo. Tal vez sea su ego el que habla, pero tiene que intentarlo.

Menos de un año después de las elecciones, Nazareth Steel recibe por primera vez mujeres en las cuadrillas de peones, obreros y de los hornos. Algunas mujeres llegan incluso a las unidades de albañilería, electricidad y de maquinistas especializados. Todavía no son capataces, operadores de grúa ni fundidoras en los hornos, pero ocupan casi todas las demás posiciones.

Su presencia se siente de manera gradual, pero contundente. Johnny puede estar trabajando en una máquina y darse vuelta para ver a una mujer con casco duro, pala y guantes. Ve a un par de mujeres aprendiendo a pegar ladrillos o a halar cables con las cuadrillas de electricistas. Al principio, esto es desconcertante. Son mujeres, pero están vestidas como hombres. Llevan franelas, jeans y botas con punta de acero, pero cuando caminan, cualquiera sabe que no son hombres. La mayoría no tiene lo que uno podría definir como "aspecto de modelo." Casi todas son grandes. La mayoría son negras; hay algunas blancas y unas pocas mexicanas. También son físicamente fuertes. Muchas de ellas son madres o ex meseras que recibían ayuda del bienestar social.

Las cuadrillas de peones son las primeras en recibir mujeres; otros departamentos lo hacen posteriormente. Al cabo de un par de años, consiguen ingresar a las cuadrillas de reparación.

Un día, Johnny está haciendo reparaciones en el cilindro de 32 pulgadas cuando ve a dos aceitadores y engrasadores con graseras y linternas. Son nuevos y están buscando los "botones" de los gigantescos rodillos. Los mira durante un rato y finalmente se da cuenta de que son mujeres: una blanca y una mexicana.

La blanca es joven, alta y delgada, con ropa de trabajo suelta y un cinturón de herramientas que por poco se le cae. La mexicana es mayor, más bajita y gruesa, y tiene su largo cabello recogido en el casco. Su cinturón de herramientas descansa sobre sus caderas relativamente anchas. Johnny no puede distinguir rasgos particularmente atractivos en estas mujeres, pero le fascina verlas hacer lo mismo que hacía él cuando comenzó a trabajar en la planta. En ese entonces, era lo más fantástico que uno pudiera imaginar.

La mayoría de los hombres parece aceptar la presencia de las mujeres. Hasta el momento, Johnny no ha escuchado de que los obreros ni los integrantes de las cuadrillas de peones se quejen. Pero Johnny siente que otros trabajadores, particularmente los maquinistas, están tensos y resentidos.

"Creí que nunca llegaría el día," señala el viejo Rex un día en que Johnny trabaja con él en los hornos. "Ya verás cómo volarán partes de estas máquinas y equipos. Recuerda mis palabras, hijo, éste es un día triste para el oficio del maquinismo."

Johnny no ve las cosas de ese modo. Le alegra que haya mujeres y concluye que realizarán una buena labor con el entrenamiento adecuado. Pero esa es la pregunta: ¿podrán recibir un buen entrenamiento por parte de hombres que no las quieren allí? Harán que la compañía les prohíba realizar ciertos trabajos a las mujeres. Quizá aduzcan motivos de seguridad, pues a fin de cuentas, los maquinistas trabajan en algunos de los lugares más peligrosos de la planta.

Además de Rex, Johnny advierte que los que más se quejan son los viejos blancos racistas, tipos como Frank Horner, Bob Michaels, Steve Rodham, Harry El Sucio y Earl Denton, quienes desde un comienzo demuestran su hostilidad hacia las mujeres que trabajan en la cuadrilla de lubricación y engrase. No les ofrecen su ayuda aunque vean que ellas no pueden empujar las carretas llenas de desperdicios.

"Si quieren trabajar aquí, adelante," dice Frank en la caseta de los maquinistas. "Pero es mejor que no se hagan ilusiones: tendrán que cargar con todo el peso."

Eso es básicamente lo que dicen los hombres: las mujeres no recibirán un trato diferente. Pero eso es una mentira, piensa Johnny. Las hostigarán y les harán las cosas más difíciles. Y aunque inicialmente las cosas fueron difíciles para él, vio que había sin embargo cierta disposición para ayudar, para enseñar, para mostrar el camino. Pero ahora, los hombres de las unidades especializadas se han opuesto y se niegan a ofrecer su apoyo, actuando como si las mujeres no existieran ni importaran.

Un día, Johnny ve que la nueva trabajadora blanca le pregunta a uno de los aprendices de maquinista cómo se maneja la engrasadora de aire. El tipo la mira, escupe y se retira.

Johnny ha disfrutado de un burrito de carnitas y se levanta de su silla. Se dirige a la mujer y le muestra cómo funciona la máquina.

"Gracias, de verdad que agradezco tu ayuda," dice. "De paso, ¿cómo te llamas? Aquí nadie dice su nombre."

"Me llamo Johnny. Si necesitas algo, dímelo. No dejes que estos cabrones te hagan la vida imposible. Tratan a los demás como si fueran mierda, pero creo que están asustados. Nunca antes han trabajado con mujeres."

"Me llamo Darlene. Gracias de nuevo. Espero que entiendan que necesito trabajar como ellos. Tengo que alimentar a una niña, pagar cuentas y no tengo a ningún hombre que me ayude. Solo somos mi hija y yo."

"Por supuesto, no tienes que explicarme por qué estás aquí," dice Johnny, "y hasta donde yo sé, perteneces tanto aquí como cualquier otra persona."

Darlene sonríe y recuerda esta conversación durante los momentos difíciles que tiene ese día. Para ella, la amabilidad de Johnny es como agua para una mujer en un desierto.

Carla Pérez toma tres autobuses para llegar a las enormes instalaciones de Nazareth Steel, en la avenida Slauson. La han contratado hace poco. Recibirá entrenamiento en la cuadrilla de aceitadores y engrasadores. Ni siquiera sabe qué significa eso; demostró alguna aptitud mecánica y le dijeron que trabajaría en esa división.

Carla ha tenido trabajos insignificantes; ha limpiado, barrido y trapeado. Sus habilidades mecánicas provienen básicamente de arreglar cosas en su casa.

Su novio Mateo—con quien vive—ve el anuncio en el periódico y se lo muestra mientras desayuna. Carla sabe por qué: porque ese estúpido no quiere trabajar.

Pero el anuncio parece ofrecerle otra opción: no tendrá que pasar mucho tiempo con este vato. Además, el salario es muy bueno. Por primera vez, la compañía les ofrece trabajo a las mujeres en todas las divisiones de la planta, no sólo en las oficinas. Carla observa el anuncio durante un rato largo. No se siente completamente segura de solicitar empleo. Siente un poco de susto, pues se da cuenta que el trabajo es duro. Ha visto la acería desde lejos: es ruidosa, oscura, caliente e inmensa. No parece ser un lugar para mujeres sino para la guerra; es el tipo de lugares que los hombres parecen inventar y disfrutar.

Mateo se levanta de la mesa de la cocina en su apartamento de un solo cuarto, localizado en Pico-Union, un distrito de Los Ángeles y le dice, "Vaya, pinche. ¿Qué hay que perder? Nos organizaremos si consigues ese trabajo. Créeme, allá se gana más que en Las Vegas. Necesitamos ese dinero ahora mismo, tenemos que pagar muchas cuentas. Házlo por el amor de Dios."

Carla detesta sus exigencias, descréditos y rezongonerías. Mateo es un chicano que creció en la calle Burlington. Tiene relaciones con la pandilla de la Calle 18, una pandilla grande y peligrosa que parece penetrar hasta el último rincón del vecindario.

Carla es de El Salvador, del estado de Sonsonate. Su mamá la llevó a Los Ángeles cuando aún era una niña. Actualmente, Pico-Union y Westlake—un poco al oeste del centro de la ciudad—son sitios de residencia de muchos centroamericanos, pero en la década de los setenta eran sectores mayoritariamente mexicanos.

Las opciones laborales y residenciales de Carla parecen ser limitadas. Se fue a vivir con Mateo, su primer y único amante, porque su madre no quería tenerla más en casa. Habían peleado desde que estaba pequeña, especialmente debido a los novios extraños y numerosos que tuvo su mamá. Por fortuna, ninguno abusó de ella, aunque algunos la miraban con lascivia, y ella buscó la manera de irse de allí lo más pronto posible.

Carla le dijo a su madre que estaba enamorada de Mateo y que no lo dejaría. Tenía diecinueve años y era todavía bastante hogareña, pero su mamá la arrojó a la calle como si fuera un animal indeseable.

Mateo invitó a Carla a su pequeño apartamento, un pequeño mundo para una mentalidad pequeña. Sólo la veía como alguien para follar, cocinar, trabajar en cualquier cosa y ganar dinero, mientras él permanecía en casa viendo televisión. Es bien parecido, pero arrogante, y también es egoísta y aburrido. En un comienzo, Carla siente que Mateo le presta la atención que tanto ansía. Nunca tuvo un verdadero padre. Los hombres que tuvo su mamá nunca le prestaron atención. Entonces aparece Mateo, un prieto bonito y ella lo quiere por lo que representa: libertad, una nueva vida y posibilidades que trascienden las metas estrechas de su madre.

Pero ella se decepciona, y bastante rápido.

Carla anhela algo más grande y mejor: algo con ruedas, una vida que tenga vapor, velocidad y dirección.

Está harta de seguir los planes de otras personas, ya sea de su madre o de Mateo. En primer lugar, nunca quiso salir de El Salvador, país al que recuerda con cariño; un lugar apacible lleno de parientes, pollos, perros y chivos, pero su estabilidad se derrumbó cuando su madre fue acusada de un crimen que ella no entendió (una tía insinuó más tarde que un importante hombre mayor de la colonia estaba involucrado en el incidente). Y entonces huyen, fugitivas quién sabe de qué.

El anuncio clasificado de Nazareth demuestra ser atractivo por muchas razones.

Carla tiene un rostro más bien plano, enmarcado por un cabello negro y corto. Es de piel morena y su cuerpo no está mal. Todo lo suyo es más pequeño de lo que debería ser, pero tiene una constitución fuerte, pues toda la vida ha trabajado duro. Cuando se maquilla, puede ser sorprendentemente hermosa, aunque no repara mucho en esto. Su sencillez la mantiene rezagada, sin ser vista ni tocada, y eso le gusta; no quiere que el común de la gente fije su atención en ella, aunque le gusta que las personas que le interesan le presten atención. Es tímida, pero deja de serlo cuando realmente quiere algo.

Su primera semana en Nazareth es una verdadera prueba. No puede hacer las cosas bien. Mueve la llave inglesa hacia el otro lado, apretando en vez de aflojar. Su compañero de trabajo no le dice nada, pero se abalanza sobre ella como un perro sobre un hueso cuando comete errores, trae la herramienta equivocada o no corta bien la tubería de cobre.

La planta ni siquiera tiene instalaciones sanitarias adecuadas para las mujeres, y menos duchas. La compañía instala algunos inodoros portátiles para las mujeres, pero Carla se siente incómoda haciendo uso de ellos. ¿Y qué si un trabajador degenerado la toma a la fuerza y la viola? piensa. Solo va cuando no puede contenerse más. Algunas veces, si nadie está mirando, se agacha y hace sus necesidades en los fosos de aceite y engrase que hay debajo de los talleres de laminación.

Un día, Mateo llega al apartamento. Ha estado en la esquina con los "chicos" y ve a Carla llorando en la mesa de la cocina.

"¿Y esto, Carlita?" le pregunta. "¿Pasó algo en la acería... o te volvió a llamar tu mamá?"

"No sé si puedo con este trabajo, Mateo," responde finalmente Carla después de secarse las lágrimas con una servilleta sucia. "Puede que el sueldo sea bueno, pero me late que voy a cometer un error y que moriré, o algo parecido. El trabajo es muy difícil. Hay muchas cosas qué hacer y qué aprender. Hay que tener mucho cuidado y no me siento preparada para ello."

"Está bien, pero hazme un favor," responde Mateo, quien a veces es más astuto de lo que parece ser. "Espera hasta que recibas el primer cheque. Si continúas sintiendo lo mismo, pues te retiras."

Mateo le ha dicho algo irrefutable.

Dos semanas después, Carla hace fila en la caseta de pagos para recibir su cheque; se siente irritada y confundida, pues los hombres hablan de ella y la ignoran como si fuera quién sabe qué. Pero luego de dos semanas de soportar tantos desmanes, firma el cheque, lo sostiene en sus manos, ve los números, siente la satisfacción de tener tanto dinero, una suma que nunca soñó tener, y eso hace que todo cambie.

Es algo real. Su estatus como trabajadora metalúrgica es jodidamente real. Al diablo con esos cabrones. Ella es una trabajadora metalúrgica. Y tiene la prueba en la palma de sus manos. Pondrá el tiempo y el sudor, la sangre y las lágrimas; será tan buena como cualquiera de esos putos bastardos.

Detesta reconocer que Mateo—Dios bendiga su alma ávida de dinero—tenía razón.

Otro ajuste que tiene que hacer Johnny después de la fallida batalla sindical se refiere a su relación con Harley Cantrell. Después de las elecciones, Johnny no quiere pensar en la lucha, en la justicia, ni en los cambios. Con la excepción de Harley, no vuelve a saber nada de los candidatos de su lista. Al no quiere tener ninguna relación con Johnny, pues tiene su propia agenda. Lo mismo sucede con Jacob Wellborne. Tigre y sus compañeros se limitan básicamente a trabajar y a divertirse.

Un día, Harley se acerca a Johnny, quien está reparando la grúa aérea de la bodega.

"Hace tiempo que no nos vemos," dice Harley sonriendo, después de apretarle la mano. "Te he llamado varias veces, pero nadie me contesta. ¿Todo está bien?"

"Sí, aunque he recibido amenazas del Ku Klux Klan," dice Johnny. "Y pensé que lo mejor sería dejar de contestar el teléfono por un tiempo. Si mi familia necesita comunicarse conmigo, saben dónde encontrarme. Pero también creo que no he querido hablar con nadie desde que perdimos. ¿Y tú qué, cómo estás?"

"Bien," señala Harley. "Hemos tenido nuestros contratiempos. Y ya sabes, algunos de nuestros chicos fueron despedidos. Luchamos para que los reintegraran, pero no pudimos hacer nada con todos esos bastardos del sindicato que están en contra de nosotros. Sin embargo, nos seguimos reuniendo. Incluso hemos reclutado nuevos trabajadores y esta vez no se trata de algo tan 'blanco,' si me entiendes."

"Eso está muy bien, Harley," dice Johnny. "Bueno, tengo que irme. Salúdame a tu esposa."

"Oye Johnny, no te vayas tan rápido," le dice Harley. "Te hablaré con sinceridad. Te necesitamos. Tienes temple, liderazgo y corazón. Podemos ayudarte. Te ofreceremos conocimientos, ciencia y conciencia. No harás nada que no quieras hacer. Sin embargo, harás todo aquello que prometas hacer. Quiero que entiendas esto: eres disciplinado, uno de los hombres más disciplinados que he conocido. Pero también necesitas una colectividad, reunirte, estudiar y trazar estrategias con compañeros y líderes. Necesitas tener un punto de referencia para tener claridad y renovar tu espíritu de lucha de vez en cuando. Me gustaría que asistieras de nuevo a las reuniones. No tendrás que realizar ningún trabajo. Sólo ven a estudiar con nosotros. No reunimos cada semana. ¿Qué te parece?"

"Te agradezco la invitación, Harley," responde Johnny. "Lo pensaré. En estos momentos necesito concentrarme en mi trabajo y en mi familia. Creo que entiendes. Te avisaré cuando me sienta preparado."

"Está bien. No te pido más. Avísame cuando te sientas listo. Recuerda, nuestras puertas siempre estarán abiertas para ti."

Harley se aleja, y su distintivo cabello largo rubio asoma detrás de su casco. Johnny pensará en ello. Las reuniones comunistas fueron una de las mejores cosas que le sucedieron durante la campaña por el control del sindicato. Hubo varias cosas que no entendió, pero aprendió mucho de esas discusiones tan interesantes. No se apresurará a pensar en eso por ahora. Necesita un descanso prolongado y libre de preocupaciones, durante tanto tiempo como sea posible.

Pocas semanas después, Johnny llama a Harley.

"¿Y entonces?" le pregunta Harley, contento de tener noticias de Johnny. "¿Estudiarás de nuevo con nosotros?"

"Sí, he estado descansando, pero ya sabes, me aburro un poco," explica Johnny. "Me gustaría participar en algo. No me refiero a otra campaña, pero sí por lo menos a hablar de nuevo con ustedes, a analizar el mundo, a devanarme los sesos. No sé si pueda ir siempre, mis hijos me dan mucho trabajo. Tal vez pueda ir cada dos semanas, dependiendo por supuesto de los turnos. ¿Qué te parece?"

"Johnny, nos gustaría verte siempre que puedas venir," responde Harley. "Me parece bien que vengas cada dos semanas, pero intenta ser constante. ¿Te gustaría venir el próximo miércoles? ¿Ya terminaste el turno de la tarde?"

"El próximo miércoles es un buen día para mí. Trataré de asistir tan a menudo como pueda. Te diré cuál es mi horario para que cuadremos."

"No le digas a nadie en dónde nos reunimos; es algo confidencial. Siempre nos reunimos en un sitio diferente para evitar a esos cabrones del Ku Klux Klan. Más tarde hablaremos para que invites a una persona en la que confíes. Nos veremos." Esta relación durará varios años; en la acería, el tiempo pasa como en la cárcel. Antes de que Johnny se de cuenta, otro año yace arrugado en el piso en la forma de una página del calendario con una mujer desnuda, la forma preferida de los trabajadores para llevar la cuenta el tiempo. Se percata de que lleva mucho tiempo alejado de la lucha, desde la época de las elecciones, pero al menos sigue reuniéndose con los "camaradas," como él y Aracely les dicen a los miembros del COTC.

Aunque no asiste a todas las reuniones, procura ir a la mayoría. El grupo aumenta con el paso de los años. Ingresan mexicanos y negros. La gente entra y sale, pero después de todo, es una organización relativamente pequeña. En una ocasión, Johnny intenta que su padre y sus hermanos asistan a las reuniones, pero ellos no quieren saber nada de los comunistas. Johnny no se molesta, pues ama a su familia. Es algo más "suyo," algo en lo que está interesado. A Aracely no le importa. De hecho, es la única persona a la que él logra reclutar para los grupos de estudio. Asiste a la primera reunión con Joaquín en pañales y Azucena en un coche.

Para Aracely, esos días eran sinónimo de su hogar, sus bebés y las reuniones. Se hace amiga de Nilda, la esposa puertorriqueña de Harley a quien éste conoció durante sus primeros días como activista, cuando trabajó en East Harlem. Nilda dirige un distrito comunista que cubre casi toda el área de Los Ángeles—desde el puerto hasta el valle, y desde la costa hasta el desierto. Se dedica de lleno a esto y organiza también círculos de estudio, reuniones y redes de distribución (el grupo publica *El Faro del Pueblo*, un periódico de circulación nacional) que reparten en fábricas, barrios pobres y en demostraciones políticas.

"¿Tienes un minuto? Quiero preguntarte algo," le dice Nilda un día que Aracely va con sus niños a una reunión en casa de Harley.

"Por supuesto, ¿de qué se trata?" replica Aracely mientras carga a Azucena en uno de sus brazos y a Joaquín en el otro.

"Estamos creando un consejo revolucionario para apoyar al COTC. ¿Crees que podrías ayudarnos?"

"¿Y qué tendría que hacer?"

"Haremos unas reuniones de orientación y unas sesiones de estudios avanzados con varios textos marxistas. También haremos reuniones para trazar estrategias y tomar decisiones con respecto a las actividades generales que desarrollemos en el área de Los Ángeles."

"Claro que estoy interesada. Pero tendré que hablar con Johnny."

"Deberías hablar con él," dice Nilda. "Pero te estamos pidiendo esto como persona que eres, como alguien que tiene algo qué ofrecer y puede tomar sus propias decisiones. Estoy segura que necesitas decidir ciertas cosas con tu compañero, pero no permitas que otra persona tome esta decisión; eres tú quien debe tomarla."

A Aracely le agrada que Nilda le haya dicho las cosas de ese modo;

la decisión deberá tomarla ella. Johnny tendrá que aceptar incluso si no está de acuerdo. Pero ella también quiere que Johnny la entienda y la respalde. Eso es importante para ella.

"De acuerdo," responde Aracely. "Tomaré mi propia decisión, pero Johnny y yo compartimos nuestras decisiones. Hablaré con él para que estemos juntos en esto."

"Perfecto," dice Nilda, con un aire de autoridad en su voz, que parece tener siempre que habla y gesticula. Aracely admira su seguridad, su fuerza interior y la sensación que transmite, como si fuera ella quien determinara su propio destino.

Esa misma noche, Johnny y Aracely hablan sobre la oferta de Nilda.

"Nena, creo que es algo que depende de ti," dice Johnny cuando escucha la propuesta. "Te encargas de los niños y de la casa. Necesitas salir y hacer otras cosas. Me parece que es una buena idea; aprenderás más sobre los 'camaradas,' sobre su organización y sus actividades. La verdad es que yo no sé mucho acerca de eso."

"Nilda quiere enseñarme y entrenarme. Es una organizadora formidable y me gustaría aprender a trabajar como ella."

"Por supuesto, no lo dudes. En cuanto a mí, continuaré asistiendo al grupo de estudio hasta que aprenda ciertas cosas."

Aracely observa a Johnny mientras busca una pijama limpia para ponerse en esa fría noche de invierno. Luce cansado. No duerme de noche desde que ha dejado de beber, y a veces se vuelve irritable. Sus hijos le molestan; juega con ellos, pero solo un momento. Johnny no sabe qué hacer con su vida entre los turnos laborales. Ve televisión. Lee los formularios para apostar a los caballos. Por lo menos el grupo de estudio lo mantiene ocupado una parte de su tiempo libre. Mientras tanto, Aracely trata de asimilar su presencia, su olor, su cuerpo y su personalidad bondadosa, y se siente segura, deseada y viva de amor.

También se siente satisfecha por la oferta de Nilda. Es una forma de participar en algo que valora, en algo que tiene un propósito. Por primera vez en su vida, tiene a alguien que le enseñe algo y cuyo ejemplo puede seguir. También agradece el apoyo de Johnny. Quiere abalanzarse y abrazarlo, pero Azucena comienza a moverse en la cuna y a llorar. Johnny continúa buscando su pijama. Aracely se apresura a darle tetero a su bebé.

Darlene lleva algunas semanas en la pandilla de aceite cuando Carla comienza a trabajar en Nazareth. Ya hay tres mujeres, incluyendo a Angie, una chicana voluminosa de los proyectos de vivienda de Estrada Courts, al este de Los Ángeles. Las tres se mantienen juntas debido al trato que reciben de sus compañeros y del señor Taylor—el capataz—quien es el tema preferido de sus conversaciones.

"Ese maldito cabrón," les dice un día Darlene a sus dos compañeras en el cuarto de los *lockers*. "Ayer me dio una lista de trabajos, y antes de la mitad del turno me mandó a hacer otro. Escasamente había comenzado cuando me envió otra hoja con alguien. Tenía que hacer tres trabajos y no pude terminar ninguno. No sé si me van a creer, pero esta mañana tuvo el descaro de decirme que yo no había terminado mi lista de trabajos. ¡Que se vaya al diablo!"

"¿Saben qué es lo que más me molesta? Que nos manden a hacer un trabajo solas. ¿Cómo vamos a saber si lo estamos haciendo bien o no? Yo pensaba que siempre trabajaríamos con un aceitador y engrasador," dice Angie.

"Siento que algo se está cocinando, y no es propiamente un estofado," señala Darlene.

"Me gustaría dejar de sentirme como una mierda cuando pienso en este lugar."

"Tienes razón, carnala," coincide Angie. "Ya basta con que me llene de mugre y grasa en partes donde ni siquiera me llega el sol, sin que encima de eso me humillen."

En ese momento llega Milton, uno de los aceitadores y engrasadores más veteranos. "El señor Taylor dice que se muevan. Se están tomando mucho tiempo en prepararse. Las espero en los fosos de remoje. Apúrense."

Darlene le lanza una mirada despectiva y le responde. "¿Qué crees que estamos haciendo, maquillándonos? Iremos en cuanto terminemos de sacar nuestros equipos."

Darlene ya tiene fama de ser una "perra atrevida," como le dicen varios trabajadores de la pandilla de aceite y de los maquinistas. Las otras mujeres se quejan discretamente, pero a Darlene no le importa quién la escuche; habla en forma directa y desafiante, sin molestarse en adornar sus palabras.

Es una chica de clase obrera cuya familia trabajó en las minas de carbón de Colorado. Se mudaron a Lynwood cuando era niña; en ese entonces era una familia pobre que vivía en un vecindario de mexicanos y blancos. Tuvo un hijo a los dieciséis años y empleos mal pagados y degradantes; bailó desnuda en un bar antes de recibir ayuda del gobierno. Una de las trabajadoras de la oficina de asistencia social le dijo que Nazareth estaba contratando mujeres. Darlene se interesó mucho; la acería le parecía un excelente lugar para trabajar, y gracias a la experiencia que adquirió cuando les ayudaba a sus hermanos a reparar coches averiados, le ofrecieron uno de los pocos trabajos disponibles en la unidad de aceitadores y engrasadores.

A ella no le importa hacer ese trabajo. Muestra un exterior duro, aunque es delgada y no parece poder resistir ni su propio peso. También tiene inclinaciones políticas. Los maquinistas de la vieja guardia le declaran su enemistad cuando descubren que Harley la ha convencido para que asista a las reuniones: es la única de las empleadas nuevas que ha mostrado interés en las ideas de Harley.

A las tres mujeres les preocupan otras cosas. En una ocasión, Darlene vio a Lane Peterson llegar en un lujoso Lincoln. Estaba en la bodega, sentada junto a unas vigas de acero apiladas, esperando a que su compañera sacara unas herramientas, y vio que el coche inmaculado se estacionó en una zona sucia cerca de la bodega, lo que le pareció extraño.

Peterson se apeó del coche, abrió el baúl y se dirigió a las oficinas de la bodega. Ella no le prestó mucha atención al asunto, pero dos hombres llegaron en un montacargas con dos pequeños motores eléctricos. Se bajaron, metieron los motores en el baúl, lo cerraron, subieron de nuevo al montacargas y se marcharon.

Poco después, Peterson se subió a su coche. Estaba abriendo la puerta del conductor cuando se dio vuelta y vio y a Darlene. Ella le hizo un gesto con su dedo pulgar sin pensarlo dos veces, como si supiera lo que hacía él y le estuviera diciendo "oye, ¡qué bien!" Peterson pareció disgustarse; hizo mala cara y le lanzó una mirada llena de veneno, como si quisiera estrangularla. Luego se subió a su coche y se alejó rápidamente, levantando una nube de polvo. Darlene se encogió de hombros.

Poco después de que Milton les dijera que se apresuraran, Darlene, Carla y Angie se integran a una numerosa cuadrilla que está en los fosos de remoje para aceitar y engrasar los vagones y otra maquinaria. Frank Horner las mira desde la pasarela del cilindro de diez pulgadas. Earl Denton está a su lado.

"Esa maldita perra lesbiana y comunista me está agotando la paciencia," dice Frank. "Creo que ya es hora darle una lección."

"Sí, ya estoy pensando en eso," responde Dent. "De hecho, hay algo que me gustaría intentar. Si no hacemos un ejemplo de ella, todas las mujeres comenzarán a respondernos con la misma altanería. Cada vez serán más y más, y terminarán apoderándose de todos los trabajos."

"Lo que no soporto que es que hagan parte de las unidades de reparaciones," continúa Frank. "¿Quién diablos se creen que son? ¡Piensan que son mecánicas porque le han sostenido una llave inglesa a algún novio de mierda! ¡Que se jodan!"

"Después de lo que le tengo preparado a esa perra, se arrepentirá de haber sostenido una maldita llave en sus manos," señala Dent. "Taylor tendrá que ayudarnos. Nos debe un gran favor, pues nosotros le conseguimos su cargo actual hace ya varios años. Solo necesito el momento apropiado."

"Hazlo," dice Frank. "Si no actuamos ahora, tal vez después sea demasiado tarde."

Dent observa desde lo alto de su pasarela y recobra su compostura. Indica con su cabeza en dirección al piso para que Frank mire. Allá abajo, Johnny se dirige a los fosos de remoje, donde se están haciendo reparaciones importantes en la grúa y en los rodillos. Lleva una gran llave a sus espaldas.

Frank mira a Johnny con cara de pocos amigos.

"Quiero que esté presente cuando actuemos," dice Dent alejándose.

Un día, Darlene y Carla entran a la caseta de los maquinistas debajo de los hornos. Johnny saca una taza de metal de su *locker* y se sirve café con azúcar. Esta semana trabajará durante el día, ayudando a hacer varias reparaciones alrededor de la acería.

"Johnny, quiero que conozcas a una amiga mía," dice Darlene.

Johnny mira y ve a una mujer de piel morena, poco llamativa y bastante pequeña—piensa que debe medir cinco pies. Es Carla, quien está junto a Darlene. No se ve demasiado elegante con su casco duro y sus gafas de seguridad.

"¿Qué tal? ¿Conseguiste una cómplice en la pandilla?" dice Johnny

"Sí, ya somos tres mujeres," dice Darlene, mirando la caseta llena de herramientas y de implementos mecánicos. Las fotos de revistas con mujeres desnudas que una vez adornaron una pared han sido removidas desde hace tiempo. "Estaremos en todas las unidades de reparación antes de que te des cuenta. No estás preocupado por tu trabajo, ¿verdad?"

"Pueden quedarse con el mío… ¿quieren café?"

Ellas se sientan en un banco lleno de inscripciones. Johnny encuentra dos tazas y sirve agua de una llave sucia que hay al lado de los *lockers*. Deja las tazas sobre el banco, les pasa un frasco de café instantáneo y un recipiente con azúcar, y hierve el agua en una hornilla.

"¿Qué están haciendo en los hornos?" pregunta Johnny.

"Estamos engrasando la grúa desmoldeadora en la línea de los lingotes," contesta Darlene. "No te preocupes: nos han dicho que un aceitador y engrasador derribó varios lingotes porque olvidó subir las tenazas de la grúa."

Johnny se da vuelta, se estremece y decide no hacer ningún comentario sobre ese incidente que ocurrió hace mucho tiempo.

"Haremos un buen trabajo si nos dejan en paz," dice Carla.

"¿Qué quieres decir?" pregunta Johnny.

"No nos dejan terminar nuestros trabajos. Tan pronto estamos haciendo algo, llega Taylor y nos asigna otro trabajo," explica Darlene.

"Las está hostigando, eso es lo que está haciendo," dice Johnny. "Está tratando de que las despidan. Tengan cuidado, es un tipo muy peligroso."

"Lo sabemos. Por eso te estamos contando," continúa Darlene. "Si nos despiden, necesitaremos apoyo para que nos reintegren de nuevo."

"Ya veo. Manténganme informado. Si hay algo que pueda hacer, quiero que sepan que lo haré," responde Johnny.

Carla mira de nuevo a este trabajador joven y apuesto; parece salido de un sueño. Johnny es amable, querido, buen trabajador e inteligente. ¿Aún hay hombres así en este mundo? se pregunta. Ha escuchado que es uno de los mejores maquinistas de la planta, y sin embargo, no anda presumiendo. Además, es el único hombre de las unidades de reparación que respeta a las mujeres.

Varias semanas después, las mujeres ya están lubricando, engrasando y cortando tuberías de cobre por toda la planta. Hacen bien sus trabajos, e incluso Taylor se ablanda brevemente con ellas.

"Es como la calma después de la tempestad," dice Angie mientras compran el almuerzo.

"¿Crees que está maquinando algo?" pregunta Carla.

"No lo sé. No se ha comportado tan mal como de costumbre," explica Angie. "Nos da nuestra lista de trabajos y desaparece. ¿Cuándo había sucedido eso? Estamos terminando nuestros trabajos. ¿No les parece extraño?"

"Sí, pero quizá hayan entendido que podemos trabajar bien," señala Darlene. "Hemos cumplido con todo. Mientras más trabajos nos dan, más demostramos que podemos hacerlos. Creo que finalmente nos ven como lo que somos: como buenas trabajadoras."

En ese instante, Milton y Roland se acercan a Darlene.

"Taylor quiere que vayas con nosotros a la grúa aérea," le informa Milton.

"Estamos en medio del turno," protesta Darlene. "¿Creen que podremos terminar antes del fin del turno?"

"Sí, es un simple trabajo de mantenimiento," dice Roland. "Cambiaremos los cojines de los frenos mientras tú lubricas y engrasas los engranajes y los acoplamientos. No nos tardaremos."

"De acuerdo. Estoy lista," dice Darlene.

Nunca antes ha trabajado en la grúa del cilindro de 22 pulgadas, ni sus amigas tampoco. Darlene toma su cinturón de herramientas y se hace al lado de ellos. Los hombres se miran un momento y comienzan a caminar; Darlene los sigue un paso atrás. Se da vuelta y se despide de Carla y Angie, quienes están recostadas contra la lámina de acero corrugado que hace las veces de pared de la caseta principal de los maquinistas, donde beben gaseosas y fuman cigarrillos armados a mano.

La grúa aérea está en el extremo norte de la planta del cilindro. Está a varios pies de altura y los rieles se extienden desde el extremo oeste al este de la planta. Darlene, Milton y Roland suben la escalera metálica hasta llegar a la primera puerta. Ella espera que Milton y Roland entren primero, pero ellos se hacen a un lado para dejarla pasar. Ella los mira y levanta sus cejas como diciendo: "¡Vaya! ¡Qué caballeros! Nunca antes me habían tratado así en la acería."

Darlene hala la puerta de la cabina y le cuesta trabajo abrirla. Hay cierta presión que mantiene la puerta casi trancada, pero ella no sabe por qué. La abre parcialmente hasta que tiene espacio suficiente para pasar y entra a un compartimiento que hay antes de la cabina, donde está otra puerta que hay que cruzar.

Mientras están entrando, Darlene pone su mano izquierda en un extremo para no perder el equilibrio y suelta la puerta. Todo sucede en una fracción de segundo: la puerta se cierra tan rápido que Darlene no entiende lo que ha hecho. Lo primero que ve es un chorro de sangre en las paredes y luego siente un dolor sin límites.

Milton y Roland están afuera, a varios pies de distancia. Ven cuatro pequeños dedos caer junto a sus pies y escuchan los gemidos de Darlene. Roland quiere abrir la puerta, pero Milton lo agarra del brazo. Lo suelta momentos después y abren la puerta. Levantan del piso a Darlene, que se agarra la mano izquierda con la derecha, presionando fuertemente su muñeca para contener la sangre que brota del muñón. Roland le ayuda a bajar la escalera y ella siente que se va a desmayar. Milton abre la puerta y grita para que alguno de los trabajadores llame a la unidad de emergencia.

Cuando Roland y Darlene llegan abajo, varios maquinistas se acercan y uno de ellos le pone un torniquete temporal en el brazo. Milton piensa en bajar, pero se detiene, se da vuelta, toma un trapo sucio que tiene en su cinturón de herramientas y recoge los dedos del piso metálico. Los envuelve en el trapo y se los mete en su bolsillo antes de bajar al piso, que está repleto de gente, de voces y de caos.

6

EXILIADO

La fábrica de cables está situada en un edificio independiente, al oeste de la planta principal; en su interior hay
varias máquinas que fabrican cables y otros productos metálicos. Antiguamente era una compañía independiente
que Nazareth compró y la incorporó a su extenso sistema de fraguas,
hornos y fábricas. La edificación tiene numerosos sistemas transporta-
dores, bombas, motores y tanques.

Johnny ha sido trasladado a esa fábrica, y gracias a una reorganiza-
ción de las unidades de reparación, será el único maquinista en el
turno de día. Quería trabajar en el turno de noche, reemplazando a
Rex el Mex, su amigo y maestro, quien le ha enseñado todo sobre los
hornos. A fin de cuentas, Johnny ya está en condiciones de dirigir las
operaciones nocturnas. Rex se ha retirado luego de más de treinta años
de trabajo, y en su última noche le dijo a Johnny que quería que lo
reemplazara.

Sin embargo, los que acaparan el poder han decidido otra cosa.

La fábrica de cables es una especie de purgatorio. Tiene una caseta separada para las herramientas y otra para marcar las tarjetas, además del estacionamiento. Johnny ya no puede relacionarse con los
maquinistas y trabajadores de otros sectores de la planta. Tendrá que
mantener y reparar todas las máquinas, y a diferencia de otras plantas,
en ésta no tiene ayudantes. Johnny sabe por qué lo han enviado allí:
aunque es uno de los maquinistas más competentes de toda la planta,
la compañía y los líderes retrógrados del sindicato quieren mantenerlo

aislado para impedir que organice a los demás trabajadores. Lo hubieran trasladado más rápido, pero Pete Rozansky, un viejo maquinista, no quería dejar su puesto en la fábrica de cables, pues era muy suave comparado con los otros trabajos—y más si se tiene alma de ermitaño—aunque también se retiró.

Para Johnny, el traslado es como una muerte lenta.

También es un castigo. Johnny concluyó que el accidente de Darlene fue un plan maquinado por Dent, quien utilizó a Taylor para enviarla a la grúa, y a Milton y Roland como cómplices. Nadie le dijo nada sobre la puerta de la grúa elevada, una advertencia que siempre les hacen a los aceitadores y engrasadores. Afortunadamente, él no ha sufrido ninguna amputación a pesar de que nunca le advirtieron nada, y considera que no es más que una artimaña del Ku Klux Klan para hacer despedir a unas personas y contratar a otras.

Johnny se mueve después del accidente, pero no puede hacer mayor cosa sino tiene pruebas. Durante el transcurso de la breve y rápida investigación sobre el accidente de Darlene, Milton y Roland juran que le advirtieron y sostienen que no puso atención cuando abrió la puerta ni escuchó las advertencias que le hicieron. Obviamente, Darlene refuta esto, pero su versión de la historia no tiene importancia. Taylor conduce la investigación y concluye que ha sido "un accidente."

Johnny no se olvida de esto y algunos maquinistas lo respaldan. Él sabe que no cuenta con ningún recurso legal. Y así como lo han hecho los miembros del Ku Klux Klan durante varios años, también tendrá que hacer justicia por otros medios.

Organiza un grupo de defensa con personas como Clyde Fourkiller, Ray García, Tony Adams y su hermano Bune. No llama a ningún comunista—aunque sabe que no dudarían en participar—porque sabe que el ambiente se agitaría aún más.

Las primeras acciones del grupo tienen lugar mientras Darlene se recupera de su accidente. No pudo salvar ninguno de sus dedos, pues ya estaban bastante deteriorados cuando Milton se los entregó a los administradores de la planta. Johnny siente que tiene que comenzar con Milton y Roland.

Estos dos hombres son blancos y tienen veintitantos años. Algunos familiares suyos trabajan desde hace mucho tiempo en la acería y son miembros del Ku Klux Klan. Milton es el sobrino de Bob Michaels y Roland es el mejor amigo del nieto de Hank Cheatham. Dent y sus secuaces hacen todo lo posible para que los blancos más intolerantes ingresen a la cuadrilla de lubricación y engrase, a fin de equilibrar un poco esa unidad en la que muchas plazas están reservadas para "las minorías y las mujeres," y para que no dejen entrar a comunistas blancos.

Taylor encarga a Milton y Roland para que mantengan a raya a las tres mujeres y detecten a cualquier trabajador problemático. Esto lo saben muy bien todos los maquinistas, así que Johnny tiene la certeza de que debe comenzar por ahí: por Milton y Roland.

El callejón que está detrás de Wild Woolly's—a las dos de la mañana—es un buen lugar para comenzar. Durante algún tiempo, Johnny ha notado que Milton y Roland van a beber allí casi todas las noches, pues trabajan durante el día.

Un jueves muy temprano, cuando el bar está prácticamente vacío, cuatro hombres se esconden detrás de una hilera de contenedores de basura que hay afuera. Poco después, Milton abre la puerta trasera del bar y se inquieta al ver dos coches. Luego, Roland cruza la puerta y busca nerviosamente las llaves en sus bolsillos.

En pocos segundos, unos hombres enmascarados salen armados con bates, cadenas y cinturones. Milton los ve y se paraliza. Roland tiene la suficiente claridad mental para empezar a correr, pero de nada le sirve; los hombres enmascarados los atacan, los golpean en las piernas, espalda, brazos y cabeza. Roland grita y llora. Milton intenta lanzar unos pocos golpes y logra agarrar un cajón de leche con el que golpea en la cabeza a uno de los asaltantes. Eso es todo lo que puede hacer, pero tiene que pagar adicionalmente por ello. Milton y Roland yacen inconscientes en el callejón manchado de aceite. Uno de los hombres enmascarados los mira y les dice: "esto es por Darlene, hijos de puta."

Eso es todo lo que recuerda Roland. Milton no puede recordar nada y lleva varias semanas en la unidad de cuidados intensivos. Los dos sobreviven, pero no vuelven a ser los mismos.

Dent sospecha que Johnny está detrás de los ataques. Y cuando Rozansky está a un paso de su esperado retiro, Dent utiliza su influencia con los administradores de la acería para que Johnny sea trasladado allá en calidad de exiliado.

Las heridas de Darlene cicatrizan y ella quiere trabajar de nuevo; no quiere rendirse. Johnny admira su valor; casi nadie, piensa—incluyendo a casi todos los hombres—volvería a trabajar allí por todo el dinero del mundo. Sin embargo, la compañía se niega a reintegrarla a su antiguo cargo debido a su incapacidad. Los dedos son necesarios para trabajar en la acería, y ella se ve obligada a abandonar su empleo poco después de haber sido contratada.

Después del ataque del bar, Johnny compra una escopeta para repeler un posible ataque del Ku Klux Klan; a Aracely no le entusiasma nada esta idea, y él esconde las balas para evitar que sus niños tengan un accidente. Johnny tiene que pensar qué otra cosa hacer y qué camino tomar.

Aracely y Nilda se reúnen dos veces por semana para estar al tanto de las decisiones y proyectos adelantados en las reuniones. El COTC realiza una campaña agresiva para expandir su organización entre los trabajadores de Los Ángeles. Despachan oradores y distribuidores al extenso sector de industria de conservas en la bahía de San Pedro, a las numerosas fábricas de costura y de confección localizadas en el centro de Los Ángeles y sectores aledaños, y también a las grandes fábricas y centros de producción situados en el principal corredor industrial de la ciudad y en sus muelles.

Es el año 1980. Muchos cambios han ocurrido en la industria en un lapso aproximado de diez años, entre los que se cuentan la pérdida de miles de trabajos debido a la competencia extranjera o a compañías que se han trasladado a mercados laborales más baratos en el sur de los Estados Unidos, México, Centroamérica o el sudeste asiático. Otras industrias se están automatizando y arrojando a un gran número de trabajadores a las hordas de los destituidos y desempleados. A mediados de los ochenta, ciudades industriales como Los Ángeles, Nueva York y Chicago se convertirán en sitios donde abundan las personas sin hogar.

Los comunistas, aunque son pequeños en número, permanecen ocupados durante estas transiciones. Todo lo que habían pronosticado se está haciendo realidad: las depresiones y crisis económicas de este período tienen una característica diferente.

"La tecnología avanzada está cambiando la naturaleza misma de la producción," dice Nilda durante una de sus conversaciones con Aracely. "Y en el proceso, ha surgido una nueva clase: los desempleados permanentes, los expulsados permanentes del proceso capitalista de producción. Ya no son solo 'un ejército de desempleados de reserva' que puede ser utilizado contra los empleados en diferentes ocasiones durante la lucha de clases. Esta nueva clase es un creciente grupo de antiguos trabajadores que no pueden regresar a las filas de la producción, incluso durante el repunte y la reactivación de la economía."

"Pero parece que aquí en los Estados Unidos las cosas están mejorando," señala Aracely.

"No, mujer: la elección de Ronald Reagan como presidente ha desatado una nueva crisis política que no desaparecerá. Los esfuerzos de Reagan por socavar la red de seguridad social y hacer que el dinero proveniente de impuestos y beneficios quede en manos de los ricos y los poderosos ha empeorado la situación. Las principales industrias están reduciendo su producción o se están yendo del país. Es cierto que hay más trabajadores que están ingresando a la fuerza laboral, pero muchos de ellos vienen de México, Latinoamérica y Asia. Sin embargo, los ricos y poderosos cada vez son más pocos."

Aracely se siente viva durante esas discusiones intensas con sus camaradas. Le gusta escuchar a personas como Nilda, Harley, Ronnie y a otras que hacen una radiografía del funcionamiento del país y del mundo. Nunca le habían enseñado a pensar de ese modo; nunca.

Aunque terminó la secundaria—a diferencia de Johnny, que obtuvo su diploma en la prisión juvenil—Aracely siempre se ha sentido relegada en el mundo. Obtuvo buenas notas, incluso hizo parte de un grupo avanzado en la escuela secundaria de Fremont. Pero cuando se presentó a los exámenes para ingresar a la universidad, descubrió que tenía que tomar clases adicionales para poder aprobarlos.

Aracely creció en medio de una numerosa familia mexicana, siendo la niña en medio de doce hermanos. Sólo cinco de ellos son verdaderos hermanos y hermanas. El resto son medio hermanos, hijos de su madre y de su padrastro, un hombre alocado, trabajador y bastante aficionado a la bebida. Aracely fue buena estudiante y era obediente con sus padres, aunque siempre deseó algo más: educación. Pero en su familia, la educación era considerada un lujo. Quiso estudiar en la universidad, pero su padrastro la disuadió. Todos los hijos tenían que trabajar para complementar los ingresos familiares; gran parte de lo que su padrastro ganaba como un maquinista de bajo nivel fue a dar a los antros de apuestas de Caliente o a los partidos de *jai alai* de Tijuana, en donde pasaba casi todo el tiempo.

Cuando se dio cuenta que necesitaba cursos remediales para poder ingresar a la universidad, Aracely perdió todo el interés por el estudio.

Su única alegría fue conocer a Johnny cuando éste se mantenía en los alrededores de su escuela con sus amigos de los Florencia Trece. Tenía aspecto de pandillero, pero era amable y considerado. Y a pesar de la imagen que se esforzaba en transmitir, Aracely percibió su esencia de inmediato; quedó prendada y estuvo en contacto con él durante su encarcelamiento.

Aracely terminó trabajando en casas y en fábricas de producción en línea antes y después de su matrimonio, porque no calificaba para nada más. Su frustración era evidente cuando pensaba en ello. Se le salían las lágrimas y se preguntaba qué haría en este mundo, qué gran destino la había evadido y por qué siempre parecía desperdiciar las pocas oportunidades valiosas que le ofrecía la vida.

Pero desde que está en el COTC, leer libros—algo que antes le costaba—se ha convertido en una de sus actividades preferidas. A Johnny le parece extraño llegar a casa y ver a Aracely tendida en el sofá, leyendo un libro, mientras sus pequeños hijos duermen o juegan a su lado. A él le gusta conversar, pero no leer; aprende escuchando a las personas y no leyendo libros.

Aracely se ha hecho amiga de Nilda. Tiene piel oscura, cabello ondulado y partido a la mitad y es de complexión fuerte y musculosa. Cuenta con una buena educación, pues hizo parte de la primera generación de neoyorquinos de origen puertorriqueño que asistieron a la universidad a finales de los sesenta y comienzos de los setenta. Aracely ve una foto de Nilda recibiendo el grado de secundaria. Está con afro y con una expresión intensa en su rostro, semejante a la que tiene cuando habla en las reuniones. Más tarde ingresaría al partido de los Young Lords de Nueva York; en otra foto en blanco y negro aparece con una boina oscura llena de insignias y con algunos de sus copartidarios. Nilda ya no es tan rebelde ni se ve tan en la onda como antes, pero conserva la intensidad en sus ojos.

"Creo que tenemos una idea excelente sobre las actividades de esta semana," dice Nilda después de una larga sesión con Aracely. En la otra habitación, Joaquín ha subido al sofá para ver televisión. La pequeña Azucena se mueve en su caminador y se queja del dolor que siente en las encías debido a la aparición de los primeros dientes.

"Simón—qué digo—sí, por supuesto," dice Aracely.

"Bueno, creo que ya es suficiente. ¿Quieres pastel? Lo hice ayer."

"¡Hiciste pastel! Me gustaría aprender."

"Es fácil y muy barato. Te enseñaré. También hago mi propio pan."

"Sería fabuloso hacer pan. No sé si tendré tiempo con mis niños, pero me encantaría hacerlo."

"Como te dije, es sencillo y no se toma mucho tiempo."

Nilda le muestra varias recetas y un libro que explica cómo hacer pan. Pocas veces ha mostrado esa faceta; casi todo el tiempo gira alrededor de la política y de lo práctico. Nilda no solo es una persona de libre pensar; también tiene muchos pasatiempos e intereses fuera de su trabajo con el COTC.

Durante varios años, Aracely ha tomado autobuses para ir a casa de Nilda y regresar a la suya. Y una vez, mientras iba en el autobús y sus hijos jugaban o dormían, anheló ser una mujer como Nilda: informada, fuerte, activa, consciente y linda. Eso es muy importante, piensa. Las mujeres deben ser hermosas, pero comprende que se trata más de sentirse y creerse hermosa que de serlo a nivel físico. Siempre se ha sentido incompetente, aunque le gusta intentar cosas diferentes y arriesgarse. Sin embargo, no puede deshacerse de la idea de que es menos que los demás. Pero con Nilda, siente que es capaz de cualquier cosa.

Rex muere seis meses después de haberse retirado de la acería. La noticia de su muerte le causa un gran impacto a Johnny. Estaba disfrutando de su retiro en casa, dedicado al ocio, viendo televisión, acompañado sólo por unos pocos gatos y pájaros, cuando sufrió un fuerte ataque al corazón sin aviso previo.

"Murió rápido," le dice uno de los paramédicos a Johnny cuando este se apresura al hospital.

Sin embargo, Johnny ve una gran injusticia en todo esto: ¿por qué alguien como Rex trabaja más de treinta años y finalmente, cuando ya está en edad de retirarse, no puede disfrutar siquiera de su tiempo libre? Es algo que les sucede con mucha frecuencia a los trabajadores metalúrgicos. La mayoría de los jubilados no alcanzan a vivir dos años después de su retiro.

A Procopio también le falta poco para retirarse. Aunque él y Rex comenzaron a trabajar en la acería en la misma época, Rex era seis años mayor. Procopio piensa retirarse en 1980, cuarenta y cinco años después de haber comenzado a trabajar en la acería. Johnny sabe que su padre es susceptible de correr la misma suerte que los demás.

"¿Has pensado qué vas a hacer cuando te retires de Nazareth?" le pregunta Johnny cuando va a visitar a sus padres.

"¿Qué quieres decir, m'ijo?" dice Procopio.

"¿Hay algo que quieras hacer, algún trabajo o pasatiempo? No vas a estar sentado todo el día, ¿verdad?"

"Escucha, mijo. Primero que todo, me sentaré a hacer nada

cuando me retire. Creo que me lo merezco, he trabajado muy duro. Es algo que debería poder hacer si así lo quiero."

"Claro que sí, 'apá. Pero para ser sincero, me preocupa que puedas terminar como muchos de los que se han retirado de la planta. A Rex le dio un paro cardíaco. ¿Cuántas veces hemos recibido la noticia de trabajadores que acaban de retirarse y se desploman en el comedor, en el jardín o mientras están caminando? ¡Por Dios, Rex estaba viendo televisión!"

"Sé lo que me tratas de decir, pero no tengo ninguna intención de 'desplomarme.' Permaneceré ocupado, haré cosas en la casa. Quién sabe, tal vez busque un empleo en otro lado. Quizá haga algunos viajes con tu mamá. No conozco casi nada de este país; sólo Arizona y California. He ido pocas veces a Las Vegas, y me gustaría conocer otros sitios."

"Entiendo, pero me he sentido muy mal por lo de Rex. Era una buena persona, a pesar de su carácter y de sus ideas retrógradas. Siempre me trató bien. Me da lástima que haya recibido tan poco a cambio de tantos años de trabajo. ¿De qué vale tener un excelente plan de retiro cuando ni siquiera vives lo suficiente para disfrutarlo?"

"Te diré algo, Juanito. Esos comunistas te están metiendo ideas muy extrañas en la cabeza," dice Procopio meneando su cabeza. "Rex trabajó duro porque eso es lo que debemos hacer todos. Así lo decidió él, sabía muy bien lo que hacía. Estoy seguro de que quería vivir mucho tiempo, pero no era su destino. Sin embargo, yo no diría que fue poco afortunado. No me gusta lo que pasa en la planta; me refiero a los miembros del Ku Klux Klan y a los jefes del sindicato, pero me siento orgulloso de ser un trabajador metalúrgico. No me hubiera gustado ser otra cosa."

"Eso está bien, papá. Yo pienso lo mismo. Ya llevo ocho años en la acería. Sin embargo, creo que tener una buena salud no es garantía de nada. Estoy seguro de que Rex llevaba mucho tiempo con problemas cardiacos, pero todo se reduce a trabajo y más trabajo. ¿Crees que recibió el cuidado preventivo que necesitaba? Su paro cardíaco estaba anunciado desde hace mucho tiempo; ese cambio tan brusco de trabajar tan duro durante tantos años para luego cruzarse de brazos debió hacerle mucho daño."

"Lo que estoy diciendo es que no deberías sentir pena por ellos," continúa Procopio con voz agitada. "Hacemos lo que se supone que debemos hacer. Trabajamos y seguimos luchando, así que no tenemos ninguna razón para sentirnos mal. Si las cosas no salen como queremos, pues bueno, así es la vida. Pero ninguno de nosotros cambiaría su trabajo por otro. Sí, hay muchas cosas que deberían mejorar. Necesitamos un sindicato mejor. Pero nadie nos puede quitar nuestra dignidad ni nuestro respeto a menos que lo permitamos."

Procopio piensa lo mismo que muchos de los trabajadores mayores, y Johnny entiende eso. A pesar de haber perdido a Severo, Procopio nunca se ha quejado ni ha hablado mucho sobre lo que sucedió, salvo por los pocos comentarios que hizo durante las elecciones. Es como muchos otros mexicanos que conoce: *se aguantan*. Sufren abusos, pero no se quejan, pues quejarse es señal de debilidad.

"El futuro no está aquí, ¿así que para qué piensas tanto en él?" añade Procopio, esforzándose en terminar la discusión. "Trabaja duro, limítate a cumplir con tu parte. Saldrás adelante a pesar de todo. No olvides que nadie respeta a un trabajador perezoso. Trabaja duro, cumple con tus obligaciones y te escucharé. Pero de lo contrario, no puedes decirme nada."

"No estoy discutiendo contigo…"

"Más te vale," dice Procopio sonriendo.

"Lo que pasa es que hay cosas muy duras. Tenemos al Ku Klux Klan, y ellos no están jugando. Sé lo que significa trabajar duro. Soy uno de los mejores trabajadores de la planta. Respeto a los demás y los trato como quiero que me traten. Pero dime, ¿de qué sirve eso? ¿De qué les sirvió a Rex, o a Robert? ¿Te acuerdas de él? ¿O a Darlene? Las personas como Dent o como los jefes nunca estarán satisfechas con lo que hagamos."

"Si, es cierto, pero tú no haces las cosas por ellos. Tú haces lo que tienes que hacer para ser una persona decente en este mundo. No se trata de ellos; nunca entenderán. Como dije cuando estábamos comenzando a organizar la campaña para el sindicato: el odio solo te devora vivo. No estoy diciendo que no nos debamos defender, ni que no nos defendamos de esos cabrones si intentan atacarnos. Pero recuerda: ¿dónde está tu dignidad, tu fuerza interior, tu forma de estar en este mundo y tu modo de comportarte? ¡A quién le importa lo que piensen! Tienes que dormir bien, levantarte al día siguiente y saber que has hecho un buen trabajo, que tienes buena salud y que quieres hacerlo de nuevo."

"Está bien, 'apá. Ganaste, como siempre," reconoce Johnny, agradecido de que él y su padre puedan finalmente hablar tan abiertamente. "Por lo menos eres coherente."

Después del accidente de Darlene, la compañía deja de contratar mujeres para la cuadrilla de lubricación. El pretexto es la seguridad de las mujeres, no su igualdad. Casi todos saben que esa es la disculpa de la compañía para violar los acuerdos. Es evidente que todos los trabajadores de Nazareth arriesgan sus vidas y la integridad de sus cuerpos. Sin embargo, nadie dice que ellos no pueden trabajar allí. Pero las mujeres son mujeres; se supone que no deben estar en la línea de fuego. Y en vez de hacer que los trabajos sean más seguros, la compañía prohíbe que ocupen posiciones más calificadas y mejor pagadas.

Carla y Angie siguen trabajando. Al igual que Johnny, aprenden a hacer bien su trabajo, y a mantener bien las máquinas, los engranajes, las poleas y los motores. Sin embargo, no escalan posiciones. La mayoría de los hombres son ascendidos a aprendices de maquinistas. Al igual que Johnny, Carla y Angie se quedan entrenando a otros trabajadores que sí son ascendidos.

Casi siempre trabajan juntas, como si los hombres las evitaran.

Un día, Carla está engrasando los patines del cilindro de 22 pulgadas. La máquina está apagada y solo están ellas dos. Carla tiene una mancha de grasa en su mejilla.

"Tienes grasa; límpiate la cara," dice Angie y le pasa un trapo.

"¿Para qué? De todos modos me voy a ensuciar más tarde. Me limpiaré cuando terminemos."

"Sí, pero te opaca tu cara tan bonita," dice Angie humedeciendo con saliva un extremo del trapo y limpiándole la cara con suavidad. Carla mira a Angie y percibe su ternura, justo cuando más lo necesita. Angie parece ser la única amiga que tiene en el mundo. Mateo no es su amigo. Ninguna otra persona de la planta les habla; sólo Johnny, pero ahora está en tierra de nadie. Solo se tienen la una a la otra.

Angie termina de limpiarla y Carla sigue mirándola.

"Bueno… puedes seguir trabajando," dice Angie con una timidez inusual.

"Quiero que me sigas haciendo eso," responde Carla, sin saber por qué, ni entender del todo.

"¿Hacer qué?"

"Acariciarme la cara."

Angie la mira y su timidez se desvanece. Se quita los guantes, le toca la cara y la acaricia con suavidad. Carla siente algo que se mueve en su interior, algo extraño, pero necesario. Es un punto cálido en el centro de su ser. En ese momento, siente deseos de que Angie la bese, pero no sabe qué decir, ni cómo. Angie parece entender; acerca su cara a la de Carla, que permanece inmóvil. Abre su boca y la besa en el centro y a los lados de sus labios, introduciendo su lengua lenta, amorosa y suavemente en la boca de Carla.

Hay algo en su interior que quiere aflorar. Algo dulce, poderoso y pegajoso, como la miel de una jarra de cristal a punto de romperse. Angie se detiene un momento, pero Carla le dice "no pares." Se siguen besando y se van a una parte oscura, hacia las escaleras de cemento que conducen debajo de la plancha. La grasa y el aceite no importan. Se besan, se acarician, se pasan las manos por los senos, se desabrochan sus camisas y pantalones. Los gemidos y los sonidos de los besos suben de abajo de la plancha, y se escucha "no pares" una y otra vez. Hacen el amor de la forma en que lo hacen las mujeres. Boca con boca, humedad con humedad; lentamente, meticulosamente, sembrando besos como semillas de flores por todo el cuerpo. Todo desaparece. No hay acería, no hay ruido, no hay suciedad; sólo Angie y Carla, sus pieles unidas, atreviéndose a arriesgar sus empleos, su reputación, todo. Pero nada de eso importa; lo único que importa es no parar.

Dent está en una de las grúas aéreas de las calderas. Hace parte de un equipo de reparación que se encarga de la maquinaria de las calderas. Se siente viejo ese día. Tiene casi sesenta años y está en la planta desde 1942, poco después de que la compañía comenzara operaciones tras el ingreso oficial de los Estados Unidos a la Segunda Guerra Mundial. En aquellos días, la planta producía acero para barcos, bombas, puentes y aviones. Era una fábrica muy importante y Denton recuerda aquellos días gloriosos. Muchos familiares suyos fueron soldados en esa guerra. Él vino a Los Ángeles y trabajó en oficios calificados; hace parte del orgullo de ese poderío industrial que ayudó a ganar una guerra y, subsecuentemente, a dominar el mundo.

Desde la percha donde se domina toda la planta, Denton dice poco, pero lo observa todo. Lleva tanto tiempo haciendo esto que no recuerda la primera vez que miró hacia abajo desde cuarenta pies de altura o más para asegurarse de que nada malo le pasara a su adorada acería.

Ese día en particular, piensa hacer algo radical, algo que estremecerá los mismos cimientos de la acería. Le quedan dos años antes de retirarse. Comienza a sentirse cansado. A pesar de su dureza y bravuconería—y del mito que han creado en torno a ellos—los miembros del Ku Klux Klan de la planta sólo han asesinado a un par de personas, las primeras que se atrevieron a desafiar su poder en la década de los sesenta. Una de las víctimas fue Severo, el hijo de Procopio. Sí, lo empujaron sin que se diera cuenta. Sin embargo, Denton jamás imaginó que Severo habría de renacer en el espíritu de Johnny, quien ahora es la espina más grande en su costado.

Denton quiere vengarse del ataque que alejó a Milton y a Roland de sus importantes cargos y hacerle algo a Johnny. Pero también tiene otra cosa en mente. Probablemente, el ataque en el bar—que Dent ve como una señal de desesperación por parte de Johnny—sirva para desacreditar y deshacerse de los comunistas de una vez por todas. Concluye que tienen que estar aliados con Johnny, que algunos de esos cobardes enmascarados que atacaron a sus dos jóvenes amigos y los golpearon cuando estaban borrachos e indefensos tenían que ser comunistas. Ya se vengará de Johnny, pero por ahora, enfoca su energía contra esos malditos comunistas. Dent considera que se trata de una guerra. Ellos dispararon la primera bala, y él disparará la última.

Johnny mantiene todo funcionando a la perfección. Las máquinas estarán en producción sin perder mucho tiempo si les hace el mantenimiento adecuado. Johnny hace sus rondas, revisando las bombas, los indicadores, los rieles y los niveles de aceite y agua. El capataz le pasa reportes sobre el sonido de las máquinas, el estado de los engranajes y de los convertidores. Todos los empleados de la fábrica de cables quieren a Johnny. Éste los saluda a todos y sabe casi todos sus nombres. El jefe de la planta no se puede quejar, pues Johnny lo respeta y sigue sus sugerencias, aunque muchos jefes no sepan qué es lo que sucede a su alrededor. Cuando todo parece estar funcionando bien, Johnny sube a la torre con un libro; ha comenzado a leer después de ver la pasión con que lo hace Aracely, aunque también sube a descansar.

Es casi un milagro que vea a Al Simmons, quien ha dejado de trabajar en la cuadrilla de peones y dirige actualmente uno de los tanques galvanizadores donde fabrican tubería y verjas, al lado de la fábrica de cables. Es un trabajo pesado y sofocante. En medio de los vapores de ácido sulfúrico, los hombres con máscaras de gas y abrigos gruesos utilizan tenazas largas para introducir láminas o varillas de acero en tanques rectangulares de zinc, o para remover los escombros de la superficie de zinc líquido con cucharas metálicas que pesan casi cien libras.

Sin embargo, el salario es tan bueno como el de los fundidores que trabajan en las calderas. Es mucho dinero.

"¿Qué pasa, Al? ¿Cómo está tu familia?" dice Johnny cuando va a visitarlo a su sitio de trabajo.

Al mira y se sorprende un poco de ver a Johnny. Después de un par de segundos, sonríe y dice: "¿Y tú qué? ¿Tu papá y el resto de tu familia está bien?"

Es una conversación anodina. Johnny no se siente con ánimos

para abordar asuntos más serios. No es que Al esté particularmente disgustado con él, pero sabe que no tiene deseos de hablar sobre el fracaso de las elecciones, así que se limita a saludarlo.

Johnny se dirige a la zona donde fabrican cables de acero. Varias máquinas entrelazan las cuerdas metálicas, formando cables resistentes como si se tratara de un telar que fabrica seda, sólo que las máquinas son ruidosas, calientes y metálicas.

Se dispone a revisar los niveles y los indicadores, cuando ve a una mujer de cabello largo que está recibiendo entrenamiento en una de las máquinas. Tiene un rostro atractivo y una figura proporcionada, que se puede notar incluso debajo de su overol y su casco duro. Johnny trata de no parecer interesado, pero siente que ella lo mira por detrás.

Se llama Velia. Acaba de entrar a la acería y es parte de un programa de la compañía para recibir un mayor número de mujeres en la fábrica de cables. Deja de escuchar al maquinista oficial, quien le está diciendo algo sobre la máquina, y mira a Johnny mientras revisa los tanques hidráulicos.

"¿Estás prestando atención? No me gusta mover las encías en vano," dice el maquinista cuando ve que Velia tiene su mente en otra parte.

"Claro... claro, estoy escuchando. Continúa... estoy entendiendo," dice Velia tartamudeando.

Después de ese día, Johnny intenta revisar las máquinas y las válvulas con mayor frecuencia que antes. Velia es de piel clara y cremosa, con un ligero aire callejero. Su aspecto es agradable: tiene la clásica cara mexicana. Su único defecto es que le falta un diente frontal, aunque el canino que le falta a Johnny compensa esa ausencia. Pocos días después de cruzarse con él, Velia decide entablar una conversación.

"Oye, creo que esta centrifugadora necesita grasa o algo," le dice a Johnny, que está arrodillado, abriendo una válvula. "Trabajas en mantenimiento, ¿verdad?"

Johnny se levanta, mira la máquina y luego a Velia. "Gracias por decírmelo. Soy maquinista, ya mismo la revisaré. A propósito, me llamo Johnny."

"Yo me llamo Velia. Acabo de comenzar aquí."

"Ya sé. Yo también acabo de comenzar en la fábrica de cables. Pero he trabajado varios años en la planta principal."

"¿De veras? ¿Ya llevas varios años?"

"Sí, casi diez años ya. ¿En qué trabajabas antes?"

"Hice un poco de todo. Trabajé en fábricas de producción en línea, aunque casi siempre he recibido ayuda de la asistencia social. Soy una madre soltera con dos hijos. Mi esposo nos abandonó, así que solo estamos los tres. ¿Y tú?"

Johnny vacila por un instante. No quiere mencionar a su esposa y a sus dos hijos. ¿Pero en qué otra cosa podría pensar? Por supuesto que le hablará de ellos; es su familia y Velia debe saberlo. Además, ella no está intentando seducirlo. Trabajan juntos, ella es agradable y él también procura serlo. Eso es todo.

"Tengo dos hijos: un niño y una niña."

"¿Eres casado?" pregunta Velia, pues no ve ningún anillo en sus dedos, y alberga la esperanza de que no lo esté.

"Ah, sí, me casé desde que entré. Mi esposa se llama Aracely. Vivimos en Florence."

Velia intenta ocultar su decepción. Sonríe y mete sus manos en los bolsillos de atrás. "Bueno, encantada de conocerte, Johnny. Revisa la centrifugadora cuando puedas, ¿de acuerdo?"

"Claro, lo haré en cuanto pueda."

A pesar del primer encuentro, que fue un poco incómodo, Johnny hace todo lo posible por frecuentar la fábrica de cables. Y en vez de ir a la torre, se mantiene cerca de las máquinas centrifugadoras, charlando con los conductores de los montacargas y con los maquinistas. Mira a Velia y hace todo lo posible para que ella también lo mire.

A la hora del almuerzo va al área del comedor. Velia está allí, comiendo lo que ha comprado en el coche de los almuerzos.

"¿Cómo estás?" la saluda.

Velia se da vuelta y se alegra de verlo. Sabe que no pueden tener la relación que ella quisiera, así que le responde de forma breve y cortante.

"Bien, aquí comiendo."

Johnny se sienta junto a ella y deja su cinturón de herramientas a un lado.

"¿Estás contenta aquí?"

"No estoy segura. Todavía estoy tratando de aprender. Siento como si todo fuera al revés. Casi nadie me habla."

"Sí, ya sé. Varios trabajadores se comportan como si tuvieran la clave de los grandes misterios del mundo. Se valen de eso para tener poder sobre ti. Creen que mientras más saben ellos y menos sabes tú, más tienden a pensar que son dioses o algo parecido. Pero créeme, tú puedes aprender. No se necesita hacer magia para operar estas máquinas. Te aseguro que ellos sabían menos que tú cuando comenzaron a trabajar."

"Creo que me estás tomando el pelo. Por la forma en que me hablan, no parece que fuera así."

"No están acostumbrados a trabajar con mujeres, pero ya lo harán. Si te va bien a ti, contratarán más mujeres. Quién sabe, puede que este lugar termine contratando solo a mujeres."

"El salario es bueno comparado con otros lugares," dice Velia. "Por eso me molesté en solicitar empleo. Sin embargo, esta semana he tenido días en que he querido agarrar mi casco y tirarlo al suelo. Pero creo que tienes razón; aprenderé con el tiempo. Deberé intentarlo."

"Claro, eso es lo que hay que hacer," dice Johnny levantándose para irse. "Recuerda, puedes hacer todo lo que hagan los hombres y hasta mejor."

Velia mira a Johnny dirigirse al sector de las máquinas. Es un tipo amable y bien parecido, piensa. Después de todo, quizá haya una oportunidad para ellos dos, concluye, con una chispa de picardía en sus ojos.

7

DESESPERADOS

l filtro de manga que está arriba del edificio de las calderas reúne los gases de sulfuro y los residuos de las calderas y los almacena en un complejo sistema de bolsas en vez de lanzarlos al aire. El filtro se instaló después de las leyes ambientales que se promulgaron para reducir el humo, el polvo y los contaminantes que hacían de Los Ángeles una de las ciudades más contaminadas del mundo.

Sin embargo, algunos trabajadores le han contado a Harley que, de vez en cuando, la compañía hace algo que va en contra de las leyes. En ciertas noches, cuando el humo resulta casi invisible, la planta emite gases y desperdicios, ahorrándose de ese modo miles de dólares por concepto de limpieza; una práctica que, por cierto, es ilegal.

Algunas noches, cuando la acería lanza humo y desperdicios al aire, Harley, Ronnie y otros dos revolucionarios le dicen a un compañero que suba al techo y mire si la fábrica está contaminando el aire. Al principio, no ven nada anormal. Pero una noche—y varias otras después de esa—sus sospechas se ven confirmadas. La planta emite humo y gases tóxicos y no utiliza los filtros. No lo hacen siempre, pero sí con la frecuencia suficiente como para no manipular los desperdicios tal como lo estipulan las leyes. Harley y sus compañeros concluyen que es la oportunidad para arremeter contra la compañía. Acudirán a la prensa y a los medios locales. Presionarán a las directivas para que cumplan las normas y ofrezcan condiciones laborales seguras y dignas para todos sus trabajadores. Es el mejor argumento a su favor, pero necesitan tener pruebas indiscutibles, como por ejemplo, encontrar una orden escrita en donde la compañía le haya autorizado realizar esa práctica violatoria a uno de sus subalternos, y ellos saben que será difícil conseguir algo así.

Un día, varios comunistas se reúnen fuera de la planta para ver qué pueden hacer. Harley y Ronnie asisten, al igual que Johnny. Aunque no se considera un comunista, lleva tanto tiempo con ellos que realmente lo es. Su credibilidad en la acería lo obliga a no reconocerlo públicamente, pero casi todos los que lo conocen saben que Johnny es un participante asiduo del COTC.

"Tal vez logremos entrar a la oficina principal y buscar en los archivos; podríamos encontrar algo," sugiere un miembro del grupo.

"No. Eso no nos serviría de nada," responde Harley. "No podremos utilizar nada que encontremos por esa vía: sería obtener pruebas de manera ilegal. Y si nos sorprendieran, todo lo que hemos hecho se iría a pique."

"¿Y qué tal si convencemos a los obreros para que hablen? Ellos lo saben hacer muy bien," dice Johnny. "¿Acaso no han dicho que vieron cómo alguien abrió los filtros varias noches? ¿Qué tal si hablamos con esa persona? Es cuestión de descubrir quién está detrás de todo. Tenemos que encontrar a los verdaderos culpables."

"Sabemos quién es el culpable: Lane Peterson, el director de la planta," explica Ronnie. "No hay duda de que lo hace a propósito y que le ha dado instrucciones a un par de trabajadores para que hagan eso. No hablarán, y así quisieran hacerlo, solo pueden testificar sobre lo que han visto, pero no podrían decir quién tomó la decisión ni nada más. Y eso es justamente lo que necesitamos."

"Peterson se hará el tonto," agrega Harley. "Dirá que no sabía nada al respecto y le echará la culpa a otro. La compañía sacrificará a una persona con un cargo administrativo inferior para salvarle el pellejo."

"Propongo que le pasemos esta información a la prensa, para que hagan su trabajo así sea una vez," dice Ronnie. "Encontrarán la prueba que necesitamos si tienen una pizca de honestidad. Cuentan con equipos de investigación y empleados a quienes les pagan por hacer esto.

Podremos presionar a la compañía cuando los periódicos publiquen algo al respecto. No sabrán que nosotros filtramos la información; pensarán que fue el trabajo de algún reportero excesivamente aplicado. Pero haremos que la compañía pague por ello, pues no es la única norma que ha violado."

Todos coinciden en que es lo mejor que pueden hacer, pero necesitan asegurarse de que la información que tienen—bastante escasa por cierto—llegue al medio apropiado. El periódico *The Los Ángeles Times* sería el ideal, pero todos creen que los editores no se arriesgarán. Lo mejor será que lo publique primero un periódico local y que luego lo haga el *Times*.

El *Huntington Park Advocate* posee esas características. Y el hombre a contactar es Charlie Cohn, un reportero que escribe sobre la industria local. El periódico cubre noticias nacionales a través de sus servicios de cable, pero los reporteros se encargan de las noticias locales. Charlie ya ha escrito artículos sobre Nazareth, basándose principalmente en comunicados de prensa y material informativo de la compañía. Todos recuerdan que también escribió un artículo imparcial sobre las últimas elecciones del sindicato.

"De acuerdo, reuniremos toda la información que tengamos sobre los filtros de manga," resume Harley. "Ronnie y yo se la entregaremos a Cohn. Y cuando el periódico publique los artículos, podremos hablar con la compañía sobre otros asuntos. ¿Están todos de acuerdo?"

No hay nadie que no lo esté.

Durante las semanas siguientes, Johnny espera a ver qué sucede. Comienza a leer el *Huntington Park Advocate*. Cuando termina de hacer sus rondas y sus revisiones, se va para la caseta de la fábrica de cables y lee tanto como puede, dedicándole especial atención a la sección de las tiras cómicas.

Un día, Velia entra inesperadamente a la caseta, algo que casi nunca haría alguien que no fuera maquinista. Johnny se queda felizmente sorprendido.

"Te gustan los dibujos animados, ¿verdad?" comenta ella.

Johnny aleja su mirada de la tira de *Peanuts* y no puede creer lo que ve.

Velia todavía lleva puesto el casco y las botas de trabajo, pero viste unos jeans limpios y una franela con un nudo en la cintura. Se ve hermosa y por poco le dice que no es una buena idea vestirse de forma tan tentadora en la acería.

"Bueno, en realidad estaba leyendo las noticias, pero terminé en las tiras cómicas," explica Johnny, sorprendido y con la guardia en bajo. "¿Qué te trae por aquí? ¿Es tu hora de descanso?"

"Para ser sincera, es mi día libre," dice Velia. "Me dieron deseos de venir a saludarte. Así que… hola."

"¿Estás bromeando? ¡Has venido en tu día libre!" exclama Johnny con incredulidad. "Me siento halagado, pero no valgo semejante esfuerzo. Yo no vendría acá en mi día libre."

"Bueno, me levanté esta mañana y no tenía absolutamente nada qué hacer. Quise venir a visitarte. No tengo tiempo para hablar contigo cuando estoy trabajando."

"Bueno. Ya he terminado. Siéntate," le sugiere Johnny.

Hablan durante casi una hora. Johnny la invitó al grupo de estudio, aunque ella hizo un gesto, como si no hubiera entendido nada. Pero él cree que debe hablarle de sus intereses. Si después de esto no quiere saber nada de él, está bien. Pero Velia lo escucha; no está muy segura, pero si le interesa a Johnny, es posible que algún día asista a las reuniones.

"Bueno, ya es hora de irme. Tengo que estar en casa y recibir a mis hijos cuando lleguen de la escuela," dice ella levantándose. "Te agradezco tu tiempo. Quizá podamos hablar de nuevo otra vez."

"Claro, siempre y cuando no esté ocupado con algún trabajo," dice Johnny, sabiendo que, por la forma en que funcionan las cosas, es muy probable que no lo tenga.

Velia sale de la caseta y el aroma de su perfume impregna en el aire; Johnny no quiere que se esfume. Permanece sentado un buen rato asimilándolo todo.

Pasan varias semanas, pero el *Advocate* no publica ningún artículo sobre la emisión ilegal de sustancias contaminantes en la planta de Nazareth Steel. Aunque Charlie Cohn es un periodista competente, está en deuda con sus editores, quienes por razones publicitarias, no quieren publicar artículos nocivos sobre la industria local. Sin embargo, Charlie comienza a ceder ante la insistencia de Harley y Ronnie.

Un día que no hay muchas noticias, Charlie toma el teléfono para concertar una entrevista con Lane Peterson. Charlie ha revisado la información y las cartas que Harley y Ronnie le entregaron confidencialmente, y concluye que la mejor forma de descubrir si las acusaciones son ciertas o no es hablando directamente con Peterson.

El señor Peterson casi nunca está en su oficina. Nadie sabe qué es lo que hace, pero les delega la administración de la acería a otros empleados. Él se entiende con los medios, concede entrevistas, redacta las "cartas de la compañía" dirigidas a los empleados y realiza viajes promocionales. Viaja al Japón y a otros países asiáticos para conocer las acerías que hay allí, que son mucho más modernas y cuentan con una tecnología superior a la de la antigua fábrica de Nazareth Steel. También viaja con frecuencia a Pennsylvania, donde está la sede nacional de la compañía.

Charlie tiene suerte en localizar al señor Peterson, así que concreta una cita para hablar con él ese mismo día. Más tarde, Charlie llega a las oficinas principales de Nazareth, en un extremo de la planta, lejos del ajetreo y el bullicio de la fábrica.

La entrevista es breve, pero no por ello amable. Charlie le pregunta, con empeño, al señor Peterson si está permitiendo que no se utilice el sistema de filtros y que los gases contaminantes salgan directamente al aire nocturno. Obviamente, el señor Peterson niega esto y menciona el largo historial de Nazareth en el control de la contaminación ambiental. Sin embargo, el administrador quiere averiguar quién le ha pasado esa información al periodista. Y la forma de hacerlo es persuadirlo para que le muestre las cartas anónimas. A su vez, el señor Peterson promete darle información exclusiva sobre la industria del acero. Charlie acepta mostrarle la información que tiene y Peterson le dice que si puede encontrar respuestas a algunas de las inquietudes, no dudará en comunicárselo.

Lo que Charlie no entiende es cómo le dará las pistas que necesita para saber quién ha filtrado la información. Peterson descubre de inmediato que todo tiene el sello de Ronnie Nakamura y de Harley Cantrell. Consulta sus archivos secretos de volantes, carteles y otros comunicados que tiene sobre los miembros del COTC que trabajan en la planta. Ha tomado medidas y ha despedido a todos los integrantes que ha podido. Adicionalmente, se mantiene informado sobre las actividades del grupo. Por ejemplo, el archivo de Ronnie contiene una gran cantidad de material sobre toda la información propagandística que ha redactado a través de los años. Las cartas que Charlie le muestra tienen el típico estilo interesante y fluido de Ronnie.

El señor Peterson concluye que Charlie no escribirá un artículo basado en las acusaciones a menos que tenga pruebas sólidas. Mientras tanto, se encargará personalmente de neutralizar al COTC. Y para hacerlo, piensa discutir varias opciones con Dent, Ace Mulligan y Bob Michaels.

Se reúnen en su oficina que con alguna frecuencia visitan los dirigentes del sindicato para discutir ciertos temas con la administración. Pero éste no es el típico tema entre el sindicato y la administración.

"Tengo en mis manos una información que el COTC le entregó al *Huntington Park Advocate*," señala Peterson. "Quieren que se realice una investigación sobre violaciones al medio ambiente relacionados con los filtros de manga. No saben de qué demonios están hablando, pero me estoy hartando de tanta intriga y sabotaje en la planta. Creo que ya es hora de deshacernos de una vez por todas de todos los problemáticos."

"Por supuesto. Estamos dispuestos a hacerlo," dice Mulligan. "Nosotros tampoco los soportamos más. Pero recuerda Lane, también tenemos reglas sindicales. No podemos confabularnos contigo para despedir a los trabajadores que no sean de tu agrado. Debes tener razones sólidas y contundentes que puedan esgrimirse en un tribunal de arbitraje. Me imagino que sabes que combatirán cada despido como lo hicieron con los últimos."

"Nos encargaremos de nuestra parte," insiste Peterson. "Y quiero que ustedes se encarguen de la suya. Ya encontraremos motivos y tomaremos medidas contra los más conflictivos: Harley Cantrell, Ronnie Nakamura, Johnny Salcido y otros cuantos más. No les diré qué deben hacer, pero quiero que sepan que esta vez les daremos un golpe rápido y letal. Hagan lo que tengan que hacer; no quiero saber siquiera de qué se trata. Pero extirpemos este cáncer de una vez por todas."

La reunión no dura mucho. Es obvio que todos los participantes tienen el mismo objetivo. Peterson les ha dado a los dirigentes del sindicato—y por consiguiente, al Ku Klux Klan—luz verde para que eliminen de raíz el problema más reciente que han armado los comunistas y sus amigos.

Esto es todo lo que necesita Dent. Lleva tiempo pensando en la forma de atacar a Harley y a sus compañeros. Ahora la compañía mirará al otro lado. Dent quiere retirarse de Nazareth en un par de años y sentir el alivio de haber exterminado de la planta los restos de los años sesenta.

Desesperación, rabia, miedo: existen innumerables razones por las que alguien podría matar. También puede ser por dinero, venganza, poder o estatus: algunos lo hacen incluso para divertirse. El asesinato es un problema galopante en las comunidades más pobres de Los Ángeles, especialmente desde mediados de los años setenta hasta mediados de los ochenta, precisamente cuando la industria vivió sus momentos más difíciles. Las batallas domésticas, las guerras entre pandillas, las rencillas personales, los problemas entre mujeres, entre hombres, la infidelidad… la lista es tan larga como el número de personas que figuran en un directorio telefónico. El caso de Dent no es diferente.

Siempre ha vivido con esto; es decir, con el asesinato. Fue él quien orquestó los supuestos "accidentes" que tuvieron un desenlace fatal, cuando los derechistas perdieron brevemente el control del sindicato, tras la rebelión liderada por Procopio. La policía no pudo hacer nada, pues la compañía aseguró que se había tratado de "accidentes," y lo mismo ocurrió cuando Procopio consiguió detectives para que investigaran la muerte de Severo. Dent y sus secuaces se salieron con la suya y celebraron varias noches en Wild Wooly's.

Dent también consiguió escapar luego de cometer un asesinato en

Texas, antes de mudarse a California. Realizó un asalto a mano armada en compañía de un amigo, en una pequeña estación de gasolina cercana a East Texas, su ciudad natal. Mataron al propietario y le robaron veintidós dólares, una suma considerable para dos pobres chicos blancos en un país sumido en la guerra. Ese fue uno de los motivos por los cuales huyó a Los Ángeles, aunque nunca fue inculpado en ese caso. Ha utilizado la violencia más para amenazar que para ponerla en práctica, pero es indudable que es un hombre curtido en este aspecto. Si necesita hacerle daño a alguien, lo hará. Si necesita asesinar, también lo hará. Además, ha logrado conformar un pequeño ejército en la acería que hace lo que le ordene.

Sin embargo, este incidente no parece provenir de las manos poco menos que sutiles de Dent. Sus procedimientos son burdos y descuidados, y este es un asesinato particularmente frío, despiadado y bien planeado.

El cadáver es encontrado detrás de varias bodegas vacías de la estación de la compañía ferroviaria Union Pacific, en East L.A. Yace inmóvil en el asiento delantero de una furgoneta Ford, con cinco disparos en la cabeza. La policía cree que la víctima fue asesinada en otro lugar, y que luego fue abandonada allí. No hay huellas, armas, ni cartuchos de balas, y mucho menos documentos de identificación; se trata de un hombre blanco alto, de cabello rubio y largo, de unos treinta años.

No obstante, poco tiempo después, amigos y familiares llaman a la policía para declarar que la víctima es Harley Cantrell.

Nilda le dice a la policía que salió en horas de la noche para reunirse con Ronnie Nakamura en su casa de Gardena, pero éste declaró que Harley nunca llegó. Llamaron a varias personas, pero nadie lo vio. Y dos días después, encontraron la furgoneta.

Los miembros del COTC están devastados. Varios miembros dejan de asistir a las reuniones. Hacer política está bien, pero los escuadrones de la muerte son algo muy diferente. Las sospechas se hacen más unánimes y casi todos creen que Dent y el Ku Klux Klan están detrás del asesinato, pero no todos coinciden, pues el crimen tiene el sello de un asesino profesional. No obstante, no se identifica a ningún sospechoso: tiene que haber sido Dent.

Johnny y Aracely quedan completamente trastornados; eran muy cercanos a Harley y a Nilda, y Matilda, su hermosa hija de piel morena y bucles largos y rubios, es muy amiga de Joaquín y Azucena.

Johnny no puede dormir durante varios días. Deambula aturdido por la fábrica, incapaz de concentrarse en sus deberes, en sus rondas y en sus trabajos. El corazón se le llena de venganza; todos los días piensa en la forma en que atacará a Dent. Lo invade una sensación de urgencia, pues cree que Harley no será la última de sus víctimas y seguramente él ocupa uno de los primeros lugares en la lista. Tiene que atacar a Dent antes de que éste lo ataque a él.

Un día, Velia aparece mientras Johnny cambia un motor eléctrico fundido de una de las máquinas centrifugadoras. "Siento mucho lo de tu amigo Harley," dice realmente conmovida. "¿Cómo estás?"

"Bien," contesta rápidamente Johnny. No tiene deseos de decir nada, para evitar que su rabia se transforme en un dolor insaciable. "No es tu día libre, ¿verdad?"

"No, estoy trabajando," dice Velia, que viste un overol sucio, casco duro, lentes de seguridad y botas con punta de acero. "Te veré en un par de días, cuando sea mi día libre."

Velia se va. Johnny no dice nada, pero quiere verla de nuevo. Ella lo ha visitado varias veces cuando tiene días libre. Se entienden bien, hablan de política e incluso se ríen de algunas cosas. Pero cuando la ve regresar a su puesto de trabajo, intenta pensar en otra cosa y se esfuerza en seguir trabajando.

Aracely deja a los niños con su abuelita, y va a visitar a Nilda. Azucena ya habla y camina. Eladia ya no tiene problemas con cuidarlos; antes tenía que cargar a la niña en sus brazos o pasearla en el coche.

Aracely no sabe cómo abordar a Nilda, pero sabe que tiene que hacerlo.

Camina, hace trasbordos de autobuses y llega a su casa, que está silenciosa, desolada y desprovista de cualquier señal de vida. Nilda está sentada en la mesa de la cocina. Aracely toca el timbre y espera. Poco después la escucha correr la silla, darse vuelta y dirigirse lentamente hacia la puerta. Cuando la abre, Aracely ve la cara de su amiga y es como si se hubiera oprimido un botón, pues las lágrimas resbalan por su rostro. Nilda parece cansada y derrotada. Avanza para abrazar a su amiga, y cuando sus cuerpos hacen contacto, se descontrola y solloza tan fuerte que Aracely se asusta; nunca ha visto tan vulnerable y destrozada a Nilda, que es tan fuerte y voluntariosa.

Permanecen un tiempo largo en la entrada, compartiendo un mar de lágrimas, por Harley y por todas las pérdidas que sufren las mujeres en todas partes.

Las cosas cambian después de la muerte de Harley. El COTC queda prácticamente desmantelado, apenas una sombra de lo que era antes.

Nilda pide una licencia indefinida y regresa a Nueva York para estar con su familia. Nadie sabe si regresará. Johnny y Aracely continúan reuniéndose con los miembros del COTC de la planta, pero una vez asisten sólo tres personas, dos de ellas de la familia Salcido. Finalmente la tercera persona deja de asistir.

Ronnie también desaparece.

Una noche, Johnny recibe una llamada de su esposa Ruth.

"Tienes que ayudarme," le dice ella, su voz resquebrajada por la desesperación. "Ronnie lleva varias noches en el club de póker. No hay forma de sacarlo de allí. Lo estamos perdiendo todo, creo que hasta nuestra casa. Está jugando compulsivamente. Intenté sacarlo, pero me dijo que no lo molestara. No sé qué hacer."

"Dame un minuto. Iré a hablar con él."

Johnny llega al club de Gardena y cruza las puertas de cristal. Después de buscar un poco, ve a Ronnie con el ceño fruncido, su cara llena de sudor, y una baraja de póker enfrente. Johnny logra hablar con él cuando está bien entrada la noche. Ronnie sugiere que necesita ayuda y que no quiere perder a su familia, pero poco después regresa a la mesa de juego.

Posteriormente, Johnny se entera que han perdido su casa, que Ruth le ha pedido el divorcio y se ha mudado con su hijo—mitad anglosajón y mitad japonés—a otro sector del sureste de Los Ángeles apartado de los sitios de juegos.

Ahora está en manos de Johnny y Aracely mantener vivo al COTC en la acería y en su vecindario. No saben si pueden hacerlo, pero deciden insistir. Se comunican directamente con las oficinas principales del COTC en Chicago. Reciben el *Faro del Pueblo*, que Aracely distribuye en algunos centros comerciales, parques, fábricas y eventos comunitarios. Johnny sigue intentando convencer a sus compañeros para que asistan a las reuniones; ha logrado que algunos de los miembros de las cuadrillas de peones vayan de vez en cuando, pero no son muchos.

Velia nunca ha ido a una reunión ni a un grupo de estudio. Varios meses después de la muerte de Harley, no quiere tener nada con Johnny.

Todo comenzó de una forma bastante inocente; como amigos, como compañeros de trabajo; como dos personas con hijos y vidas diferentes que encuentran raíces comunes en la fábrica de cables de Nazareth Steel. En un comienzo fue quizá una atracción absurda. No sabían cuándo, pero en el fondo de sus corazones sabían que tarde o temprano estarían juntos.

Johnny lleva un tiempo sintiendo tentaciones. Aracely se preocupa por el estado emocional de Nilda y también por las necesidades de sus dos hijos. Johnny tiene una rabia en su interior que necesita desahogar, pero no sabe dónde ni cómo. Velia era una mujer sola. No había tenido un novio decente desde que el papá de sus hijos la abandonó. Durante mucho tiempo solo tuvo romances de una noche y relaciones inestables. Quería alguien a quien pudiera recurrir por un tiempo, por un buen tiempo.

Velia tiene el día libre. Johnny está en la caseta del depósito de tubos detrás de la fábrica de cables. Allí se encuentran las cortadoras de tubos, las tuberías y otras herramientas. Uno de los trabajadores le informó dónde quedaba la caseta y Velia fue allá. Johnny estaba cortando tubos negros de dos pulgadas. Ella se veía muy bien, a pesar de llevar el casco puesto. Tenía una blusa color crema y unos jeans apretados del mismo color. Y su fragancia: Johnny deseaba que lo envolviera siempre que ella lo visitaba.

Quién sabe por qué, tal vez porque era un sitio distinto adonde siempre hablaban, o tal vez fuera por la privacidad del lugar, pero Johnny simplemente se acercó a Velia y la besó. Una serie de emociones ardientes lo empujaron a explorar los labios, la lengua, las mejillas y el cuello de Velia. Ella se sorprendió al comienzo, pero no tardó en responderle del mismo modo. Había esperado ese día en secreto durante mucho tiempo, sin saber si realmente sucedería o no. Pero estaban abrazados y la pasión los arrastró más allá de los límites en que sus corazones no sabían ya hasta dónde deberían llegar.

Johnny le besó los pechos y Velia los apretó instintivamente contra su cara, sin pensarlo, dejando que su cuerpo hablara, decidiera y se moviera. Sus caderas comenzaron a contraerse por acto reflejo. Ansiaban eso, deseaban ser tocadas y moverse con cada una de sus sacudidas. Johnny le desabrochó la blusa; un sostén grande contenía sus senos de color crema. Le quitó el sostén con sus manos, y sus pezones henchidos y brotados quedaron al descubierto. Johnny tenía sed de ellos; los chupó y los lamió. Velia jadeaba fuertemente mientras Johnny le lamía su pezón izquierdo con su lengua; los vellos de su cuerpo se le erizaban con cada bocado húmedo. Sentía venirse con sus senos en la boca de Johnny y la mano de él entre sus piernas. Frotó con fuerza su pelvis contra la mano de él hasta que no resistió más; súbitamente explotó con una fuerte sacudida de su cuerpo; un gemido apagado brotó de su garganta por lo que parecieron ser varios segundos extáticos. Velia se agachó, sus senos todavía descubiertos, y le desabrochó a Johnny el cinturón y el botón de sus pantalones.

Momentos después de complacerse mutuamente, entendieron que no habían actuado correctamente. Habrían arriesgado muchas cosas si alguien los hubiera descubierto. Pero también sintieron que tenían que seguir, a pesar de las verdaderas reservas que compartían.

Parecía que lo suyo estaba destinado a suceder.

Sus relaciones sexuales se extendieron a través de una miríada de túneles oscuros debajo de la planta. Casi nadie deambulaba por esos extensos pasillos, salvo cuando Johnny revisaba los equipos hidráulicos. A veces iba allí para hacer la siesta, pero se convirtió con el paso del tiempo en el sitio preferido donde ambos compartieron sus intimidades, en una caja de cartón que hacía las veces de colchón y una linterna poderosa que iluminaba su lecho de amor. No podían hacerlo en ningún otro lugar de la acería; las posibilidades de que los sorprendieran eran muy grandes. Pero allí, en las entrañas de la fábrica de cables, sin que lo supieran sus compañeros ni su jefe, encontraron refugio en el suelo manchado de aceite, a lo largo de corredores de concreto oscuros y misteriosos, en otro mundo alejado del mundo.

Turk Corovic, un muchacho delgado y desgarbado, entra a trabajar en la cuadrilla de lubricación de Nazareth Steel tras salir de Chicago, donde su padre y tío se desempeñan como líderes sindicales de otra acería. Este hijo de inmigrantes eslavos tiene diecinueve años y necesita desprenderse de su absorbente familia. De hecho, quiere obtener un título universitario o ser actor en Los Ángeles, una ciudad que siempre quiso conocer, ya que al igual que cualquier niño, ha considerado a Disneylandia y a Hollywood como el premio mayor de sus sueños.

Sin embargo, todo esto queda atrás cuando Turk ve un aviso buscando aceitadores y engrasadores para las unidades de reparación de la planta y decide solicitar empleo. Para su sorpresa, lo llaman para una entrevista.

Después de ser aceptado, da un paseo largo por las calles y las casas modestas que rodean las oficinas de personal de Nazareth. Su futuro está en juego: ¿debería olvidarse de este trabajo y seguir estudiando para regresar así a su ciudad natal con un título bajo el brazo y recibir quizá la aprobación de sus padres? ¿Debería abandonar todo este absurdo plan, tomar algún seminario de actuación en Hollywood y pensar en una vida en la pantalla gigante? "¡Como no!" piensa. ¿O debería acaso aceptar el trabajo, seguir los pasos de su padre, para regresar después a casa y trabajar en los extensos complejos metalúrgicos por los que es conocida Chicago?

Este tipo de decisiones puede tener efectos devastadores a los diecinueve años. Y por supuesto, probablemente tomará la decisión equivocada. Pero a fin de cuentas, ¿no es esto lo que supuestamente hacen los chicos de su edad?

Los impulsos más inmediatos determinan el camino que tomará. Nazareth paga bien, y él tendrá que aceptar el empleo si quiere pagar la renta y las cuentas pendientes.

Turk comienza a trabajar como nuevo integrante de la cuadrilla de lubricación sin decirles nada a sus padres.

Para ese entonces han sucedido muchas cosas en la planta: Harley Cantrell está muerto; el COTC está desmantelado; el romance entre Johnny y Velia lleva ya varias semanas; Dent y sus secuaces sienten que ya tienen todo bajo control y a casi todos ellos les falta poco para retirarse. Aunque Turk no sabe nada de esto, jugará un importante papel en el constante drama que en ese entonces sucede a niveles más intensos. Esta vez, es cuestión de vida o muerte para la acería Nazareth Steel, en la ciudad de Los Ángeles.

Resulta que Turk fue contratado—de manera automática—en una época en que los directivos de la compañía piensan cerrar la planta de Los Ángeles. Muchas cosas cambiaron en la industria norteamericana hacia finales de los años setenta. El microchip ha introducido una tecnología que amenaza con la forma en que se habían consolidado los negocios, los productos y las relaciones sociales hasta ese entonces.

Para la industria siderúrgica, las importaciones provenientes de fábricas con mayor tecnología y solidez financiera localizadas en Japón y Alemania, así como otras en México y Taiwán, han reducido los costos de mano de obra y afectado considerablemente la producción doméstica de acero. En efecto, la industria siderúrgica de los Estados Unidos, que una vez fue la columna vertebral de la mayor potencia industrial en el mundo, se está quedando rezagada en el mercado global.

Nazareth decide unir las fábricas, fraguas, fundiciones, astilleros y otras industrias esparcidas por todo país. Los directivos de la compañía cierran los astilleros de Los Ángeles, y poco después comienzan a circular rumores de que la planta de Maywood correrá la misma suerte.

El miedo y la inseguridad se apoderan de los obreros, peones y trabajadores especializados. Los que pueden retirarse lo hacen para obtener sus pensiones y otros beneficios. Algunos de los trabajadores especializados se retiran para trabajar en la industria aeroespacial y automovilística, sectores que tampoco tardarán en sufrir una fuerte reducción de personal. Las cuotas de producción comienzan a disminuir, pues muchos trabajadores ya no están dispuestos a arriesgar sus vidas en trabajos que tal vez no existan dentro de un año o dos.

Johnny permanece aislado en la fábrica de cables y no se preocupa por los cierres; todo parece ir bien, hasta que un buen día ve una carta en la caseta del reloj.

> *Apreciados empleados de la fábrica de cables y de la bodega de Nazareth:*
>
> *Debido a las crecientes importaciones de Japón y de otros países, así como a los costos prohibitivos que suponen revitalizar toda la planta con nuevos equipos para la producción de acero, la Nazareth Steel Corporation ha decidido cerrar la fábrica de cables y la bodega de Maywood, California. Entendemos la naturaleza de una decisión tan difícil y lamentamos todos los inconvenientes que esto pueda causarles a nuestros empleados. Los trabajadores de mayor antigüedad podrán seguir trabajando en otras instalaciones de la planta. Quienes sean elegibles para retirarse recibirán notificación para que lo hagan. Los empleados que lleven poco tiempo quedarán cesantes y serán elegibles para recibir el seguro de desempleo del estado de California. Estamos dispuestos a ayudarles a todos los empleados de la fábrica de cables y de la bodega a conseguir otros trabajos diferentes si así lo desean. Una vez más, pedimos disculpas por esta decisión, pero creemos que contribuirá al fortalecimiento de la compañía, de tal suerte que pueda ocupar de nuevo la destacada posición que alguna vez tuvo como la primera fábrica productora de acero en la Costa Oeste y el anillo del Pacífico.*

La carta está firmada por Lane Peterson.

Johnny queda boquiabierto cuando la lee. Se siente cómodo en la fábrica a pesar de su exilio, teniendo en cuenta además que Velia le hace compañía de vez en cuando. Sin embargo, el cierre de la fábrica de cables no lo afectará tanto como a otros empleados. Lleva mucho tiempo en la planta y podrá ocupar otra posición. Sin embargo, el caso de Velia es diferente. Ha recibido una notificación de despido y saluda con lágrimas a Johnny mientras empaca sus herramientas, papeles y los utensilios del café en una caja, que llevará a la caseta de los maquinistas, en el centro de la planta.

"Me despidieron, Johnny," dice llorando.

"Me lo temía... maldita sea. Lo siento, nena," dice Johnny dándose vuelta y abrazándola. "¿No puedes conseguir otro trabajo en la planta?"

"Me entrenaron para trabajar en el departamento de los cables," explica Velia. "Y en la planta principal no hay un trabajo como ese. Además, muchos trabajadores llevan más tiempo aquí que yo. Estoy jodida."

Una profunda tristeza se apodera de Johnny, quien trata de contenerse tanto como puede. Se ha acostumbrado a estar con Velia, a esos dulces momentos debajo de la superficie de la fábrica, estar juntos en los oscuros corredores del sistema subterráneo. Sus relaciones sexuales se han hecho frecuentes y gloriosas. Pasan días sin verse, pero se encuentran en el lugar acostumbrado durante los descansos o días libres. Y ahora todo eso ha quedado vuelto añicos.

Sin embargo, Johnny está más sumergido en un dilema que asustado.

Si Velia deja de trabajar en la fábrica, él tendrá que tomar una decisión: seguir con su aventura por fuera de la fábrica o terminar con esa relación. Evalúa esto mientras Velia lo visita algunas veces. No cree que quiera continuar con la relación fuera de la fábrica. Ama a Aracely y sabe que ha obrado mal, aunque ha sido más cariñoso y solidario que de costumbre debido a su culpabilidad. Pero ya que Velia no trabajará más allí, siente deseos de cortar todos los lazos con ella. Le gusta estar con Velia; ella le ha dado una sensación de bienestar y de liberación cuando más lo ha necesitado, pero al fin de cuentas, no la ama.

Y una noche la llama para hablar.

"Johnny, me alegra tanto que me hayas llamado. Me estaba preguntando qué había sucedido contigo," responde Velia, contenta de escuchar su voz.

"Lo siento, nena, he tenido mucho trabajo desde que regresé a la planta principal. Escucha, creo que deberíamos hablar. ¿Qué tal si nos encontramos en el restaurante Norm, en Huntington Park? Te invito."

"Claro que sí, me gustaría," dice Velia, pero intuye algo malo. "Estaré allí en una hora."

Velia llega al estacionamiento del restaurante y ve la figura solitaria de Johnny a través de la ventana; parece tenso, nervioso y triste. Siente un ardor en los ojos; apaga el coche y permanece un momento sentada, preguntándose si debería encenderlo de nuevo y marcharse. Pero un absurdo rayo de esperanza de que pueda estar imaginando cosas le atraviesa su mente. Tal vez Johnny se siente mal por todo lo que ha pasado en la planta. Tal vez no tenga nada que ver con ella. Es la esperanza propia de los desesperados.

Entra al restaurante, se sienta rápidamente junto a Johnny y no tarda en percibir que se siente incómodo. El brillo ha terminado por opacarse.

"Hola, nena, es decir, Velia... me alegra verte," dice Johnny, moviéndose un poco hacia la ventana. Velia no sonríe. Sabe por qué la ha llamado.

El tartamudeo de Johnny es probablemente lo peor de todo. Representa ese aspecto de una relación que llega a su fin, en que la mujer capta la verdadera naturaleza del hombre, especialmente sus defectos. Johnny, que parece ser elocuente cuando lo necesita, se ve traicionado por sus palabras.

"Ya basta, Johnny, no tienes que decir nada más," lo interrumpe Velia. "Sé de qué se trata. Ya no trabajo en la planta, ya no te intereso. Sé que debí esperar algo parecido. Estás con Aracely, pero quiero que sepas que me gustabas mucho."

En ese momento, sus ojos se llenan de lágrimas. Johnny aleja su mirada hacia el estacionamiento, a un punto indeterminado en el fondo de un callejón. Velia continúa hablando y hace un gran esfuerzo para no darle rienda suelta a las emociones que se amontonan en su garganta.

"El amor es ciego: eso es lo que dicen," logra decir. "Y estuve ciega durante un tiempo. No me quejo, así es la vida. Quieres que terminemos. Está bien; lo acepto. Pero no puedo soportar estar aquí contigo. No tengo que disculparme por nada, pero realmente lo siento. Entenderé si nunca más vuelvo a saber de ti. Solo quiero decirte que fue maravilloso, Johnny…"

Velia intenta contenerse una vez más. Johnny se mira las manos.

"Lo que tuvimos fue maravilloso durante el tiempo que duró. Te doy las gracias por eso," añade Velia. "Pero ya no tengo nada más qué decirte, y parece que tú tampoco tienes nada qué decirme. Así que me iré. Espero que me recuerdes con cariño. Es así como quiero recordarte. Mejor me voy antes de que esto tenga otro fin."

Velia sale de la silla del reservado y se para frente a Johnny, que sigue sentado. Él la mira sin ninguna expresión, con un ligero temblor en sus labios. Tal vez ella espera algo, que él admita alguna cosa o se retracte incluso. Pero la esperanza ya se ha desvanecido. Ella se da vuelta y sale por la puerta principal.

Johnny permanece sentado, saca un cigarrillo de su bolsillo—algo que no ha hecho en mucho tiempo—y lo enciende. Sabe que ha sido él quien ha provocado esto. Ahora tendrá que figurarse qué hará con Aracely, quien hasta donde él sabe, no tiene la menor idea de Velia. A Johnny le preocupa pensar qué consecuencia tendrá esto en su vida familiar, incluso ahora que Velia ha salido de su vida.

Y en ese instante, se siente apabullado de pensar en ella, algo que ha procurado evitar desesperadamente. Toma un poco de aire, lo invade una sensación de vergüenza y su corazón parece romperse en mil pedazos.

8

LA VENDETTA DEL ACERO

urk hace una pausa para limpiarse la frente mientras engrasa los acoplamientos y rodamientos de los rodillos de acero inoxidable, muchos de los cuales se han averiado luego de transportar lingotes al rojo vivo en la planta de 32 pulgadas durante miles de horas. Ve a un par de hombres trabajando en la enorme fragua allá en la distancia.

Le gusta trabajar en la acería y le intriga la naturalidad con que los trabajadores colaboran mutuamente; le agrada la forma en que los maquinistas desarman las máquinas y las vuelven a ensamblar, y la forma en que los obreros trabajan al unísono mientras derriten y vierten chatarra, metales y la mena de los lingotes maleables para transformarlos en vigas, placas o varillas de acero templado.

Dos maquinistas están apartados entre sí. Una grúa aérea introduce una enorme llave de trinquete en una tuerca tan ancha como la cintura de una persona. Uno de los maquinistas mueve su mano derecha como un pato graznando, indicándole al operario de la grúa que disminuya la velocidad de la llave, mientras consigue abarcar la tuerca con ella. El otro maquinista termina de acomodar la llave y la manipula con cuidado.

El primer maquinista hace un breve gesto con la mano para indicarle al operario de la grúa que se detenga. El otro maquinista sube a la fragua, se sujeta y presiona el mango de la llave dentada, produciendo un fuerte sonido debido a la presión de una de las numerosas mangueras de aire que hay en toda la planta, y luego intenta aflojar la gigantesca tuerca del tornillo que sostiene la fragua mediante varios juegos de rodillos.

Tiene que intentarlo varias veces, pero finalmente saca la tuerca del tornillo; es tan pesada que se necesita un cable de acero y una cadena para levantarla y ponerla en el suelo.

A Turk le tiene sin cuidado lubricar y aceitar. Carla, la linda salvadoreña—por lo menos él la cree bonita—quien ya lleva un par de años trabajando en la cuadrilla de lubricación, es su maestra y compañera de trabajo. Ella quiere ascender y ser aprendiz de maquinista, algo que también anhela Turk.

El joven ha escuchado rumores sobre las inclinaciones sexuales de Carla—los trabajadores metalúrgicos pueden ser tan chismosos como un par de comadres. Carla y Angie intentaron mantener su relación en secreto, pero las cosas se saben en la planta, como si fueran llevadas por las tuberías que rodean y recorren todas las instalaciones. La acería tiene ojos y oídos, y también susurra; los secretos no duran mucho.

Angie ya es aprendiz de una unidad de reparación en el cilindro de 10 pulgadas. Es la primera mujer en la planta de Los Ángeles en desempeñarse como asistente de maquinista. Le toma mucho tiempo, pero persevera y se vuelve hábil con las herramientas y las reparaciones complicadas. Es un logro considerable, si se tiene en cuenta la cantidad de obstáculos que la compañía y muchos de los maquinistas les han puesto a las mujeres que ocupan estas posiciones. El hecho de que sea chicana hace que lo suyo tenga un mérito doble.

Johnny y Ray—los dos maquinistas que trabajan en la fragua—son muy diestros en su oficio. No hablan mucho, pero saben qué es lo que tienen qué hacer. A Turk no le importa que sean mexicanos; han pasado diez años y ahora son los maquinistas de mayor rango en la planta; los admira por eso.

Ha escuchado que Johnny es un agitador; sus capacidades y presencia le infunden respeto, aunque a la mayoría de los trabajadores de la planta no les interesen sus ideas revolucionarias. Turk quiere saber más sobre estos hombres. Son verdaderos trabajadores metalúrgicos con estilo y personalidad. Viven vidas reales y se interesan por asuntos reales. Su padre y sus tíos son un poco radicales. No son comunistas, pero realizan un fuerte activismo sindical; defienden a los trabajadores de las garras de las corporaciones y de los jefes de las plantas; en otras palabras, tienen muchas cosas en común con Johnny.

En su guarida de Southside Chicago, donde viven los inmigrantes yugoslavos, checos, polacos y húngaros que han logrado entrar a las gigantescas fábricas de acero del medio oeste—al igual que mexicanos, negros, portorriqueños y otros blancos—Turk ha aprendido a admirar a las personas que tienen principios e ideas arraigadas, así no sean populares, y que están dispuestas a luchar por ellos.

Eso no tiene nada de malo, concluye, especialmente si se trata de ideas loables como la integridad y la justicia. También ha conocido a muchos cobardes y "veletas," esos que cambian de posición dependiendo de sus interlocutores. Esto le molesta mucho, pero le han enseñado a no prestarle atención a semejantes tonterías. Tienes que saber en qué crees y cómo defender tus ideas. Su experiencia le ha demostrado que quienes triunfan son los que defienden sus ideas con más pasión y están completamente dispuestos a hacerlas realidad.

Y en ese escenario no caben los tontos ni los payasos.

Johnny y Turk se conocen durante una campaña para lograr el control del sindicato. La diferencia es que en esta ocasión, la posibilidad de que cierren la planta hace que la mayoría de los trabajadores se lance a la lucha.

Johnny decide ir hasta el final en este nuevo intento por el control del sindicato. Su padre está a punto de retirarse. Sus hermanos aún trabajan en la acería, pero ya no participan como antes. Johnny aprovecha el fantasma del cierre de la planta y propone una nueva lista de candidatos para los cargos directivos del sindicato. Harán todo lo posible por proteger las pensiones, beneficios y prospectos laborales de los trabajadores. Los candidatos saben que los trabajadores terminarán en la calle si quedan en manos de la vieja guardia.

Johnny también comprende que muchos de los trabajadores más veteranos, incluyendo a los racistas del sindicato local, están siendo obligados a retirarse, así que concentra sus esfuerzos en los trabajadores más jóvenes; en las mujeres, los negros y en los mexicanos, especialmente en aquellos que están ascendiendo a los trabajos calificados.

"¿Qué tal, jóvenes?" les dice Johnny a un grupo de aceitadores y engrasadores en el comedor de la caseta de los maquinistas.

"No mucho, Johnny, solo refinando," responde Carla, que tiene enfrente un plato de enchiladas calentado en el microondas.

"Me alegra verte, Carla," dice Johnny y luego se dirige al resto del grupo. "Escuchen; creo que ya saben que tenemos una lista de candidatos para las próximas elecciones del sindicato. Necesitamos su apoyo. La compañía no quiere decirnos si cerrará la planta o no. El sindicato necesita personas que nos ayuden a conservar lo que tenemos; nuestros planes de retiro y beneficios, y que recibamos capacitación para otros trabajos si deciden cerrar esta planta. Pero esto les tiene sin cuidado a los tapados del sindicato. La mayoría se retirará este año. Necesitamos nuevos líderes, nueva sangre. Me gustaría contar con el apoyo de ustedes."

"Claro que sí, Johnny," le responde un joven negro.

Johnny pasa los volantes con los nombres de los candidatos y los cargos para los que se están postulando. Esta vez, Johnny se presentará como candidato a la presidencia. Tony Adams, el primo de Robert Thigpen, y aliado de Johnny desde las primeras elecciones, se postulará para vicepresidente. Los demás candidatos son respetados trabajadores de las calderas y de los cilindros de 10 y 32 pulgadas. Además, algunas mujeres figuran como "miembros del comité," entre ellas Angie.

Es una lista sólida, un grupo de trabajadores de distintas razas que pueden hacer muchas cosas, que no le tienen miedo a la compañía ni a los halcones del sindicato, y que cuentan con el apoyo de la mayoría de los empleados sin importar la raza, nacionalidad o inclinación política.

Turk se acerca a Johnny cuando éste se retira del comedor.

"Oye, Johnny. No me conoces, pero tengo experiencia en elecciones sindicales," dice.

"¿De veras? ¿Dónde?"

"En Chicago. Mi papá y mis tíos son los Corovics del Capítulo 12."

"He oído hablar de ellos. Hacen parte del principal grupo de oposición del sindicato internacional. Está bien, claro que tu ayuda nos servirá."

"Puedo ayudar a fijar carteles, a repartir volantes y a conseguir votos… todo lo que necesites."

"Magnífico. ¿Cómo te llamas?"

"Todo el mundo me dice Turk desde que era niño."

"Bienvenido a nuestro equipo, Turk," le dice Johnny extendiéndole la mano. Turk extiende la suya y sonríe. Le gusta formar parte de este tipo de batallas, que en Chicago suceden con mucha frecuencia.

El joven comienza a trabajar como una hormiga. Asiste a las reuniones del salón de los Veteranos de Guerras Extranjeras. Se reúne al final de la noche con media docena de jóvenes y utilizan leche y esponjas para fijar carteles en postes telefónicos, vallas y paredes. Llenan la planta de carteles. Habla con todas las personas posible; tiene un aire seguro y desenvuelto. También sabe hablarles a todos: a los negros, a los mexicanos, a los blancos pobres, a los blancos racistas y a las mujeres. Hace reír a más de uno y defiende la lista con un fervor contagioso.

Turk ofrece el tipo de ayuda que tanto necesitaba Johnny.

Azucena, quien tiene seis años, ve los dibujos animados que pasan por televisión. Joaquín entra a casa luego de jugar con algunos amigos. Recoge una muñeca del suelo y se la lanza.

"¡Ya basta!" grita ella. "Le diré a mamá."

"Hazlo, Chena," responde Joaquín, quien ya tiene ocho años. "Te dije que no dejaras tus malditas muñecas por todas partes."

Le dice así a su hermana desde muy pequeño, cuando todavía no podía decir "Azucena," y así le dicen también sus padres.

"Oigan escuincles, no quiero pleitos," grita Aracely desde la cocina.

Joaquín y Azucena casi no hablan español, excepto cuando están con *Lito* y *Lita*. Pero saben que cuando su mamá les habla en español, es porque está hablando en serio.

Johnny sale de su habitación. Ha vuelto a trabajar de nuevo en los turnos rotatorios desde que cerraron la fábrica de cables. Tiene libre hasta medianoche, hora en que comienza su turno.

"¿Qué haces, jaina?" le pregunta Johnny.

"¿Jaina? No me dices así desde que éramos novios. ¿Qué te pasa, *ese*?"

"Tú eres mi jaina, mi querida, ¿qué no?"

"Más te vale."

"¿Y si no, qué?"

"Ya verás; atrévete no más, *ese*."

Johnny cambia de tema.

"Escucha. Esta noche no puedo ir a la reunión del COTC. Nos reuniremos en el salón de Veteranos de Guerras Extranjeras para trazar estrategias. Diles "qué hubo" a los camaradas de mi parte," dice Johnny.

Aracely se ha convertido en jefe de un creciente grupo de comunistas de South Central y Southeast Los Ángeles. Han dejado a un lado el proselitismo para dedicarse básicamente a adelantar programas educativos, estudios revolucionarios y labores propagandísticas. Desde la muerte de Harley, los líderes del COTC son conscientes del peligro que corren si participan activamente en las luchas por las demandas inmediatas de los trabajadores, así que han optado por reclutar líderes con experiencia y credibilidad y les han dado una orientación política bastante sólida para que no propongan reformas sin salida ni adelanten acciones sin sentido. Esto supone que tardarán más en lograr sus objetivos, pero la idea es que los cambios sean sustanciales y duraderos.

Los fanáticos de grupos como el Ku Klux Klan han obligado a los miembros del COTC a entrar en la clandestinidad y a dispersarse para no ser detectados.

Después de la cena, Johnny toma un cuaderno y un bolígrafo y los deja junto a la puerta. Se acerca a Aracely, que está votando los restos de comida de los platos, y la besa en el cuello. Él lava los platos desde hace varios años, y cuando termina, se dirige al comedor y besa a Azucena en la frente; es su consentida, y le da un golpecito en la cabeza a Joaquín, quien refunfuña. Johnny toma su cuaderno y su bolígrafo y se marcha.

Johnny piensa en su familia mientras conduce. Siempre ha tenido una buena relación con Aracely, pero ha sentido mucha vergüenza desde su aventura con Velia. Muchas veces ha querido confesarle la verdad, pero su bondad y su buen humor lo han frenado en seco; concluye que tendrá que llevarse ese secreto a la tumba. No quiere herir a Aracely, cosa que haría si supiera la verdad, pero ha jurado que nunca más volverá a serle infiel. Se comprometió a llevar una relación monogámica de por vida cuando se casó con ella. Se comprometió a estar con su esposa y sus hijos, pero ha violado ese pacto y ahora tendrá que hacer un esfuerzo considerable para cumplir con su promesa inicial. Johnny le agradece a Dios haber entendido esto antes de arruinar lo más valioso en su vida. Sin embargo, la vergüenza a veces le corroe las entrañas, sobre todo cuando ve lo afortunado que es al tener una compañera tan linda e inteligente y unos hijos tan maravillosos.

Sin embargo, esto no significa que no piense en Velia. Algunas veces, está trabajando en la acería y casi puede verla junto a él, pero se da vuelta y no hay nadie. Algunas veces cree percibir su aroma, pero una mirada a su alrededor le basta para saber que es un espejismo, pues los olores de la acería suelen ser fétidos. Velia se le aparece en sueños, en recuerdos que lo asaltan durante el día o mientras sintoniza alguna canción en la radio.

Velia es una persona auténtica, que le dio mucho sin pedir nada a cambio. Sí, es cierto que ama a Aracely y nunca dejará de hacerlo, pero los momentos que vivió con Velia quedarán marcados para siempre en su alma.

Johnny llega al salón de Veteranos de Guerras Extranjeras y ve a un gran número de hombres y mujeres, incluyendo a Carla y a Angie, a muchos blancos, negros y hermanos de raza. Presiente que esta vez triunfarán. Existe una mayor unidad entre los trabajadores de la acería, entre los mexicanos y los negros, por ejemplo, y entre muchos blancos. El cierre de la planta los afectaría a todos y están verdaderamente en el mismo barco. A pesar de todas las divisiones perpetradas por la compañía, todos entienden que a fin de cuentas, sus destinos están entrelazados.

Johnny se apea del coche y escucha los aplausos. Se siente tímido y avergonzado. Bune y Rafas están adentro con otros organizadores y candidatos. Sin embargo, Junior ya no está en el sindicato. Durante los últimos años, ha tenido serios problemas con el alcohol. La compañía le ha permitido que abandone su trabajo en la acería, gracias a la recomendación del programa para la reducción de alcoholismo que existe en la planta. Junior vaga por las calles o se mantiene en tiendas de licor en el viejo vecindario. A veces termina en el calabozo para los borrachos de Firestone o en el hospital del condado. Casi todo el mundo cree que no durará mucho.

Procopio ha optado por mantenerse al margen de la batalla en esta ocasión. No es que no le interese; sino que ha decidido acogerse al plan de jubilación temprana. Sin embargo, apoya a su hijo y hace lo posible para que los viejos soldados que aún trabajan en la acería lo respalden. Pasa el tiempo viendo televisión con Eladia o cuidando a sus nietos. Sabe que esta vez su hijo ganará las elecciones; así se lo manifiesta y le da la bendición. A su vez, Johnny siente que finalmente se hará un poco de justicia en memoria de su hermano Severo y de los esfuerzos de su padre para crear un sindicato local responsable y ecuánime.

Pero todavía existen algunos obstáculos en su camino.

Dent y el Ku Klux Klan todavía representan un peligro. Las amenazas se han incrementado durante las últimas semanas. Los carteles y volantes que pegan y reparten Turk y sus compañeros son pintados o arrancados. La vieja guardia ha decidido presentar una nueva lista de candidatos compuesta por blancos, muchos de ellos miembros jóvenes del Ku Klux Klan. Sin embargo—y sorpresivamente—también aparece un mexicano: Pepe Mosca Herrera, que trabaja en los hornos eléctricos.

Hay que anotar que los trabajadores de la acería ya no son tan dóciles como antes. Una noche, varios mexicanos, negros y blancos entraron a Wild Wooly's y sacaron a algunos de los viejos racistas de sus sillas y mesas. Pidieron bebidas y les dijeron a los camareros que no aceptaran pedidos de los racistas, y cuando algunos miembros del viejo grupo intentaron reaccionar ante estos desmanes y confrontaron a estos chicos, se encontraron con hombres valientes y tuvieron que marcharse. Muy pronto el Wild Wooly's recibe personas de todas las razas.

La integración del bar producirá una fuerte reacción, concluye Johnny, y espera a ver qué sucede. Mientras tanto, sigue firme en su propósito de alcanzar la presidencia del sindicato y erradicar por fin los aires conservadores que lo han caracterizado. No está solo en este propósito: así lo demuestra el entusiasmo exhibido en el estacionamiento del salón de los Veteranos de Guerras Extranjeras. Ese día, Johnny entra al salón acompañado de hombres y mujeres que le ayudarán a hacer historia; Tony Adams es el primero en extenderle la mano.

Es posible que la planta cierre, pero la unidad que forjará en esa lucha durará más que las verjas de alambre y las paredes de metal corrugado de la acería. Resonará en varias comunidades alrededor de Los Ángeles y hasta más allá. Johnny cree que ya es hora de que una nueva clase de trabajadores—empleados y desempleados; legales e ilegales; blancos, negros y mestizos—surja y confronte el poder. El trabajo siempre ha sido la base de la sociedad, y son ellos quienes han tenido la menor representación en las instituciones que toman las decisiones más trascendentales. Y Johnny cree que ya es hora de que esto cambie.

El cilindro de 32 pulgadas tiembla cuando las largas vigas metálicas se deslizan por los rodillos de acero inoxidable que las entran y las sacan de la fragua reacondicionada. Todos los obreros y peones que están en las pasarelas o cerca de la fragua llevan tapones en los oídos; los visores de los cascos duros evitan que sus ojos se llenen de partículas metálicas o polvo de chatarra. Hace un día agradable y soleado. La producción ha aumentado en los últimos días, y algunos trabajadores albergan la esperanza de que Nazareth Steel haya superado la terrible crisis que convirtió las otrora florecientes ciudadelas industriales en ruinas clausuradas y carcomidas por el óxido.

Hay un paquete de nuevos pedidos que ha llegado del exterior y de otras partes de la nación. En los fosos de remoje hay un número récord de lingotes listos para la fragua, los cuales son moldeados y reciben varias formas en el cilindro de 32 pulgadas, luego son arrojados al hervidero, en donde reciben otras formas, y algunos terminan en el cilindro de 10 pulgadas, donde las matrices que elaboran las varillas para la industria de la construcción les reducen el tamaño.

Earl Denton sale de la caseta del cilindro de 32 pulgadas, un sitio ruidoso y caliente. Lleva una llave de pipa en su mano. Se dirige a cambiar unos sellos en el codo de una tubería. Espera con ansiedad el día de su retiro, que ocurrirá muy pronto. Después de todo, lleva casi cuarenta años en la acería. Por fin podrá relajarse y disfrutar de paz, tranquilidad y unas cervezas, un sueño que alberga desde hace mucho tiempo.

Se ha entregado por completo a la acería, y ha llevado su carácter e ideas hasta el límite. Nadie se atreve a molestarlo. Cree que las nuevas batallas sindicales emprendidas por mexicanos, negros y sus aliados blancos serán fugaces. De todos modos eso ya no le interesa como antes, y piensa: "que tomen el control y lo destruyan todo. Son una partida de tontos y no sería raro que hicieran el ridículo. Dirigir un sindicato local no es ningún paseo." Por otra parte, Dent cree firmemente que la acería le pertenece a él.

En realidad, la acería no reconoce ese tipo de asociaciones: no conoce la caballerosidad, la amabilidad, ni la lealtad. Es una amante fría y despiadada que se negará a reconocerte después de una noche llena de sudor. Es una madre descomunal que les niega el seno a sus hijos, un monstruo terrestre que puede devorarte tan pronto te dé a luz, y que vuelve polvo todo lo que encuentra en su camino. Además, no produce sueños, sino barras, láminas y vigas de acero.

Dent introduce su llave de tubo en el extremo de un acople debajo de un grupo de los patines de 32 pulgadas que están inactivos. No lejos de allí, los aceitadores y engrasadores—Turk es uno de ellos— introducen las mangueras de las graseras en los orificios; mientras que varios obreros usan sus palas para echar chatarra y grasa en unos contenedores grandes.

Denton se retira súbitamente, jadeando y agarrándose el pecho, y de su boca azul brotan gemidos guturales. Intenta respirar, cae de rodillas y procura asirse de una barra, pero sus dedos, rígidos después de tantos años de trabajar con martillos neumáticos, solo se untan de grasa.

Turk escucha la conmoción y se da vuelta para ver qué ocurre. Dent cae al suelo. Los obreros dejan de palear. Turk y ellos se acercan; Denton está revolcándose en el suelo y balbuceando incoherencias, pues ha sufrido un paro cardíaco. Turk grita: "socorro, por favor, rápido."

Sin embargo, nadie hace nada. Turk se detiene y mira a su alrededor. "Por favor, se está muriendo."

Nadie se inmuta. Turk quiere auxiliarlo, pero un grupo de trabajadores se interpone en su camino. Lo miran y menean sus cabezas. Turk sabe lo que esto significa: nadie socorrerá al miembro del Ku Klux Klan. Hay que dejar que el cascabel de la muerte sea la música que la acería le devuelva por la traición, el odio y el dolor.

Denton suspira por última vez. La acería por la que ha vivido, la que ha sostenido sus ideas y esperanzas con sus varillas y tuberías, que ha destruido tantas vidas para que él pudiera conservar sus privilegios, eructa la fetidez del moribundo. Vomita los años de mentiras, delaciones y amenazas, y las innumerables veces en que Denton les dio la espalda a todos los que alguna vez le pidieron ayuda.

Turk siente que tiene que hacer algo.

"Se está muriendo," grita. "Tenemos que ayudarlo."

Pero Turk sólo recibe miradas de hielo que salen debajo de los cascos manchados, el movimiento de los músculos de pieles negras y cobrizas tensionándose entre las camisas húmedas: son miradas de rechazo.

"Aquí terminó," señala uno de los obreros. Turk se da vuelta y ve que está en desventaja.

Las llamas salen de las toberas abiertas de los hornos. Las grúas aéreas levantan varias toneladas de equipos, mueven bloques de acero derretido y chatarra, y la llevan de un extremo de la planta al otro. Los engranajes rechinan a medida que las delgadas barras de acero bajan con estruendo los rollos de los convertidores de los talleres de laminación. Por todas partes vuelan partículas de chatarra.

Denton yace en el suelo con los brazos y las piernas extendidas y una expresión de agonía en su rostro. Es así como recibe la última luz. Los obreros que se han apretujado alrededor del cuerpo comienzan a dispersarse lentamente. Finalmente, alguien llama al capataz del cilindro de 32 pulgadas. Todos se dirigen a sus puestos de trabajo y Turk se queda solo; las lágrimas le resbalan por su cara llena de mugre.

Pero nadie más se inmuta. Los años de secuestros nocturnos perpetrados por hombres encapuchados, de "accidentes" cuestionables que han terminado en amputaciones y en muertes, de despidos injustos y la mirada de un hijo hambriento atravesándote la piel, es una tragedia que ha muerto ese día en el piso del cilindro de 32 pulgadas. Esa es la venganza de la fábrica, la vendetta del acero, la justicia que acecha cuando todo lo demás fracasa.

Una gran multitud de obreros, peones y trabajadores calificados se apretuja afuera del salón del sindicato el día de las elecciones. Están esperando el conteo final. Un representante del sindicato internacional está presente para certificar los resultados. Adentro, los candidatos de la vieja guardia esperan intranquilos mientras Johnny, Tony y sus hermanos permanecen cerca, sonriendo y abrazándose. Aracely y Procopio también están en el salón.

Ya se han contado los votos de las primeras urnas y Johnny va ganando por una mayoría abrumadora. Pero no quiere darle rienda suelta a su entusiasmo hasta que hayan contado, recontado y certificado la última urna. Sin embargo, ya puede saborear la dulzura de la victoria en sus labios.

Ha comenzado a oscurecer cuando el representante del sindicato internacional sale para anunciar los resultados: Johnny Salcido y los candidatos de su lista han ganado por un margen considerable. La multitud grita y aplaude. Johnny sale, es recibido con estruendosos aplausos, silbidos y gritos, mientras que los miembros de la vieja guardia, entre ellos Mosca y los jóvenes candidatos, se escabullen por la puerta de atrás. Aracely y sus compañeros van a recibir a Johnny. Intenta decir algo, pero los aplausos y aclamaciones se prolongan durante varios minutos. Finalmente, el bullicio disminuye y Johnny puede hablar.

"Lo hemos logrado, hermanos y hermanas. Muchas gracias," dice

Johnny, con una sonrisa radiante. Está ronco de tanto hablar en las semanas anteriores, y tiene bolsas bajo los ojos por la falta de sueño. "Ha sido una batalla despiadada, y también bastante antigua. Mi papá participó en los años sesenta; la última vez que el sindicato estuvo dirigido por líderes progresistas. Muchos de ustedes saben que lo hemos intentado varias veces, pero no pudimos lograrlo. Sin embargo, nunca nos dimos por vencidos. Sé que hemos sido elegidos en tiempos difíciles. No sabemos cuánto tiempo más podamos preservar nuestros trabajos. Pero les prometo que lucharemos hasta donde nos sea posible para que puedan conservar sus empleos, y si la acería cierra, para que sean entrenados y obtengan empleos en la industria siderúrgica o en otras semejantes. Tenemos mucho trabajo por delante, y será un honor para nosotros. Quiero señalar… que le debo todo a mi padre Procopio, quien ha salido de su trinchera—qué digo—de su casa, para acompañarnos esta noche. A mis hermanos Bune y Rafas: gracias, carnales. Han estado conmigo en todas. Gracias a Aracely, mi maravillosa esposa, y a mis hijos, quienes me acompañaron durante las sesiones en que planeamos las estrategias y que nos tomaron tanto tiempo, así como a Tony y a todos los hombres y mujeres de la lista: han demostrado cuánto valen y sé que me ayudarán a lograr muchas cosas. Y gracias a todos ustedes por haber votado por sus intereses y por no desfallecer ni pensar que sus votos no cuentan. Pero antes que nada, quiero dedicarle esta victoria a dos personas muy especiales: a Severo, ni hermano mayor, quien fue asesinado en la acería en 1963; quiso ser uno de ustedes, y siento que esta noche lo es. Y a Harley Cantrell…"

La multitud hace silencio cuando escucha su nombre y varios hombres se quitan sus sombreros. Johnny los mira y siente que una oleada de sentimientos se apodera de él, pero contiene las lágrimas. No se había dado cuenta de lo mucho que significa Harley para estos hombres y mujeres, y de la forma en que ha influido en sus vidas. Era un revolucionario declarado y a veces fue blanco de bromas en la planta, pero siempre apoyó a los trabajadores. Su objetivo siempre estuvo relacionado con el mejoramiento de las condiciones de los trabajadores y de su futuro. Y no sólo vivió por eso sino que también murió por eso.

"Harley fue un verdadero hermano, un verdadero sindicalista," continúa Johnny. "Es probable que uno no estuviera de acuerdo con todas sus ideas, pero todos sabían que se quitaría la camisa y te la daría si la necesitabas. Yo no estaría aquí de no haber sido por él. Así que, hermano Harley, amigo y camarada, me comprometo a terminar lo que comenzaste en Nazareth Steel. Invoco tu espíritu a fin de obtener una verdadera dignidad y una voz para cada uno de los trabajadores de la planta. Estas elecciones y esta victoria te pertenece a ti…"

Johnny deja de hablar; baja la cabeza y sus sentimientos derriban las barreras internas que ha puesto para contenerlas. Aracely le pone su brazo en la espalda y llora.

La multitud enardecida estalla en vítores y aplausos.

Han pasado dos años desde que Johnny, Tony Adams y los otros candidatos progresistas ganaron las elecciones de los Trabajadores Metalúrgicos de América, Capítulo 1750. Todo cambió cuando asumieron sus cargos. El salón del sindicato quedó disponible para reuniones, discusiones, presentaciones de peticiones, comités y charlas informales. Muchos trabajadores se incorporaron a las dependencias que se establecieron precisamente para que pudieran participar activamente.

Johnny tiene su propia oficina, ya que es el presidente local. Sin embargo es bastante austera: contiene una mesa, un par de sillas, un archivador y un escritorio pequeño. Las paredes están adornadas con pósters que dicen cosas como: "Trabajo e igualdad" o "En la unión está la fuerza." También hay una foto de César Chávez y de Dolores Huerta, líderes del sindicato de los Agricultores Unidos. La bandera negra y roja con el águila de la UFW, así como las de México y Estados Unidos están colgadas en la pared detrás de su escritorio.

También tiene una linda foto de Aracely, Joaquín y Azucena, otra donde aparece con Harley sonriendo en un picnic del COTC, y otra de Severo.

Un día, Johnny está marcando un número telefónico cuando ve un rostro familiar en el corredor, aunque mucho más viejo y maltrecho. Es Al Simmons.

"¡Por Dios! ¿En dónde andabas metido?" le pregunta Johnny soltando el auricular.

Al camina despacio y está más delgado que nunca. "Tengo diabetes; he estado muy mal, pero quería venir a saludarte," dice con esfuerzo. "Quiero felicitarte por tu triunfo… y también quiero disculparme."

"Ya basta," dice Johnny, levantándose para darle la mano. "No pidas disculpas por favor. Éramos jóvenes y cometimos muchos errores, especialmente yo. Me alegra verte y que hayas venido. Espero que estés bien. En cuanto a mí, intento hacer todo posible para representar a todos los trabajadores."

"Sé que lo harás, Johnny," dice Al. "Creo en ti. Siempre fuiste un buen hermano. No me puedo tardar mucho; tengo una cita médica. Solo quería traer a un fantasma del pasado para que te acechara un poco. Bueno, sigue como siempre, sin que importa lo que suceda."

Al abandona lentamente la oficina y el salón del sindicato.

Johnny se alegra de haberlo visto, pero también se siente mal. Comprende que Al no vivirá mucho tiempo, y a pesar de los problemas que tuvieron en el pasado, Johnny ha aprendido mucho de él. Pocas semanas después, recibe la noticia: Al ha muerto de insuficiencia renal. El sindicato recoge una pequeña suma de dinero para ayudarle a su familia a pagar el funeral y otros gastos. Es lo menos que puede hacer por un luchador, por un hombre negro, por un hombre de verdad.

Mientras tanto, la compañía pasa dos años sumergida en problemas. Abundan las quejas por todo tipo de exigencias laborales desmedidas e irrazonables, por discriminación, reducción de salarios y de días enteros de trabajo de forma arbitraria, horas extra obligatorias y varias cosas más. Emmet Taylor, el jefe de la cuadrilla de lubricación, es citado para que responda por cargos de discriminación por Carla y otros trabajadores, quienes ascendieron a las cuadrillas de reparación poco después de que Johnny asumiera su cargo. Taylor se ve obligado a andar con mucho cuidado, pues ya no tiene a los viejos halcones del sindicato que lo protejan.

El sindicato también lleva a juicio a Lane Peterson por violar la ley de aire limpio de California. Él y la compañía son encontrados culpables. La planta recibe una multa que asciende a varias decenas de miles de dólares, y se realizan inspecciones periódicas para constatar que todos los filtros estén funcionando. Al final Peterson renuncia y es reemplazado por Daryl Sherman, un hombre sumamente amable, que a la inversa de Peterson, deja actuar al sindicato local.

Peterson no desaparece completamente del panorama. Después de la muerte de Dent, alguien llama a la oficina del *sheriff* del condado de Los Ángeles e informa que él está involucrado en el asesinato de Harley Cantrell, aunque no revela su identidad ni las fuentes de su información. Hasta ese entonces, la policía no había podido resolver el crimen, pero gracias a la denuncia realiza un allanamiento en el sórdido apartamento que tenía Dent en Downey, un distrito exclusivamente blanco, y encuentra pruebas que comprometen a los dos sujetos, entre las que se cuentan la solicitación de un sicario, cuyo nombre ha suministrado Peterson, así como notas, grabaciones, armas y bosquejos sobre el sitio donde se realizaría el asesinato. Dent sintió un placer enfermizo en guardar estas cosas, algo que probablemente también hizo para inculpar a Peterson en caso de una posible traición.

Peterson es arrestado, y luego de un prolongado juicio y en vista de las evidencias suministradas por las grabaciones secretas y las notas encontradas en el apartamento de Dent, tanto el juez como el jurado los declaran culpables a él y al sicario. Peterson es enviado a la prisión de San Quintín, donde cumplirá una sentencia de veinte años a cadena perpetua como cómplice del asesinato.

Mientras tanto, el sindicato envía delegados beligerantes a las reuniones del USWA, a fin de luchar por sus empleos, beneficios, mejores salarios y un cupo en el sindicato internacional. El Capítulo 1750 obtiene una posición de liderazgo entre los diferentes sindicatos locales que también enfrentan cierres y despidos laborales.

Sin embargo, todo termina dos años después. A pesar de todos los rumores, amenazas y más rumores, la Nazareth Steel Corporation cierra su planta de producción de acero en Los Ángeles. No hay medidas que valgan para enfrentar las consecuencias de una decisión como ésta.

De hecho, desde hace varios años, la compañía había realizado varios despidos laborales, y pasó de tener doce mil empleados durante la Segunda Guerra Mundial a los dos mil que trabajaron allí durante los últimos años.

Poco después del anuncio del cierre, todos los trabajadores reciben la notificación de despido, salvo por unos pocos integrantes de las unidades especializadas y de limpieza que pasan un año desbaratando las máquinas, hornos, fraguas, cizallas, hervideros, matrices, grúas, el patio de chatarra y las chimeneas.

Parece imposible, pero muy pronto, la enorme e implacable ciudad de acero de Nazareth será poco menos que algunas vallas, edificaciones y maquinaria cubiertas de polvo y abandonadas. Sin embargo, el Capítulo 1750 continúa funcionando durante un tiempo luego del cierre oficial de la acería.

Johnny, Tony y los demás compañeros crean un centro comunitario, uno de los más innovadores de su tipo. El cierre ha devastado a miles de familias, particularmente a las de origen mexicano que viven en las zonas de Maywood, Huntington Park y Florence. El sindicato local establece uno de los bancos de alimentos más grandes del país, que abastece entre seis mil y diez mil familias por semana, incluyendo a aquellas cuyos miembros trabajaban en industrias cercanas y que también han cerrado sus puertas.

La gente hace fila cada miércoles, especialmente las mujeres. Algunas van con sus pequeños y se sienten avergonzadas, pues son personas orgullosas que preferirían morir de hambre antes que aceptar algo. Sin embargo, allí están, abatidas, inseguras, balbuceando en español. También hay algunos hombres, los hombres de acero endurecidos, quienes no tienen familia o cuyas familias los han abandonado, haciendo fila, avergonzados con discreción, pero reunidos para recibir alimentos, para compartir rumores, para hacer conexiones y para ver si tienen noticias de algún trabajo.

Por esa época, las grandes fábricas de llantas, de acero, de automóviles, de procesamiento de carne, de armas y la aeroespacial empiezan también a cerrar sus puertas o a reducir drásticamente su producción y personal. Los Ángeles, la segunda ciudad industrial del país después de Chicago, se convierte básicamente en sede de pequeños talleres de manufacturas, de bolsas de empleo fraudulentas, de bodegas y pequeñas fábricas. El puerto, el más grande de todo el anillo del Pacífico y el segundo de los Estados Unidos después del de la ciudad de Nueva York, pierde muchas de sus poderosas fábricas de conservas y gran parte de los astilleros y contenedores.

Trescientos cincuenta mil trabajadores metalúrgicos pierden sus empleos durante la década de los ochenta, una pequeña fracción de los más de ocho millones de trabajos industriales que desaparecen a nivel nacional durante esa misma década.

Bajo el liderazgo de Johnny, el sindicato local conforma grupos de consejería y de recuperación para alcohólicos. Las agencias de salud locales señalan que el alcoholismo ha aumentado un veinticinco por ciento y que hubo al menos diez suicidios un año después del cierre de la fábrica.

Johnny es consciente de la devastación que sufren aquellos que dependían de la acería y de sus trabajos "de por vida." Son personas que se han acostumbrado a sentirse seguras, a comprar casas y coches. Sí, es probable que estén ahogados en deudas y que hayan ahogado sus penas en el alcohol, pero nunca estuvieron tan trastornados como cuando perdieron sus empleos.

Algunos fueron inteligentes. Johnny sabe de un operario llamado Nathan Bueno, quien utilizó el dinero que ganó en la acería para comprar varios apartamentos. Cuando la planta cerró, recibió la renta de sus apartamentos y le quedó dinero para invertir en otras propiedades. Llegó a ser uno de los principales inversionistas inmobiliarios y participó en la construcción de varios centros comerciales, estacionamientos y bodegas cuando otros intereses comerciales llegaron para reemplazar a muchas de las plantas vacías.

Pero Johnny conoce a pocos casos como el de Bueno en la acería.

Muchos han corrido la misma suerte que Wilfredo López, un obrero y amigo de Procopio. Este hombre tenía cuatro esposas y diecisiete hijos a los cuales mantener. Le gustaba beber y jugar, y cuando la planta cerró, no le quedó nada de los treinta años que pasó allí.

Wilfredo tenía una novia; Johnny recuerda haberla conocido en casa de sus padres, durante una visita de Wilfredo. Se llamaba Ana, y tenía unos cincuenta años. Era una mujer llena de vida y muy cercana a su novio. Pero poco después del cierre de la planta, Wilfredo llegó un día a casa luego de buscar trabajo y encontró a Ana muerta en su habitación; tenía un disparo en la cabeza. Durante varias semanas fue a la oficina de desempleo para ver qué trabajo había para un viejo que solo podía desempeñarse como obrero, pero no había ningún empleo ni curso de entrenamiento para un ex trabajador metalúrgico de sesenta años.

Uno de los aspectos que el sindicato internacional negoció con las compañías acereras fue los programas educativos y de entrenamiento laboral. También se incluyeron fondos para las artes, que Johnny utiliza para hacer seminarios de teatro y poesía, y los hombres y mujeres vacantes de la acería puedan expresarse con ayuda de actores y escritores locales. Poco después hacen una gira con una obra basada en los poemas y en la prosa de los trabajadores metalúrgicos, la cual recibe elogios en todo el país.

Por un tiempo, Johnny y Aracely se erigen en pilares de su comunidad; algunos políticos los llaman, son entrevistados por la televisión y otros medios, y sus nombres aparecen en periódicos y revistas.

Pero como suele suceder, esto dura poco.

Algunos meses después, los Trabajadores Metalúrgicos Unidos de América cierran el sindicato y venden el edificio, el cual es demolido y en su lugar se construye un complejo de apartamentos.

Poco tiempo después del cierre oficial de la planta, los obreros, maquinistas y otros trabajadores calificados que habían decidido no retirarse ni recibir los beneficios del desempleo—y que llevaban muchos años en la planta—son los encargados de desmantelarla. Después de sacar sus pertenencias de las oficinas del sindicato, Johnny va a la acería y se inscribe en una de las cuadrillas de desmantelamiento. El trabajo dura pocos días, pero es arduo, doloroso y triste.

Un día, Johnny está subido en una grúa aérea que va a ser desarmada. La planta está silenciosa y los hornos eléctricos están fríos; uno de ellos tiene la boca cubierta de chatarra y de polvo. No más rugidos estruendosos, ni hornos calentándose; los cazos ya no vierten acero derretidos en los moldes de lingotes. Ya no están los vapores sulfurosos que envolvían toda la planta, haciendo que la visibilidad fuera sumamente limitada.

Johnny mira un poco más allá de la planta de los hornos, y ve varias edificaciones sumergidas en el silencio, en cuanto otras comienzan a ser desmanteladas.

Se acomoda el casco y las gafas de seguridad y ve a unos soldadores cortando pilotes, vigas y acero corrugado. Johnny piensa en todos los años que le entregó a la acería, y en los muchos más que su padre y sus hermanos le dedicaron. Piensa también que se suponía que la fábrica los salvaría a todos, y aquí está él, ayudando a desmantelarla.

Ya nunca más verá a otra generación de Salcidos en la planta.

En realidad, Johnny no atina a vislumbrar un futuro claro: el mundo ha cambiado demasiado rápido. ¿Qué hará la gente como él? Observa el panorama con el corazón adolorido y la mente inquieta, sintiendo que ya no tiene asidero, punto de apoyo, ni barandas, precisamente cuando su vida se hunde velozmente en los confines del desempleo, subempleo y empleos informales. Un vacío asoma en su interior, algo hueco y desprovisto de significado: solo Aracely, sus hijos y el trabajo político que ha adelantado le dan fuerzas para continuar; solo las cosas buenas.

Finalmente, y luego de un año, el lugar desaparece; la planta es desmantelada de manera casi milagrosa de las varias cuadras que una vez ocupó en la avenida Slauson.

Los buldózeres arrasan con los bares, los hoteles de ladrillo con tarifas por horas, las casetas destartaladas y las viviendas de los trabajadores de la avenida Slauson, y en su lugar se erigen pequeños centros comerciales, estaciones de gasolina, tiendas y apartamentos de dos pisos.

Johnny y Aracely se convierten en una pareja como cualquier otra. Dejan de recibir llamadas, entrevistas e invitaciones de almuerzos especiales. Johnny consigue trabajo en refinerías y en fábricas de químicos como mecánico de mantenimiento, y esporádicamente en la construcción como maquinista.

Pocos años después compran una casa de dos pisos en Sylmar, en el extremo norte de Los Ángeles, y Procopio y Eladia ocupan el pequeño apartamento de atrás. Bune y Rafas se mudan al otro lado de las montañas, al Valle de San Gabriel. Desafortunadamente, Junior abandona a su familia y termina en las calles de South L.A., ahogando su vida en alcohol.

Un día, la policía lo encuentra muerto en un callejón, con el hígado destrozado, no muy lejos del lugar donde nació.

Sin embargo, y a pesar de todo lo que ocurre después del cierre de la planta de Nazareth, no hay nada en sus vidas ni en las de sus hijos que se pueda comparar con los años que vivieron Johnny y Aracely cuando la planta estuvo en su apogeo, cuando los hornos eléctricos funcionaban día y noche y los talleres de laminación y las fraguas crujían desenfrenadamente; cuando los tubos eran galvanizados en los tanques de zinc, cuando las hiladoras tejían kilómetros de cables metálicos, cuando todos los turnos se fundían en uno, y los hombres y mujeres con cascos y ropa sucia transitaban por los patios, los hornos y las fábricas; cuando los capataces hacían señales con las manos porque nadie podía escucharlos debido al ruido; cuando las metas de producción eran fijadas en enormes avisos de madera y los mensajes de seguridad les recordaban continuamente a los obreros que eran ellos los responsables de perder algún miembro de su cuerpo o su vida, y cuando el destino aciago y la gran fortuna de ser un trabajador metalúrgico quedaron atascados en bares, salones de póker, prostitutas y apuestas de caballos.

Cada puente, rascacielos, barco, tanque, coche y escultura que contenga acero, contiene también las historias, las canciones, la sangre, las esperanzas, las lágrimas y hasta los miembros de las generaciones que trabajaron en aquellas plantas. En última instancia, ha surgido algo más que acero: comunidades, familias, patologías, triunfos, derrotas, grandes amores, grandes divorcios, valores, pero especialmente carácter; un carácter templado con fuego, y que pocas personas o épocas volverán a igualar nunca jamás.

Tercera Parte

EL FINAL DE AZUCENA

9

MORIR TAN DULCEMENTE COMO UN SUSPIRO DEL SOL

"Orale, putos, ese es nuestro coche," le dice Pancho a un grupo de mecánicos que habla español en un destartalado taller al lado de taquerías, salones de belleza, ferreterías y bares en un sector de Pacoima, que más bien parece una calle de Tijuana, México. Una gran infinidad de anuncios se superponen sin ningún orden aparente entre sí.

"No me importa cómo llegó aquí, pero es de este amigo que está acá y exigimos que nos lo devuelvan."

Déjenme explicarles. Compré un Honda que tiene ya diez años y que se averió una semana después. Suzi, la amiga de una amiga, me dijo que conocía un taller de mecánica. Lleva mi coche allá y me dice que pronto lo repararían. Y luego nada, no vuelvo a saber de ella. Me costó mucho que Suzi me dijera adónde había llevado el coche. Casi nos vamos a los golpes hasta que ella por fin confesó la verdad. Entonces le cuento a Pancho y me dice "vamos por él."

Así fue.

Ah, sí. Soy Chena. Mi verdadero nombre es Azucena Salcido. Tengo treinta años y no me veo mal; de hecho, creo que me veo bien: soy morena, tal vez un poco gruesa, pero atractiva. Ya sabes: voluptuosa, como dicen por ahí. Mi hijo se llama Jandro—abreviación de Alejandro. Tiene doce años. Vivimos en el noreste del Valle de San Fernando, en el sector "mexicano" de Pacoima.

Pancho es… bueno, Pancho es Pancho, mi mero mero, mi novio, como dicen.

Recorrimos varias veces el Boulevard Van Nuys, buscando el taller. Después de dar varias vueltas por la cuadra, vi el Honda estacionado junto a varias chatarras en un taller de mecánica. Nos apeamos y entramos. Varios paisas están bebiendo cerveza, y vemos varias partes de coches y carrocerías desperdigadas alrededor. Pregunto por mi coche, pero nadie me dice nada. Un mexicano grande y con una panza enorme, sale de una pequeña oficina que hay detrás del taller y nos dice que no nos entregará el coche, que sólo se lo dará a la persona que lo ha llevado, y que suponemos, es Suzi. Parece que lo ha reparado. Le muestro el registro y mi licencia para demostrarle que es mi coche, pero no me cree.

"Maldita sea. Devuélvenos el coche o te haremos la mierda," dice Pancho. Los otros paisas sueltan sus cervezas y lo rodean. Yo estoy a su lado, y me doy cuenta que nos van patear el pompis.

Pancho no es tonto, pero es un poco impulsivo—o acelerado, como dicen por ahí. La menor provocación basta para que se descontrole y a veces le saco provecho a eso. Nunca puede ganarme una discusión porque sé cómo controlarlo. Está exaltado y tengo que ver cómo nos salvamos el pellejo.

Pancho no es un caga palo ni nada parecido. Es un artista bastante sensible. Es delgado, todo huesos y costillas, energético y creativo; tiene una cola de caballo que a mí me parece pasada de moda. Sueña con dedicarse al cine: quiere ser un productor, director o como se diga en Hollywood. Lo conocí en el café en donde trabajo tomando pedidos, preparando café, haciendo la limpieza y manejando la caja registradora. El dinero es poco—me paso soñando la mitad del tiempo—, pero cumplo con mis deberes y me ha ido bien. Tengo aquello que ciertas pruebas definen como "cualidades de liderazgo." Soy Aries y tengo una boca que me sirve de respaldo.

"Miren, por favor. Ahorita regresamos con la persona que entregó este carro; van a ver que verdaderamente es mío," les digo lo mejor que puedo en español.

El mexicano panzón y Pancho están peleando con los ojos, pero ninguno se acerca al otro. Los otros tipos también se quedan en su sitio. Bien, me digo, y sigo hablando en una mezcla de español e inglés.

"Arreglemos esto. Se trata de un malentendido. No hay necesidad de armar problemas. Nada más queremos lo que es mío. Regresaremos después," ese tipo de cosas.

Salimos del taller caminando hacia atrás y cuando subimos al coche de Pancho, todavía está furioso.

"Ya había convencido a ese cabrón; ¿para qué dijiste que íbamos a regresar?"

"Oye, valiente. Si no entiendes que iban a decorar el lugar con nuestros pedazos, te cuento que estábamos en un problema más grande del que pensabas," le digo. "Quería que ganáramos tiempo. Creo que podemos regresar esta noche y sacar el coche. Está afuera con los demás, ¿verdad? No quiero líos con Suzi ni con nadie más. Vengamos esta noche por él."

Pancho y yo regresamos esa noche. Es una de esas cosas que te obsesionan. Quiero mi coche pase lo que pase. No es que me vaya a morir sino lo consigo, pero buscaré la forma de recuperarlo. Descubrimos que no está afuera. Vamos al taller y vemos una ventana cerca de la puerta. Miramos por ella, y claro: el coche está ahí, junto a unos estantes con herramientas.

"Maldita sea. Esos chuntarros entraron el coche. ¿Y ahora qué?" exclama Pancho.

"Está bien… déjame pensar. ¿Sabes qué? Entremos a la fuerza y saquemos el coche. Me imagino que funciona, pues lo han entrado."

"No sé, Chena," dice Pancho. "Tal vez empujaron el coche. Tal vez haya varias personas vigilando. Alguien podría estar en la oficina. Tal vez tengan armas. Te estás arriesgando demasiado, preciosa."

Creo que a Pancho le gusta cuando me comporto como una traviesa. Voy al coche de Pancho y saco un gato del asiento de atrás.

"Iré por mi coche."

Rompemos el candado de la puerta. El taller no tiene alarma. Nos agachamos y caminamos lentamente hacia el coche. Está oscuro, pero un farol que hay afuera del taller alumbra un poco. Intento abrir la puerta del conductor con la otra llave. Logro abrirla y me subo. Le susurro a Pancho—es un susurro bastante fuerte—que se suba al coche. Él cree que puede abrir la puerta del garaje y busca la cadena para levantar la puerta. Escuchamos ruidos en el cuarto de atrás. Vemos un par de sombras a la entrada. Enciendo el coche y le grito a Pancho que se suba. Echa un vistazo, ve a un tipo y se sube al coche. No tenemos tiempo de abrir la puerta. Se nos vienen dos tipos encima. Entro el cambio y acelero. Atravesamos la puerta de madera, que vuela en mil pedazos. Escuchamos unos disparos. ¡Los cabrones nos están disparando! Sigo conduciendo y grito sin ninguna razón. Alcanzamos la calle y veo que Pancho está callado.

"¿Qué pasa, matón? ¿Te comieron la lengua los ratones?" le digo bromeando.

"Me hirieron, nena," logra decir con esfuerzo.

Lo miro y veo la sangre en su pelo castaño. Hijo de su… siento pánico y creo que me voy a enloquecer. Conduzco como una loca en busca de un hospital.

"Vamos al hospital público de Sylmar," sugiere Pancho con una expresión de dolor en la cara.

Me sorprendo cuando escucho esto. Mi papá está recibiendo tratamiento de radiación en ese hospital, al que van todos los que no tienen seguro médico. Nos encaminamos hacia allá.

Pancho cierra los ojos y creo que se va a morir. "¡Mierda!" digo para mis adentros. El camino se me hace una eternidad, pero logro llegar, y cruzo con Pancho las puertas dobles de la sala de emergencias.

Espero un momento y finalmente recibo noticias: aunque está cubierto de sangre, sólo tiene una herida superficial en la cabeza y se recuperará. El hospital tiene que reportar cualquier herida por arma de fuego, así que llega la policía. Inventamos una historia, que íbamos por el Boulevard Van Nuys cuando escuchamos unos disparos y Pancho quedó herido. La policía ya tenía informes de un coche que se habían llevado de un taller de mecánica en la zona, y nos preguntan si sabemos algo al respecto. Pancho y yo nos miramos y negamos con la cabeza. Esos mexicanos no van a dar la cara; no le han dicho a la policía cómo era el coche ni les hablaron de nosotros. Pienso que no quieren meterse en problemas pues no tienen los documentos del coche. Al final, el asunto no pasa a mayores. La policía dice que hablará con nosotros dentro de pocos días, y que permanezcamos en la ciudad, o algo así.

Ahora tengo a dos personas para visitar en el hospital: a mi papá y a Pancho.

Mamá se entera de lo sucedido y habla conmigo cuando nos vemos en la habitación de Pancho. No le miento; incluso le digo que hemos engañado a la policía. La quiero mucho, pero me desespera cuando se enoja.

"¿Qué estabas pensando, m'ija?" me dice. "¿Por qué hiciste semejante estupidez?"

"Ya sé, mamá. Sé que fue un error, pero necesitaba el coche. No puedo ir a trabajar ni a estudiar sin él. Esos tipos del taller querían robármelo. Creo que pensaban llevárselo el día siguiente a otra parte. Teníamos que sacarlo esa noche, y realmente siento los problemas que haya causado."

"Pancho podría haber muerto por tu culpa," dice mi mamá. "La próxima vez no tendrá tanta suerte."

Decidimos no contarle esto a mi papá. No anda bien; está perdiendo la batalla contra el cáncer. El incidente del coche tiene mucho que ver con mi desespero, mi confusión y mi rabia. No soy buena para controlar esas cosas. Soy una de esas hienas de la carretera que insulta a los conductores y les hace gestos obscenos, algo que no se debe hacer en Los Ángeles. Advierto que no solo me hice daño a mí misma sino también a Pancho, y eso que me importa mucho. Me conmueve que haya permanecido junto a mí. A veces me cuestiono nuestra relación. No me gusta que esté todo el tiempo conmigo: es agresivo y celoso, pero también está ahí cuando lo necesito, y eso es algo que también debería tener en cuenta.

Las colinas del Valle de San Gabriel nunca me han parecido tan verdes ni atractivas como esta mañana, mientras las veo desde la ventana de nuestra casa en Sylmar, donde duerme mi papá, una mole de hombre.

Observo las montañas con frecuencia, casi siempre cubiertas por la contaminación de Los Ángeles. Los montículos de árboles y piedras parecen esfumarse, como si todo el Valle de San Fernando fuera plano, aunque no lo es. Tenemos un paisaje realmente celestial: texturas y contornos fantásticos; sorprendentes aromas de frutas y flores, cantos de muchos pájaros y el graznido de los cuervos. Lo que enturbia el paisaje es quizá nuestra rutina, nuestras vidas insulsas y las formas predecibles de nuestras casas y centros comerciales. A veces siento como si cada uno de nosotros fuera un barco dentro de una botella, encerrado en vidrio, excluido, confinado, pero de alguna forma decorativo. Es algo nauseabundo.

Sylmar está tan lejos del centro de Los Ángeles que sus habitantes ni siquiera se consideran parte de la ciudad. Es aquí donde mi papá probablemente exhalará su último suspiro. Mientras tanto, pienso: ¿será que el sitio donde muere alguien marca su vida por completo? Espero que no.

La vida de mi papá no consiste en los sonidos escasamente audibles de las casas unifamiliares y bien mantenidas de Sylmar, en los ranchos fragmentados en pequeñas viviendas, ni en los puestos callejeros al borde de calles sucias donde los vendedores ofrecen elotes, frutas y tescuino. Y ni hablar de los trabajadores indocumentados que se apuestan en Foothill y Maclay para pedir trabajo haciendo reparaciones domésticas, cavando, poniendo techos o haciendo labores de carpintería, ni de las mujeres de caderas anchas que van con sus hijos a la Bodega de Sam o compran en las tiendas de productos de noventa y ocho centavos.

Tampoco me refiero a El Pollo Loco, nuestro sitio favorito para llevar comida a casa.

Chale. Mi padre carga con la crudeza y los gritos de South L.A., del barrio Florence para ser exactos, de las fábricas de llantas, de los talleres de laminación, de las falsas agencias de empleo y de las fábricas de fundición que una vez ocuparon un gran sector de la calle Alameda—al norte de la ciudad—y que se extienden hasta el puerto.

Johnny sabía que fueron los últimos días en que el humo y el polvo salían de estas plantas cubiertas de gravilla; fue testigo en los años ochenta del cierre de grandes fábricas como American Bridge; American y National Can; Alcoa Aluminum; National Lead; las plantas de automóviles GM y Ford; las fábricas de llantas Goodyear, Bridgestone y Firestone y las grandes procesadoras de carne. Además, conoció muy bien a Nazareth Steel, donde trabajó muchos años, desde antes de que naciéramos Joaquín y yo.

Aunque ha dejado esas fábricas y calles desde hace algún tiempo, siempre serán la esencia de su vida, incluso después de abandonar este mundo.

Aunque aparenta ser mayor, Johnny Salcido sólo tiene cincuenta años. Creo que no debería morir tan pronto; aún está demasiado joven. Claro que ha tenido trabajos muy tóxicos; como maquinista, mecánico de mantenimiento y reparador de tuberías. ¡Quién sabe qué químicos y otras cagadas le destrozaron los pulmones! Y como si fuera poco, también fumaba, como casi todos los hombres de su generación.

Estoy convencida de que lo que más le hizo daño a su organismo provino de "la gran fábrica." La Nazareth Steel Corporation era un complejo industrial lleno de recovecos que ocupaba varios acres y calles de Maywood. Llegó a tener miles de empleados. Sus hornos eléctricos tronaban día y noche con hileras de lingotes al rojo vivo tan calientes que tenías que salir corriendo cuando pasabas frente a la planta, incluso si estabas al otro lado de la avenida, pues de lo contrario se te quemaba la piel.

Eso es lo que recuerdo de Nazareth.

Yo tenía siete años cuando mi papá, Joaquín y yo fuimos hasta la valla alambrada que había entre nosotros y la gran edificación abierta de acero corrugado en donde estaban los hornos. Nos mostró un enorme cucharón sostenido por una grúa aérea, vertiendo un líquido rojo-anaranjado, semejante a la lava en los "carros de los lingotes" (como les decía mi papá).

Recuerdo que pensé que así debía ser el infierno.

"Lo que echan en esos carros es acero derretido, m'ijos," explicó. "Hemos trabajado en esta planta desde que su abuelo comenzó. Ustedes trabajarán acá, y probablemente sus hijos también. Es un lugar duro, caliente y peligroso, pero es el que te da la comida."

Mi papá me enseñó muchas cosas sobre el acero; la forma en que los trabajadores barrían y paleaban materiales realmente desagradables; qué hacían los fundidores y los operarios de los hornos; cómo los maquinistas operaban las fraguas y los talleres de laminación, y cómo los operarios de maquinaria, los trabajadores de la bodega y los calificados, entre ellos albañiles, electricistas y mecánicos, mantenían todo funcionando.

Pero lo que dijo no resultó ser completamente cierto. Nunca trabajé allá, ni tampoco Joaquín, aunque se suponía que ese era nuestro destino. Se suponía que seríamos trabajadores metalúrgicos como mi papá, nuestros cuatro tíos y nuestro abuelo. Cuando yo era niña, la planta ya contrataba mujeres para las cuadrillas calificadas y de obreros. Mi papá me dijo que muchos trabajadores veteranos las odiaban, pero tal parece que como siempre ha dicho mi mamá, eso era "lo normal."

No obstante, ha habido muchos cambios desde el momento en que mi papá nos llevó a observar ese universo de chimeneas, pitos atronadores, grúas estruendosas y hornos explosivos al otro lado de la valla metálica.

El cambio más fuerte es que la planta ya no existe; ha desaparecido por completo. Si vas al lugar donde trabajó mi papá, tendrías dificultad para saber que alguna vez floreció allí una acería. Hileras de bodegas adosadas y de colores pastel ocupan las viejas calles, y en el extremo occidental donde estuvo la vieja fábrica de cables hay ahora un centro comercial.

Cuando la planta desapareció, fue como si una buena parte de nuestras vidas hubiera desaparecido también.

Es por eso que siempre me he sentido como si estuviera flotando en el mundo, incluso ahora, que soy una madre soltera residenciada en Sylmar, que he tenido varios trabajos y estudio en el Mission College, estoy tratando de encontrar mi sitio en algún lugar. Tengo un pie al lado de un borde, el otro en el lado opuesto, y ambos pies están por fuera. También estoy en el fondo de la escala social, algo que estoy tratando de cambiar para Jandro y para mí. Al igual que todas las chicanas auténticas, de alma sin fronteras y migraciones sin límite, he tenido que anclarme en las tradiciones indígenas, la sanación y el arte.

Por otra parte, mi papá se muere con rapidez. Mi mamá permanece a su lado todo el tiempo que puede; en estos momentos está sentada en el sofá de la sala, y de su chongo asoman canas por detrás y a los lados de su cabeza. Tiene patas de gallina alrededor de los ojos y arrugas en la boca. Tiene cincuenta y dos años y todavía es bonita; es la madre que yo quiero ser.

Ignoro muchas cosas de mis padres. Tienen cuerpos fuertes y corazones grandes y amorosos. Los chicanos de su generación fueron muy activos, tanto en la casa como en nuestras comunidades. Son diferentes a los chicos de mi generación. Sé que fueron el centro de nuestras vidas y de nuestro entorno. Todos conocían a Johnny y a Aracely Salcido. Tenían compromisos sociales durante los fines de semana. Asistían a reuniones del sindicato, de nuestra comunidad, de la iglesia y a reuniones políticas radicales. Siempre había un *meeten*, como decía mi papá. Mi abuelo Procopio—a quien le decimos Lito— pasa solo casi todo el tiempo, especialmente desde que mi abuela Eladia—a quien le decíamos Lita—murió hace cinco años debido a un aneurisma, es decir, a la dilatación de una arteria en el cerebro. El único consuelo fue que murió rápidamente.

Lito no habla mucho, y uno puede ver los efectos que le produjeron treinta y cinco años de trabajo en Nazareth Steel. Su cara tiene un color entre rojo y marrón, y sus arrugas parecen estar llenas de humo y grasa. Tiene ochenta años y todavía está vivo y coleando; nos preguntamos cómo hace. Lo cierto es que todavía se sostiene como una telaraña en el techo de un viejo ático.

Mientras tanto, su hijo—es decir, mi papá—se debate entre la vida y la muerte, y está un poco más cerca de ésta de lo que quisiéramos. Lito pasa mucho tiempo sentado en el porche de nuestra casa, esperando noticias de Johnny. Perdió a otro hijo en la acería, a mi tío Severo. Hay quienes dicen que mi abuelo tuvo una hija que se llamaba como yo, y que murió cuando tenía dos años. Sus otros hijos—ex trabajadores metalúrgicos—están bien, a excepción de Junior, quien terminó sumergido en el alcohol y murió tras abusar de su organismo.

Sin embargo, la pérdida más dolorosa que ha sufrido mi abuelo es la de Lita, quien lo acompañó durante más de cincuenta años, y ahora observa la rapidez con la que pasa el mundo a su alrededor: coches rápidos, televisión rápida, niños rápidos y una bola de nietos, mientras sigue con vida, esperando que Dios se acuerde de él y se lo lleve.

Sé que para él, ese sería el suspiro más dulce del sol.

"Tienes que entender que Johnny ha hecho mucho por mí. Fue todo un padre… cariñoso y trabajador. Siempre estuvo presente," le digo a Pancho cuando me reclama que yo paso más tiempo con mi papá que con él.

"No vivirá mucho, Pancho," continúo, mirándome las uñas que necesitan un buen cuidado. "Dame tiempo para mi papá. Pasarás por lo mismo cuando el tuyo se esté muriendo… Mira, olvídalo: tu papá es un hijo de puta," añado molesta conmigo misma por comparar a mi papá con el suyo. "Mi papá es distinto. Si realmente te importo, entonces déjame acompañarlo. Ya tendremos tiempo para vernos. Jandro me ha preguntado por ti. Ya verás, la pasaremos bien. No te preocupes, mi chulo. Te espero, como siempre. Gracias."

Y cuelgo el teléfono.

Le digo estas palabras cariñosas para quitármelo de encima. Le gusta cuando le hablo en tono cariñoso y en español. Pancho es un buen hombre. No es el amor de mi vida, pero es el hombre en mi vida, por lo menos ahora. A veces se vuelve posesivo—y todo el tiempo necesita mi pinche atención. Pero es bueno con mi hijo y conmigo. Jandro es cosa seria, así que me le quito el sombrero a cualquier hombre que pueda llamar su atención como lo hace Pancho.

En cuanto a mí… bueno, nací para hablar. Soy una hocicona. Aracely decía que yo no dejaba hablar a nadie cuando era niña. Una vecina mexicana de Florence me cuidó durante un tiempo; me dejaba viendo televisión en otra habitación para que no molestara a los otros niños con mi habladuría.

Creo que se llamaba Lorinda. Era una mujer agradable, de piel oscura, vestidos estampados y aliento a salsa. Era la versión del barrio de las guarderías, una vieja de México que sabía un par de cosas sobre los niños, aunque todos los habitantes del vecindario observaban atentamente a sus hijos, pues muchos pensaban que era una psicótica. Sin embargo, ella les prestó un gran servicio a todas las familias trabajadoras de nuestro barrio, y todos los niños de mi calle pasaron alguna vez por su puerta.

Fui una estudiante promedio en primaria. Me sostuve utilizando mi talento para la palabra. Esto les gustaba a algunos profesores y me ayudaban; otros se esforzaban tanto en hacerme callar que siempre me mantuvieron castigada, pero esto solo me hacía hablar más y más.

Aracely trabajó en fábricas de producción en línea hasta poco antes de que mi hermano y yo naciéramos; lo dejó todo para estar en casa. Luego se involucró en la política y estuvo muy ocupada con reuniones y otras cosas. Mi mamá recurría tanto a Lorinda que cualquiera diría que tenía un empleo de tiempo completo, pero realmente lo hacía porque era bastante activa en nuestra comunidad.

Johnny ganaba el dinero, pero según entiendo, al comienzo se lo gastaba casi todo fuera de casa. Aracely cuenta que en la época en que comenzó a trabajar en la acería, le gustaba apostar, beber, jugar al billar y hacer otras cosas que no eran muy apropiadas. Pero el cuento es que dejó todo eso cuando entró al sindicato y se dedicó a ayudarles a los trabajadores. Cambió mucho cuando comenzó a pensar en otras personas, y aunque parezca increíble, dejó de beber.

Ahora mismo, mientras mi padre se prepara para dejarnos, mis posibilidades son más bien difusas. Cuando éramos niños, los padres no se ocupaban de otra cosa que no fuera trabajar en casa, criar a los hijos, o trabajar en una de las fábricas de producción en línea. Y aunque tuve problemas disciplinarios desde niña, soy inteligente y siempre lo he sido. Pero también he buscado algo que tenga "sustancia," que la vida sea algo más que una aspiradora, algo que me sumerja en todo tipo de aventuras, proyectos y riesgos. Así entonces, la realidad de mis posibilidades parece reducirse; y yo no quiero una vida con posibilidades tan limitadas.

Si hay algo que me hace sonreír es la música. Cantar: esa es mi pasión actual, lo que quiero hacer todo el tiempo. Cuando era niña, mis padres se desquiciaban cuando yo cantaba. Pero me toleraban, incluso me apoyaban. Se reían a más no poder viéndome interpretar alguna canción de En Vogue o de Ana Gabriel, pues cantaba en inglés o en español. Todavía canto en bandas aquí y allá, y practico en mi casa siempre que puedo. Ahora estoy interesada en Mary J. Blige y en Beyoncé, pero también me gustan las cantantes de los ochenta con las que crecí: Anita Baker, Whitney Houston y Sade. Intento combinar algunas de estas viejas canciones con los éxitos más recientes. Si el lugar me lo permite, también suelto un grito o canto un par de rancheras.

Mi hermano Joaquín—dos años mayor que yo—es otra historia. En estos momentos está en la prisión de Corcoran. Erró por la vida hasta terminar convertido en un criminal, algo muy común en Florence. Para muchos hombres jóvenes—y no me malinterpreten, para muchas mujeres también—es la única vida emocionante que pueden encontrar. El problema es que se arriesgan a ser víctimas de las drogas, a contraer enfermedades sexuales, a cumplir largas sentencias en prisión o a morir incluso a cambio de tener una agarradera en este mundo.

Se puede decir que Joaquín siguió los pasos de mi papá. Según historias familiares, Johnny fue un adolescente pendenciero. Estuvo en la Florencia Trece, lo que nos convierte en una familia pandillera de dos generaciones. También estuvo en prisiones juveniles y en otra para mayores de edad.

Fue gracias a la acería—al menos eso dice Aracely—y a la vida en familia, lo que salvó a Johnny de terminar hundido. Dejó atrás todo ese vértigo para pasar a otro: de la vida loca a la vida soca (que significa "aplastado," "tiempo perdido," o "mal viaje") y terminó trabajando en la acería. Era consciente de eso y agradeció haber trabajado allá después de todo lo que hizo y vio en la planta.

La acería se convirtió en su mundo, en su objetivo, en su lugar en el universo que lo alimentó como un gran vientre materno y lo protegió como si fuera un bebé que se negara a nacer.

Yo he pasado de un empleo a otro, de una relación a otra, y no he encontrado nada sólido. Hay muchas cosas que me hacen seguir, pero nunca rechazo la oportunidad de cantar en clubes de Hollywood o en bares universitarios. Es algo que me produce la mayor alegría, en esta vida donde lo máximo que ves son sonrisas de hartazgo.

"Oye, Chena, ¿qué pasó con el coche?" me pregunta Pancho mientras se recuesta en el sofá y la televisión resplandece.

"Funcionó un par de días y luego se fundió," le digo. "Tuve que dejarlo abandonado. Iba a dar más problemas de lo que valía."

"¡Podía haber vendido el maldito coche por partes! Eso era lo que querían esos mexicanos, y fue por eso que no querían devolverlo."

"Escucha. Olvídate del coche. Desapareció. Punto y zas."

"¿De modo que recibí un disparo en la cabeza por un coche que ya ni siquiera tenemos?"

"Sí, más o menos… mira, no te quejes. Tienes suerte de estar vivo. Si yo fuera tú, me sentiría agradecido."

Por su cara, puedo decir que piensa que tengo la razón.

He tenido que reflexionar en mis actos y en mis metas; Pancho recibió un disparo en la cabeza. Reconozco que todo se debió a mi terquedad y egolatría. Me dio mucha rabia que esos paisas se llevaran mi coche, pero de todos modos se dañó tan rápido que tal vez le habrían sacado más provecho que yo.

Pancho se está recuperando sin problemas y no tiene fragmentos de bala en la cabeza. La policía nos tuvo preocupados durante un tiempo, pero finalmente nos dejó en paz. Después saqué a Pancho del hospital y lo llevé a mi habitación, a mi casa.

Le debo algo a Pancho, tal vez incluso un poco de amor.

"Chena, ¿dónde está tu papá?" me pregunta Aracely desde el sofá en el que duerme. No se mueve aunque está despierta; tiene los ojos cerrados, sólo abrió ligeramente los párpados y dijo unas pocas palabras.

"Está durmiendo," le respondo.

"Déjalo. Ya ha sufrido mucho. Dios sabe que necesita dormir mucho tiempo, hasta que por fin pueda alcanzar la verdadera paz."

Últimamente, mi papá tiene muchas dificultades para moverse. Todos nos hemos resignado a su muerte, y no es que no nos duela que nos deje. Pero los tumores lo han transformado en un mutante, en una criatura extraña incluso para nosotros: está hinchado y retorcido, aunque en el fondo sabemos que sigue siendo él. Me duele verlo así, y prefiero que muera en paz a ver cómo le siguen saliendo tumores en el cuello, la espalda, los brazos y en el todo el cuerpo.

Mi mamá lo ama, y también es sensible a otras cosas; siempre lo ha sido. Mi papá y mi mamá se equilibraban mutuamente; eran como dos árboles macizos con ramas y raíces entrelazadas. Mi papá era gracioso, colérico, activo y romántico; mi mamá era recta y fuerte, cercana a él, confiable; no como muchas mexicanas que atienden a sus esposos e hijos como si fueran esclavas. Nunca ha sido esclava de nadie. De hecho, creo que mis padres son muy especiales; son las personas más progresivas y visionarias que he conocido, y siempre me he alegrado de que sean mis padres.

Es por eso que estoy pensando tanto en ellos, porque han visto, hecho y vivido cosas que sé que nunca verán ni vivirán las generaciones futuras. Me siento como la última de su especie, la última en entender su realidad y su lucha para las futuras generaciones que mirarán esta época industrial y sus consecuencias como algo pintoresco, curioso y hasta incomprensible.

Sin embargo, alguien tiene que recordar, especialmente a las personas que ya no están vinculadas al complejo mundo industrial. Claro que todavía hay dirigentes industriales que creen que pueden controlar nuestras vidas, aunque su sangre—la sangre que se aprovecha del sudor de personas como Lito y mi padre—ya no les servirá de alimento vampiresco en su búsqueda permanente por la inmortalidad. Están llenos de tumores como mi papá, pero a diferencia de él, los suyos están en sus almas.

Veo a Johnny descansar, su cabeza calva con algunos pelos después de toda la radiación que ha recibido y me doy cuenta de lo valiosa que ha sido su vida. Tengo que recordar esto; de lo contrario, moriría en vano y sólo sería otro peón olvidado o un trabajador anónimo. Mis pensamientos están llenos de palabras utilizadas por mis padres. Supe en qué consistía el concepto del proletariado antes de aprender canciones infantiles.

Y pienso en mi pobre Pancho, con su cabeza raspada y su ego lastimado. Él me hace pensar que yo tengo que recordar también lo que he vivido. Puede que no haya sido algo hermoso, pero tal vez me sirva para encontrar algo valioso en este mundo.

¿Por dónde comenzar? Ah, ya sé: es mejor comenzar por el amor.

10

COMO EL AMOR

A veces metes tú corazón en una caja, te perfumas las manos y lo envuelves con cintas de seda de bordes brillantes, y luego lo sostienes delicadamente sobre tus piernas. He visto niñas así, esperando a que un hombre sereno y atractivo abra esa caja con suavidad, un hombre que sepa cómo desanudar las cintas, con suma delicadeza, que levante la tapa y se detenga ante el objeto resplandeciente que hay en su interior con un asombro lleno de amor.

Pensar en eso es algo que me da ganas de vomitar.

Para mí el amor es como un borracho agarrado a un farol callejero en la oscuridad de la aurora. Es caos y resaca, sudor y olor dulce, gritos y teléfonos colgados con rabia. Eso es lo que conozco del amor. Esa telenovela, esa basura de que "el mártir soy yo" y de "arráncame el corazón," me tiene sin cuidado.

Es algo extraño, pues mis padres son cariñosos y amables entre sí. No son déspotas ni abusivos. De ellos aprendí mi concepción del amor. Aracely respeta a Johnny, quien nunca le ha gritado. Jamás nos han gritado a Joaquín ni a mí. Sin embargo, son severos y claros en establecer los límites; siempre nos han dicho qué esperan de nosotros, y no me gusta causarles disgustos. Nunca tuve problemas en llegar a casa, hacer mis deberes escolares, jugar en mi cuarto con mis muñecas o con los juegos que yo fabricaba con cajas de cartón pintadas y otras cosas que sacaba de la basura. Nunca jugué con juguetes de fábrica. Me gustaba sacar cosas del jardín o de la cocina y crear mis propios juguetes. Aracely me animaba a hacerlo y Johnny me daba palmaditas en la cabeza; me gustaba estar con ellos. Me sentía segura, salvo cuando Joaquín se ensañaba conmigo, cosa que hacía todo el tiempo. Sin embargo, aprendí a enfrentármele. Lloraba mucho cuando era más pequeña, pero Aracely y Johnny no hacían mayor cosa. Le decían a Joaquín que dejara de molestarme, pero en cuanto se daban vuelta, mi hermano me golpeaba de nuevo. Así que momentos después, yo gritaba, pataleaba, ponía los ojos en blanco, hasta que por fin se marchaba, no sin antes insultarme. Estoy segura de que Joaquín hubiera querido tener un hermano.

Sin embargo, fui feliz en casa. Era feliz conmigo misma. Como he dicho, me iba bien en la escuela. Era la primera en dar la respuesta correcta, y los profesores me apreciaban por esto. Me encantaba ser el centro de atención. No había nada mejor que levantar mi mano y decir la respuesta correcta. Nunca me preocupé por lo que pudieran sentir mis compañeros; es decir, los que no sabían la respuesta. Probablemente me odiaban con todas sus entrañas, pero eso no era ningún problema para mí. Yo quería la aprobación de los profesores, quería ser reconocida, quería ser la única en saberlo todo.

Todo esto cambió cuando cumplí doce años. Algo sucede en el interior de una niña cuando su cuerpo se transforma; te sientes como un monstruo, como si alguien se hubiera apoderado de ti, como si tu corazón y tu mente pertenecieran a otra persona. Todas mis partes se hicieron voluminosas. No era gorda, pero sí grande. Mis pechos alcanzaron un tamaño increíble. Mis caderas y muslos se ensancharon. Me llené de curvas por todas partes. Otras niñas todavía tenían sus cuerpos con figuras de palito, pequeños cuerpos de niñas que mucho después florecieron con pechos y vello púbico. En cambio yo me volví como King Kong. Me nació un vello grueso allá abajo. Mis períodos eran fuertes y abundantes, y olía a sangre durante varios días. Los chicos lo notaban, pues exclamaban "buá" cuando comenzaba a sangrar. Al principio no supe cómo reaccionar. Pero a fin de cuentas, ¿qué demonios sabían ellos? Los chicos son chicos por mucho más tiempo de lo que las chicas son chicas. Si otras niñas estaban comenzando a desarrollarse cuando yo comencé a florecer, los niños todavía estaban en el período jurásico.

El primer día que asistí a clases de séptimo grado, resulté ser la chica monstruo, un híbrido entre mujer y niña. Mi mamá se preocupaba. Mi papá nunca dijo nada, pero algunas veces los escuché hablar en voz baja sobre mí. Aracely me enseñó lo que debía hacer durante los períodos y le decía a mi abuela que preparara té de estafiate, una hierba mexicana que servía para todo. Me ponía toallas calientes en el estómago cuando me daban cólicos, y me dio algo para detener la sangre, semejante a un pañal.

El séptimo grado fue todo un infierno. Los chicos de mi edad se burlaban de mis pechos, de mi trasero y de mi condición de mujer. Casi todas mis compañeras sentían celos: me evitaban, me miraban de arriba abajo y a veces me buscaban problema. Los profesores de sexo masculino me miraban de tal forma que me hacían sentir incómoda; los veía mirarme entre mis piernas cuando estaba sentada en clase. Se acercaban a mí con el pretexto de ver cómo hacía mis deberes. Incluso los sorprendí mirándome el trasero cuando les daba la espalda; me daban asco: los hombres huelen diferente cuando están excitados y eso me parece desagradable, o por lo menos así me parecía en ese entonces. Las profesoras también reaccionaron, aunque de un modo diferente. Dejaron de llamarme, quizá para evitar que los demás centraran su atención en mí más de lo que ya lo hacían. Casi nunca volvieron a hablarme, y sentía que meneaban sus cabezas en señal de desaprobación a mis espaldas.

Yo era lo que se dice de "huesos grandes." Tenía músculos femeninos, duros y bien formados. También me puse muy "caliente." Esto me sucedía durante y después de mis períodos, cuando los cólicos comenzaban a desaparecer. Parecía sudar allá abajo. Me sentaba en clase y apretaba mis muslos, tratando de frotarlos contra la silla para que ésta rozara mis partes privadas. A menudo sentía deseos de acariciarme. Era fácil hacerlo en casa. Lo hacía en el baño, antes de la ducha, o en la noche, cuando estaba cobijada y me ponía las manos entre las piernas. Sentía algo delicioso cuando me venía, como si me estuviera saliendo de mi propia piel.

También me tocaba en la escuela, cuando creía que nadie me estaba viendo. Lo hacía especialmente en el baño femenino. Quería estar sola para poder gritar todo lo que quisiera. Sin embargo, era difícil, pues a esa edad, muchas chicas vivían prácticamente en el baño. Era un gran riesgo de mi parte, pero nunca me sorprendieron. Siempre tuve cuidado; me sentía bien acariciándome tan frecuentemente como podía.

Joaquín comenzó a estar con amigos mayores y a meterse en problemas. Sus compinches eran los pandilleros de Florencia Trece; tenían bigote y músculos, cabello corto o rapado, y les decíamos pelones. Se ponían pantalones caqui excesivamente grandes, camisas Pendleton y cachuchas de colores. Tenían los brazos y el pecho cubiertos de tatuajes rudimentarios con nombres de pandillas e imágenes de sombreros mexicanos, cholas, cruces, franjas, corazones y caligrafía de estilo cholo. No sé por qué, pero me atraían. Me parecían hombres; no como mis compañeros de séptimo grado.

Joaquín era trucha; se daba cuenta de las intenciones de sus amigos, y notaba que me miraban cuando venían a nuestra casa. Les lanzaba miradas llenas de furia, de perro bravo. "No se metan con mi carnala," les decía, y sus amigos hacían caras de "yo no fui." Pero déjenme decirles algo: eran unos perros astutos.

Fue ahí cuando conocí a Trigger, todo un vato loco, uno de los principales agitadores del barrio. Tenía dieciséis años y era de pocas palabras. Transmitía un aire serio cuando Joaquín me lo presentó. Llevaba una gruesa camisa Pendleton, siempre limpia y bien planchada, bermudas grises y anchos, recortados a la altura de las pantorrillas, y unas medias altas y blancas que le llegaban hasta las rodillas. Su aspecto podría parecerles gracioso a muchas personas, pero a mí me pareció lo máximo. Tenía un tatuaje con una telaraña debajo del ojo izquierdo y un F13 tatuado en el cuello. Se mantenía entrando y saliendo del *campo*—el centro de detención provisional del condado— o de la cárcel para menores.

No sé por qué me atraían esos matones y cabezas de chorlito. Parecían tener todo bajo control y ser capaces de cualquier cosa; valientes y fascinantes. Deseaba vivir algo así, y el hecho de que me encontraran atractiva hacía que también me parecieran atractivos. A veces me acariciaba de noche, y pensaba que Trigger o alguno de sus amigos estaba sobre mí y me besaba. Gritaba muy fuerte cuando me venía, tanto que tenía que morder la almohada para no hacer ruido.

Con el tiempo, eso dejó de ser una fantasía. Muchas veces caminaba desde la escuela hasta mi casa, cosa que en un comienzo fue difícil, pues los hombres me miraban y me silbaban mucho, especialmente los paisas, esos mexicanos aún mojados después de cruzar el río Grande. Todos los días tenía que pasar por la avenida Florence, donde había muchos apartamentos destartalados semejantes a cuartos de hotel ocupados por inmigrantes recién llegados que trabajaban en la construcción o en fábricas. Muchos de ellos ya habían terminado su jornada a esa hora y bebían cerveza afuera, sin camisa y con sombreros de vaquero mexicano. Siempre me gritaban y me silbaban; utilizaban palabras y gestos desagradables. Yo les gritaba que no me molestaran, cosa que parecía gustarles. Una vez meneé mi trasero como para decirles, "pueden verlo, pero no tocarlo." ¡Para qué fue eso! Desde ese momento en adelante, siempre me pedían que lo meneara. Los chicos del barrio parecían husmear a las chicas como yo; podías verles el deseo en cada uno de sus pasos, en su mirada y en sus sonrisas.

Un día crucé una esquina y me tropecé con Trigger, quien tenía un palo en la mano y lo golpeaba contra el suelo sin ninguna razón aparente.

"¿Qué tal, Chena?" me dijo mirándome los senos, aunque no me molestó.

"Qué hubo, Trigger," respondí con una sonrisa que hubiera querido evitar. No pude contenerme, pues ya me había imaginado que me pasaba su boca por todo mi cuerpo. "Voy a casa. ¿Y tú qué, *ese*?"

Aprendí esa jerga de Joaquín. Sin embargo, no quería ser una chola. Las cholas que yo conocía eran como hombres; caminaban con brusquedad, se vestían como vatos, aunque iban de copete y completamente maquilladas. Mi mamá y yo les decíamos payasas, y ellas parecían saberlo. De hecho, conocí a una pandillera llamada Payasa. Yo no pensaba mucho en los hombres, pero eso no fue obstáculo para utilizar esa jerga y acercarme a ellos.

Trigger se aproximó y me pasó su mano por la cintura. Me habló despacio y bien bajo, casi sexy. Hablamos un buen tiempo sobre nada en particular; nada profundo ni importante, pero parecía que mientras más hablábamos, más caliente me ponía yo. Quería quedarme allí para siempre, hablando con él. Finalmente me fui, y Trigger no me quitó la vista de encima.

Un par de días después pasé por Florence de nuevo y vi a Trigger en el mismo lugar, solo que sin la vara. Llevaba puesta una camisa de jersey blanca y negra de fútbol americano, con el número 13 en grande, adelante y atrás, y Florencia escrito atrás, en una caligrafía antigua. Tenía pantalones Dickie largos y tatuajes en los brazos. Era un blanco fácil para recibir un disparo. Cualquiera de los enemigos de Florencia hubiera podido pasar por allí y volverlo papilla, pero a él no parecía importarle. Hablamos de nuevo, y ese día me tocó el trasero. Yo le subí la mano, pero él la bajó de nuevo. Sonreí y le pregunté qué creía que estaba haciendo.

"Creo que voy a besarte," dijo y se agachó, pues yo era más bajita que él. Nos besamos durante mucho tiempo y no dejé de gemir.

La tercera vez que nos encontramos me llevó a una edificación abandonada detrás de un local sellado con tablas. Trigger había limpiado la habitación y puesto un colchón limpio—o por lo menos así se veía—en el piso, y una botella de vino Tokay. Hablamos y tomamos un poco de vino. Me acostó con suavidad en el colchón, y en menos de lo que pensé, me quitó la blusa y me bajó los pantalones. Se me subió encima. Yo estaba embriagada, no por el vino sino por el sudor de su cara, de sus labios, de sus caricias, de sus gemidos y de sus palabras. Le gustaba hablar sucio y a mí me gustaba escucharlo, como si eso fuera lo mío. Intentó penetrarme, pero lo detuve. Le dije que me tocara, que me lamiera, que me hiciera cualquier cosa menos eso. Jugué con su órgano y se lo chupé; yo tenía doce años. Joaquín nunca supo esto; de otro modo, creo que lo habría matado.

Desgraciadamente, las cosas no tuvieron un buen fin. Trigger fue arrestado después de dispararle a dos vatos de la calle 38, uno de los cuales murió. Fue juzgado como adulto, enviado a una prisión estatal, y nunca más lo vi.

No obstante, recordé esos dulces momentos durante mucho tiempo.

Luego hablé con algunos amigos de mi hermano, pero él les prohibía que vinieran a verme. Supongo que le preocupaba pensar que yo estaba en desventaja.

La escuela se convirtió en una pérdida de tiempo. No estudiaba ni me importaba. A veces ni siquiera asistía a clases. Me daba mucho coraje que los oficiales de la escuela llamaran a mis padres para preocuparlos. Aracely y Johnny tuvieron conversaciones muy serias conmigo. Me dio tristeza porque los respetaba, pero me sentía totalmente ajena a la escuela. Las escuelas solo eran "fábricas" para futuros obreros. No te enseñaban más de lo que necesitabas saber para obtener un empleo en el que solo utilizabas tus manos. La mayoría de los estudiantes desertaba antes de entrar a la secundaria, y casi todos terminaban trabajando en las fábricas, pues no necesitaban ninguna educación para hacerlo. Otros caían en las drogas, en la vida callejera o en la cárcel. Yo sabía que no podía desertar, pues mis padres se enloquecerían. Pero créanme, había varias formas de abandonar la escuela.

Tenía quince años cuando conocí a otro gran amor. Quise repetir lo que podían hacerme chicos como Trigger. Me mantenía con chicos grandes y con algunos adultos. Eran rudos, pero tenían más experiencia.

Una vez me conseguí incluso a un paisa de los moteles de la avenida Florence. Era bastante apuesto y más joven que los demás trabajadores, pero era mucho mayor que yo, pues tenía dieciocho o diecinueve años. Yo procuraba hablar con él en mi español callejero, y él decía que yo hablaba toda mochada, como si olvidara ciertas palabras en medio de las frases. Sin embargo, eso le gustaba y me pedía que le hablara siempre así. Pero lo que más le gustaba era sentirme y ver mi cuerpo. Yo tenía quince años y era toda senos y trasero. Para ese entonces, yo ya había aprendido a utilizar mi cuerpo, a diferencia de las niñas torpes de doce años que no sabían siquiera caminar. Ya sabía mover mis caderas, erguir mis pechos con la postura y mirar a un hombre fijamente a los ojos como si fuera el único en el mundo. Esa era la clave: el contacto visual.

Si mirabas fijamente a un tipo con una ligera sonrisa en tu cara, terminaba por derretirse. Tener una cara linda era algo que también me ayudaba; saqué lo mejor de Aracely y Johnny. Mi mamá siempre ha sido hermosa y Johnny fue el trabajador más guapo de toda la planta. La cara es lo más importante, pues realmente creo que es lo primero que miran los hombres. Claro que van detrás de las tetas y del culo—y pienso que esto es lo que más les llama la atención—, pero si no tienes una cara dulce y hermosa, siempre lo pensarán dos veces. Aunque si tu cara es agradable y tienes también el resto del paquete, tendrás el dominio absoluto. Sé que ese poder y ese juego son falsos. Me tomó mucho tiempo entenderlo, pero me fue muy útil a los catorce o quince años.

Cuando yo tenía quince años, algunas chicas comenzaron a hacer lo mismo que yo. Muchas de ellas habían sufrido experiencias muy difíciles, como violaciones y abusos. Lo sé porque me lo contaron. Usaban sus cuerpos como armas y había mucha competencia por los pocos tipos que valían la pena.

Además, los tipos de ese barrio no duran mucho. Los matan a balazos, mueren de sobredosis de droga o se enloquecen con la pipa. Terminan torcidos, es decir, pasan muchos años en prisión. Muchas chicas no eran fáciles como yo, de tal suerte que éramos pocas, y a menudo nos pisábamos los talones. Yo tenía varias rivales: La Darlene, Yasmín e Iselda, y también algunas de las cholas: La Green Eyes, Moni y Triste.

Todas eran firmes, realmente agradables.

De todos modos, tenía quince años cuando conocí a Ricardo. No era un gángster; era un chico tranquilo y apuesto de El Salvador. Muchos refugiados salvadoreños de la guerra civil que se desató en los ochenta se mudaron a mi barrio cuando yo estaba en primaria. La mayoría de ellos estaba tan desorientada como los paisas. Algunos se volvieron marihuaneros, con camisetas de AC/DC y jeans Levi's sucios, estilo *wango*. Otros no tardaron en ser víctimas de los chicanos, o se metieron en líos y terminaron en cárceles juveniles. Aparecían como todos unos cholos de un momento a otro. Los chicos de Florencia Trece comenzaron a introducirlos al grupo. Algunos salvadoreños decían haber sido asesinos en la guerra de su país, e intentaron demostrarles a los chicanos que eran valientes. Al final, los chicanos les enseñaron a hacer "encargos," a tatuarse, a ser rudos y todas esas cosas.

Ricardo siempre se mantuvo lejos de eso. Jugaba fútbol y practicaba atletismo. Quería ser jockey, pero en su escuela no había nada de eso. Le gustaban los deportes. La pasaba con los amigos cuando salía de la escuela. Los cholos y las cholas se mantenían en ciertas esquinas, y Ricardo estaba en otra con sus amigos. Eran muy buenos estudiantes y futbolistas, y casi todos eran mexicanos y salvadoreños.

Comencé a escribirle notas. Le dije que me gustaba y que quería hablar con él. Yo era atrevida; si quería algo, iba y lo conseguía. Los salvadoreños tenían algo que me intrigaba. Creo que eran diferentes. Es decir, en realidad no lo eran, pues al fin terminaron siendo como nosotros los chicanos, pero me atraían sólo por ser de un lugar diferente a México. Yo quería algo distinto.

Ricardo era sumamente tímido. Comenzamos a hablar fuera de la escuela, camino a casa. Una vez caminaba con Ricardo cuando varios amigos de mi hermano que iban en un coche tocaron la bocina. Me dijeron que me subiera para llevarme a casa. Ricardo se asustó; no dijo nada, pero lo vi en su cara. Eso realmente me sedujo. A mí normalmente no me gustaban los chicos que reaccionaban así, pero sentí algo por Ricardo. Les dije a los vatos que no gracias, pero siguieron insistiéndome, como si yo fuera propiedad de ellos. Y entonces me enojé. "No voy a mi casa," dije. No les agradó mucho, pero afortunadamente se marcharon.

Ricardo no se abría con facilidad, y resultó que su timidez tenía un motivo: estaba muy joven cuando vio cómo su padre fue asesinado a machetazos por soldados uniformados en la pequeña aldea donde vivían. Su madre se llevó a sus hijos—él tenía cinco hermanos y hermanas. Cruzaron tres fronteras internacionales y llegaron a Los Ángeles. Ricardo decía que se había bloqueado; se sentía más seguro si no hablaba mucho y ponía todas sus energías en el fútbol y en los deportes que tanto le gustaban. Casi nunca hablaba de ese incidente, pero me lo contó en pocas palabras.

Para ser sincera, no tuvimos nada de sexo. Nos besábamos y nos tomábamos de la mano. Una vez fui con Ricardo a un picnic organizado por Aracely, Johnny y otros miembros de nuestra comunidad. Era la primera vez que mis padres conocían a un chico con quien yo salía. Todo lo había hecho a escondidas hasta ese entonces. Me comportaba bien en casa y nunca les contestaba a mis padres, pero a veces llegaba tarde y me creían lo que yo les decía, aunque la mayoría de las veces no fuera cierto. Les decía que estaba entrenando para porrista (algo que no haría por nada del mundo en México), o que estaba en la biblioteca haciendo una tarea o visitando a unas amigas; ese tipo de cosas. Pobrecitos: me creyeron durante varios años porque nunca imaginaron que yo les mentiría.

Sin embargo, me gustó que mis padres conocieran a Ricardo. Joaquín no era muy amable con él; lo miraba con recelo y lo desafiaba en silencio. Ricardo procuraba evitarlo. Sin embargo, Joaquín le habló con mucha naturalidad en el picnic. Creo que estaba tratando de reclutarlo, y cuando lo vi sirviéndose carne asada de la parrilla, le dije tajantemente: "No te metas con Ricardo, estúpido. No lo quiero ver con tus amigos." Pero Joaquín nunca me hizo caso.

Algunas veces siento deseos de culparlo por lo que terminó sucediendo. Pero sé que realmente no fue culpa suya, sino pura casualidad. Joaquín invitó a Ricardo a una fiesta que estaban organizando los chicos de la F13. Yo no quería que fuera, pero Ricardo pensó que era una buena idea. Creí que no quería contrariar a Joaquín y lo cierto es que decidió ir. Me quedé en casa viendo televisión y luego me dormí. No pensé mucho en el asunto hasta que mi mamá me despertó a medianoche con lágrimas en los ojos.

Me dijo que habían asesinado a Ricardo en la fiesta. Después supe que habían llegado varios vatos de la calle 38 en un coche con las farolas apagadas. Alguien gritó el nombre de su barrio y luego descargaron varias ráfagas de fusiles AK-47 que atravesaron el porche. Todos se tiraron al piso. Otros sacaron sus Glocks y Uzis y respondieron al fuego. Joaquín se fue hacia una ventana y disparó varias veces. Cuando el coche se marchó y el humo desvaneció, cinco personas habían recibido disparos y sólo una murió: Ricardo el inocente, el pacífico, el que no quería tener nada que ver con las pandillas. Había visto muchas cosas y entendía la guerra que había visto en su país y de la cuá había huido. Pero varias veces me dijo que no entendía esta guerra de tiroteos callejeros donde los chicos morían tan solo por nombres de calles.

Lloré muchísimo a Ricardo. Realmente lo amaba. No pude resistir los gritos de su madre en el velorio y la gran cantidad de personas de su país que fue a despedirlo entre sollozos. Fue algo trágico para mí, especialmente porque me sentí culpable. Llevé a Ricardo a mi mundo y, por consiguiente, a la frontera del mundo callejero que terminó cobrando su vida. Desde ese momento, me fue difícil desear amar a otro hombre. De todos modos, era así como me sentía en esa época.

Desafortunadamente, Ricardo solo fue el primero de mis novios en ser asesinado.

La mayoría de las veces pienso que mis padres no merecían los hijos que tuvieron. Se esforzaron bastante en formar un buen hogar, pero sus compañeros revolucionarios siempre los necesitaban y les exigían muchas cosas. Vivimos en barrios muy pobres, rodeados por enormes industrias, fábricas y plantas de producción en línea antes de mudarnos a Sylmar. Había tanta injusticia, tanto abuso policial, escuelas tan malas, viviendas tan destartaladas y una deficiencia tan grande de servicios básicos, que la gente tenía que comprometerse con alguna causa. Pero a veces, esto significaba que sus hijos se filtraran por las grietas. Joaquín y yo fuimos dos de ellos. Mi hermano terminó atrapado en la vida del barrio. Yo comencé a beber y a consumir drogas.

Aprendí a llevar una doble vida. Muchas veces los buenos padres tienen que padecer esto. Estoy segura de que hubiera sido peor si nuestros padres hubieran sido malos, si no les importáramos o no esperaran nada de nosotros. Pero mi hermano y yo nos hundimos en el abismo a pesar de contar con seres tan extraordinarios como Johnny y Aracely.

Después de la muerte de Ricardo anduve con algunos salvadoreños y pandilleros de la F13 que asistieron al entierro. Fumábamos mucha mota. Era una forma de olvidar, de dejar que el mundo se se-cara debajo de ti. Joaquín lo sabía; creo que no le gustaba, pero des-pués de la muerte de Ricardo no volvió a criticarme. Supongo que se sentía culpable, pues sabía que yo estuve mucho tiempo enojada con él. No obstante, procuró cuidarme a su manera. Nos esforzamos en ocultarnos detrás de máscaras en casa para que nuestros padres no se preocuparan, pero en la calle éramos un par de chicos locos.

Hice sufrir mucho a Joaquín por la muerte de Ricardo.

Algunos tipos se mantenían en un hotel abandonado de la avenida Florence. Estaba situado en Huntington Park, al otro lado de las vías ferroviarias de Alameda. Muchísimos mexicanos y centroamericanos se mudaron para esa zona, que fue mayoritariamente blanca en los años cincuenta y sesenta. Y en los años ochenta, Pacific Boulevard—la calle principal—se parecía a Ciudad de México o a San Salvador, pues casi un millón de personas iba a hacer compras los fines de semana. Los tipos de la F13 se mantenían en varias esquinas y tenían enemigos en todas partes: los de la calle 18, los de la calle 38... la lista era inter-minable.

El hotel estaba sellado con tablas, pero entramos por detrás y lo llenamos de disparos y graffitis. Dejamos botellas de cerveza y vino por todas partes. Algunos llevaron pipas de *crack* y jeringas. Yo me li-mitaba básicamente a beber y a fumar yerba. Todavía no era una de esas locas, aunque abundaran por todas partes.

Las chicas que andaban con estos tipos se apuntaban a todo: folla-ban, mamaban, se desenfrenaban con pastillas, polvo y rocas. Muchos de los tipos eran fuertes y bien parecidos, pero a veces se encoñaban con nosotros y terminaban perdiendo. Algunas veces peleaban por al-guna jaina, es decir por una chica, y muchas veces lo hicieron por mí.

Lo cierto es que me sentí culpable de hacerles daño a mis padres. Yo estaba aún en la escuela. Mi papá ya había dejado de trabajar en la acería; lo despidieron en 1982, cuando yo tenía unos ocho años. Pasó de un trabajo a otro durante mi adolescencia; en esa época cerraron muchas industrias y hubo muchos despidos. Johnny sabía hacer varias cosas y era una especie de gitano. Mantenía herramientas en su viejo camión y salía a buscar trabajo. Conseguía empleo en algunas fábricas grandes, pero adquirió fama de problemático desde los días del sindicato de Nazareth Steel. Una vez consiguió un empleo en una refinería química, pero lo despidieron antes de que terminara el período probatorio de seis meses. El sindicato no pudo ayudarle; le hicieron una trampa y lo acusaron de abandonar su puesto de trabajo mientras trabajaba con un soldador en una caldera. Se suponía que nunca se podía abandonar al compañero de trabajo en esos sitios. Se turnaban para soldar, y cuando el uno soldaba, el otro vigilaba. Todo fue una mentira; Johnny pidió permiso para ir al baño, y cuando el capataz le preguntó al soldador por qué estaba solo, éste contestó que Johnny se había ido sin decir nada.

Lo cierto es que mi papá estaba ayudando a unos trabajadores indocumentados que habían sido contratados para realizar trabajos mecánicos y que no recibían salarios justos. La compañía tuvo noticias de esto y le tendió una trampa para despedirlo.

Tuvo varios problemas como éste desde que la acería cerró. Tenía cierta reputación, y algunos administradores—especialmente los de las grandes fábricas—no querían saber nada de él.

Hubo épocas en que no tuvimos dinero para pagar la renta ni para comprar alimentos. A veces dejábamos de pagar el gas y la luz, y teníamos que alumbrar con velas y bañarnos con agua fría. Aracely intentó trabajar de nuevo en una fábrica de producción en línea cuando Joaquín fue enviado a prisión y yo estaba en las calles. Me perdí en la confusión; mis padres procuraron estar junto a mí, pero se les hizo difícil debido a todo el trabajo y a las actividades comunitarias que realizaban. Mi mamá iba a buscarme a las casas vecinas. Yo llegaba tarde y ella hablaba conmigo; estaba muy preocupada. Me esforzaba en llegar sobria a casa, pero a veces pasaban varios días antes de lograrlo; no quería que mis padres me vieran borracha. Pero ellos sabían que yo andaba en algo: creo que percibían mi dolor.

Fue por aquella época—tenía dieciséis años—cuando Johnny y Aracely anunciaron que nos íbamos de Florence. Nos iríamos con Lito y Lita, que ya estaban viejos. Mis tíos Rafas y Bune ya se habían mudado para el Valle de San Gabriel, aunque Junior se quedó en el viejo barrio.

Yo no quería irme y fue la primera vez que desafié a mis padres, quienes se decepcionaron mucho. Yo estaba mal; me enfrenté a ellos y les grité. No obstante, ellos se comportaron bien; eran pacientes, aunque también firmes. Me dijeron que todavía era su hija. Todavía era menor de edad y por lo tanto estaba bajo su control. Yo tenía que ir adonde fueran ellos, ese tipo de cosas.

Decidí irme de mi casa. Pensé que podría esconderme con los tipos de la F13 y quedarme, por ejemplo, en el hotel abandonado o en la chamba de alguien. Hice planes, pero eran bastante ridículos, y como casi todos, resultaron ser imposibles.

Una noche entré al hotel abandonado, que en ese entonces era frecuentado por personas extrañas. No conocía casi a nadie, y todos eran adolescentes perdidos que consumían drogas, tenían sexo, se tatuaban y peleaban, pero no solo en el hotel; también los veías en las calles, en los callejones y en los parques. Habían sido abandonados no solo por sus padres sino también por la economía, por la sociedad, por un cúmulo de circunstancias que hacía que los adultos se olvidaran de los jóvenes y no quisieran ayudar a nadie, pues habían huido del hambre y de la guerra y habían obligado a sus hijos a cargar con el peso de la creación y el descubrimiento, algo que jamás podrían hacer solos; lo cierto es que esos adultos sacrificaron a chicos a los dioses del conformismo.

Todo este asunto me pareció demasiado triste. Quería salir de allí. Me sentía sofocada en esos cuartos llenos de graffitis y corredores desvencijados. No quería irme con mis padres, pero mis otras opciones empezaron a parecerme aún peores. O terminábamos esclavizados por las viejas ideas, la moral y las responsabilidades que nos embutían en nuestras casas, en la escuela y en el trabajo para homogeneizarnos y "normalizarnos," o nos dirigíamos a la basura: a las drogas, al sexo, a la mentalidad desarraigada de "hacer lo que sea" que a muchos de nosotros nos parecía revolucionaria y de moda. Para mí, la libertad no consistía en eso.

El problema fue que no me mudé lo suficientemente pronto.

Estaba bebiendo una noche en el hotel, como siempre.

Vi un colchón vacío en dónde acostarme. Había un chico con

quién hablar. No sabía quién era, pero parecía amable. No era apuesto, pero sí conversador. El caso es que no recuerdo cuando fue que perdí el conocimiento. Es probable que le haya echado algo a mi bebida. Yo estaba completamente ida; varias tipos me desnudaron y me violaron. Algunas jainas fueron al hotel al día siguiente y me encontraron desnuda, sucia, sangrando y acurrucada en un rincón. Me habían golpeado en la cara para hacerme daño. Tenía un ojo negro, un labio hinchado y raspaduras y moretones por todas partes.

Nunca supe quién me hizo esto. Sabía que no eran los tipos de la F13. Una de las jainas sostuvo que fueron unos tipos de la Calle 18. Aunque no estaba segura, también pensé que podrían haber sido ellos. Permanecí inconsciente durante todo ese tiempo. Me llevaron al hospital público, pues perdimos nuestro seguro médico cuando la acería cerró, y eso que mis padres decían con orgullo que Joaquín y yo teníamos buena salud gracias a su seguro médico. En el hospital me alimentaron por vía intravenosa, me hicieron exámenes y me ayudaron a recuperarme. Tuve que hacer una denuncia por violación ante la policía, pero sólo fue una pérdida de tiempo. Quienquiera que hubiera sido se salió con la suya, y quedó libre como un ave de rapiña.

Después de este incidente nos mudamos a Sylmar, que a mí me parecía al otro lado del mundo. Este sector se destacaba por ser la sede de uno de los centros de detención juvenil del condado (también alberga una de las mayores colecciones de coches clásicos del mundo, en el Museo Nethercutt). Sylmar es mucho más calmado que South L.A., donde nosotros crecimos. Es una zona de clase trabajadora con un creciente número de mexicanos y centroamericanos. También tiene problemas de pandillas y de drogas; pero aun así, es un sitio más tranquilo. Yo ya me había acostumbrado a los gritos en las calles, a los vidrios rotos y a los disparos de South L.A.

Sylmar era tan tranquilo cuando nos mudamos, que tuve dificultades para conciliar el sueño en las primeras semanas.

Junior murió poco después de mudarnos. Era tío mío, un poco mayor que mi papá. Se refugió en la bebida antes de que Nazareth cerrara, pero su situación empeoró después de esto. Como digo, cuando la acería cerró, yo ya estaba lo suficientemente grande como para darme cuenta del impacto que tuvo el cierre en nuestra familia.

Junior era casado y tenía tres hijos que nacieron después de Joaquín y yo. Su esposa era afro americana y se llamaba MerriLee. Era alta, bonita y de piel color café con leche. Parecía mexicana, pero su familia era de Louisiana y decía que su sangre africana estaba mezclada con sangre francesa y española. Hablaba como una negra, pero con un acento más sureño que el de South Central. Creo que quería mucho a Junior, pero éste se derrumbó cuando la planta cerró. Muchos negocios desaparecieron con la acería, pero los bares continuaron prosperando. De hecho, parecieron surgir más tiendas de licor y bares luego del cierre de Nazareth.

Debido al gran desempleo, la gente tuvo que lidiar con sus problemas económicos, sociales y domésticos de varias formas. Podían organizarse y luchar, como lo hicieron Johnny y Aracely, pero otros ahogaron sus penas en el alcohol.

Una vez vi a Junior tambaleándose frente a una tienda de licores en la avenida Florence, y le pregunté a Aracely por qué bebía tanto. Tenía un aspecto completamente andrajoso, sin afeitarse, la cara enrojecida y vestido con ropa sucia y demasiado grande. Parecía como uno de esos indios borrachos que se ven en la televisión.

"Es la forma en que el sistema elimina a los que no pueden adaptarse," señaló mi mamá.

"¿Qué dices?" pregunté.

"Déjame explicarte," me dijo sentándose frente mí en la mesa de la cocina, con expresión seria, así como lo hace cuando habla de política. "Existen varias marcas de vino barato, como Moscatel, Night Train y T-Bird. Tienen un mayor contenido alcohólico que los demás vinos y valen menos. Durante muchos años costaron menos de un dólar, aunque ya cuestan casi dos. Estos vinos baratos son fabricados generalmente por las mismas compañías que producen los licores costosos, y son fabricados para alcoholizar a la gente."

"¿Quieres decir que lo hacen a propósito?"

"Sí, es por eso que en Florence, en Watts y en otros sitios semejantes hay tiendas de licor en todas las calles. No puedes encontrar tiendas de víveres decentes, pero siempre encontrarás licores," explicó. "En otras palabras, algunas compañías fabricantes de licor se aseguran de que existan suficientes cantidades de licores baratos en los barrios más pobres para que muchos hombres—y también mujeres—no hagan otra cosa más que consumir sus vidas en alcohol."

Junior fue uno de ellos.

Con el tiempo, mi tío abandonó a MerriLee y a sus hijos. No podía conservar un empleo. Se mantenía en las vías del ferrocarril o en hoteles de mala muerte, con los desamparados y los vagabundos, los borrachines y los tecatos.

Lo más triste fue que Lito tuvo que olvidarse de él. Venía a visitarnos cuando vivíamos en Florence. Llegaba borracho y nos pedía dinero para comprar más licor. Johnny intentó ayudarle; lo aconsejaba y le conseguía comida. Pero un día, Junior fue a casa de Lito y tuvieron una pelea terrible. Johnny y yo estábamos de visita, así que fui testigo de lo que sucedió. Junior agarró una lámpara y la lanzó contra una pared. Lita fue por una escoba—bendita sea su alma—e intentó darle a Junior con ella. Lito se interpuso, le gritó y lo desafío, mientras que Johnny intentaba aplacar los ánimos.

Nunca antes había visto a mis abuelos actuar de ese modo. Pero ver a su hijo completamente derrotado era demasiado para ellos. Lito le dijo a Junior que ya no lo consideraba hijo suyo, y que no quería volver a saber de él hasta que dejara de beber. Johnny, Bune y Rafas ya habían dejado la bebida; en una época todos anduvieron por el mismo camino, sólo que Junior nunca se detuvo.

MerriLee sufría mucho por esto y les encargó el cuidado de sus hijos a Lito y a Lita. Después supimos que había comenzado a venderse en la avenida Western y que se volvió adicta al crack, que fue a dar a Hollywood y luego al centro de Los Ángeles. La vi una vez cuando fue a pedir dinero a nuestra casa. Estaba hecha polvo, bastante incoherente. Poco después, Lito y Lita se encargaron de sus hijos hasta que se fueron a vivir con la familia de Rafas. Van bien hasta ahora, aunque nunca se sabe cómo los afectará todo eso más tarde. Sin embargo, MerriLee no logró sobrevivir. Años después, una amiga suya la encontró muerta de sobredosis en la bañera de un antro sórdido de Hollywood.

Y Junior—el pobre Junior—sucumbió antes de todo esto.

La historia no termina aquí: una vez intentó tener sexo conmigo. Yo tenía catorce años. Nunca se lo dije a mis padres, así como tampoco les diré muchas otras cosas. Yo estaba sola en la casa y Junior llegó como siempre; mis tíos entraban a todas las casas de la familia sin ningún problema. Yo tenía la televisión encendida y estaba en la cocina preparándome un sándwich. Vestía unos shorts de denim y una blusita descubierta atrás. En ese entonces mi cuerpo era casi irresistible. Estaba sola y no me había vestido así para provocar a nadie, sino para sentirme cómoda. Pero él se lo tomó de otra manera; entró a la cocina y no me quitó los ojos de encima.

Lo miré y no sospeché nada al comienzo, pero pude sentir su aliento a alcohol desde el otro lado de la cocina. Luego sentí que algo andaba mal.

"¿En qué te puedo ayudar, tío?" le pregunté. "¿Quieres un sándwich?"

"No, no quiero sándwich," fue lo único que dijo.

"Papá y mamá no están acá. ¿Quieres dejarles algún recado?"

Yo quería que se fuera por las buenas.

"Así que no están acá," dijo como si estuviera pensando en voz alta.

Me di vuelta y se dirigió a mí. Tenía los ojos inyectados en sangre y su boca completamente húmeda. Se sacó su cosa de los pantalones, flácida y oscura, y la meneó frente a mí.

"Vamos, nena, chúpala y devuélvele la vida," murmuró.

Nunca lo había escuchado hablar de ese modo. No era él. Ni siquiera era consciente de la barbaridad que había dicho. Le arrojé el sándwich; fue lo único que se me ocurrió. Mis *chi-chis*, redondas de pezones grandes y oscuros quedaron al descubierto. Me cubrí, pero Junior intentó separarme los brazos. Lo miré abajo; vi que la tenía más grande y le di un fuerte rodillazo. Gimió como un perro sarnoso y cayó al suelo. Agarré una silla, le di en la cabeza y se desmoronó. Era grande y fuerte, incluso cuando estaba borracho, pero quedó en mal estado después de partirle la silla en dos. Me acomodé la blusa, y fui al clóset del corredor en el que Johnny mantenía un arma de fuego.

Le apunté y le dije que se marchara. Yo sabía que no estaba cargada, pero suponía que él entendería el mensaje.

"Tío, no quiero verte nunca más. Vete de esta casa ahora mismo."

Mi tío me miró cansado, triste, enojado y confundido al mismo tiempo. Sentí lástima por él, pero también estaba furiosa.

"¡Vete ya!" le grité. "¡Y nunca más vuelvas por aquí!"

Junior retrocedió hacia la sala, me lanzó una mirada de asombro, se metió su cosa en los pantalones y se marchó.

Pasó mucho tiempo antes de verlo de nuevo. Me iba a otra parte si sabía que estaba en casa de Lita o en la de nosotros. Como dije, nunca le conté esta historia a nadie. En realidad no sucedió nada, pues mi tío no alcanzó a tocarme. No obstante, fue algo devastador, pues mi confianza en los hombres desapareció por completo en ese instante. Mi familia es mi familia. Mis tíos siempre habían sido amables y decentes conmigo. Me acuerdo que cuando estaba pequeña, Junior todavía estaba soltero y de vez en cuando nos llevaba a ver algún espectáculo a Joaquín y a mí. No bebía mucho, o lo hacía por lo menos como todo mundo. Nunca antes había intentado hacer algo semejante, pero dejé de considerarlo mi tío después de ese incidente. Y más tarde, cuando me violaron y caí en el mundo de las drogas, el alcohol y los hombres degenerados, me acordé de él, pero con rabia. Me daban deseos de pegarle un tiro o de arrancarle el corazón. No era que lo que él había intentado hacerme me impidiera hacer lo que yo hacía, pero detestaba que ya no pudiera confiar en mi tío. Aunque Rafas y Bune siempre han sido buenos conmigo, me alejé de ellos luego del incidente con Junior.

Pocos años después, dos policías iban por un callejón cercano a la avenida Florence, cuando encontraron a Junior en medio de maleza y desperdicios, rodeado de basura, al lado de un muro de concreto lleno de graffitis.

Todos se sintieron mal, pero yo no supe cómo sentirme. Aún albergaba un sentimiento bajo y desagradable: deseaba en secreto que le sucediera algo semejante por lo que me había hecho.

11

EL MUNDO FLOTANTE

No, m'ija, no me vengas con esas locuras tuyas," me gritó mi mamá desde la cocina cuando salí de mi habitación, poco después de mudarnos a Sylmar.

"¿Qué estás diciendo? No es nada loco, está de moda, es muy popular, se ve en todas partes," respondí. Era una vana excusa para la forma en que estaba vestida: toda de negro mis ojos cubiertos de maquillaje negro, mi cabello castaño teñido de negro y de guantes negros. Era algo propio de la próxima etapa de mi adolescencia, a pesar de lo corta que fue: me transformé en lo que llaman una "chica gótica."

Por alguna razón, me empeciné en ser completamente diferente en el Valle de San Fernando. Las casas eran más apartadas, había menos gente en las calles. Las personas veían televisión en sus casas o iban a los centros comerciales. ¿Así que por qué no un cambio? Además, yo lo necesitaba.

Vi ese estilo poco después de mudarnos, cuando pasaron dos chicos y una chica con una vestimenta extraña. Llevaban abrigos negros raídos aunque hacía calor. La chica tenía falda y blusa negra, cabello negro corto y disparejo y una piel completamente pálida, como si hubiera permanecido encerrada varios meses antes de salir.

Volví a ver ese estilo cuando fui con Aracely al centro comercial de Northridge, a veinte minutos de nuestra casa. Los "góticos" eran pocos; la mayoría de las adolescentes tenía el aspecto soleado de California: blusas pequeñas, cabello largo y muy cepillado, y shorts de estilo hawaiano por debajo de las rodillas. Casi todos los góticos eran blancos, con caras enfermizas y maquillaje oscuro, tanto los chicos como las chicas. La oscuridad me parecía atractiva: la oscuridad en aquel mundo suburbano claro, soleado y ostensiblemente falso en el que vivíamos.

Encontré unas porquerías de color negro en una tienda de ropa gótica y punk. Me pareció completamente normal, y la prueba era que había una tienda que la vendía. Aracely me dio dinero para comprar ropa, pero no le dije qué había hecho con él.

Sin embargo, llegamos a casa, me tardé una hora en arreglarme, salí de mi habitación y a Aracely casi le da un ataque.

Johnny entró cuando Aracely me tocaba el cabello y me decía que yo era una vagabunda.

"Arre, caballo," dijo mi papá tratando de parecer divertido. Entró en la onda de los vaqueros cuando nos mudamos a Sylmar; había muchos ranchos con caballos antes de que los constructores dividieran los grandes terrenos en lotes para casas, y el ambiente de Sylmar terminó influyendo en el vocabulario de mi papá.

"Mira a tu hija," dijo Aracely meneando la cabeza. "No voy a tolerar esto; no es nada sano."

"Escucha, nena. Un momento," respondió Johnny lanzándome una mirada tensa. "No veo nada malo en esto. Es decir, no creo que los chicos sean malos porque se pinten el cabello, tengan varios aretes y se vistan de negro."

"¿Qué estás diciendo?" le preguntó Aracely, centrando su atención en él.

"¿De dónde venimos? Del barrio, ¿qué no? Son chicos con problemas. Mira a Joaquín. Mira dónde crecimos nosotros. Mira lo que le sucedió a Chena. Acepto que se exprese como quiera. No quiero juzgarla por su apariencia; estoy seguro de que ella sabe que esperamos que le vaya bien en la escuela, que se comporte respetuosamente y que haga sus deberes. Pero por el momento, creo que debemos permitirle que encuentre lo suyo."

"De ningún modo," insistió Aracely y me dijo, "vete un momento a tu habitación. Tu papá y yo tenemos que hablar."

"¿Por qué todo tiene que ser un drama?" reclamé. Subí a mi habitación, cerré la puerta, me senté en mi cama, encendí el Walkman y la música de The Cure tronó en mis oídos. Había comprado algunos CD's de Echo & The Bunnymen, My Life with the Thrill Kill Kult y The Ramones en la tienda de discos del centro comercial.

Podía oír a mis padres. Hablaban con firmeza, pero sin gritar ni descontrolarse. No alcanzaba a escuchar lo que decían, pero percibía el tono de irritación.

Después de un momento sentí que tocaban mi puerta.

"Sí, aún estoy aquí," respondí cansada y esperando lo peor.

Mi papá entró; Aracely estaba en la cocina.

"¿Cómo estás, muñeca?" (Siempre me dice muñeca.)

"¿Qué decidieron?" pregunté, resignada a que me despojaran de mi nueva identidad.

"Bueno, tu mamá y yo hemos tenido una conversación larga. Puedes ponerte esa ropa si quieres. De nuevo, esperamos que seas respetuosa, que cumplas con tus deberes, que seas buena estudiante y que no te mantengas en la calle. No queremos que se repita lo que sucedió en Florence. Tu mamá sólo quiere protegerte; está preocupada, y tú sabes que las cosas no son nada fáciles para ninguno de nosotros dos: tu hermano aún sigue en la calle. Tú eres nuestra niña preciosa y no queremos que sientas que no te amamos. Así que por el bien de tu mamá, procura ser discreta. No te excedas, ¿está bien, muñeca?"

Tenía que aceptar. Era un gesto realmente amable de su parte. Después de todo, no deberían permitirme nada extraño luego de los problemas que les di.

Entré a la escuela secundaria de Sylmar, una escuela con bungalows y pasillos estrechos, y abrumadoramente chicana—es decir, en un 99.9 por ciento. Sobresalí por ser un bicho raro, pero vi a algunos estudiantes como yo y nos buscamos mutuamente.

La escuela me permitió ponerme al día con mis créditos escolares para poderme graduar a tiempo, a pesar de que falté muchas veces a la escuela anterior. Sin embargo, yo era inteligente, y si me lo proponía, podía hacer las cosas bien. El problema era ese: querer, aunque me esforcé bastante.

Era más bien callada y solitaria en esa escuela. Tenía diecisiete años, aunque parecía mayor. Ocultaba mi cuerpo con mis vestidos largos y mis blusas negras. De todos modos, los chicos me miraban y yo aún me sentía cohibida. Pero el hecho de parecer la discípula de alguna bruja seguramente alejó a varios de ellos.

Después de un tiempo, mi nuevo número caducó. Me desencanté de mis amigos góticos. Eran demasiados cínicos y confundidos para mí. Dejé que mi cabello recobrara su color natural y comencé a usar ropas de colores, y poco después se distanciaron por completo de mí.

Yo estaba almorzando un día cuando se me acercaron tres chicas. No eran góticas; eran mexicanas, y no muy ajenas al antiguo país: Xochitl, Melinda y Rosalia. Les puse "las tres chifladas." Una era bonita, la otra era un poco gordita y la tercera era delgada y muy atontada para mi gusto. Sin embargo, formaban un trío aceptable. Habían aprendido inglés y nos entendíamos; yo hablaba en el poco español que sabía, ellas lo hacían en inglés, y nos comunicábamos de aquellas.

Terminé contándoles mi historia. Quedaron embelesadas, sacudidas quizá, pues parecían ser buenas chicas católicas que nunca habían hecho mayor cosa. Me hicieron preguntas sobre los hombres con los que había estado; era evidente que no habían tenido ninguna experiencia en ese sentido. Pensé que se asustarían de mí y que me evitarían, pero todos los días me buscaban para escuchar mis historias. Y mientras tanto, yo parecía disfrutarlo.

"Les he dado demasiado a los hombres y he recibido poco a cambio," dije.

"Deberías haber evitado el sexo hasta el matrimonio," señaló con firmeza Rosalia, la gansa.

La miré con una sonrisita de desprecio, pues no pensaba otra cosa de ella; la pobre no sabía nada.

Les conté que había sido violada y al mismo tiempo advertí que ni siquiera eso me alejó de los hombres. Debería, pues mis padres sufrieron mucho con eso. Pero de algún modo, aún creía que encontraría a otro tonto en algún lugar.

Una noche decidimos ir a una pachanga para adolescentes en San

Fernando, una ciudad independiente rodeada por sectores de Los Ángeles como Pacoima, Sylmar, Sun Valley y Mission Hills.

Xochitl, Melinda, Rosalia y yo estábamos solas y aisladas de los demás. Había un montón de cholos y cholas de aspecto rudo. No me preocupaban, pero a mis amigas sí. Yo no estaba intentando entrar a una pandilla ni ser una chola, pero me atraía ese estilo, esa intensidad y ese peligro.

"Vámonos de aquí," sugirió Melinda.

"No, quédense: ya encontraremos con quién bailar. Esperen un momento," dije.

"No creo que quiera bailar con estos vatos," agregó Xochitl, la más bonita de las cuatro. "Todos me parecen unos mojados."

"Llamaré a mi papá para que nos recoja," señaló Rosalia.

Yo no quería irme, aunque tampoco estaba segura de poder convencerlas para que se quedaran. Pero en ese instante se aproxima un chicano bien vestido, con abrigo y pantalones color *beige*. Su piel era oscura, con cara de indio pulida y el cabello completamente rapado. Lucía bien. Me preguntó si quería bailar con él, miré a las chicas, les hice un guiño, y le dije "simón" al tipo sin apartar mi vista de ellas. Melinda hizo una expresión de disgusto.

El tipo me dijo que se llamaba Ratón Moreno. Hablamos un poco más y me hice una buena idea sobre su identidad. Su verdadero nombre era Gabriel. Era un cholillo de Pacas, uno de los barrios más antiguos del noreste del Valle de San Fernando. Había una guerra de varias generaciones entre la pandilla de San Fernando y la de Pacas. No me di cuenta de esto hasta que nos mudamos a Sylmar, aunque en el Valle había otras pandillas: Calle Blythe, Varrio Van Nuys, Astoria Gardens y otras más. Después de todo, resultó que Sylmar no era muy diferente a South Los Ángeles.

Ratón y yo bailamos unas diez canciones. Era un bailarín aceptable; hacía el mismo movimiento una y otra vez, pero era agradable. Yo estaba en mi elemento. Me encantaba bailar, moverme al compás del ritmo, sentir mi piel caliente y ver que los demás admiraran mis movimientos.

Al cabo de un tiempo miré a las chicas y vi que dos estaban bailando; Rosalia, la más santurrona de las tres, estaba sola, pero presentí que alguien la sacaría pronto. Y claro, un tipo bajito y con cara de ganso la sacó a bailar. Poco tiempo después todas estábamos moviendo la cadera.

Cuando llegó la tanda de la música lenta, el DJ puso una de mis canciones favoritas: "Always and Forever," de Heat Wave.

Ratón me tomó con una mezcla de seguridad y ternura; noté que le gustaba sentir el contacto con mi pecho; y me di cuenta que se le puso dura. No me molestó; habían pasado varios meses desde que había estado con un hombre, desde la violación, para ser exacta. Y en vez de contenerme, descubrí lo mucho que extrañaba esto. Bailamos despacio y muy apretados; sentí su mejilla cálida y húmeda junto a la mía. Sentí palpitar la vena en su cuello, donde tenía un tatuaje de barrio. Nuestros sudores se fundieron en uno. El olor de su hombría mezclado con colonia barata me pareció relajante y sensual. Puse mi mano en su cabeza rapada. Se acercó más a mí, y su respiración refrescaba un poco la humedad sofocante del salón.

Seguí abrazada a él después del baile; Ratón estaba a gusto y sonreía de par en par. Su sonrisa era muy agradable, un tanto extraña para tratarse de un cholo, pero me agradaba. Cuando la pachanga terminó, me pidió mi número telefónico. Le dije que era mejor que yo lo llamara a el (no quería que mis padres se preocuparan porque me estaba llamando un vato). Me dio su número y me dijo que lo llamara solo durante el día y los fines de semana. Me imaginé lo que hacía el resto del tiempo.

Después hubo una gran pelea en la zona de estacionamiento. Ratón se metió y lanzó unos golpes fuertes. Alguien sacó un arma y llegó la policía. Era tiempo de irse. Ratón se fue con otros vatos. Yo sabía que él me traería problemas, pero por alguna razón, y a pesar de las experiencias que tuve en Florence, me sumergí otra vez en problemas.

Hablando de Florence, mi hermano Joaquín no se mudó a Sylmar. Se negó de plano a dejar el barrio, cosa que les dolió mucho a mis papás. El hecho de que tuviera diecinueve años no ayudó mucho; eso lo hacía un adulto legalmente independiente. Se fue a vivir con sus amigos y se quedó en el viejo barrio. Lo extrañé mucho y me sentí muy limitada, pues él me prestaba su ranflita.

Yo estaba decidida a buscar de nuevo a Ratón. Mis amigas intentaron disuadirme; pues sabían que involucrarme con él era todo un error. Benditas sean sus almas: yo era una cabecidura hija de mil brujas, y no les hice caso.

Un día, Ratón me llevó a su barrio. Estuvimos con algunos de sus amigos en un deteriorado sector cerca de Van Nuys Boulevard. En la esquina estaba el famoso puesto de comidas de Bobo's, que vendía hamburguesas y tacos, adonde íbamos tarde en la noche.

Los pandilleros de Pacas se cuidaban los unos a otros todo el tiempo, pues tenían enemigos en todas partes. Su mayor enemigo era la LAPD, que era como la gran pandilla de esta zona (y que también resultó ser la misma división policial que años después le propinó la paliza a Rodney King).

Si Joaquín se hubiera ido a vivir con nosotros, me habría dado una patada en el trasero por andar con esos tipos.

Como Johnny y Aracely me estaban "vigilando," sólo podía salir de casa si fingía que iba a verme con Xochitl, Melinda o Rosalia, a quienes ellos apreciaban, pero siempre terminaba con Ratón.

Y luego sucedió, aunque una parte de mí lo temía: Ratón intentó quitarme los pantalones; deseaba aquello… ¡había pasado tanto tiempo! Pero no sabía cómo saldrían las cosas. Un día, mientras estábamos solos en su coche—vigilando alguna incursión enemiga—le dije que fuera despacio, que no se extrañara si lo detenía en algún momento. No sabía lo que estaba diciendo, pero sentí que no sería fácil.

Para crédito de Ratón, fue mucho más amable de lo que pensé. Vi que yo de veras le gustaba, con todo y lo que significa una relación de barrio. Me preguntó: "¿te gusta esto? ¿Qué tal esto otro?" para que me sintiera más cómoda, y mientras más hablamos, mejor salían las cosas. La primera vez que hicimos el amor en su cacharro destartalado no estuvo tan mal. Es cierto que tuve dificultades para venirme, pero me sentí cuidada, protegida y viva. Estar en los brazos de un hombre, vivir en sus ojos y en su sonrisa, fue algo que me sirvió más que cualquier otra cosa. Era una clase de adicción. Comencé con los hombres cuando era demasiado joven y ahora descubría que durante mis momentos más difíciles y solitarios, solo los dedos de los hombres y el olor caliente del aliento masculino podían saciar mis ansias.

Luego comencé a tener ataques de ira.

No es fácil explicar esto. Lo cierto es que algo explotaba dentro de mí después de hacer el amor, cuando estábamos juntos y tranquilos. Algunas veces sucedía mientras hablábamos. Quería partirle la cara, romper las ventanas. No había nada en particular que me produjera esto. Si él mencionaba a otra mujer, así fuera su hermana, yo renegaba de todas. Si él mencionaba a sus amigos, yo le reclamaba que los quería más a ellos que a mí. Le decía puto y joto, insultos muy hirientes para un vato loco del barrio.

Ratón también estallaba en furia por ciertas cosas, pero creo que yo lo superaba ampliamente. Él intentaba calmarme, abrazarme y hablarme. Algunas veces simplemente se marchaba, y yo solo sentía más rabia. Les digo, es como si estuviera poseída y descontrolada; yo era la reina del drama supremo.

Creo que mucho de esto se debía al estrés; al estrés de ocultarles esta relación a mis padres, a quienes honestamente yo no quería herir a pesar de mis impulsos; al estrés de terminar la secundaria, cosa que me prometí hacer contra viento y marea; al estrés de recordar la violación, la vida pandillera de mi hermano, de haber hecho sufrir a mis padres y de tantas otras cosas que me invadían la cabeza y me hacían explotar en gritos.

Fue entonces cuando Ratón comenzó a darme yerba, pastillas y crack. Creo que intentaba formularme, hacerme sentir mejor o algo así. Pero eso sólo empeoró las cosas, especialmente la pipa. Yo la llamaba "mi verga de vidrio." La fumaba, pero me quemaba la garganta y me hacía toser una flema de mierda. Sin embargo, al poco tiempo quería fumarla una y otra vez.

Ese fue el comienzo del fin para mí.

No creo que Ratón quisiera hacerme daño. Honestamente pensaba que quería ayudarme, pero él no conocía otra cosa. Vendía crack en las calles, preparaba el crack y el cristal de metadona en un garaje; los vendía y los consumía. Por otra parte, mis ataques de ira no disminuyeron con todas estas drogas, sino que se hicieron más explosivos.

Algunas veces, Ratón me escondía la pipa, pues veía que yo sentía mucha necesidad de ella. Ese fue un gran error; la rabia me duraba varios días, y cuando ya no resistía más, compartía su pipa conmigo. Pinche puto, pensaba yo. Luego hacíamos el amor y todo me parecía glorioso y celestial. Estaba atrapada, adicta a él porque era también adicta al crack que fumábamos, lo único real que compartimos.

Regresar a la normalidad luego de semejante drogada me golpeaba demasiado duro. Me sentía deprimida, desorientada y hasta con tendencias suicidas. Necesitaba más crack para seguir funcionando.

Mis papás intentaron ayudarme, pero también tenían problemas con mi hermano, y algunos eran tan graves que los míos pasaron a un segundo plano.

A veces Ratón se descontrolaba y me pateaba. Yo sentía que me lo merecía de algún modo, aunque es obvio que eso estaba mal. No es que diga que debiera golpearme—eso no se le debe hacer a ninguna mujer—pero reconozco que le hacía perder la paciencia; le lanzaba cosas y le gritaba con todas mis fuerzas, hasta que una vez se hartó y me dio un golpe en la cabeza. ¡Qué golpes tan fuertes los suyos! Salí volando contra una pared y luego caí al piso. Intenté levantarme y le dije que golpeaba como una niña, como un joto, que sus golpes eran tan débiles que me pondría de pie, aunque en realidad estaba tambaleando, con un gran verdugón en la sien y un ojo magullado.

Estuve varios días sin ir a casa. Todo el tiempo estaba con lentes oscuros, incluso en los días nublados. Mis papás me preguntaban por qué, pero yo no decía una palabra. Pensaba que si no decía nada o si cambiaba de tema—teníamos varios pendientes—dejarían de hacerme preguntas sobre las gafas.

Yo creía que lo tenía todo resuelto; que tenía un sistema, mi sistema. ¡Qué tonta y arrogante era yo!

Intenté dejar a Ratón, pues pensaba que sería lo mejor. Pero siempre volvía con él, por culpa de la pipa y la metadona. Éramos el yin y el yang, como "empujar y halar," como jódete y "por favor, jódeme." No nos hacíamos bien el uno al otro, pero no podíamos dejar de estar el uno sin el otro.

Un día me dio uno de los ataques de rabia más intensos y perdí el control: tomé una cruceta metálica y rompí las ventanas de su coche que estaba en la calle mientras gritaba como una loca y los vecinos se ocultaban detrás de las cortinas y de las puertas entreabiertas. Ratón salió de su casa. Le lancé la cruceta, pero logró esquivarla. Se abalanzó sobre mí y me tiró al suelo. Grité y pateé, pero no me soltó. Las drogas me hacían sentir como si pudiera hacer lo que quisiera y golpear a cualquiera, pero Ratón podía neutralizarme. Esa noche fumamos crack e hicimos el amor.

La escuela se fue a pique. Intentaba ir por aquello de que tenía que graduarme. Pero honestamente, no volví. Xochitl, Melinda y Rosalia siguieron en lo suyo, y no se molestaron en buscarme desde que me involucré con Ratón.

Toda esta locura terminó cuando quedé encinta. No es que quisiera; no me lo esperaba ni lo busqué. El hecho de que no utilizara condones ni ninguna otra medida para tener sexo seguro demuestra lo tonta que era yo. En esa época el sida era toda una plaga. Confiaba en que Ratón no tuviera el VIH, y afortunadamente, no lo tenía. Pero mi embarazo me cambió la vida.

Algo sucedió cuando descubrí que estaba encinta. Fui a una clínica gratuita en San Fernando, pues me sentía muy cansada, indispuesta y había subido de peso. Me hicieron el examen y me dieron el resultado, tenía nueve semanas de embarazo. No me gusta decirlo—y no le recomiendo a nadie que lo haga—pero fue mi bebé quien me hizo dejar las drogas y ayudarme a no caer en el abismo.

Conozco mujeres adictas al crack y a otras drogas que han tenido muchos hijos, y no por eso han dejado de consumir drogas o de vivir en la calle (por ejemplo MerriLee, la esposa de Junior). Sin embargo, yo no sucumbí. El embarazo me hizo despertar. Amaba a ese ser; lo quería. Lo cuidaría y podría decir que era mío. Es lo más precioso entre todas las cosas preciosas. Creo que vale la pena tener en cuenta que Johnny y Aracely han sido muy buenos padres, así mi hermano y

yo les hayamos dado tantos problemas. Su amor por la vida, por la naturaleza y los niños prevaleció sobre mi conducta destructiva y egoísta.
Creo que eso se debe a nuestra cultura, al amor que la mayoría de los
mexicanos siente por sus bebés (a menos que tengan el cerebro afectado y abusen de ellos, como muchos que yo conozco). Yo quería
al bebé y ser una madre con buena salud para que mi bebé fuera saludable.

Ratón recibió con calma la noticia de mi embarazo. Después descubrí que tenía dos hijos con un par de mujeres. Me transformé en una
nueva persona desde que fui consciente de que se estaba gestando un
bebé en mi vientre. Le pedí a Ratón que me acompañara y que me
dejara tener el bebé a mi manera, que no me diera crack, metadona,
ni ninguna de esa mierda. Quería mucho a mi bebé. Nunca pensé que
pudiera querer algo tanto como a mi bebé.

Ratón cambió después de esto. Dejó de ser cariñoso y no volvió a
llamarme. Afortunadamente, eso también significó que dejó de golpearme. Para mí, no se trataba de Ratón; de veras no. No me importaba si estaba conmigo o no; no me importaba si quería ser papá o no.
Sentí que no habría ningún problema si solo estábamos el bebé y yo.
Aunque parezca un poco absurdo, me pareció una carga tener cuentas
con hombres, especialmente con tipos como Ratón. Mi prioridad era
mi bebé. Si Ratón quería ayudarme a cambiar pañales, limpiar la casa
y velar por mi bienestar, ¿por qué no? No veía ningún problema en
eso. Pero si me iba a exigir atención, quería hablar o tener sexo conmigo, ¡al diablo con eso! Yo solo tenía tiempo para ser mamá. ¿Quién
sabe? Tal vez fue egoísta de mi parte.

Tenía siete meses de embarazo cuando le dispararon. Andaba en la
calle, peleando y dedicado a sus cosas, tal vez en compañía de otras
jainas, haciendo lo que hacían los vatos del barrio. Yo estaba en casa.
Había abandonado la escuela y mis papás me estaban ayudando. El
incidente ocurrió una noche. Había estafado a algunos tipos con unos
paquetes de metadona; o por lo menos eso fue lo que escuché. Fueron
a su casa y lo atacaron cuando cruzó la puerta. No fue una guerra de

pandillas; fue un negocio sucio de drogas. Le preguntaron dónde hacía sus movidas y le metieron cinco balas en el cerebro.

Me dijeron que su familia hizo un entierro en grande. No fui; no quería saber nada de sus amigos ni de sus ex mujeres, no quería escuchar los llantos de su madre ni todos los gritos que se escuchan en los funerales. No es que no me importara él; me gustaba hasta cierto punto. Pero a fin de cuentas, sólo estábamos juntos por la pipa. Lo bueno fue que me dio a mi hijo, y eso era todo lo que me importaba. Para mí, ese era nuestro destino. Fue por eso que estuvimos juntos, la razón por la que sufrí golpes y abusé de las drogas: para que naciera esta criatura, este ser especial, increíble y humano. Este niño no sería él si yo hubiera tenido un hijo con otro hombre. Tenía que ser con Ratón, tan jodido como estaba, aunque esto no quería decir que yo le debiera una lágrima en su funeral.

Finalmente, le conté a Aracely todo lo que viví con Ratón: tenía que hacerlo. Quería que mi madre participara de mi embarazo. Mis papás se molestaron muchísimo con lo que les dije y sintieron deseos de ahorcarme. Pero me querían mucho, y yo también a ellos. Discutimos y lloramos, pero al final salimos fortalecidos como familia e hicimos todo lo necesario para traer a mi hijo a un mundo mejor.

Prometí entrar a un programa de rehabilitación y asistir a clases de maternidad: Aracely fue muy clara en eso. Yo no creía que esto me sirviera, pero acepté a cambio de la ayuda de Johnny y Aracely. Fui a una reunión de rehabilitación en Victoria Way, una iglesia evangélica de Pacoima que me recomendó Melinda, quien todo el tiempo me hablaba de Jesús. Creí que valía la pena intentarlo. Como digo, yo no tenía muchas amigas, y Xochitl, Melinda y Rosalia fueron más cercanas a mí que ninguna otra persona. Sin embargo, nos separamos con el paso del tiempo. Encontraron hombres, se casaron y tuvieron hijos. Estuvimos en contacto durante un tiempo, pero perdimos mucha de la cercanía que alguna vez tuvimos, pues yo las abandoné durante mi fracaso con Ratón. El último gesto de amistad por parte de Melinda fue recomendarme este grupo cristiano de rehabilitación.

Las reuniones eran semanales. Mi mamá se opuso: quería enrolarme en su grupo comunista al que yo conocía desde niña. Este grupo permaneció unido a lo largo de los años y de las muchas batallas que sucedieron en Los Ángeles: los motines de 1992, la lucha por la Propuesta 187 para la educación bilingüe, el terremoto, el escándalo policial de los Ramparts y todo eso. Aracely creía que el enfoque revolucionario del grupo sería bueno para mí. Yo aprendí muchas cosas de ellos cuando era niña, pues iba a las reuniones con ella. Mi mamá pensaba que yo solo jugaba o veía televisión mientras que ella se reunía con sus camaradas; pero yo los escuchaba. Eso me ayudó a estructurar mi pensamiento, y hasta mis decisiones, especialmente cuando necesitaba alejar los malos pensamientos y las malas decisiones.

Pero ser una comunista activa: ¡chale! Eso era otra cosa. Yo los respetaba, pero también me parecían muy anticuados. El mundo estaba cambiando. Muchos jóvenes no estábamos seguros de nuestras creencias. La sociedad nos estaba metiendo demasiada basura; o nos resignábamos y hacíamos parte del sistema, o nos alejábamos de los adultos, de los profesores y tutores, y vivíamos el día a día, nos divertíamos tanto como pudiéramos mientras fuera posible y solo entre nosotros. Tomé este último camino y pagué el precio. Intenté recapacitar, pero también me pregunté cómo demonios sería posible que los comunistas, que eran viejos, aburridos y habían surgido en una época diferente, cuando la industria estaba en su apogeo y ellos eran la vanguardia de la clase trabajadora, podrían liderar esta generación e influir en ella, en la Generación X, la generación floja, la generación de "lo que sea."

No me malinterpreten. Yo no me oponía a los revolucionarios ni a sus ideas, pero pensaba que estaban muy anclados en otra época como para tener un impacto real en el mundo "flotante" en el que estábamos suspendidos el resto de nosotros.

Y para ser claros, no estoy diciendo que los jóvenes de hoy sean menos inteligentes o menos interesados. Son conscientes de lo que está pasando; por lo menos yo sé que lo estoy. Y también sé que les importa—a mí también. Pero hay muchas formas de descarrilarse, de extraviarse, de perder la perspectiva, y esto se aplica para todos. Si los comunistas quieren ser útiles para esta generación, deben trascender, ser flexibles y vigorosos. En ese caso pueden contar conmigo. Yo no tuve ningún problema con Aracely ni con sus compañeros comunistas; solo quiero saber cómo puedo comprometerme sin perder mis propios modelos, particularidades y pasiones.

Alejandrito llegó a este mundo lleno de vigor, con un par de pulmones grandes, y aparentemente enojado, lo que me hizo pensar que tendría por lo menos una oportunidad de pelear en este mundo. Mi mamá me acompañó todo el tiempo. Johnny llegó después. Me abrazó, y cuando se separó de mí, vi una lágrima en sus ojos. Una enfermera trajo al bebé y Aracely le habló en tono infantil, "noni, loni, caboni" (vaya uno a saber lo que significa eso). Johnny extendió uno de sus dedos y el bebé lo abarcó con su pequeña mano. Nació pequeño—era prematuro—pero no tuvo problemas. Me sentí orgullosa de que Johnny y Aracely fueran abuelos: finalmente sentí que había hecho algo bueno. Aunque estaba bastante cansada, mi mamá terminó siendo la mejor entrenadora de partos naturales; era toda una experta en la materia.

Me visitaron varios compañeros del grupo cristiano de rehabilitación, una mezcla de mexicanos, negros y un par de blancos. Muchos de ellos fueron adictos al crack y a la heroína, ex pintos o alcohólicos. Llevaban a Jesús en sus corazones y estaban embriagados con el Señor. Trajeron sus biblias, rezaron y pusieron sus manos en mi cabeza y en la del bebé. También fue el pastor Roy Vélez, un antiguo mafioso que todos los días reclutaba "almas perdidas."

Como podrán adivinar, me convertí al cristianismo poco después del nacimiento de Alejandro. Hablábamos de nuestras vidas en las reuniones, leíamos la Biblia y orábamos. Una noche, durante el servicio del domingo, me dirigí al área del púlpito y del escenario de la pequeña iglesia. Caminé con dificultad agarrándome de las sillas, pues mi barriga parecía estar dos pasos adelante de mí. Adelante había un grupo de ex drogadictos, motociclistas y pandilleros chicanos; eran realmente lamentables. Sin embargo, me gustaba que la iglesia los hubiera acogido; allí nadie era rechazado. Algunos me ayudaron a subir un par de peldaños para acercarme al pastor Roy, quien tocaba a los feligreses con sus manos. Me puse de pie con los brazos extendidos y las palmas abiertas frente mí. Cerré los ojos; el pastor Roy dijo algunas palabras de alabanza y frases en lenguas desconocidas. Cuando puso su mano en mi cuello, sentí el poder, la electricidad y la gracia del Señor entrar en mi cuerpo. Supe que me estaba bendiciendo a mí y a mi bebé, y comencé a derramar lágrimas.

"¡Alabado sea Jesús!" exclamé, como si no fuera mi voz. Lo dije automáticamente y los demás repitieron mis palabras.

Le conté esta experiencia a Aracely, pero no le entusiasmó para nada. Johnny procuró armarse de paciencia, sonrió lánguidamente y dijo que esperaba que yo fuera feliz. Yo sabía que Aracely era atea, aunque nunca me lo dijo. Recuerdo que despotricaba de las iglesias y de las religiones. Decía que esclavizaban la mente, que enceguecían a las personas y las mantenían idiotizadas. Creí esto durante varios años hasta que ingresé al grupo de la iglesia y me di cuenta de lo que me había perdido. Allí había mucho poder espiritual, y yo había pasado mucho tiempo sin él. Comencé a creer que era por eso que había recurrido a las drogas y al alcohol, pero Aracely pensaba que mis ansias de alcohol y drogas se debían también a la necesidad de ser una "fanática de Jesús," expresión que utilizaba para definir mi nueva espiritualidad.

"Mamá, no deberías decir eso si no sabes de qué estás hablando," respondí con mi típico tono contrariado. Íbamos camino a la tienda y discutíamos acaloradamente.

"Sé muy bien lo que estoy diciendo. ¿Acaso crees que no sé cómo funcionan las religiones? Fui católica desde niña. Hice todos los sacramentos: bautismo, primera comunión, confirmación y todo eso. Pero solo vi sacerdotes con mentes sucias, monjas malvadas y una cantidad de normas que no tenían ningún sentido. Vi la hipocresía, las mentiras, la forma en que nosotros los pobres teníamos que soportar tanta indignidad e injusticias sin poder quejarnos. Y mientras tanto, los ricos y poderosos eran dueños de todo. No es más que una trampa, una prisión para los pobres. Por lo menos me he liberado mentalmente."

"Pero esto es algo diferente, mamá," intenté argumentar. "No estoy yendo a ninguna iglesia o religión organizada. Es una pequeña iglesia que tiene vínculos con el país y con el mundo. Siguen la Biblia, no al Papa. Vivifican a Jesús, quien no es una mera estatua crucificada ante la que uno tenga que arrodillarse, sino que está en nuestros corazones; esa es una gran diferencia."

"Sí, ya veremos qué pasa después: conozco muy bien a los cristianos renacidos," insistió Aracely. "Son las personas más conservadoras y más proclives a respaldar el sistema capitalista. Son anticomunistas furibundos, incluso más que los católicos. Por lo menos algunos jesuitas están con los pobres de América Latina, tratando de expulsar a los opresores. Ya veremos cómo te lavan el cerebro y te hacen pensar como una republicana."

No entendí eso. Nadie estaba tratando de hacer de mí una republicana en las sesiones de oración. No obstante, este tipo de discusiones entre Aracely y yo estaba lejos de terminar.

12

SANACIÓN

Jandro era un gritón. Podía arrancar la pintura de la pared a gritos y eso me crispaba los nervios. Pero se calmaba tan pronto lo cargaba y ponía mis pezones en su boca, que abría de par en par. Yo lo alimentaba al estilo tradicional (también tenía la opción de darle biberón). Me instalé con mi bebé en la habitación del segundo piso, que era más amplia, y mis papás se fueron para la de abajo. Aunque nuestra relación era tensa, Aracely me ayudaba con Jandro siempre que yo lo necesitaba.

"Jesús te ama," la saludé al bajar las escaleras. Jandro se había calmado.

"Más te vale. Hay que ver la paciencia que necesito para lidiar contigo," señaló ella.

"No importa; Jesús se encargará de ello. Él puede resolver cualquier problema."

"Bájate de esa nube y aterriza de vez en cuando," dijo despreocupadamente mientras tomaba a Jandro de mis brazos y le hablaba en tono infantil: "noni, loni, caboni."

Era un niño dulce y feliz, así llorara cuando tenía hambre. Sé que pude haberle causado daños permanentes si hubiera seguido consumiendo drogas con Ratón. No estoy diciendo que deberían haberlo matado ni nada de eso, pero lo mejor que hice fue alejarme de esa situación.

Seguí asistiendo a las reuniones de oración. No sentía ningún deseo de consumir drogas, ni siquiera de beber, cosa un tanto extraña, pero sentía necesidad de estar con mis nuevos amigos de la iglesia. El pastor Roy decía que yo tendría que contar con una fuerte red de apoyo, pues las tentaciones eran muy numerosas. Además, sólo Jesús podía ahuyentar las tentaciones, explicó, del mismo modo en que expulsó al diablo cuando lo tentó en el desierto durante cuarenta días.

El grupo de oración estaba compuesto básicamente por mexicanos y unos pocos centroamericanos de Pacoima, sector en el que siempre ha habido una importante comunidad negra—así ya no sea tan numerosa como antes—especialmente en los proyectos de vivienda de San Fernando Gardens y zonas aledañas.

Yo iba a la iglesia tres veces por semana, sin contar los servicios del domingo.

Una noche, escuché a Johnny y a Aracely hablando de mí. No siempre sabían en dónde estaba yo, que a veces los espiaba.

"Me asusta con todo ese discurso de Jesús," dijo Aracely.

"Bueno, míralo de este modo: dejó las drogas, tiene buena salud y es una buena madre. Claro que a mí tampoco me entusiasma ese asunto de Jesús, pero está mucho mejor que antes y tienes que dar gracias por ello," argumentó Johnny.

"Por supuesto," continuó Aracely. "Pero no necesita a Jesús para tener buena salud, dejar las drogas y ser una buena madre. Sería mejor si no nos hablara de ese tema a nosotros y a todas las personas con las que se cruza."

Comprendí que ella tenía razón. Yo le hablaba de Jesús a todo el mundo; ese era mi único tema. Cuando estoy en algo, me entrego de lleno, así que muy pronto intenté convertir a amigos y familiares, a propios y extraños.

Un día cometí el error de hablarle de Jesús a Lito. Mis abuelos vivían en un pequeño apartamento detrás de nuestra casa y eran felices; Lita cuidaba su pequeño jardín y Lito caminaba todas las mañanas, leía el periódico y veía telenovelas en español.

Estaba sentado en la silla mecedora en el porche de nuestra casa, algo que le encanta hacer. Me senté a su lado y le dije: "Lito, ¿sabías que Jesús murió por todos tus pecados y que si aceptas a Jesucristo como a tu salvador te concederá la salvación eterna?"

Lito me miró como si yo fuera una criatura de otro planeta.

"Azucenita, hazme un favor: guárdate esas pinches babosadas para ti, ¿de acuerdo?"

Mi abuela se limitó a sonreír. Mis abuelos eran católicos, aunque no iban a la iglesia. Lita tenía un altar en su casa, con una imagen grande de la Virgen de Guadalupe rodeada de varios santos y velas, a la usanza indígena. Creo que ella también pensó que yo me había enloquecido, pero a diferencia de Lito, por lo menos intentó seguirme la corriente.

Pasaron un par de años antes de que DeAngelo apareciera en mi vida. Yo seguía asistiendo a la iglesia, y un buen día, un hombre asistió al grupo de rehabilitación. Me pareció muy guapo y seguro de sí mismo. Había consumido drogas y alcohol antes de comenzar su proceso de rehabilitación. Tenía diez años más que yo, y era afro americano, algo que no era ningún inconveniente para mí, aunque podía ser intolerable para otras personas, como para mi hermano, por ejemplo. A mis padres les tuvo sin cuidado; desconfiaban de los hombres, pero no por su raza.

Su nombre completo era DeAngelo Stone. Parecía ser un hombre culto y con experiencia, y comprendí de inmediato que podría ayudarme en mi proceso de rehabilitación y en ser una persona mejor. Tenía una hija de doce años llamada Keisha, y vivían en una casa modesta en Pacoima, cerca de Humphrey Park. La mamá de la niña era una blanca a quien conoció en el mundo de la música, pues él era compositor, músico y productor.

DeAngelo fue el primer hombre que no era de mi raza con quien sostuve una relación.

Busqué amor y ternura en él y en su hija. DeAngelo y yo comenzamos a salir. Me invitó a cenar a un elegante restaurante brasileño en el sector de Old Town de Colorado Boulevard, a veinte minutos de camino por las autopistas 118 o 210 cuando el tráfico estaba despejado. La zona de Old Town siempre se mantenía atestada de personas esperando servicio de estacionamiento, haciendo fila en los restaurantes, clubes, librerías, cines y cafés que adornaban sus calles. Es una zona muy elegante, realmente *yuppie* y a veces también bastante extraña.

DeAngelo se comportaba con mucha desenvoltura. Era alto, bien formado y se vestía muy bien. Le encantaba la buena comida y la buena conversación. No bebimos alcohol, y disfrutamos considerablemente de nuestra mutua compañía.

Estábamos cenando cuando empezamos a hablar de nuestros intereses.

"¿Qué te gusta hacer aparte de cuidar a tu hijo?" me preguntó.

"Mmm…" masculé entre bocados de frijoles negros y pescado con especias. "No sé si me creas, pero me gusta cantar. En serio. Tengo mucha música. La escucho y canto siempre que puedo. No me gusta ver televisión, pero tener un equipo de sonido y mi colección de CD's de soul y jazz es algo que me transporta a otro planeta."

No le dije que también tenía música *heavy metal*, *punk* y rock alternativo de mi época gótica, pues no quería que DeAngelo supiera de esa faceta de mi vida.

"Es curioso. A Keisha también le gusta lo mismo," dijo DeAngelo. "Me dice que quiere ser 'famosa,' como Whitney Houston o Janet Jackson. Tiene el físico y la voz, pero le falta crecer un poco más."

"¡Qué bueno que la apoyes!" dije. "No estoy diciendo que mis padres se opongan a que yo cante ni nada parecido, pero están en otras cosas, y para ser exacta, no es que me hayan inculcado el canto. Lo hago por mis propios medios… sé algunas canciones."

"¿De veras? Me encantaría oírte cantar."

"¿Aquí?"

"Sí, pero no en voz alta. Sólo para saber qué tal eres."

Lo miré y pensé un momento. Vi que estaba interesado. Sus ojos eran grandes y expresivos, y su cara bien formada, incapaz de ocultar sus emociones. Era el tipo de persona cuyo rostro reflejaba exactamente lo que sentía. Dejé el tenedor junto al plato, me limpié la boca con la servilleta y bebí un poco de agua. Comencé a cantar una versión lenta y suave de "Cherish the Kiss," una canción de Sade.

Cuando terminé, DeAngelo estaba mudo y con los ojos completamente abiertos.

"Bien, ¿qué piensas?" dije finalmente.

"Honestamente, y no te estoy mintiendo, de veras puedes cantar. Generalmente, cuando la gente dice que canta en la casa o en la ducha, es mejor no creerles. Pero tú tienes potencial, querida. Podrías tomar unas clases de canto; te enseñarán la técnica. Pero tienes el talento en bruto, la semilla que necesita el cuidado. Estoy realmente impresionado."

"¡Vaya! Gracias," dije. "Procuro cantar bien, pero no sé cómo lo hago. Necesito la opinión de alguien como tú."

"Escucha, no te digo esto porque nos estemos conociendo," dijo DeAngelo. "Sabes que tengo vínculos con la industria musical. Le propuse al pastor Roy que conformáramos un grupo de alabanza en la iglesia. Me gustaría ayudarte; podríamos grabar algunas canciones que tú sepas, y luego grabaríamos otras nuevas, incluso algunas que he escrito yo."

"¿Escribes canciones? Oye, eres muy talentoso," respondí. "Me encantaría que pudieras ayudarme."

Una semana después, ya estaba en el estudio de Matthew Stone, un primo de DeAngelo que trabajaba para un sello importante. Estaba nerviosa. Afortunadamente, DeAngelo había llevado a Keisha, y las dos nos apoyamos mutuamente. Me llevaron a un cuarto con paredes cubiertas de espuma; había una batería y varios micrófonos. Me dieron una hoja con la letra de una canción que DeAngelo había compuesto recientemente.

"Sólo vas a cantar algunas líneas," dijo DeAngelo a través del micrófono de la sala de mezclas. "Estamos ajustando el volumen. Te diré cuándo comenzar."

Momentos después, DeAngelo me dio la señal con el dedo índice. Aclaré mi garganta y canté la letra de la canción, acompañada por la pista que escuchaba en mis audífonos. Yo cantaba y veía a Matthew frente a mí, moviendo los botones de la consola de mezclas.

DeAngelo me dijo que pasara a la sala de mezclas.

"De veras puedes cantar, nena," me dijo cuando entré, su cara llena de entusiasmo. "Me gusta la forma en que tu voz interpreta mis letras; tiene una sensualidad áspera y conmovedora. ¿Estás segura de que no eres negra?"

Me reí, miré a Keisha y le guiñé el ojo. Ella sonrió y aprobó con sus dedos. Yo había practicado mucho tiempo a solas, y no sabía si cantaba bien o no.

Grabamos algunos pistas, y DeAngelo dijo que seguiríamos con ellos hasta que pudiéramos pasar a otras canciones. También me sugirió que cantara en algunos clubes de Los Ángeles.

"No sé qué decir," señalé, aunque la idea me parecía emocionante. "¿Crees que tengo la presencia para hacerlo?"

"Tienes todo lo necesario, nena," me aseguró DeAngelo. "Y lo que no tengas te lo enseñaremos. Queremos música suave, un poco jazz. Podemos ayudarte con el estilo, con la vocalización y con la interpretación."

Esta posibilidad estaba muy alejada de lo que yo había imaginado, y no supe si de veras quería hacerlo o no. Nunca soñé estar en esa posición. Sabía que quería cantar, pero presentarme en clubes y grabar un disco era algo completamente diferente.

Jandro todavía estaba pequeño. Yo tenía que ensayar durante el día y pensar en su cuidado. Me sentí mal; éramos inseparables hasta ese entonces, pues yo no trabajaba. Nos gustaba estar juntos. Era un niño juguetón, de cabello negro y largo como de niña, piel canela oscura, y rasgos suaves y delicados. Era un placer estar con él y tenía que pensar en contratar a una nana cuando Aracely no pudiera cuidarlo. Keisha me ayudó mucho, pues se quedó varias veces con él. Sin embargo, me dolía dejarlo.

Pero cantar: ¡dulce Jesús! Desnudar mi alma con melodías, hacer poesía con voz y letras, narrar mi historia con todos mis escándalos y trivialidades, con todo el dolor y el patetismo, rindiéndole al mismo tiempo un homenaje a los mejores cantantes del mundo e interpretando sus trabajos con mi propia experiencia; eso era toda una sanación.

La sala principal del club nocturno era pequeña, íntima y bulliciosa. El humo se elevaba sobre varias mesas. Las conversaciones se fundían en un murmullo estridente; se escuchaban risas femeninas y el tintineo de los hielos contra los vasos. Cuando las luces se apagaron, las caras de los asistentes se hicieron más difusas y un poco más irreales.

Yo saldría en pocos minutos. Era mi primera aparición en público. El lugar se llamaba Blue Dog's, en North Hollywood. DeAngelo había concertado mi aparición luego de trabajar varias semanas con mi voz y de tener un mejor dominio de algunas canciones; me insistió que tenía que apropiarme de las canciones. El grupo estaba integrado por unos músicos de estudio a quienes Matthew conocía; eran sumamente talentosos y podían interpretar cualquier clase de música. Eran tres afro americanos, un chicano y un coreano; tocaban guitarra, bajo, saxo, teclados, batería, varias congas y otros instrumentos de percusión.

Aracely y Johnny estaban en una mesa junto al escenario; quería que fueran parte de mi debut. Se emocionaron mucho cuando les dije que había grabado algunas canciones con DeAngelo; se notaba que estaban orgullosos. Después de todo, parecía que la iglesia y la gente que había conocido allí me habían servido de algo. Aunque Aracely aún se oponía a mis creencias religiosas, ya aceptaba un poco más los cambios que había realizado en mi vida.

Me aseguré de que Jandro quedara en buenas manos; Lito y Lita no vacilaron en quedarse con él. Mi hijo daba mucho qué hacer, pero nunca traspasaba los límites con mis abuelitos.

Así que allá estaba yo, sudando la gota gorda y esperando a ser anunciada. Había aprendido canciones muy originales—algunas de mis favoritas—de artistas como Ronnie Laws, Patrice Rushen, the Jones Girls y Flora Purim, una lista ecléctica que DeAngelo me ayudó a preparar. También me sabía algunas clásicas mexicanas como "Los laureles" y "Amor eterno," aunque casi todo el público hablaba inglés. Sin embargo, eso no me importó; siempre que estaba frente a mi gente cantaba a grito pelado algunas de nuestras amadas canciones lacrimógenas.

Intenté olvidarme que estaba en un bar, aunque mi deseo de beber y consumir drogas se había reducido gracias al grupo de oración y a personas como DeAngelo. Sin embargo, de vez en cuando aparecía esa sensación, como una picazón que necesitara rascarme y no pudiera; sostener un vaso en la mano y refrescar mi garganta con un cóctel de ginebra o un tequila sunrise. Me esforcé en contenerme, pues lo que más quería en ese momento era cantar.

Salí del camerino con una botella de agua en la mano y me dirigí al pequeño escenario. Tenía un vestido largo blanco y negro que acentuaba mi cuerpo lleno de curvas, aunque había ganado algunas libras después del nacimiento de Jandro. Llevaba el cabello corto y ondulado, pues todo el día había estado con rulos. Las luces resplandecían en mi cara. Tenía dificultades para distinguir a los asistentes, y vi que no eran pocos. Invité a Xochitl, a Melinda y a Rosalia, mis antiguas amigas de secundaria, pero sólo Xochitl dijo que iría, aunque no pude ver si estaba o no.

"¿Cómo están todos?" dije con voz entrecortada cuando tomé el micrófono. El público hizo un silencio extraño. "Gracias por venir a mi debut. Algunos familiares y amigos están aquí, y realmente les agradezco su apoyo. Estoy un poco nerviosa, pero bueno, mi nombre es Azucena Salcido, y el grupo que me acompaña es Walks of Life. Espero que les guste nuestro repertorio."

Canté mi primera canción, un tema algo desconocido, pero agradable de Stevie Wonder que siempre me había gustado: "Golden Lady." Mis papás solían decir que era una de "sus" canciones, y tenían muchas cuando se enamoraron. La interpreté con toda la emoción que pude transmitir. Era un tema que había escuchado mucho a lo largo de mi vida; mi papá aún tenía sus viejos discos de acetato que intentaba conservar en buen estado, aunque con el paso del tiempo muchos se rayaron y algunos quedaron inservibles. Cuando aparecieron los CD's, reemplazó muchos de sus discos favoritos y yo aprendí a cantar algunas canciones de su repertorio, compuesto básicamente por soul de los setenta, así como algunos grupos de rock chicano: Santana, Malo, Azteca, El Chicano y Tierra, que les encantaba escuchar a mis papás. Mi segunda canción fue "Sabor a mí," un clásico mexicano del que El

Chicano había hecho una versión muchos años atrás. Algunas personas todavía le decían "El Himno Nacional Chicano."

Canté otras canciones como "Love Will Follow," de Kenny Loggins, "I Try" de Angela Bofill, "You Are My Starship" de Norman Connors y "Give It All Your Heart" de Herbie Hancock. La respuesta fue increíble; el grupo tocó bastante bien y yo procuré interpretar cada canción como si fuera mía. Muchas eran desconocidas y pasaban fácilmente por originales. Yo no quería cantar canciones populares; cualquiera podría hacerlo. Quería interpretar canciones que no siempre fueran valoradas, que fueran incluso ignoradas, pues yo me identificaba con eso.

Recibimos una conmovedora lluvia de aplausos cuando terminamos la primera tanda. Me sentí tan viva e importante, como si hubiera nacido para esto. Le di gracias al público y me dirigí al camerino.

Aracely y Johnny fueron a felicitarme; estaba llena de amor por ellos. Yo les había hecho pasar un verdadero infierno, pero ellos nunca me abandonaron. Se rieron; parecían realmente felices conmigo, con su hija díscola.

Xochitl también fue a visitarme y me sorprendí al verla. Había engordado mucho. No es que estuviera rellenita: estaba verdaderamente gorda, pero su linda cara aún brillaba con resplandor. La saludé a ella y a su esposo, un mexicano tan gordo como ella que parecía fuera de lugar y no muy interesado en lo que ocurría. Me dijeron que tenían que irse en ese instante y lo hicieron antes de que pudiéramos hablar.

Después de la segunda tanda me fui con DeAngelo a su apartamento. Ya éramos amantes. Utilizo este término porque él era caballeroso y romántico. Fue adicto a la cocaína y a los licores más exclusivos cuando estuvo metido de lleno en la música, y aún conservaba su apariencia elegante y su buen gusto. No obstante, esa noche estaba demasiado impaciente por quitarme la ropa. Yo estaba cansada, en realidad hecha polvo, pero pensé que le debía lo que él quería y no me importó. Sin embargo, me caracterizo por algo: mi humor determina lo que quiero hacer. La mayoría de las veces estoy de humor para amar—a Dios gracias—pero si no lo estoy, me pongo más floja que una toalla mojada. Y esa noche, nuestras relaciones sexuales fueron mediocres.

Al día siguiente tuvimos nuestra primera discusión acalorada.

"Estuviste magnífica anoche," señaló DeAngelo mirando el *omelette* que se estaba preparando para el desayuno. Yo estaba sentada frente a él con una taza de café y un jugo de naranja, pues no tenía hambre.

"Más bien fuiste tú, D," había comenzado a decirle. "Gracias por todo lo que has hecho. Nunca pensé que fuera a tener la oportunidad de hacer lo que hice anoche. Me sentí tan natural, como si llevara varios años haciéndolo. Nunca imaginé lo bien que me sentiría estando allí frente a toda esa gente."

"Sí, los dueños del bar también quedaron satisfechos. Hablaré con ellos para que nos presentemos regularmente. Sería bueno hacerlo con frecuencia. Luego podremos tocar en otros sitios de la ciudad. Tienes un estilo único y un repertorio sólido. Deberíamos tener éxito."

Le lancé una mirada tentativa. Le gustaba controlar las cosas, lo que no estaba mal; solo que eso implicaba que a veces me dijera qué debía hacer yo. Sentí que me veía como una persona a la que él podía moldear a su antojo, y esa idea no me gustaba.

"Chena," D hizo una pausa para sopesar sus palabras. "Estabas diferente anoche cuando nos fuimos a la cama, como si no estuvieras presente. ¿Sucedió algo?"

"Estaba cansada. Eso es todo."

"¿Cansada? Parecía como si no me quisieras. Tú no eres así. ¿De verdad te sientes bien conmigo?"

"No se trata de la relación," dije. "Sólo que estaba cansada. Canté dos tandas y tenía que entretener a mis familiares y amigos. Tú estabas sentado en la mesa. Era mi primera presentación y me esforcé tanto que terminé exhausta."

"Creo que vamos a llegar lejos, pero no quiero sentir que no soy lo que tú quieres," señaló.

"¿Qué estás diciendo? Ya te dije que estaba cansada. Punto. No conviertas esto en otra cosa."

"Se trata de otra cosa," dijo levantando la voz. "No estoy aquí solo para conseguirte presentaciones y grabar tus cosas. Si quieres que alguien haga eso, deberías buscar a otra persona. Pero sucede que yo soy tu hombre. Y ya sabes, no quiero estar solo para los espectáculos."

Me dio rabia y la sentí en la boca del estómago. Intenté calmarme, pero sus palabras hicieron aflorar muchas otras cosas que yo me había esforzado en contener.

"Escúchame. Nadie te está utilizando," dije. "No estoy haciendo esto porque tengas buenas conexiones. Recuerda que tú me lo ofreciste; no fui yo quien te busqué. De hecho, yo ni siquiera estaba segura si quería hacerlo o no. Todo fue idea tuya, así que no actúes como si yo te estuviera obligando. No hagas nada por mí si no quieres."

"Oye, hago esto porque me importa. Creo en tu talento y en tu belleza. Lo que estoy diciendo es que no quiero sentirme abandonado. Nunca antes habíamos tenido relaciones sexuales tan pésimas como las de anoche. Era tu debut como cantante, así que deberían haber sido las mejores. Y no me digas que estabas cansada. Yo también lo estaba, pero podrías haber mostrado un poco de pasión. Sin embargo, estabas prácticamente dormida."

"Si estoy cansada, pues estoy cansada y ya. Te lo dije anoche, pero me insististes. Te pedí que esperaras hasta hoy; creo que habría sido mucho mejor. No estaba de humor anoche."

"¿No estabas de humor? ¿Tienes que estar de humor para hacer el amor?"

"Sí. ¿Acaso no le pasa a todo el mundo?"

"Si yo te amo, no necesito estar de humor. Te amo y punto. Estoy ahí."

"¿Quién está hablando de amor? Recién estamos saliendo. Nos estamos conociendo. Tú me gustas, pero el amor... eso es otra cosa."

"¿No me amas? Ah..." hizo una pausa. "¿No me estarás utilizando? Tal vez después te deshagas de mí. ¿Ese es tu plan?"

"¿De qué rayos estás hablando?" dije exasperada. "No tengo planes, me gustas y punto. Quiero ver hasta dónde llegamos con esta relación, pero no quiero engañarte ni decirte que te amo cuando aún no es así, cuando no hemos llegado todavía allá."

DeAngelo se puso de pie. No sé por qué, sería quizá por mi pasado o por mis experiencias, pero creí que iba a golpearme.

"Siéntate," le dije bruscamente. "¿Qué, me vas a golpear?"

"Lo estás jodiendo todo. Solo iba a la sala. No voy a tocarte."

"Ya me han jodido antes y no me da miedo. Pero si intentas hacerlo, te patearé en el culo. He estado en algunas peleas, D."

"¿Peleas? ¿Estás loca? Sólo estamos discutiendo. ¿Quién está hablando de peleas?"

"No me digas loca, cabrón," exclamé.

Me estaba poniendo azul de la ira. No supe por qué; debí olvidarme del asunto, pero de algún modo, nuestra inofensiva discusión escaló hasta desencadenar en todo un intercambio de insultos, por lo menos de mi parte.

"No soy tu 'cabrón,' querida. Ni siquiera me pude venir anoche."

"No me eches el agua sucia. ¿Es que no puedes respetar mi espacio?"

"Tal vez deberías ponerte un aviso en el cuello que diga: 'Ven por algo' en un lado, y 'No te molestes' por el otro."

"¡Jódete!" grité y le lancé el vaso de jugo. Los dos nos quedamos paralizados. Un pájaro graznó afuera de la ventana de la cocina.

"¿Por qué están gritando?" preguntó Keisha, entrando a la cocina con la pijama puesta y restregándose los ojos para acabar de despertarse.

DeAngelo la miró, se limpió la cara con una servilleta y la llevó de nuevo a su habitación, la ayudó a vestirse y se marcharon.

"Ya sabes cómo cerrar cuando te vayas," fue lo último que dijo antes de salir.

Yo estaba tan furibunda que no supe qué hacer. Me metí a la ducha, esperando que el agua me calmara un poco. No sé por qué me puse tan furiosa; quizá fue porque no me gusta sentirme dominada, que me digan qué hacer ni que mi contesten. Sé que tengo ese problema, pero creía que DeAngelo sabría evitar esa situación. ¿Por qué actué así? No lo sé, pero él tampoco supo detenerse. Yo no habría discutido si él no hubiera salido con que yo estaba cansada.

No supe de él hasta el final de la tarde. Le dije que estaría en casa de mis padres si quería hablar conmigo. Me pregunté si ya no me ayudaría con mi canto ni a presentarme en otros clubes, pero casi no me importó. Intentó disculparse, pero yo estaba ofendida con él.

Lo llamé dos días después, pero me contestó la máquina. No dejé ningún mensaje. Me sentí horrible de que las cosas terminaran tan mal. Temí no ser capaz de volver a hablar con Keisha. También comprendí que había desperdiciado la oportunidad de cantar en público.

Durante las semanas siguientes, pasé casi todo el tiempo con Jandro, algo que me daba mucha paz y me producía una alegría indescriptible. DeAngelo y yo hablamos algunas veces, pero la discusión que tuvimos creó un abismo insalvable entre los dos. Además, él estaba más interesado que yo en la relación.

Nos encontramos una mañana para tomar un café en Old Town Pasadena, zona que le gustaba frecuentar. Le hice una sugerencia.

"Escucha, D, creo que tal vez deberíamos dejar la música a un lado hasta que nuestra relación sea más sólida, u olvidarnos por el momento de nuestra relación y concentrarnos en la música. Creo que tenemos que elegir una sola cosa: hacer las dos ahora sería demasiado estresante."

"¿Y qué tal si nos olvidamos de las dos?" replicó DeAngelo.

"De modo que así son las cosas: o todo o nada. Está bien, D. Yo quería dar un paso intermedio en esta relación, pero si eso es lo que quieres, está bien: no me ayudes con la música y terminemos con la relación. ¿Es eso lo que quieres? No me interpondré en el camino."

"No es eso lo que quiero. Quiero que tengamos una relación amorosa que sea benéfica para ambos, mientras trabajamos también en lo de tu canto," dijo utilizando una frase que había aprendido en nuestro grupo de rehabilitación. "Pero si dices que no podemos hacer las dos al mismo tiempo, de acuerdo; no hagamos ninguna."

"Eso no tiene sentido," respondí. "Podemos seguir con las canciones y los conciertos. Es algo con vida propia. Y es probable que más tarde podamos estar juntos de nuevo."

"Eso suena tan práctico y tan correcto," señaló DeAngelo. "No estoy de acuerdo. El amor no tiene pasos prácticos. Se da o no se da. Pero tal parece que tú puedes abrirlo y cerrarlo como si se tratara de una llave. Pues bien, yo no puedo. Quiero más de una mujer, y tú pareces sentirte muy cómoda tomando lo que no puedes dar."

"No me vengas a decir con qué me siento cómoda. No tienes ni idea de lo que puedo hacer o no. Solo estoy diciendo que hay una opción y tú estás diciendo que no la aceptas; es tu decisión. Pero no insinúes que no he intentado salvar lo que teníamos. Te propuse una solución; está bien si no quieres escuchar. No perderé mi tiempo."

Esa mañana no hablamos más.

Comprendí que D y yo habíamos terminado. Intenté mostrar una fachada dura, como si no me importara, pero solo lo hice para protegerme. Esa noche lloré muchísimo. Me sentí sola y frustrada. Lloré por D y por Keisha; lloré por Ratón, por Ricardo, por Trigger y por todas las personas que me importaron en primaria y a comienzos de secundaria, pero a quienes yo no les importé. Lloré porque sentí como si hubiera nacido para estar sola y sin amor, y tuviera que criar sola a Jandro. Una relación como la de Johnny y Aracely—que me parece ideal—no parecía ser posible para mí. Me sentí triste, derrotada, cansada y con ganas de morirme.

Pocos días después de terminar con D, estaba en la cocina con Aracely. Yo lavaba los platos y ella preparaba una deliciosa salsa picante. Le dije que habíamos terminado.

"Me gustaría seguir cantando," dije. "Pero DeAngelo solo quería ayudarme a cambio de mi amor. Yo no podía hacer eso; apenas estaba comenzando a quererlo; todavía necesitábamos más tiempo e intimidad, pero no supo esperar."

"Te entiendo, m'ija. Generalmente, los hombres son impacientes," dijo mi mamá. "Pero ahora no deberías preocuparte por la música. Consigue trabajo, estudia y encuentra una carrera. Necesitas tener algo sólido para ti y para Jandro."

"Cantar es algo sólido," respondí. "Es una carrera. Y es algo que me gustaría hacer. Podría trabajar en muchas otras cosas, pero nada me parece tan bueno como cantar. Sé que si insisto, ganaré suficiente dinero para sobrevivir."

"Claro que sí, m'ija, pero eso es poco realista en estos momentos. ¿Qué has conseguido con las grabaciones y las presentaciones que has hecho hasta ahora? Si trabajas y estudias, podrás pagar tus cuentas y te quedará algo para comprar ropa y otras cosas; incluso para el estudio de Jandro. Creo que deberías olvidarte de la música por ahora."

"¡Mamá! No puedo creer lo que estás diciendo," dije irritada. "Sabes cuánto me gusta cantar. Ahora es el momento de hacer algo; es probable que nunca más vuelva a tener esta oportunidad. De veras quiero cantar. Tal vez no lo logre, tal vez no gane suficiente dinero para hacerlo, pero nunca lo sabré si no lo intento."

"Solo te estoy diciendo que las cosas pueden ser muy difíciles. Tienes que ser realista. Ni tu padre ni yo hicimos lo que queríamos. Nunca nos quejamos; simplemente hicimos lo que teníamos que hacer."

"Ese es el problema: hay demasiadas personas en este mundo haciendo lo que otras personas quieren que hagan," respondí. "No están vivas, no tienen pasiones. Solo están ocupando espacio, viviendo en cuerpos sin almas. Muchas de ellas se vuelven pesimistas y envidiosas. No quieren que nadie encuentre la felicidad ni que alcancen sus sueños. Puede que esté equivocada, pero ya sé lo que significa cantar; escuché los aplausos y nunca volveré a ser la misma. Eso es lo que yo tengo que hacer."

Aracely permaneció inmóvil con un aire de irritación en su cara.

Mi mamá y mi papá vivieron la dura vida de la fábrica. Creían que había que hacer cosas prácticas y razonables; los sueños eran frívolos y absurdos. Era mejor destruirlos personalmente y no que el mundo los aplastara. Eso era lo que hacían las escuelas, los sacerdotes, las monjas y los vecinos. Toda mi vida escuché esto y no me condujo a ninguna parte.

Pero yo no podía culpar a mis padres. Sabía que habían sido moldeados por las circunstancias de su entorno. Pero pensaba también que tenía que buscar algo diferente. Sabía que parecía estar más perdida que centrada, más confundida que definida; era el resultado de mi propio entorno caótico, incierto, y constantemente cambiante; era la única realidad que yo conocía.

Yo quería que sucediera algo en mi vida antes de que me anquilosara, antes de estar tan cansada y falta de sueños como parecía estarlo el resto de la humanidad.

Todo se desmoronó cuando D y yo terminamos. No tanto por él, pues yo podía vivir sin su compañía. Pero mis esperanzas de cantar en público y de grabar estaban ligadas a DeAngelo, y cuando ese barco se hundió, también naufragaron mis esperanzas.

Si bien era cierto que yo quería muchísimo cantar de nuevo, lo cierto era que necesitaba ayuda de personas como D, que conocieran la industria, los clubes nocturnos y los métodos de promoción. Yo sabía que quería cantar, pero no sabía cómo conseguir presentaciones, grabar *demos* o contactar a las personas de la industria musical. Lo único que me importaba era cantar, pero parecía que no iba a ser posible.

Desafortunadamente, también dejé de asistir al grupo de rehabilitación y a la iglesia. Me parecía difícil encontrarme con DeAngelo y procuré olvidarme de eso. El pastor Roy y varios compañeros del grupo me llamaron y fueron a buscarme a casa, pero yo le decía a mi mamá que no abriera la puerta y ella no tuvo ningún reparo en complacerme. Para empezar, nunca le gustó que yo recurriera a Jesús. Ahora soy consciente de lo absurdo que fue amar a Jesús en vez de valorarme a mí misma. Miraba en todas las direcciones menos hacia mí; es lo que hacen todas las iglesias. Jesús era resurrección y vida. Pero ¿y yo qué? ¿En dónde estaban mi resurrección y mi vida? La iglesia me enseñó a mirar hacia arriba, lejos de este mundo, pero yo quería encontrar una forma de estar en este mundo y sentirme equilibrada, fuerte, segura y amada. No quería seguir aislada por temor a todo, así que dejé de ir a la iglesia.

Busqué empleo debido a la insistencia de Aracely. Pasé de un trabajo de pacotilla a otro. Una vez trabajé en un puesto de tacos; el propietario trató de arrinconarme en la cocina una noche que no había nadie, y me despidió porque no cedí. Trabajé en una oficina, pero me despidieron rápidamente debido a los celos de unas mujeres que trabajaban allá: aparentemente, yo estaba llamando la atención de muchos hombres.

También trabajé como mesera y manejé la caja registradora de una tienda de ropa. El dinero estaba bien, aunque no era mucho, pero sí lo suficiente para saldar algunas deudas y comprarle ropa y materiales escolares a Alejandro. Pero no era nada del otro mundo, déjenme decirles.

No pasó mucho tiempo antes de que terminara de nuevo en los clubes, sentada en un rincón, viendo a los cantantes, queriendo estar en ese lugar mientras ordenaba una ginebra con tónica tras otra. Volví a beber. Era mi único refugio. Me olvidé de todo lo que había aprendido sobre Jesús y la rehabilitación. Sabía que eso era incorrecto, pero estaba molesta y deprimida como para comportarme de otro modo.

Iba a los clubes los fines de semana, cuando Alejandro se quedaba dormido, o cuando Aracely o Lito y Lita lo cuidaban. Luego comencé a ir entre semana. Los trabajos apestaban, mi vida apestaba y yo solo quería refugiarme en ríos de cerveza y bourbon.

Comencé a involucrarme de nuevo con hombres malos que conocía en los bares. No sabía siquiera si eran atractivos o tenían algún valor social posible. Si yo bebía lo suficiente, me iba con cualquiera que hablara conmigo. Le decía "piloto automático" a ese estado de embriaguez en que pierdes la conciencia, pero sigues hablando, caminando y actuando como si aún estuvieras presente y viva, aunque no sea así.

Me iba a sus casas, tenía sexo o por lo menos lo que yo creía que era sexo, y terminaba arrojada de nuevo en mi casa a la mañana siguiente. Tenía que prepararme para trabajar en el restaurante, en el puesto de comida o en la tienda—dependiendo del trabajo que tuviera esa semana—así que me sentía extenuada e inútil la mayoría del tiempo.

A veces me despertaba creyendo que estaba en mi cama, pero miraba y veía a un hombre extraño acostado a mi lado. Intentaba enfocar mi mirada y no reconocía los muebles, las paredes, el piso, ni el techo. Me asustaba y sentía deseos de llorar, pero no quería despertar al tipo de turno, quienquiera que fuera. Me sentía como una mierda. ¿Qué me estaba sucediendo? Mis muslos, estómago y brazos se habían hecho más grandes. Perdí la suavidad en la piel, la chispa en mis ojos y la gracia en el caminar. Veía mis pantaletas en el suelo. ¡Mis pantaletas! Mi prenda más privada en el piso mugriento de algún tonto. Me di cuenta de lo vulgar que me había vuelto y que no podía detenerme. Pensé en las incontables pantaletas que había dejado en pisos anónimos por toda la ciudad.

Esta etapa se prolongó varios años, a la que me refiero como mis años perdidos.

El pobre Jandro sufrió mucho en esos años. Me perdí casi toda su niñez. Le grité mucho, a veces sin ningún motivo. No se lo merecía; era un buen niño, dulce y cariñoso, pero lo transformé en un ser rebelde y distante. Llegaba de la escuela y se encerraba en su habitación a escuchar música, a ver televisión o a jugar juegos de video, y la mayoría de las veces ni siquiera me hablaba.

Por otra parte, yo tampoco sabía qué decirle, y cuando nos encontrábamos en la cocina o en la sala, le decía cosas desagradables sin saber por qué. Me limitaba a preguntarle cómo le iba en escuela, si había sacado la basura o limpiado su habitación. No teníamos nada más de qué hablar, y sé que esto lo exasperaba. Discutía conmigo, y a mi vez, me ponía brava con él; me acercaba y lo miraba de arriba abajo como si fuera a golpearlo. Le era difícil enfrentarse a mí, pero cada vez iba un poco más lejos. Estaba perdiendo a mi hijo lenta, pero indudablemente.

Un día recibí una llamada telefónica. Era la policía.

"Tenemos a su hijo Alejandro Moreno en la estación," dijo la oficial de policía. "Quisiéramos que viniera y se lo llevara a casa."

"¿Qué sucedió?" pregunté.

"Les encontramos artículos robados a él y a un par de niños en el parque," dijo con naturalidad. "Sabemos que es su primera ofensa, pero podríamos juzgarlo y enviarlo a un centro de detención juvenil, así que quería hablar con usted para ver si quiere que procedamos de este modo."

Me dirigí completamente enfurecida a la estación y lo recogí. Le hice saber que estaba muy molesta, pero lo único que hizo fue mirar para otro lado, cansado, sin sentir miedo siquiera. Lo castigué durante un mes, pero no pareció importarle. Intenté permanecer en casa durante ese lapso, pero busqué la oportunidad para volarme de noche y emborracharme como una cuba.

Poco después de ese incidente, llegué a las cuatro de la mañana y subí a mi habitación. Para mi sorpresa, Jandro estaba sentado en el rellano de las escaleras. Tenía un vaso de leche en su mano. Parecía más grande, más alto y muy semejante a Ratón. Me sentí mal cuando lo vi. Subí las escaleras y lo abracé. Yo estaba borracha, pero no inconsciente. Aún recuerdo que Jandro retrocedió, sosteniendo el vaso de leche con manos temblorosas mientras yo intentaba abrazarlo y derramaba mis lágrimas en su cabello. Yo sabía que estaba disgustado conmigo, pero no me dijo nada; no tenía que hacerlo. Era su forma de aislarse y de esconderse. Incluso cuando estábamos juntos, él pensaba en otra cosa, en una tierra lejana, lejos de esta casa, de esta realidad y de mí.

Ya no quería verlo así. Tenía que parar. Jandro no me buscaba. Era culpa mía, y no podía echársela a nadie más. ¿Quién era responsable si él se volvía un pandillero como su padre y bebía como yo? Tenía que convertirme en una persona estable y madura, aún así no estuviera preparada, tenía que despertarme de ese espejismo. Esto no significaba sacrificar mis sueños, sino ir hacia ellos, hacer todo lo posible por alcanzarlos, regenerarme y convertirme en la madre que yo sabía que tenía que ser para que Jandro pudiera mirarme con ojos llenos de respeto y amor, algo que yo no había visto en muchos años.

Ya era hora de volverme sobria, de vivir como yo quería que viviera mi propio hijo, de dejar de llevar dos vidas fraccionadas e irreconciliables. Es curioso: se supone que somos nosotros los padres quienes debemos salvar a nuestros hijos, pero la mayoría de las veces, son ellos quienes terminan por salvarnos a nosotros.

Decidí dejar el alcohol por mis propios medios. No quise regresar a la iglesia. Habían pasado varios años desde que fui por última vez y sentí que había sido un fracaso. Sin embargo, yo quería controlar mis ansias. Los grupos de rehabilitación te daban fuerzas, orientación y apoyo cuando lo necesitabas, pero los convertí en mi punto de apoyo, en mi religión y en mi mundo. Dejar el alcohol me sirvió mucho, ya que la vida se me hizo más saludable y estuve más serena, pero iba tres veces por semana a la iglesia—sin contar los fines semana—sólo porque me daba miedo estar sola.

Fue entonces cuando busqué a Johnny. Escasamente había hablado con él durante los últimos años; me refiero a una conversación honesta entre padre e hija. Cruzábamos algunas palabras de vez en cuando, pero él trabajaba mucho y dejaba que fuera mi mamá la que hablara conmigo. Aracely me dijo que él había dejado de beber hacía muchos años, y que lo había hecho por sus propios medios, pues no confiaba en el programa de rehabilitación de Nazareth, ni en los que había por fuera, que eran pocos y bastante costosos.

Una cálida tarde de verano, vi a Johnny sentado en el porche, bebiendo una taza de té de limón preparado por Lita, que sirve para muchas dolencias; es muy agradable y en días calurosos es mejor que cualquier refresco.

"Hola, papi. ¿Cómo estás?" le pregunté cuando me acerqué a su silla mecedora.

"Bien, m'ija, descansando en mi día libre. ¿Y tú que? Ya casi no te veo."

"He estado trabajando, pero también ando muy entregada a la fiesta. Quiero dejar todo eso." Lo miré y sentí un deseo urgente de contárselo todo, de confesarle, esperando que si lo hacía, mi vida y la de Alejandro finalmente podrían tener algún sentido. "Necesito hablar contigo, papá."

"Por supuesto que sí, Chena. Cuando quieras. Sabes que siempre podrás contar conmigo. Siempre estás en mi mente y en mi corazón. ¿Qué puedo hacer por ti, muñeca?"

"Bueno, es algo difícil de explicar, pero lo intentaré." Tomé una silla de madera que estaba junto a la mecedora y me senté junto a él. "Estoy teniendo problemas con Jandro. Es un buen chico y todo, pero no somos cercanos. No hablamos, siempre se mantiene en su habitación o con sus amigos patinadores, alejado de mí. Lo he invitado a salir a diferentes sitios: al parque, al museo, al cine, pero no quiere. Sé que es culpa mía. Trabajo todo el día, pero luego me voy a beber a los clubes; bueno... ya sabes cómo es eso. No he estado con él y quiero hacer algo al respecto. Quiero dejar el licor, pues sé que me ayudará mucho. Pero necesito tu consejo… quisiera poder controlarme. A veces siento como si necesitara perderme y olvidarme de las cosas importantes. Sé que es una actitud egoísta y quiero dejar de ser así. Quiero estar disponible para Jandro, e incluso para mí misma. Estoy desesperada, papá, de lo contrario, no te estaría diciendo esto. No quería que supieras algunas de estas cosas, pero necesito hacer un gran cambio en mi vida, y necesito hacerlo ahora mismo."

Johnny me miró con sus ojos vivos y vidriosos, con su rostro endurecido, suavizado por una sonrisa irónica y un dedo estropeado con el que se rascó su barba de tres días.

"Bueno, m'ija. He aprendido algunas cosas en este mundo; he sido mecánico toda mi vida y comunista casi por el mismo tiempo. Ambos siguen los mismos principios. Cuando algo se rompe, hay que hacer una pausa y buscar en dónde está el problema. Si no puedes verlo de inmediato, tienes que desarmar las piezas para descubrirlo. Cada problema tiene una causa; tienes que confiar en que eso es cierto. También tienes que confiar en que cualquier problema tiene solución. Algunas veces no la vemos porque estamos mirando hacia otro lado. Me parece que has identificado tanto el problema como la solución. Lo único que falta es saber cuál será el próximo paso. Generalmente, los buenos mecánicos saben cómo funcionan todas las máquinas, así que puedan reparar cualquiera, aunque nunca antes la hayan visto. El problema que tú tienes no es solo tuyo; lo hemos tenido muchos de nosotros, y hemos sufrido lo suficiente como para encontrar una salida."

Johnny levantó su mano callosa y extendió sus dedos.

"Te hablaré de cinco cosas, de cinco salvavidas, de cinco puntos para recordar y mantener tu vida bajo control. Se trata de algo que me ayudó cuando me sentí desorientado, después de caer y aprender a levantarme de nuevo. Ahora escucha: existe una razón para que tengamos cinco dedos. Cinco sentidos. Todo lo que quieras conocer siempre tendrá cinco aspectos. Lo primero que debes encontrar en tu situación, m'ija, es tu arte. Hay pintura, danza, música, poesía. Incluso la docencia, la carpintería y la mecánica son artes; no deberían ser sólo oficios. Yo recuerdo tu canto. Estabas realmente en tu salsa y creo que no deberías abandonarlo…"

"Pero mamá dice que…" procuré interrumpir.

"Ya sé lo que dice tu mamá," continuó Johnny. "No es que esté equivocada, pero quiero que escuches lo que voy a decirte ahora… lo siguiente es encontrar tu camino espiritual. Algunas personas se vuelven cristianas, como lo hiciste tú. En mi opinión, es preferible seguir lo que dice Cristo y no lo que alguna iglesia, predicador o institución sostiene que dijo. Pero también existen muchos otros caminos. Todos son diferentes, hermosos y válidos. Lo importante es que conducen al mismo centro, al mismo 'Dios,' si así lo quieres. Este centro es demasiado grande para caber en una caja o en una categoría. Al creador no le importa cómo lo pintes, lo imagines o creas en él. Ni tampoco si crees que es 'hombre o mujer.' Las creencias son elaboradas por el hombre. Sin embargo, existen principios de vida, de equilibrio y coherencia, que contienen la mayoría de los caminos espirituales y que conducen a la misma luz. Sé que crees que soy ateo, pero si quieres saber la verdad, los ateos también podemos ser seres espirituales, así seamos conscientes o no de esto. Es cierto que no soy religioso. No me opongo a que los demás lo sean, pero es algo que no funciona para mí. Sin embargo, creo que tú tienes que desarrollar una vida espiritual vibrante y saludable."

"Papá, me alegra mucho escuchar esto de ti. Continúa," le pedí interesada, pues su discurso se asemejaba mucho al que había escuchado en los grupos de rehabilitación, solo que sin la retórica moralista.

"Lo siguiente—y quiero que tengas en cuenta que no hay un orden específico—es encontrar tu causa. Eso es algo que está más allá de ti. Yo encontré la mía en la lucha por la justicia y la igualdad. La llamo comunismo: puede que otros no estén de acuerdo, pero yo lucho por eso; no estoy a favor de la Unión Soviética, de China, ni siquiera de Cuba. Estos países tienen sistemas propios y algunos están mejor que otros, pero también tienen grandes problemas. Sin embargo, el camino hacia el comunismo es real, a pesar de lo que hayan dicho o hecho algunas personas llamadas comunistas. En el COTC sosteníamos que nos reservábamos el derecho de apoyar gobiernos o partidos de manera condicional, pero que apoyamos la revolución de manera incondicional. Aunque la mayoría de las personas creen que el comunismo es malo, nuestras metas son semejantes a las de cualquier movimiento revolucionario decente, solidario e inteligente: eliminar el poder que tiene la propiedad privada para explotar, esclavizar y manipular al mundo en beneficio de unos pocos, y crear un mundo en el que todos colaboren para el bienestar común. En estos momentos, tu causa podría ser transformarte en una madre mejor; es una gran causa que yo también tengo como padre. Encuentra una causa o varias, pero aplica tu arte y tus sueños para ayudarle al mundo, a tu familia y a tu comunidad.

"El cuarto dedo representa encontrar ayuda. Esto es importante, pues nadie puede vivir una vida realmente plena y completa por sí mismo. Es cierto que nuestra sociedad enfatiza en el concepto de 'individualismo marcado,' de las personas que han surgido gracias a sus propios esfuerzos, pero eso es basura; creo que en realidad son los 'individualistas andrajosos.' Claro que es importante tener intereses, iniciativa y disciplina a nivel personal. A fin de cuentas, hay que recordar que somos parte de la familia humana. Otras personas ya han atravesado el camino que estás recorriendo. Encuentra un tutor, un maestro, una ayuda. El hecho de que me hayas pedido un consejo ya es un gran comienzo, m'ija.

"Lo siguiente," dijo levantando su dedo gordo, "es que tienes que ser dueña de tu vida a pesar de lo que sea. Tu hermano nunca entendió eso. Yo era así de joven. Él le entregó su vida al barrio. No dejó nada para él, para su mamá, para ti, ni para mí; y mucho menos para sus propios hijos. Si la pandilla se desintegra, él se desintegra. Actualmente está en el lugar ideal para quienes entregan su ser: en prisión. Cree que es dueño de su destino, pero todos sabemos que está atrapado como una araña en la red. Sin embargo, él no es una mosca en la telaraña; es la araña, y esto hace que les sea más difícil liberarse, puesto que él mismo se ha tendido esa trampa. En tu caso, te has entregado a las drogas, al alcohol y, si no te importa que te lo diga, a los hombres. Les diste una gran parte de ti a algunos de ellos. Tiendes a dejar a los tipos buenos para enredarte con los malos. Muchas mujeres hacen eso: les entregan todo a un pendejo. Y cuando un hombre abusa de ellas,

las ignora o las abandona, resulta que no han dejado nada para sí mismas. Comete tus errores, m'ija, reconócelos y ten éxitos: regocíjate en ellos, porque son todos tuyos."

Johnny terminó de hablar y yo permanecí callada. De hecho, me quedé muda: me cambió la vida en unos cuantos minutos. Yo tenía veintiocho años. Probablemente no podía decirme nada de esto hasta que yo se lo pidiera, hasta que hubiera llegado al borde del abismo, hasta que hubiera madurado lo suficiente como para que al menos me importara. Supongo que así son los mecánicos. No te dicen inmediatamente cómo hacer las cosas. Pero cuando los necesitas, están ahí, y lo hacen.

"Papá, muchas gracias. No sé qué decirte," dije finalmente mientras Johnny bebía de nuevo su té de limón. "Voy a ser una mejor madre. Esa será mi causa por ahora. Voy a demostrarle a Jandro que aunque he cometido errores grandes—algunos de los cuales nunca podré reparar—por lo menos sí puedo cambiar y ser la madre que se merece y sé que anhela." Comencé a llorar. "Te quiero, papá. Y también a mamá. Sé que ella tenía razón. Ahora entiendo. Ella quería que yo pensara en cosas más inmediatas y que no utilizara el canto como una excusa para evadir mis responsabilidades. Ahora tengo que encontrar la forma de hacer ambas cosas; de no sacrificar mi hijo por mis sueños y de no sacrificar mis sueños por mi hijo. Pero una de las dos tiene que ser más importante. Y ahora mismo, Jandro tiene que ser mi propósito y mi objetivo primordial. Me siento muy bien al decir esto. Gracias, gracias, gracias."

Me levanté para abrazar a mi papá, quien puso su mano fuerte en mi espalda, cerró los ojos y sonrió. No me había sentido tan cercana a él desde que estaba pequeña. De algún modo, me olvidé de acudir a él durante ni adolescencia y después de los veinte, cuando debí hacerlo. Me pregunté por qué no lo hice. Pensé en Jandro y comprendí que si yo no tendía esos puentes de inmediato, pasaría por la misma situación mía. Lo que mi papá me dijo fue fantástico. Lo difícil fue ponerlo en práctica; era como hacer que una máquina averiada funcionara de nuevo.

13

CALOR

Vuelve a tu pais!"

Esas palabras me atravesaron como un cuchillo, poco después de mi conversación con Johnny. Necesitaba encontrar la forma de salir de mi letargo, de esa inercia que podía arrastrarme a la bebida, al sexo, y ser negligente con mi hijo si no tomaba una decisión de carácter obligatorio.

Mi papá me dijo: "lo único que necesitas para hacer un cambio es dar dos pasos: primero un paso, y luego el segundo."

Comprendí que tenía que hacer algo. Comencé a buscar un trabajo, un camino, un milagro quizá, mientras caminaba por Glenoaks Boulevard, una de las avenidas principales de Sylmar. Estaba sumergida en mis pensamientos, pensando en Jandro, en mis papás, en un empleo y en la posibilidad de estudiar de noche. En Sylmar había una institución excelente y económica para la clase trabajadora: Mission College. Me reconfortó el hecho de poder estar sobria, de recordar los consejos de mi papá y de buscar nuevas cosas, nuevas opciones, nuevos riesgos.

Fue entonces cuando ese tipo me gritó de nuevo: "¡Vuelve a tu país!"

Quise gritarle: ¡Este es mi país, cabrón! Esta es mi tierra, era mi tierra antes de que Colón se desviara, antes de que los peregrinos llegaran a bordo del Mayflower y antes de que los inmigrantes europeos llegaran a Ellis Island.

Pero no tuve la oportunidad de decírselo; solo pude hacerle un gesto obsceno antes de que la furgoneta se perdiera de vista.

Soy consciente de que este hermoso, soleado, y dorado estado de California siempre ha sido un lugar de conflictos, pero se ha dividido aún más en los últimos veinte años.

Hervía de indignación por lo que me había dicho ese tipo, pero seguí caminando, solo que pisaba tan fuerte que parecía estar marchando. Pasé por un pequeño centro comercial en donde había una tienda de alimentos, un salón de belleza, una tienda con productos de noventa y ocho centavos, una manicurista y una pizzería. En un extremo había un pintoresco café-librería. Tenía un aviso pintado que decía LO NUESTRO.

Miré y vi una pared llena de volantes anunciando sesiones de lectura, eventos musicales, conferencias, exposiciones artísticas y seminarios. Varios libros chicanos estaban exhibidos en la vitrina. El sitio era rústico, como un rascache, pintado con colores cálidos y terráqueos. Había cuadros llamativos en las paredes, adornos mexicanos y camisetas del movimiento chicano. En una pared había estantes con libros de literatura chicana, asuntos indígenas, historia y política en inglés y en español, así como pintorescos libros infantiles en ediciones bilingües. Una linda adolescente estaba detrás del mostrador tomando pedidos de café expreso y capuchinos elaborados con granos de café de Oaxaca y Guatemala. La voz de la cantante mexicana Lila Downs salía de los parlantes. Yo nunca había visto un sitio igual.

¡Que volviera a mi país! ¡Claro! Como este sitio. Sentí que aquí era donde yo pertenecía; esa era la prueba de que sí era mi hogar.

Una mujer salió de la pequeña cocina. Era atractiva, tenía alrededor de cincuenta años y llevaba un *huipilli*—un vestido aborigen mexicano—de colores fuertes y una trenza larga. Dijo algo en otro idioma, que supuse era azteca o maya, y luego me saludó en inglés y en español y sonrió.

"*Gualli tonalli… Good Day…* Bienvenida," exclamó.

"*Guau,* ¡qué lugar tan increíble! ¿Desde cuándo están acá?" pregunté.

"Desde hace algunos meses. Me llamo Xitlalli. ¿Cómo te llamas?"

"Azucena," dije.

Le conté lo que me había dicho el tipo de la furgoneta. Xitlalli me ofreció un asiento. Le dijo a una de las chicas que me preparara un café; yo pedí un *mocha*. Xitlalli escuchó mi historia y luego me explicó por qué había abierto ese sitio.

"Estamos sufriendo ataques de racistas y de otras personas, incluso de presuntos hispanos," dijo. "Necesitamos tener un sitio donde podamos sentarnos y hablar, compartir ideas, aprender un poco sobre nuestra historia, nuestras lenguas y sobre las enseñanzas indígenas."

"Suena muy interesante," dije. Era la puerta que yo estaba buscando.

Conseguí empleo en Lo Nuestro. No gano mucho, pero me sentía en el lugar ideal. Aunque yo era mayor que la mayoría de los chicanos y chicanas que iban allí, escuchaba con atención las intensas discusiones sobre consciencia indígena y eventos comunitarios.

Fue allí donde conocí a Pancho Reyes. Entró al café un buen día; yo estaba preparando un café latte en la máquina. Llevaba un portafolio negro y grande debajo del brazo; era un artista que quería exhibir su trabajo en una galería. Su edad era más cercana a la mía que la de casi todos los clientes. Dio un vistazo y me vio con mi delantal negro y "Lo Nuestro" escrito en colores vivos.

"Disculpe, señorita. ¿Con quién puedo hablar sobre mi obra?" preguntó.

Me di vuelta y lo miré detenidamente. Al principio me pareció un tanto extraño; tenía cabello largo, un arete en el labio inferior y el calendario solar azteca tatuado en un brazo. De todos modos, ese era el tipo de clientela que iba a Lo Nuestro: jóvenes activistas creativos y diferentes que yo no había visto en ninguna parte. Eran excéntricos, pero también inteligentes y comprometidos.

"Puedes hablar conmigo," dije.

Pancho sonrió y puso el portafolio en el mostrador. Lo abrió y me mostró varias fotos de sus cuadros: tenían colores fuertes, y la temática consistía en motivos aztecas y mayas, rostros, animales y figuras geométricas. Su obra parecía tener influencias del graffiti urbano. Yo no sabía mucho de arte, pero ya estaba aprendiendo un poco.

"Tienes talento," anoté coqueteándole.

"Vivo aquí, a la vuelta de la esquina," dijo.

"Mmm," murmuré.

"Bueno, me gustaría exhibir mi obra en el café. Sólo he realizado un par de exposiciones, pero pinto desde hace varios años. Vi este sitio hace algunos días y me parece ideal para mostrar mi trabajo."

"Sí, pero los propietarios no se encuentran en este momento," dije. "Sin embargo, me gusta lo que he visto. ¿Podrías dejar tu portafolio y un número telefónico para llamarte? Creo que podremos llegar a un acuerdo."

Pancho vaciló, como si no quisiera dejar su portafolio. Pero creo que también vio que su obra me había gustado mucho.

"Está bien," dijo. "Estoy seguro de que lo dejo en buenas manos."

Pancho comenzó a ir al café casi todos los días. Poco después comenzó a invitarme al cine o a una obra de teatro. Estábamos saliendo, pero era una relación amigable y natural. Me agradó su compañía. Le gustaban los libros, la música, el arte y el cine; cosas a las que yo casi nunca les había prestado atención, pero que ahora me sentía obligada a hacerlo.

Se entendió bien con Xitlalli y sus obras terminaron colgadas en las paredes de Lo Nuestro un par de meses después.

Un día, ella nos invitó a Pancho y a mí a un temazcal, una ceremonia purificatoria. Yo no sabía de qué se trataba, pero Xitlalli nos dijo que sólo invitaba a personas que, para su parecer, estaban preparadas para aprender y participar.

La cabaña había sido construida por Omar Cuevas—su compañero—y por otros activistas chicanos e indígenas del Valle del Noreste. Estaba situada en Pacoima, detrás de la casa de la mamá de Omar.

Para llegar a la cabaña tenías que pasar por una cerca negra y oxidada de hierro forjado hasta llegar a un extenso camino de entrada. En aquel entonces el sitio parecía ser una simple casa de barrio, con fachada de yeso y tres espacios separados habilitados como apartamentos, en donde vivían varias familias. Se entraba por el jardín de atrás; había pilas de madera y piedras de lava y troncos de árboles a modo de bancos alrededor de un hoyo forrado en metal donde se enciende el fuego. La cabaña, con paredes de ramas de sauce, estaba al otro lado del fuego, y la entrada daba hacia el este. A un lado de un muro de bloques de concreto había un jardín con tallos de maíz, nopales y plantas medicinales. Estaban elaborando un huehuetl, un tambor vertical mexica (o azteca). Esto se hacía colocando brasas de carbón ardiente en el tronco de un árbol y dejando que toda la madera se quemara hasta que el tronco quedara hueco. En un cobertizo había mantas y lonas que se utilizaban para cubrir la cabaña durante las ceremonias. Unas hermosas jícaras pintadas y teñidas colgaban de las paredes de las casas vecinas.

El día que Pancho y yo conocimos a Omar, nos dijo que nos sentáramos alrededor de una fogata que había en el jardín de atrás. Comentó que el temazcal era el ritual comunitario más antiguo del continente americano y que había surgido hacía decenas de miles de años. Otras culturas también lo practicaban, pero los pueblos nativos del continente americano habían perfeccionado los aspectos limpiadores y espirituales, que son fundamentales para la ceremonia. Las cabañas recibían diferentes nombres dependiendo de los pueblos indígenas. Los lakota las llamaban *inipi* (casi todos los temazcales que se hacen en Estados Unidos son de estilo lakota). Los mexica—también conocidos como aztecas, así como la mayoría de los pueblos del centro de México—les llaman temazcales. Los indios de California, los navajos y otros pueblos tienen sus propios nombres y estilos. La diferencia radica en los materiales de construcción; pueden ser de tierra, de piedra o de ramas de sauce, pero su esencia es la misma.

Omar señaló que los círculos indígenas chicanos utilizaban los estilos *inipi* y *temescalli*. El *inipi* está construido generalmente con sauces de río dispuestos cuidadosamente, formando una cabaña circular. De la parte superior de la cabaña cuelgan cuerdas de oración en manojos de tela roja para transmitirles las plegarias al Espíritu. Las mantas y las lonas se utilizan para cubrir la cabaña antes de la ceremonia. Varias piedras de lava—las que mejor retienen el calor y no se parten como otras—se calientan a fuego intenso por lo menos dos horas antes de la ceremonia. Un altar de tierra se coloca frente a la abertura de la cabaña o puerta, que generalmente está al este según la costumbre mexica, o al oeste, según la costumbre lakota.

Me enteré que los temazcales urbanos se volvieron comunes a comienzos del siglo veintiuno, aunque hay muchas personas que sostienen que siempre deberían hacerse en sitios naturales, en las montañas o a campo abierto. Sin embargo, tiene mucho sentido hacerlos en el vecindario, debido a la gran cantidad de chicanos que asisten. El mayor problema es que a veces vienen personas que no respetan su carácter sagrado. Varios vecinos se apostaron detrás de las rejas para observarnos, y se burlaron de nosotros mientras hacíamos fila para entrar. Son los mismos vecinos que hacen fiestas con música norteña y cumbias que retumban en parlantes de potencia descomunal, carne asada, mucha cerveza, risas, gritos y un pleito o dos.

Aprendimos a no prestarle atención a esto. Nos concentramos en nuestras plegarias, cánticos y canciones, y poco después se nos olvidaba que no estábamos rodeados de naturaleza; aunque la habíamos incorporado a nuestro mundo a través de las piedras, las plumas, el fuego, el humo, y al sentarnos en Tonantzin, nuestra Madre Tierra. Resulta que lo sagrado puede suceder en cualquier parte y en cualquier momento, si tienes los principios y las intenciones apropiadas, y pones tu corazón en lo que hagas.

Aquel verano caliente asistimos a varios temazcales. Es una experiencia intensa, teniendo en cuenta que cuando se echa agua sobre las piedras candentes, la temperatura es bastante alta. Sin embargo, aprendimos a resistir, y a mí me sirvió mucho en mi proceso de rehabilitación; Omar también es un adicto rehabilitado y un ex pinto. Terminé yendo al menos una vez por semana. Cuando alguien necesitaba una sesión terapéutica, lo llevábamos al temazcal. Las ceremonias tienen que prepararse con anticipación, y hay que reservar con tiempo, pues no son como las misas de domingo, sino rituales indígenas que se realizan por tanto en tiempos rituales. A veces crees que llevas una hora en el temazcal, y cuando sales del "vientre" te das cuenta que han pasado dos o tres horas.

Los temazcales son muy apropiados para miembros de Alcohólicos Anónimos o de Narcóticos Anónimos; hemos trabajado con muchos drogadictos y alcohólicos que quieren rehabilitarse. Nos reunimos con amigos y familiares, pero también invocamos a nuestros antepasados y a todos los elementos, al Gran Espíritu y a todas sus manifestaciones para que se reúnan con nosotros. Podemos recurrir a muchas energías.

Generalmente los hombres están separados de las mujeres, pero de vez en cuando hacemos temazcales colectivos. También realizamos charlas con una pluma de águila para poder expresarnos, interactuar y compartir.

A veces, las ceremonias son realizadas por temazcaleros auténticos—como Omar, por ejemplo—aunque generalmente son conducidas por profesores y ancianos. Los encargados del fuego llevan las piedras candentes al hueco que se ha cavado en el centro de la cabaña y otros ayudantes traen ramas de cedro que se utilizan con fines medicinales.

Las piedras son consideradas como personas y reciben el nombre de abuelos y abuelas, pues son nuestros ancestros. Se utilizan todos los elementos de la naturaleza: el agua se vierte sobre piedras candentes, lo que genera vapor; la madre Tierra está debajo de nosotros; las piedras guardan nuestros recuerdos e historias; el aire vive a través del humo del tabaco, del vapor y del copal, la resina de olor dulce extraída de árboles originarios de México y Centroamérica; y el fuego que enciende las piedras y genera el vapor que calienta nuestros cuerpos y sana nuestros espíritus. Hay cuatro rondas en las que se abre la "puerta" para que salga el vapor. Se supone que los asistentes deben completar las cuatro; cada una tiene un propósito sanatorio diferente. Pero a veces—los primerizos sobre todo—no resisten y se salen.

El objetivo principal del temazcal es la limpieza espiritual, la purificación y el equilibrio. La intensidad es tan fuerte como la que se siente cuando se consumen drogas o alcohol, pero sin ninguno de los efectos negativos. Bebemos tés de hierbas entre ellos el té relámpago navajo, que es bastante fuerte, tanto así que algunas personas vomitan. Esto es bueno, pues significa que están eliminando las toxinas. Sudar también ayuda a expulsar la negatividad y la toxicidad. No puedes ir al temazcal si has consumido drogas o alcohol. En este caso, hay que esperar cuarenta y ocho horas si se consumió alcohol, o varios días si se consumió drogas.

En todos los temazcales hay supervisión, pues siempre asisten varios miembros de la comunidad y un temazcalero. Los abuelos— las piedras—te hablan cuando reciben el agua. A veces se ven cosas en las piedras candentes; rostros, demonios, ángeles, tus hijos, tus miedos y lo que sea que necesites ver. También se reza y se canta: hay muchas canciones hermosas lakota y navajo en honor al peyote. Algunas personas saben canciones y cánticos en náhuatl, la lengua del pueblo mexica. Las energías femeninas y masculinas salen a flote, y también la naturaleza y el espíritu. Te sientes como un indio antiguo, como debieron sentirse tus antepasados hace miles de años. Básicamente, te sientes como si estuvieras de regreso en el vientre, recibiendo el abrazo de nuestra madre Tierra, pues la idea es renacer de nuevo después de las cuatro rondas.

Sin embargo, el ambiente no es completamente acartonado, aunque se supone que los asistentes deben tener intenciones serias. No se debe maldecir ni hacer bromas de mal gusto. Pero a veces nos reímos, como cuando estamos orando y alguien se echa un pedo sonoro. Es algo inevitable, pues así es la naturaleza humana. Pero de todos modos es algo divertido.

Una vez, un chico asistió a una sesión bastante concurrida, pues había por lo menos treinta personas. Tenía dieciocho o diecinueve años y era la primera vez que iba a un temazcal. Cuando hay tantas personas, los asistentes están apretujados en dos o tres filas, y si alguien no está acostumbrado a permanecer mucho tiempo en la misma posición, es muy probable que sienta calambres en las piernas. En todo caso, el chico estaba asustado, hablaba mucho y molestaba a los demás. Fuimos pacientes, le explicamos todos los procedimientos, e intentamos tranquilizarlo. Tal vez creía que se iba a morir. Se quejó del calor, dijo que no podía respirar y que las plegarias de los asistentes estaban consumiendo todo el oxígeno. Y luego perdió el control. Alguien estaba orando con fervor, y él gritó: "¡No siento mi pierna! ¡Me está pasando algo; no siento mi pierna!"

Omar le pidió que se calmara y que le explicara qué le sucedía.

"¡Me toqué la pierna y no sentí nada!" gritó completamente asustado.

Alguien que estaba a su lado dijo con toda naturalidad: "Tocaste mi pierna."

Todos nos reímos durante un largo rato.

Una de las cosas más divertidas es cuando Omar lleva a pandilleros empedernidos que se supone que lo han visto todo. Están llenos de tatuajes y tienen un aspecto temible, pero tan pronto entran al temazcal, nunca falta el que se desmorona. La mayoría es resistente, pero se han visto casos de tipos que se creen pandilleros natos. Tan pronto vierten aguas sobre las rocas, ya están locos por salir, aunque sólo llevan un par de minutos adentro. Mientras tanto, he visto niñas recién salidas de primaria resistir las cuatro rondas sin el menor asomo de queja. Pero no faltan los matones que se desmayan o salen corriendo apenas sienten las primeras gotas de sudor en su piel.

En el temazcal se conoce la verdadera esencia de las personas. Allí no puedes presumir de nada ni tratar de engañar a nadie porque terminarás siendo víctima del sudor. Hay personas que han ido drogadas o borrachas, y no aguantan. El temazcal lo sabe y los hace sentir supremamente incómodos. Como dice Omar, el temazcalero cumple un papel limitado. El resto está en las energías—tanto en las masculinas como en las femeninas—que se invocan y se adaptan a las necesidades de los asistentes.

"¡No quiero, mamá!" exclamó Jandro desde su silla. Estaba viendo televisión.

Jandro tiene once años, una edad peligrosa para cualquier niño de cualquier ciudad.

"Escucha, hijo. Creo que te gustará," dije acercándome a él. "Sé que no siempre has podido contar conmigo, pero también sabes que estoy cambiando bastante. Todo esto se debe al temazcal, y me gustaría que fueras a una sesión."

"Estoy cansado, mamá. Tengo muchas tareas."

Comencé a sentir rabia. "Sí, pero no parece tener tareas cuando sus amigos lo invitan a jugar o a ir al centro comercial," pensé. No obstante me contuve, pues sabía que decírselo sería un error.

"Solo quiero que compartas esta experiencia conmigo. Es muy interesante… es mucho más agradable de lo que puedo decir."

"¿Es como eso de los cristianos?" señaló Jandro con ironía.

Comprendí que me estaba juzgando por mi conducta pasada. Yo sabía que tendría que pasar un tiempo para que él pudiera confiar en mis palabras y actos.

"Está bien, dije. Me ausentaré unas tres horas. Lito y Lita están atrás por si necesitas algo, ¿de acuerdo?"

Jandro no dijo una sola palabra.

Mi autoridad como madre estaba siendo cuestionada la mayoría del tiempo, pero Pancho me ayudó a comprender que era muy importante que un niño como Jandro tuviera a un hombre fuerte y decente. Las mamás podemos hacer muchas cosas, y no hay problema si no tenemos a un hombre. Pero también es cierto que hay algo ausente, algo esencial que no puede reemplazarse. Es bueno que un niño tenga un hombre noble y cariñoso a quién imitar. No era fácil, pues Jandro y yo aún teníamos problemas para comunicarnos, a pesar de que yo había avanzado enormemente en este aspecto. Yo podía ser una guía para mi hijo, pues las madres solteras han hecho esto desde tiempos inmemoriales. Pero no hay nada como que un niño tenga a un hombre abierto y sabio en su vida.

Eso era algo que me gustaba mucho de Pancho, y resultó ser lo mejor para Jandro.

Siempre que iba a casa, hablaba con Alejandro de la escuela, los juegos de video, la música que le gustaba y del monopatín, el pasatiempo favorito de mi hijo. Al comienzo, Jandro no era receptivo y le respondía básicamente con monosílabos. Pero Pancho no se inmutó y siguió hablándole hasta que mi hijo bajó la guardia.

No me malinterpreten por favor: Johnny y Lito son unos hombres maravillosos. Le enseñaron mecánica y jardinería, y creo que Jandro no ha perecido en gran parte debido a ellos. Ha conocido a tantos hombres inmaduros y nocivos con quienes he salido que él necesita un contrapeso, y mi papá y Lito han hecho una buena labor en ese sentido.

Pero también es necesario que los niños tengan a un hombre que no sea de la familia y que pueda trasmitirles otros conocimientos y destrezas esenciales para el camino hacia la edad adulta; alguien que sea un modelo para ellos.

Después de esta conversación, le pedí a Pancho que tratara de convencer a Jandro para que fuera a un temazcal.

"Sé muy a bien a qué te refieres," dijo Pancho. "Los niños ahora no tienen bases, valores duraderos, ni sentido de las proporciones. Casi todos son superficiales y tienen muchas distracciones. Déjame hablar con Omar para ver qué se nos ocurre."

El plan que idearon fue que Pancho llevaría a Jandro a un "círculo de guerreros," unas reuniones de niños y adultos organizadas por Omar en donde los asistentes aprenden a vivir de acuerdo a sus principios... y también aprenden sobre el respeto, la dignidad y las nociones indígenas de la masculinidad, en lugar del machismo absurdo que nuestra sociedad les inculca a los hombres.

"Crees que no te conozco, pero déjame decirte lo que sé," dijo Omar durante una acalorada conversación nocturna que tuvimos Xitlalli, él y yo.

"Tienes una esencia profunda y oscura dentro de ti, una parte destructiva que sabotea constantemente tu vida. Esa esencia es densa y poderosa, pero lo más importante es que es negativa. Todos la tenemos, aunque tenga formas diferentes. Es probable que nunca logres deshacerte de ella. Sin embargo, tendrás que aprender a convivir con ella, a neutralizarla, a no dejar que domine tu vida." Yo lo escuchaba y sentía rabia. No me gustaba que me dijeran que estaba equivocada. Sin embargo, yo no podía evitar esta discusión con Omar y Xitlalli; no sólo eran mayores que yo, sino también mis tutores y amigos.

Omar nació en Michoacán, México. Es de ascendencia indígena purépecha y tiene cincuenta y cinco años. Este ex adicto de cabello largo y canoso redescubrió sus raíces indígenas en prisión y ahora es nuestro maestro. Lleva catorce años practicando la danza lakota del sol, y también participa en un grupo de danza azteca.

Xitlalli—nombre indígena significa "estrella"—tiene un par de años menos que Omar, pero parece como si fuera diez años menor; su familia es de Jalisco y tiene sangre huichol. Es muy bonita, tiene cabello largo y negro, rostro indio de facciones fuertes y oscuras, y casi siempre se viste con *huipilli*, y luce collares y brazaletes en el cuello y las muñecas. Es fuerte, aunque reposada, paciente y culta, y está dispuesta a hablar conmigo cuando lo necesito.

"Esta esencia de la que habla Omar…" explicó Xitlalli mientras quemábamos salvia en la olla de barro, que generaba una atmósfera muy agradable, "es esa parte de ti que quiere ocultarse, no correr riesgos y sentirse segura y cómoda en la mediocridad y el anonimato. Hay otra parte de ti que quiere vivir, salir adelante, enfrentar el mundo y disfrutar de sus maravillas. Tienes que procurar que ésta sea la parte más activa y dominante de tu esencia, mujer. Es sabido que muchas mujeres no hacen esto; la sociedad predominantemente masculina les ha atrofiado la energía y los sueños. Algunas se vuelven chismosas y sometidas y viven sus vidas a través de los programas de televisión, de las telenovelas y de las fantasías de los demás. Son espectadoras de un mundo que gira sin ellas. No puedes ser así: tienes que ser el centro de tu propia vida."

"Esta bien, está bien. Entiendo, pero no podré hacer nada si siguen peleando conmigo," respondí. "Me siento atacada."

"Tú crees que estamos peleando contigo," señaló Omar con paciencia. "Pero no. Estamos combatiendo esa esencia, esa bola, ese cadáver putrefacto o como quieras llamarlo. La mía es una bestia; es despiadada, ataca a las personas, es impulsiva y malvada. Es esa parte de mí que quiere inyectarse heroína, beber toda la noche, que quiere lanzársele a un coche en movimiento y ser atropellado. No he llegado al extremo de apuntarme con una pistola en la cabeza, pero soy como un suicida ambulante. Creo que sabes a lo que me refiero: a esas personas que están muertas por dentro, con sus espíritus aplastados, incapaces de ver la belleza y la esperanza a su alrededor. Sólo ven la negatividad, la miseria y lo peor de las personas y de las cosas. Tengo que rezar todas las mañanas para que esta bestia no se despierte. Lo hago todos los días y a veces con lágrimas. Sí, he llorado por culpa de esto. Me alegra que esté inactiva, aunque se podría despertar con cualquier cosa. Tengo que estar pendiente de esto todos los días y a todas horas."

"¿Cómo le llamas a tu esencia, a tu sombra, a tu lado oscuro?" me preguntó Xitlalli. Tuve que pensarlo un rato.

"No lo sé... lo veo más como un hueco negro," le dije.

"Es una buena metáfora," intervino Omar. "Es una buena imagen para entender a qué te estás enfrentando. Es un hueco negro que succiona toda la vida que hay en ti, que arruina tus relaciones, que hace que no establezcas conexiones firmes con nadie. Te preguntas por qué no tienes amigos cercanos y no eres cercana a tu familia. ¿Sabes por qué? Porque das muy poco. No eres generosa; eres como la punta de un iceberg; tienes que dar más de ti misma, pero eres egoísta en ese sentido y solo nos muestras un fragmento de lo que eres. Dijiste que no confías en la vida. Sí, sé que ha sido difícil, pero también ha sido agradable. Tienes gente que te ama, tienes un hijo que te quiere mucho, pero que está frustrado porque no le das lo mejor de ti. Necesitas aprender a confiar en la vida y en las personas. He conocido a personas como tú, que no han experimentado más que abusos, humillaciones, y degradación, que han pasado por cosas terribles, pero que han sido capaces de ser solidarios y dar de sí. Hay personas que son generosas contigo, pero tú sólo respondes brevemente, a intervalos. Te pedimos más; danos más de lo que realmente eres."

"Nunca había visto las cosas de ese modo," admití.

"Escucha, Chena," dijo Xitlalli. "Como dice Omar, no estamos peleando contigo, sino con ese hueco negro. Pero honestamente, esa pelea no es nuestra: es tuya. Siento como si fueras un boxeador en el cuadrilátero, pero a veces permaneces sentada en la silla y dejas que el hueco negro arremeta contra ti. Somos como tus entrenadores. Te estamos hablando desde afuera porque sabemos que no es la pelea de nosotros; ya tenemos la nuestra. Pero tú no te paras ni te le enfrentas como debieras, y entonces nos sentimos frustrados. Terminamos entrando al cuadrilátero y peleando por ti. Eso no está bien, pero es lo que ha sucedido. Eres tú quien tiene que pelear; te daremos fuerzas, te apoyaremos y estaremos disponibles para ti. Pero es tu vida; es tu pelea, no la nuestra."

Me estaban dando una verdadera lección; una lección maravillosa. Era justo lo que necesitaba escuchar. Reconozco que a veces soy buena para criticar, pero no para recibir críticas, ni siquiera de aquellos que solo lo hacen por mi propio bien.

Afortunadamente, han surgido varios grupos de rehabilitación chicanos/indígenas desde los tiempos de mi papá. Estos grupos giran en torno a la premisa de que nuestra cultura y nuestros valores son incompatibles con las necesidades y valores predominantes del sistema capitalista y de la gratificación inmediata que prima en este país. Los modelos psicológicos y lineales de la mayoría de estos grupos están orientados básicamente a personas de raza blanca. Claro, también hay muchos negros y mexicanos, pero son menos que quienes están por fuera. Las personas han comenzado a crear sus propios círculos de sanación y de rehabilitación basados en los principios de las tradiciones indígenas. Enfatizan en la medicina natural, en las hierbas, en los tés y en las ceremonias como el temazcal.

He hecho muchas cosas para encontrar mi camino en este mundo y la mayoría ha sido errada. Sin embargo, nunca se me ocurrió recudir a mis propias raíces—mexicanas y de este país—hasta que conocí a Omar y a Xitlalli. Omar dice que todos vivíamos en una sola tierra antes de que surgieran las fronteras. Las tendencias migratorias desde México a los Estados Unidos datan de hace decenas de miles de años, mucho antes de que llegaran los españoles y mucho antes de la migra. Lito y Lita tienen ancestros yaquis y mayo de su estado natal de Sonora. Ratón era parte chicano y hopo, así que no estoy jugando a ser india, como he escuchado que algunas personas llaman a los chicanos, aunque nosotros parezcamos más indios y tengamos una sangre más aborigen que muchas personas de este país que tienen un carné que los acredita como "indígenas."

Es extraño pensar entonces que mi cabeza terca puede absorber todo este conocimiento; soy esa que sacó el coche a la fuerza y puso la vida de Pancho en peligro, a pesar de haber asistido a tantas ceremonias de temazcal.

Soy esa que odiaba reglas y escuelas, que consumió todo tipo de drogas peligrosas; esa que estalla en furia y que no siempre tiene la cabeza bien puesta. Sé que estoy lastimada y destrozada... lo sé muy bien, pero estas ideas y enseñanzas son para nosotros; para los perdidos, los confundidos, los encabronados... para personas como yo.

La intensidad de los temazcales me recuerda al calor de la acería, según las descripciones que ha hecho mi papá a lo largo de los años. Sin embargo, la diferencia entre un trabajador metalúrgico y los que asistimos al temazcal es que nosotros somos la fuerza y la velocidad; somos la acción y la inacción, el sujeto y el objeto. Los temazcales y otros rituales son nuestro camino para conservar nuestro valor, desarrollar nuestro carácter, y alcanzar la coherencia sin necesidad del mundo industrial y exterior que nos invade con su proceder artificioso, explotador e intolerante.

Este calor es nuestro, del mundo de la naturaleza y del espíritu. Algunos de nosotros nos hemos forjado de nuevo gracias a su temple. He tenido que desperdiciar mucho tiempo y muchas relaciones para encontrar finalmente la verdadera belleza y la sabiduría innata. Aún soy lo suficientemente joven para aprovechar esto. Aún soy capaz de cambiar mi entorno.

También he comprendido que no tengo que abandonar a Jesucristo para participar en estas ceremonias y aprender estas enseñanzas; hay un Jesús indígena en la Biblia, que caminó entre los más pobres y olvidados, que desafió las jerarquías del Templo y de la sociedad, que curó como lo han hecho los curanderos a lo largo del tiempo: con palabras, con las manos, con ideas, historias y amor. Yo veo a Jesús como la tierra: expansivo, incluyente, sabio, receptivo y de piel oscura; no como el Jesús blanco e idealizado que algunas personas utilizan para ocultar su naturaleza intolerante y estrecha.

Finalmente, Jandro vio cuánto había cambiado yo.

"¿Estás bien, mamá?" me dijo un día cuando llegó de la escuela.

"Sí, claro. ¿Por qué?"

"Porque no te enfadaste ese día que llegué tarde a casa, ni ayer, que no terminé mi tarea, ni tampoco cuando estuve encerrado en mi habitación más tiempo de lo normal. Todo lo que hiciste fue preguntarme si me sucedía algo y ofrecerme tu ayuda. Es por eso que estoy preocupado, ¿realmente te sientes bien, o estás ocultando algo?"

"¡Qué cinismo!" dije con una sonrisa. "No estoy ocultando nada. Lo que ves es lo que hay."

"¡Qué bien, mamá!" dijo Jandro mientras salía por la puerta de atrás. "Volveré pronto. Evitaré darte problemas."

Jandro es un gran chico. Hemos vivido momentos difíciles, pues he sido una madre soltera perdida y destructiva. Siempre que tiene problemas lo llevamos al temazcal. No quiso ir al comienzo; es una experiencia difícil, y llegué a pensar que estaba muy pequeño. Pero ya sabe calentar las piedras y llevarlas a la cabaña. De vez en cuando hace cosas extrañas, aunque es natural para un chico de su edad. Pero lo más importante es que me hace caso, no anda con chicos malos y estudia mucho.

Cuando Jandro cumplió doce años, Omar propuso que realizáramos un ritual de transición y una ceremonia de bautizo que incluía un temazcal con su familia y con sus "tíos" y "tías" (personas adultas sin vínculos familiares que quieren orientarlo a través del viaje de su vida). Esa fue la primera vez que Aracely y Johnny fueron a un temazcal, aunque lo estaban dudando en un comienzo. Mis padres son activistas comunitarios, líderes y revolucionarios dedicados a la realidad social y a los asuntos políticos. Han pasado una buena parte de sus vidas alejados del misticismo y de los preceptos religiosos. No me opongo a eso; solo les dije que abrieran sus corazones y que dejaran volar sus espíritus. Y bueno, a fin de cuentas la ceremonia no les pareció contraria a sus principios, y salieron completamente renovados.

También invitamos a Pancho a la ceremonia y estuvimos cinco horas en el temazcal. Jandro pasó momentos difíciles, pero resistió las cuatro rondas: me sentí muy orgullosa de él. Todos los asistentes elevaron plegarias conmovedoras, dijeron palabras sabias y entonaron cánticos y canciones llenas de sentimiento.

Posteriormente, Omar y Xitlalli le dieron a Jandro su nombre ná-huatl: "Ocelotl" que significa "jaguar." Es un símbolo muy poderoso, y él sonrió al escucharlo. Pienso que esta ceremonia fue benéfica para él, y no solo otra idea loca de su mamá. Casi todos los integrantes reci-ben nombres mexicas, los cuales están determinados por el día, año y hora de nacimiento. Esta información es adaptada al calendario mexica, también conocido como Tonalmachiotl, y considerado como uno de los calendarios más precisos que hay en el mundo. Es de piedra labrada, redondo, y fue encontrado en las ruinas de Tenochtitlán en los años setenta.

Su origen se remonta a varios miles de años atrás y está relacio-nado con el calendario maya y con otros mesoamericanos. Este calen-dario tiene dos referencias de tiempo independientes que se alinean varias veces al año. Es enorme y pesa varias toneladas. Existen varias réplicas pequeñas de barro que se pueden ver en las casas, en afiches y hasta en manteles. Conozco vatos que tienen todo el Tonalmachiotl—estamos hablando de algo muy complejo—tatuado en sus espaldas o abdómenes. Parece increíble, pero el calendario todavía funciona. Uno puede obtener su nuevo nombre basado en la forma en que el mes y el año de nacimiento—según el calendario gregoriano—se ali-nee con el calendario mexica.

Hay otras formas de obtener el nombre; según la personalidad, el *tonalli* o destino (que también está basado en el calendario), o el ani-mal u objeto que represente tus cualidades.

Yo también fui bautizada el mismo día que Jandro. Ahora soy Ma-yahuel, la "diosa" y energía de la planta del maguey, fuente de una de-liciosa bebida, también llamada "aguamiel" que se obtiene horadando el corazón del cactus, y que es la deidad para el día de Tochtli. A pro-pósito, nosotros no "adoramos" a estas entidades; reconocemos las energías que representan, y que están presentes en todas las manifes-taciones de la vida, y las utilizamos para equilibrarnos y orientarnos.

Los adultos, adolescentes y niños que reciben su nuevo nombre están acompañados por los asistentes. Omar y Xitlalli encienden copal y luego soplan una concha decorada antes de pronunciar el nuevo nombre y su significado.

El nombre mexica de Pancho es Omecoatl, o "dos serpientes," y está basado en las fechas de nacimiento de sus padres y abuelos. Quien tenga esta información también puede obtener su nombre. Aunque algunos grupos mexicas insisten en que hay que reemplazar los nombres europeos (y los españoles) por mexicas, Omar no nos obliga a hacerlo. Utilizamos nuestros nombres en las ceremonias, en las oraciones y en el círculo; pero también podemos utilizarlos por fuera si queremos.

Siempre me ha gustado mi nombre original, aunque cada vez me inclino más a utilizar el nombre de Mayahuel. ¡Quién sabe! Quizá algún día sea el único nombre que utilice... pero todavía no.

Un día, mi abuelo estaba afuera, en su silla mecedora. Me acerqué; tenía los ojos cerrados.

"Oye, Lito, ¿quieres saber mi nuevo nombre?" le pregunté.

Abrió un ojo y me miró.

"Ahora me llamo Mayahuel. Es un nombre mexica que significa 'dama de la planta del maguey.' ¿Puedes pronunciarlo?"

"Te llamas Azucena," replicó. "Nunca olvides eso. Es un nombre especial, un nombre de Dios. Ese es tu nombre: Azucena. No tienes ningún otro."

Me había olvidado de la importancia que tenía mi nombre para él. Era el nombre con que había bautizado a su única hija antes de que muriera. Y aunque yo estaba un poco ansiosa por utilizar mi nuevo nombre, decidí no hacerlo en casa, pues a Lito le dolería mucho si yo cambiaba algo tan sagrado para él.

La impulsividad aún hacía parte de mí; probablemente siempre lo hará. Me sentí afortunada de estar rodeada de personas como Lito, que me pueden enseñar muchas cosas. Sabía que tenía mucho qué aprender, pero me sentía contenta de progresar. O mejor aún, aliviada.

14

INMORTAL

Johnny está en su cama, durmiendo un sueño inducido por la droga; las gotas de morfina lo hacen dormir la muerte antes de que su cuerpo se dirija allá. Los caminos de su vida están marcados en su rostro. Ya no parece ser Johnny. Recuerdo sus rasgos definidos y hermosos; el aspecto que tenía en las fotos cuando yo era niña, o cuando pienso en él y en la acería.

Si por algo se caracterizaba Johnny, era por su sentido del sacrificio. Omar dice que las palabras "sagrado" y "sacrificio" están relacionadas. Ahora lo entiendo. Le dio su vida a la acería. Y de algún modo—extraño por cierto—terminó por convertirse en un acto sagrado. Lo hizo por su padre y su madre. Lo hizo por él y por nosotros. No habría hecho nada diferente. Y sin embargo, aquí está, un testamento agonizante del poderío industrial que penetra nuestros huesos, nuestras células, nuestros genes, los nucleariza y los altera, trastorna nuestra estructura básica y nos envía velozmente al otro mundo.

Johnny lleva una semana en cama; todos los tratamientos han resultado inútiles y solo su muerte puede reparar aquello que lo ha enfermado. Una enfermera ha entrado para administrarle su dosis de morfina; no hay nada más que hacer.

Estamos cerrando otra larga noche, llena de emociones encontradas, después de varias semanas de previsiones, de oraciones y canciones, de historias y recuerdos, de querer que mi padre se vaya, de querer que no se vaya.

Aracely está aquí, a su lado. Jandro y Pancho también están; entran y salen, ven televisión o se sientan en las sillas que hay en la pequeña habitación de papá. Asimismo, Rafas y Bune deambulan con sus esposas e hijos. A veces nos reunimos en la cocina; y aunque estamos exhaustos, hablamos o comemos frijoles y arroz de ollas que calentamos una y otra vez, y que mi mamá y yo mantenemos llenas y acompañamos con tortillas caseras.

Lito entra, cansado y silencioso; saca una tortilla, se prepara un taco y se sienta. No va a la habitación de Johnny.

La noche es el peor momento para mi padre; una vez me dijo que detestaba trabajar en el turno de noche en la acería porque se sentía como si estuviera debatiéndose entre la vida y la muerte. He leído que algunas culturas consideran a la noche como un período fantasmagórico y de gran misterio, en el que el otro mundo se mezcla con el mundo vivo.

Mi papá debió saber que moriría de noche.

Últimamente, Johnny ha estado confundido; era difícil entenderle. Las drogas le impedían expresarse de manera coherente, ser consciente y estar comprometido con su muerte. No puede reconocer el mundo ancestral al que está viajando, ni el mundo material que está dejando debido a la morfina, que lo ha despojado de todo esto. Eso es lo que hace nuestra sociedad: anestesiar nuestras vidas y nuestro nacimiento inminente en la otra vida. No queremos que sienta dolor, ni que siga luchando. Pienso que deberíamos suspenderle las drogas, pero Aracely quiere que se vaya tranquilo, pues dice que el dolor es insoportable. "No más sufrimiento," murmura, "no más sufrimiento." Y yo termino cediendo; no soy la única.

No obstante, estoy sola cuando soy testigo de un momento de sorprendente coherencia. Estoy al lado de Johnny, sosteniendo su mano callosa y enferma, negra de tantas inyecciones, cuando mueve inesperadamente los labios. La palabra no es audible, pero sé lo que intenta decir: Aracely.

"¡Mamá! ¡Alguien! ¡Vengan rápido!" grito.

Aracely entra completamente preocupada; Jandro, Rafas y Bune le siguen detrás. Pancho duerme profundamente en el sofá de la sala. Mi papá ha caído ahora en su sueño final y más profundo.

"Intentó hablar," digo susurrando, aunque no tiene sentido, pues ya nada lo perturbará. "Dijo tu nombre, mamá. Dijo: 'Aracely.'"

A ella se le humedecen los ojos. Se acerca a mí y me pasa su mano por la espalda. Permanecemos juntas al lado de a la cama de Johnny, esperando que la noche descienda sobre nosotros.

Hice planes para visitar a mi hermano Joaquín en la prisión de Corcoran antes de que el estado de salud de Johnny empeorara. Lleva unos diez años entrando y saliendo de cárceles juveniles. Y esta vez, y luego de los tres *strikes*, fue condenado a cadena perpetua por robo. Según las leyes de California, ya no irá a ningún lado.

Ya casi no lo visitamos. Al comienzo Johnny, Aracely y yo íbamos a verlo a menudo. Ha estado en varias cárceles: en la famosa cárcel de las Torres Gemelas (en el pabellón de alta seguridad), en Wayside, en Chino, en Mule Creek y ahora en Corcoran. La última vez que lo vi, estaba asignado a la población general, y pasamos varias horas con él en una amplia sala de visitas. Nos abrazamos, conversamos y la pasamos bien. Pero estos dos últimos años ha estado encerrado en la unidad de alta seguridad (SHU), un área destinada para "lo peor de lo peor."

Se comenta que Joaquín es "el que da las órdenes" a la pandilla chicana más grande de la cárcel. Supuestamente, dirigió un motín en el que hubo varios apuñalados. La prisión intenta aislar a estos individuos confinándolos veintitrés horas al día en pequeñas celdas; sólo tienen una hora para hacer ejercicio y quizá ducharse. Comen en sus celdas y son vigilados minuto a minuto.

La mayoría de los reclusos que están en esa unidad son presuntos líderes pandilleros chicanos. Muchos de ellos se han entregado a la conciencia indígena mexica y han aprendido incluso las cosmologías náhuatl, mexica y maya. Pero eso está prohibido: el sistema penal de California considera que estudiar, lucir tatuajes aztecas o mayas o hablar siquiera en náhuatl, es sinónimo de estar en una pandilla.

Sé que algunos de estos prisioneros que dicen ser mexicas no lo son en realidad, y muchos siguen realizando actividades criminales.

Pero también sé que hay otros que están comprometidos y leen libros, elevan plegarias, siguen la Piedra Solar y practican la lengua náhuatl. Desafortunadamente, son tratados como si fueran adoradores del demonio.

Algunos vatos se convierten al cristianismo. Eso les ha ayudado a muchos drogadictos y pandilleros, y está permitido en la prisión. Sin embargo, está prohibido estudiar o practicar cualquier tipo de enseñanzas indígenas. ¡En qué mundo vivimos!

El verano anterior me dediqué a estudiar mi cultura y sus enseñanzas, y le envié a Joaquín libros y documentos sobre prácticas indígenas que me dieron Xitlalli y Omar. Joaquín me escribió manifestando su interés. De hecho, lleva varios años dibujando figuras y símbolos aztecas y mayas en tinta negra. Se puede decir que hace arte chicano. Sus dibujos muestran escenas de la cárcel, del barrio, cholos y cholas, así como figuras con detalles magistrales y trazos impactantes. Aunque en el SHU no se pueden tener pinceles ni pinturas, los reclusos chicanos raspan colores de revistas y de cartas de naipe; humedecen papel higiénico y lo moldean, elaborando así un artefacto de pintura que dejan secar, y por medio de sus maravillosos dibujos y pinturas encuentran una forma de ser humanos.

Intenté apoyar a mi hermano enviándole regalos, pero no pareció mostrar interés en nada hasta que comencé a enviarle libros mexica. Me dijo que le mandara información a él, y libros a sus amigos. Le envié lo que pude, aunque no todo lo que quería. Sin embargo, la administración de la cárcel no tardó en confiscar mis paquetes.

Desgraciadamente, no lo hemos visto desde que está en la unidad de alta seguridad, y hace mucho tiempo que le debemos una visita.

El viaje desde Los Ángeles a Corcoran es aburrido y dura tres horas. La prisión está situada cerca de Tulare, en una polvorienta comunidad rural en el corazón del estado, saliendo por la autopista 99. Parece una prisión cualquiera: torres de vigilancia, alambre de púas y bloques de edificios planos. De hecho, hay dos edificaciones que albergan a unos doce mil reclusos. Allí también está el mayor centro para el tratamiento de adicciones del mundo (bloques F y G). Primero te examinan tu documento de identificación en la puerta del estacionamiento y luego lo hacen de nuevo cuando ingresas a la cárcel. Te requisan y te graban mientras cruzas puertas que se cierran automáticamente. La prisión estatal de Corcoran es famosa. Una vez, ocho guardias fueron acusados de organizar peleas entre pandillas rivales en el patio de la cárcel; un incidente ocurrido en 1994 desembocó en un motín; los guardias dispararon y mataron a un prisionero, el séptimo en ser asesinado de ese modo en cinco años (los guardias habían sido absueltos posteriormente). También se han realizado investigaciones por faltas de conducta por parte de los guardias, negligencias médicas (un gran número de reclusos ha muerto de sida y de otras enfermedades en el pabellón médico), abusos físicos y verbales contra los reclusos, así como violaciones a la salud y a la seguridad. Al igual que en muchas cárceles, muchos reclusos de Corcoran también han sido apuñalados y asesinados por sus compañeros.

Me preocupa que Joaquín esté allí, y más en la unidad de alta seguridad. Esa unidad es tan rígida que muchos reclusos se enloquecen; y Joaquín de por sí es bastante susceptible.

Aunque los reclusos de la población general se pueden reunir varias horas con sus familiares en la sala principal de visitas, el tiempo de visita en el SHU es de solo una hora (razón por la cual muchas familias dejan de ir: no tiene mucho sentido conducir seis horas de ida y regreso para una hora de visita). Los visitantes están separados de los reclusos por un vidrio grueso. Uno se sienta en un cubículo y habla por un teléfono con el prisionero, que permanece encadenado de pies y manos.

La última vez que visité a Joaquín, me senté a esperarlo en el cubículo. Finalmente, los guardias lo trajeron. Parecía más endurecido aún que la última vez. Tenía la cabeza afeitada, y nuevos tatuajes en su cuello y brazos: el F13 apenas visible, tatuado sobre su ceja izquierda, uno de sus tatuajes más antiguos. Debajo del ojo derecho tiene tres puntos en forma de pirámide (el símbolo universal de la vida loca). En su cuello musculoso luce una escena del barrio con coches reacondicionados, armas, muros de prisión, cholas y las palabras que los mafiosos chicanos hicieron famosas: "ríe ahora, llora después," tomadas de una canción de Sunny and the Sunliners.

Joaquín todavía es apuesto; su rostro es bien definido y su cuerpo musculoso. Tiene treinta y dos años, ha recibido puñaladas y balas, ha perpetrado robos y tiroteos y ahora es considerado uno de los reclusos más peligrosos del sistema penal de California.

"¿Qué húbo, carnala?" me saluda con esa voz de pinto gruesa y arrastrada que tiene desde hace varios años. En sus manos lleva otros tatuajes, entre ellos el apodo de su pandilla: Dormilón.

"Oye hermano, quería saludarte y decirte que te queremos y extrañamos mucho," le dije a través del teléfono. "Mamá te manda saludos y Jandro también. Quería venir, pero le dije que tal vez en la próxima. Necesita hablar a solas contigo; creo que entiendes."

"Simón. No hay problema. Me gustaría hablar con él. Debe estar inmenso."

"Sí, está enorme; tiene apenas doce años y está más alto que yo."

"¿Con qué lo alimentas?"

"Deben ser los tacos y los burritos… le va bien en la escuela y en la casa. Te escribí sobre la ceremonia y lo mucho que le gustó. Ha seguido yendo a los temazcales. Al comienzo no le entusiasmaba mucho, pero yo no quería obligarlo. Es algo que tiene que nacer de él, pero sabe que puede ir cuando quiera."

"Es un verdadero guerrero mexica, ¿qué no?"

"Sí, creo que ya ha encontrado su camino. ¿Y tú qué? ¿Cómo vas aquí?"

"Pues no, tratan de jodernos la vida, pero los chicanos somos fuertes y resistimos. Mientras más daño nos hagan, más resistiremos. Algunos se desmoronan debido a la presión; ya sabes, los tintos y los gabas. Pero nosotros nos burlamos de los guardias y de su sistema de mierda. No son hombres; no resistirían ni un minuto si estuvieran en nuestra situación."

"Sí, pero debe ser duro. No tienen ningún contacto humano, ¿verdad?"

"No; solo tratamos con esos cabrones. Nos hacen la vida imposible; celdas electrónicas, armas de todo tipo, sistemas elaborados para impedir que nos reunamos; eso demuestra lo asustados que están. Pero encontramos la forma de comunicarnos. Mientras más nos separan, más nos ideamos cómo hacer las cosas. Nadie debería ser tratado así, pero estamos unidos. Nuestros espíritus son fuertes." Joaquín me mira fijamente mientras dice esto. Me observa detenidamente y sus ojos permiten que muy pocas cosas del mundo interfieran con su mirada. "Me alegra mucho que me hayas enviado los libros y los artículos. Sabes que muchos los confiscaron; no nos permiten tener libros aztecas o indígenas. Pero los artículos son buenos. Y las revistas de la *National Geographic* son lo máximo."

Pensé en lo inteligente que es Joaquín; le encanta leer, escribir y dibujar. Sé qué tiene su lado malo, pero no le puedes quitar la inteligencia; sabe más cosas que algunos profesores que he conocido.

Mientras hablamos, un guardia custodia a otro recluso y lo conduce a un cubículo apartado. El vato tiene su número de prisionero tatuado en la parte frontal de su cuello; cumple cadena perpetua. Sus brazos están llenos de tatuajes intrincados, tanto así que parece tener una capa de piel azul sobre su oscura piel natural. Lo espera su novia o esposa, que también se ve muy golpeada por la vida. Joaquín aparta su vista de ellos y yo hago lo mismo.

"Oye, Chena, ¿cómo está papá? Sé qué no debe estar bien," dijo.

"No va a sobrevivir, carnal," respondí conmovida. "El cáncer le ha invadido todo el cuerpo. Creo que solo le quedan algunos días más de vida. Pasa todo el tiempo en la cama. Hemos intentado todo tipo de tratamientos, pero ninguno le ha servido. Ahora tenemos que esperar…"

Joaquín no dijo nada; no expresó ninguna emoción. La cárcel lo ha obligado a ocultar sus sentimientos de tal modo que estoy segura de que a veces no sabe en donde están. Se reclinó en su silla, todavía mirándome fijamente. Sé que quiere mucho a Johnny y que nunca ha renegado de mamá o papá. Pero también soy consciente de lo mucho que los ha hecho sufrir.

Joaquín se acercó al cristal divisorio y me preguntó: "¿no hay nada qué hacer? ¿Nada que pueda salvarlo?"

"No, Joaquín, ya lo hemos intentado todo, incluso la medicina natural. Hemos consultado con curanderas como mi amiga Xitlalli, de quien te escribí. Si lo vieras: está hinchado por dentro y por fuera."

"Dile que lo quiero," respondió Joaquín. "Y dile también a mi mamá cuánto la quiero. Los extraño mucho. No puedo regresar al pasado y hacer las cosas bien; ya no es posible. Esta es mi vida ahora, pero pienso en ellos todo el tiempo. Oraré por ellos y por la familia."

Joaquín había comenzado a realizar ceremonias mexicas en su celda. Celebraba fechas especiales como el nuevo año mexica en marzo, los días de solsticio y equinoccio, el día de los muertos en noviembre, y otras fechas rituales mexicas por medio de oraciones y ayunos. Dice que esto le causa problemas, pero que está decidido a hacerlo a pesar de lo que sea.

"Respeto mucho a papá," continuó Joaquín. "Recuerdo lo fuerte y paciente que ha sido siempre. ¿Recuerdas cuando éramos niños? Llegaba del trabajo y mirábamos por la ventana, esperando a que apareciera su coche y luego saltábamos hasta que abría la puerta. Llevaba casco duro, gafas de seguridad, botas con punta de acero y la ropa sucia en una bolsa. Le gustaba cargarnos a la espalda, ¿recuerdas?"

Joaquín hizo una pausa y luego cambió de tema.

"Sé que fui insoportable, especialmente contigo," dijo. "Te pido disculpas por esto. Creo que nunca antes te había pedido disculpas."

"No tienes por qué hacerlo."

"Pero quiero hacerlo. He madurado aquí. Lo único que tengo es tiempo, así que he pensado en muchas cosas. No fui un buen hermano. De veras lo siento. Siempre te he querido."

"Yo siempre lo he sabido."

"*Tlazohkamati*," dijo. Es una palabra náhuatl que significa "gracias." "Nunca le he pedido disculpas a papá ni a mamá. Fui un mal hijo. Creo que sabían que yo los quería, pero nunca se los dije. No tienen nada qué ver con mis problemas. Siempre me sentí perdido, a pesar de todo lo que hicieron. Nada tenía sentido para mí hasta que ingresé a la vida del barrio, donde me sentí aceptado por primera vez. Sentí que por fin tenía algo por qué morir, lo cuál también significaba algo por qué vivir.

"Yo era un soldado con un corazón de soldado. Aprendí a luchar y a no rendirme en la guerra a pesar de lo que fuera. Solo quería morir cubierto de gloria. Claro que no me he muerto todavía, pero no por no haberlo intentado. ¿Recuerdas cuando hacía disparos en la calle y luego me paraba en alguna esquina a hacer señas con las manos y a gritar el nombre del barrio? Deberías creerme si te digo que estaba preparado para morir. Nunca me escondí de nadie. Todos recibimos disparos; logré sobrevivir, pero casi todos mis compañeros murieron, y siempre me he sentido mal por eso. Yo quería ser esa persona a quien lloraran en el cementerio y despidieran con disparos. Recuerdo que una vez asistí a un funeral y me preguntaste si eso no me hacía pensar dos veces en evitar la pandilla."

"Simón, y que querías un funeral igual al que tuvieron todos tus amigos; todo el mundo llorando, las chicas, las madres y los amigos," interpuse. "Querías un entierro así, con todo ese amor."

"Estábamos en guerra. O matábamos a nuestros enemigos o ellos nos mataban a nosotros. No había por qué asustarnos. ¿Qué la pinta nos haría claudicar? Todos sabíamos que terminaríamos en la cárcel. Era solo un rito de iniciación. Las cárceles fueron construidas para nosotros y no nos asustaba. Y las drogas: la heroína, el PCP, el crack y la metadona también eran parte de esa vida. Si alguien moría de sobredosis, no reflexionábamos en lo que estábamos haciendo ni pensábamos en dejarlas. Quizá algunos lo hicieron, pero la mayoría de nosotros pensaba: 'eso debe ser muy bueno; quiero probarlo.' "

"Es otra forma de ver el mundo," dije. "Yo también he experimentado con drogas y alcohol. Pero ellos no entienden esto, así que sienten miedo. Quieren destruir a los cholos, los graffitis y nuestra cultura del barrio, o encerrarlos en una prisión. Así es su mundo; pero tú has sabido vivir a tu manera."

"No sé," replicó Joaquín. "Pero sé que no vamos a echar raíces, a tener familias, ni a conseguir trabajos para sobrevivir como papá y mamá. Eso no está en nuestras posibilidades. Todos nosotros somos unos caga palos, unos desadaptados, unos marginales; somos ese diez por ciento que no acata las normas. ¿Quién nos daría empleo? No aceptamos abusos de los jefes, de la policía, ni de la escuela. No podemos aprender oficios ni ser personas normales. Para muchos de nosotros, no hay tiempo para el amor, para el matrimonio, ni para las relaciones normales. Nos hemos entregado a la vida loca; y ese es el único dios al que seguiremos."

"Entiendo, pero quiero saber algo… ¿no te preocupaba que Johnny y Aracely sufrieran por ti, que te hubieran dado tanto y que tú les dieras tantos problemas?" le pregunté por primera vez desde que andaba en esa vida.

"Claro, pero si te metían a la pandilla, tomabas la decisión de hacer lo que tú barrio esperara de ti. Los quiero a todos ustedes, pero no puedo dejar de hacer lo que hago. Como dice la gente: 'no puedo parar, no quiero parar,' y no hay familia, empleo, escuela o jaina que pueda cambiar esto."

Aunque tenía las manos esposadas, se bajó la camisa azul, dejando ver un tatuaje con letras elaboradas que decía: "perdóname madre por mi vida loca."

"Claro que queremos a nuestros padres," explicó Joaquín. "Amamos a nuestras novias, pero el barrio lo es todo. Ninguna otra cosa importa. Sí, algunos de nosotros tenemos buenos padres. Pero en las calles se trata de 'matar o morir.' No puedes ser débil. Desde hace mucho tuve que tomar una decisión: convertirme en un depredador o ser la presa de alguien. Todo el mundo lucha por lo poco que hay. Yo tomé mis decisiones, y ahora tengo que vivir con ellas sin importar las consecuencias."

"Es por eso que ustedes son difíciles de derrotar," dije. "Aceptan todo de los demás, porque creen que es lo que se merecen por todo lo que hacen. La mayoría las personas no vive de ese modo. Aún tienen esperanzas por fuera de la realidad, pero ustedes han reconciliado sus actos—sin importar lo atroces que puedan ser—con las consecuencias."

"Si cometemos fechorías no es para buscar que nos capturen. Pero no lloramos por volvernos torcidos. Sí; nos arrestaron. Es lo que se supone que deben hacer, y se supone también que yo debo hacer lo que esté a mi alcance para que no me echen el guante. Pero si me arrestan, pues me arrestan y ya."

"Déjame preguntarte algo, carnal. ¿Cuál es tu futuro?"

"¿Futuro? Mira este sitio; este mi futuro. No saldré de aquí," señaló Joaquín. "Después de mi tercera ofensa, recibí una condena de veinticinco años a cadena perpetua. Hay personas que han apelado sus sentencias. Me alegraré si ganan sus casos. Ha sido un mal negocio, pero no estoy llorando; soy capaz de aceptar lo que quieran darme. Nunca he mirado atrás desde que el sistema me puso en este camino. Si tengo que morir en prisión, así será. Estoy viviendo como un fuerte guerrero mexica; aquí pueden pensar lo que quieran, pero ya no estoy en esa mierda del pandillaje. Elevo mis plegarias, sigo mis *tonalli* de la Piedra Solar. Leo, escribo y sigo con mi arte. Quieren despojarme de todo esto, pero como digo yo, no pueden despojarme de mi espíritu."

"Oye, Joaquín, ¿cómo fue que los chicanos llegamos a este punto? Nos enfrentamos a todo el mundo, no nos llevamos bien con nadie. El único camino que tenemos por delante es el de la perdición. Estoy siguiendo las enseñanzas mexicas, y voy hacer algo hermoso y grandioso con todo eso. Vamos a enseñarles a nuestros hijos a que no tomen el camino que tú tomaste solo para obtener un poco de respeto. No necesitamos más chicanos en las cárceles; no necesitamos que mueran más adictos ni menores de edad."

"Estoy de acuerdo contigo," admitió. "Como digo, ya tomé mis decisiones. No sé si lo has notado, pero todos los días llegan más morrillos. Hay niños condenados a cadena perpetua en la pinta; vatos de dieciocho y veinte años. Quieren hacerse a un nombre y no escuchan a nadie. Algún día entenderán esto, pero por ahora, solo se están hundiendo cada vez más."

"Pues bien, eso es lo que yo quiero cambiar," respondí. "Ayudarles a encontrar sus raíces, su destino, para que no se metan de lleno en algo tan intenso, pero tan absurdo, como si fueran reses camino al matadero."

"Es cierto. Tienes más de una neurona en esa cabezota," dijo riendo.

"Cállate."

"Me gusta cómo piensas. Te diré algo, Chena. Tus cartas han sido alimento para mi alma."

"He aprendido muchas cosas de Xitlalli y de Omar," expliqué. "También me han ayudado a entender la relación entre el cierre de la acería y el aumento de la violencia y las guerras de drogas que ha habido en los últimos veinte o treinta años. Las pandillas se hicieron más grandes y peligrosas luego del cierre de la industria. Lo mismo sucedió con el negocio de las drogas; surgieron organizaciones clandestinas como los Crips and Bloods, Maravilla, Sur 13, Calle 18 y Mara Salvatrucha."

"Sí, muchas personas olvidan que no hay empleo, y la gente tiene que vender drogas y robar para pagar la renta y alimentar a sus familias," anotó Joaquín.

"La industria de mayor crecimiento es la carcelaria. Leí en una revista que en California había quince mil prisioneros en los años setenta, y actualmente hay más de ciento sesenta mil, de los cuales casi cien mil son chicanos."

"Oye, estás muy bien informada."

"Leo mucho. Pero lo que dices es cierto, carnal. Mira cómo han cambiado las escuelas. Antes parecían fábricas y ahora parecen cárceles. No tienen ventanas, pero sí una puerta de entrada, policías y patrullas comunitarias. A muchas de las escuelas les tienen sin cuidado los libros, los deportes, la música y las artes. Ya sabes adónde van a terminar esos estudiantes."

"Sigue enseñándoles a los jóvenes, Chena," dijo Joaquín. "Sería bueno si pudieran aprender los principios mexicas antes de que llegaran aquí. Yo quisiera haberlo hecho antes. Estaba perdido, pero ahora hay muchos jóvenes que también lo están. Son miles, y no sólo chicanos. Hay centroamericanos, negros, camboyanos, armenios y hasta blancos; gente pobre, lo único que hay aquí. Es probable que nos odiemos mutuamente, pero maldita sea, todos tenemos que mirar las mismas paredes vacías con los mismos ojos llenos de incertidumbre."

"Quiero ayudar a cambiar esa situación," señalé. "Ahora comprendo que eso fue lo que hicieron Johnny y Aracely. A su manera, le dieron a nuestra gente algo por qué luchar, para que se fortalecieran y se relacionaran con los pobres y los discriminados. Tú me hiciste ver eso; creo que me has reclutado para tu ejército, ese."

"Siempre y cuando sea el ejército de la mente, con ideas, poesía y arte; el ejército de Ometeotl," comentó Joaquín. "El ejército que hay aquí... bueno, haremos cualquier cosa para obtener un poco de respeto; no tenemos el tiempo ni la disposición para nada más. Pero tú podrías hablar con los jóvenes antes de que se les muera el cerebro y el corazón en sitios como éste."

Ese día, Joaquín y yo tuvimos la mejor conversación de nuestras vidas. Lástima que ya no pueda estar en casa, que nunca pueda abrazarnos ni pasar fiestas ni cumpleaños con nosotros. A pesar de todas las cosas tan malas que ha hecho, tiene un alma digna. Claro, la sociedad—este mundo en que vivimos, de mentalidad estrecha y obsesionado por castigar—nunca lo verá así ni entenderá la verdadera naturaleza de Joaquín, pero yo sí.

Llegó la hora de partir. Joaquín sonrió lánguidamente y me recordó el aspecto que tenía cuando era niño. Todavía lo es un poco, pensé. Todavía no está completamente muerto por dentro. Los guardias se lo llevaron. Colgué el auricular y le dije a mi hermano: "te quiero," con el movimiento de los labios.

Joaquín me guiñó el ojo y se dirigió a la salida, tambaleándose un poco debido a los grilletes que tenía en las piernas. Detrás de su cabeza tenía tatuado OLLIN, el símbolo mexica del movimiento.

Días después de visitar a Joaquín, Aracely y yo empacamos algunas cosas que estaban apiladas en la sala para que hubiera más espacio en la habitación de Johnny: cajas con papeles, herramientas, folletos de política y artículos personales, y las llevamos al garaje. Una de las cajas se me cae de las manos, y entre los papeles que van a dar al suelo veo una carta. Está escrita por Johnny. La recojo y la leo. Inmediatamente noto que es una carta de amor.

Curiosamente, el encabezado dice: "Querida V," lo que no deja de parecerme extraño. Al principio, creo que es una carta dirigida a una novia que tuvo antes de mi mamá, pero tiene una fecha: 8 de noviembre de 1979, y ellos ya estaban casados. Quizá fue una carta que escribió, pero que nunca envió. No sé qué hacer. Quiero mostrársela a Aracely, pero no sé si debería hacerlo. Comienzo a obsesionarme y advierto entonces que no conozco del todo a Johnny, y supongo que ha tenido sus deslices; Dios sabe que yo también he tenido los míos. Después de todo, debería olvidarme de esto. Y, sin embargo, pensar que mi papá pudiera involucrarse sentimentalmente con otra mujer mientras estaba con mi mamá es algo que tengo que descubrir. Debo tener el valor para preguntarle a Aracely.

"Mamá, tengo que mostrarte algo," le digo momentos más tarde en la cocina, aunque me arrepiento de inmediato. "No sé qué decir, pero es mejor que veas esto. La encontré en una de las cajas de papá."

Le entrego la carta.

Ella no dice nada. Abre cuidadosamente la carta doblada y la lee. Luego la dobla de nuevo y me mira.

"Lástima que hayas encontrado esto," dice Aracely. "Hubiera preferido que esta faceta de tu papá estuviera enterrada y olvidada desde hace mucho tiempo. Pero seré honesta contigo; supe de ese romance…"

Aracely se detiene y mira un punto indeterminado.

Yo no digo nada y espero que siga hablando.

"Siempre quise mucho a tu papá, pero no era tonta," explica Aracely. "Nunca manifesté que lo sabía. Las mujeres podemos ver cosas con el corazón aunque no veamos nada con los ojos. Se puso diferente y distante, aunque era muy atento. Supe que ocurría algo, pero no después del trabajo; así que concluí que estaba teniendo un romance con una compañera. Yo sabía que había muchas mujeres trabajando en la planta; tu papá me hablaba de ellas. Estaban sufriendo abusos, y él intentó ayudarles a algunas. Lo trasladaron a la fábrica de cables y su actitud me pareció extraña. El traslado le pareció una especie de castigo; estaba aislado, no había quién le ayudara con las reparaciones y se aburría mucho. Pero poco después se puso muy contento; como si fuera otra persona y comenzó a actuar como si todo estuviera de maravilla. Parecía incluso como si le gustara estar solo allí y no le importara nada. Un día los dejé a ustedes con sus abuelos y tomé un autobús a la acería. La entrada estaba prohibida a los particulares, así que me quedé afuera viendo quién entraba y salía. Y luego vi a una mujer: tenía que ser ella, una chicana bonita de cabello largo. Se esforzaba por verse bien en su ropa de trabajo. Fue ahí cuando entendí; la leí como si fuera un libro. Más tarde me enteré que se llamaba Velia. Yo no podía demostrar nada, pero era algo que sabía en mi interior. Llámese intuición o incluso algo más contundente, pero lo supe."

"¿Y qué hiciste?"

"No supe qué hacer. Quise que Johnny percibiera que yo sabía de su aventura, y ver cómo reaccionaría, pero decidí no hacerlo. Me imaginé que lo negaría y me diría que yo era una paranoica: ¿cómo podía demostrárselo?"

"Con esta carta."

"Es la primera vez que la veo."

"Si me hubiera pasado a mí, se habría ganado un buen problema."

"Bueno, m'ija. Ya sabes que tú y yo somos diferentes," señaló Aracely. "Pero hablé con Nilda poco después del asesinato de Harley, ¿recuerdas el crimen?"

"Por supuesto."

"Nilda se marcharía pronto de Los Ángeles, así que tenía que hablar rápido con ella. Me dijo que si yo creía que se justificaba terminar nuestro matrimonio y Johnny era malo conmigo, merecía entonces perderme. De lo contrario, yo tenía que sopesar mi amor por él con el dolor derivado de mi sospecha. Me dijo también que probablemente se trataba de un romance fugaz, pero como ella había perdido al hombre que amaba, no quería que yo tomara una decisión injusta. Me sugirió que hablara con Johnny para que me dijera la verdad y solucionáramos el problema, o que me olvidara del asunto y ver qué sucedía. De nuevo, yo no sabía qué hacer, así que decidí no hacer nada y esperar."

"¿Y qué ocurrió?"

"Bueno, la fábrica de cables cerró poco después... sí, creo que fue en ese entonces," dice Aracely, esforzándose en recordar el orden de los acontecimientos. "Durante un buen tiempo, el cierre de la planta fue prácticamente el único tema de conversación entre tu papá y yo. Pero luego comencé a sentir otra cosa. Johnny se dedicó más a nosotros, y no lo hizo para distraerme. Fue algo auténtico, y comprendí entonces que ya no estaba con esa mujer. De cualquier modo, yo no estaba segura, pero mi corazón lo intuía. Tenía que tomar una decisión; descubrir la verdad, aunque ya el romance había terminado, u olvidarme de todo. Ahora puedo decir que lloré muchas noches por culpa de esto. Me encontraba en una situación terrible, aunque veía que ustedes dos querían mucho a su papá y que él también los quería mucho ustedes. Yo no quería destruir eso, y si él se había comportado como un tonto, yo tenía que actuar con inteligencia. Yo sabía también que él me amaba; siempre lo supe. Fue una decisión difícil, pero prometí no decir nada. Quizá estuviera equivocada, pero tenía que aceptarlo. Y prometí también que no le perdonaría, y que no vacilaría en abandonarlo si hacía eso de nuevo o si yo sentía que estaba compartiendo su amor con otra mujer. No sé si lo hizo, pero siento que no. Ese fue el final de la historia; nunca más pensé en eso. Lamento que hayas encontrado esta carta, pero lo mejor que podemos hacer ahora es olvidarnos de este asunto. ¿Entiendes, m'ija?"

Se hace un largo silencio antes de que yo logre decir algo; y sé que mi madre se irrita con esto, aunque no lo demuestra.

"No sé si entiendo," digo finalmente. "Aún estoy dolida y confundida por esto. Pero también confío en ti, y en que hayas hecho lo correcto. Creo que yo no hubiera hecho lo que hiciste, pero también es cierto que he cometido muchos errores en mis relaciones con los hombres, así que no lo sé. ¿Quién soy yo para juzgar? Creo que sufriste un engaño y debiste hacer algo. Pero también sé que hiciste lo mejor para todos nosotros, así fuera difícil."

"No creo que se lo recomiende a nadie," añade. "No creo que las mujeres debamos aceptar situaciones como ésta, pero fue una decisión que sentí que debía tomar en ese momento. Estuve en guerra conmigo misma. Pero ahora, especialmente cuando a tu padre le falta poco para irse, estoy convencida de que fue lo correcto. De algún modo creo que él supo que se equivocó y que estuvo a un paso de destruir a su familia y a todo lo que le era querido, pero que encontró también la forma de revertir esta situación. Esto es lo que importa en última instancia; que nunca más volvió a cometer ese error."

No supe qué decir. Sonreí y tomé a mi mamá de la mano.

"Mamá; sé que no siempre te lo digo, pero me encanta ser tu hija... gracias por ser tan abierta conmigo."

"Bueno... entonces creo que podré hacer algo," dice Aracely

mientras se dirige a la estrofa y le enciende. Coloca la carta en el fuego y se quema instantáneamente. La agarra de una punta y la arroja al lavaplatos. Luego abre la llave del agua y las cenizas desaparecen por el sifón.

El café Lo Nuestro se vuelve popular luego de un año de funcionamiento. Aunque está un poco escondido, cada vez es más conocido. Vienen muchos estudiantes universitarios, especialmente activistas chicanos. Sin embargo, también vienen personas de todos los sectores de Los Ángeles, e incluso de ciudades tan lejanas como San Francisco o Chicago. Los viernes por la noche, los clientes recitan poesías, cuentan historias, tocan instrumentos o cantan.

Vienen personas de todas las edades; hay una joven poeta a quien le gusta leer y sólo tiene ocho años. Una señora del barrio que hace tamales viene a cantar algunas rancheras.

Un viernes por la noche, Pancho está sentado en una mesa de atrás, escuchando a los participantes mientras disfruta de un chocolate mexicano caliente. Yo estoy detrás del mostrador, escuchando a una joven declamar unos poemas cargados de angustia, que me recuerdan a algunos de los versos cursis que yo escribía cuando estaba en secundaria; sólo que los de ella son muy buenos.

Pancho se levanta y se dirige a mí; me pone su cara en mi oído y me susurra, "¿Por qué no cantas?"

Hago un gesto y lo miro. "¿Estás loco? Hace varios años que no lo hago. Probablemente sonaría como una rana afónica."

"No, no estoy loco," insiste Pancho. "Nunca te he visto cantar en público, pero sí cuando vamos a los clubes o escuchas una canción que te gusta en la radio. Sé que cantas bien y lo que eso significa para ti. Por favor, hazlo por mí, o mejor aún, por ti misma."

"No sé, Pancho," digo, pensando en esa posibilidad. "¿Y qué si hago el ridículo? Trabajo aquí. Sentiría una vergüenza infinita."

"Vamos, sabes muy bien que no harás el ridículo. Quizá te sientas un poco oxidada, pero puedes hacerlo. Cantas tan bien como cualquiera que lo haya hecho aquí."

"Déjame pensarlo," digo. "Anda y siéntate antes de que derrame 'accidentalmente' una taza de café hirviente sobre ti."

Pancho se ríe y regresa a su silla.

Jandro viene con alguna frecuencia; ya tenemos un par de computadores con acceso a Internet, le gusta jugar videojuegos en la Web. Aracely también viene a tomarse un cafecito caliente de vez en cuando. Sin embargo, no han venido esta noche y creo que es una buena oportunidad para ensayar mi voz. Si canto mal, por lo menos no tendrán que padecerme.

Aprovecho mi descanso para ver la lista de los participantes. Veo varios nombres y la mayoría están tachados: ya han participado. Escribo rápidamente mi nombre y regreso a la barra. Preparo cafés, comienza la segunda sesión y me siento como una niña. El presentador es un joven rapero chicano llamado Xol-Dos. Tiene influencias del hip-hop y canta en español, inglés y un poco de náhuatl. Luego anuncia al siguiente participante.

Poco después, mira la lista y frunce el ceño. "No sé muy bien lo que dice, pero creo que es Mayahuel. Ven, Mayahuel."

Salgo detrás del mostrador y me acerco al micrófono, en el pequeño escenario del café. Xol-Dos me mira, reacciona tardíamente y luego se siente presionado a hacer algún comentario.

"Bueno ¡quién iba a pensarlo! es una de las nuestras. Es Mayahuel, también conocida como Azucena Salcido. Por favor, recibamos a Mayahuel con un fuerte aplauso."

Me dan ganas de ahorcarlo; luego tomo al micrófono y veo que muchas personas me miran. Pancho está atrás, con una gran sonrisa. Me gustaría encontrarme en la calle con Pancho y Xol-Dos y atropellarlos.

"Gracias por su apoyo," comienzo, reuniendo todo el valor que puedo. "Hace mucho que no hago esto, pero me gustaría cantarles una canción. Hoy quiero interpretar una de mis favoritas: "Constant Craving," de k. d. lang. La cantaré sin acompañamiento musical, así que les pido paciencia hasta que encuentre la clave adecuada."

Me tomo unos segundos para tararear la melodía mentalmente. Carraspeo mi garganta, bebo un poco de agua, cierro mis ojos, y comienzo las primeras líneas con una voz quejumbrosa, trasmitiendo toda la nostalgia, dolor y sufrimiento que encierra esta canción.

Cuando termino, el café se llena de estruendosos aplausos y aclamaciones. Pancho está silbando de pie; ¡mi tonto adorado!

Miro a la audiencia y siento algo increíble. Siempre que canto en público tengo la misma sensación; esa fuerza innegable de una voz que atraviesa las complejidades de las vidas de todos—de los desconocidos incluso—para encontrar finalmente un camino.

La lluvia comienza a caer. Mis padres me dijeron una vez que llovía cuando nací. Mi papá yace inmóvil, y nosotros nos reunimos a su alrededor. Permanezco despierta, escuchando la melodía de la lluvia en el tejado y en los desagües. Sin embargo, no puedo dormir. Jandro se acurruca y se duerme en una de las sillas. Tiene doce años y es alto, pero parece un niño pequeño. Me acerco y le acaricio suavemente el cabello. Pancho entra y sale de la habitación, medio dormido, sin saber qué decir ni hacer. Tal vez sea mejor que no diga nada, aunque me alegra que esté aquí. Mis tíos llegan, hablan entre ellos y con Lito, quien está en la cocina y se limita básicamente a escuchar.

La respiración de Johnny ha sido casi imperceptible durante toda la noche. A veces es difícil saber si está respirando o no. Poco después deja de llover. Escucho el canto ocasional de un pájaro y veo aparecer el sol entre las nubes. Aracely me toma de la mano y pone la otra en el pecho de Johnny. Mi padre inhala y absorbe el dormitorio, los olores, nuestra presencia, nuestro dolor y nuestro amor; espero que eso lo lleve a donde quiera que vaya. Luego exhala un suspiro final e interminable.

Comienzan a asaltarme diversas emociones, de un modo inquietante al comienzo, y luego como una avalancha. Aracely llora suavemente. Imagino a Johnny y a ella abrazados hace mucho tiempo, cuando eran jóvenes, llenos de fuego y de energía. Miro a Jandro; no quiero despertarlo. Después le contaré como fue el último suspiro de su abuelo. Pancho entra; parece triste, pero completamente despierto. Se para detrás de mí y pone suavemente sus manos en mis hombros.

El tiempo se desvanece en un momento insípido, se sienta con nosotros, y se limita a observar. Durante ese instante de aliento contenido pienso en la muerte con más fervor que nunca antes, a pesar de toda la muerte que he conocido en mi vida. Las personas mueren, aunque no. Dejan ideas, impresiones, recuerdos, arte, palabras, y es así como viven para siempre. Mi papá creía que la acería nunca iba a morir; no imaginaba que el acero era una materia prima limitada, o que la evolución de la tecnología y del mercado podría acabar de una vez por todas con su acería del alma.

Johnny sostuvo batallas en la planta; se opuso a la forma en que se hacían las cosas, a la forma en que los directivos la administraban y aniquilaban a los trabajadores, los explotaban, los dividían, los atemorizaban y encima les mentían. Pero aprendió a amar su trabajo; aprendió a amar las máquinas y la forma en que el acero era vertido, derretido, moldeado y endurecido. Quizá vio en ello una semejanza con los seres humanos. Creció y maduró en la acería. Allí encontró su corazón y su vida. Sí, Nazareth tenía que morir, pero el eterno forcejeo de la humanidad y la naturaleza, de la mente y la materia, de la creatividad fogosa contra la realidad finita, seguirían chocando, arrollando, empalmando y creciendo. Esto siempre estaría allí; y creo que en última instancia, era lo que tanto amaba él.

Poco después, el tiempo se desanuda y cobra vigencia de nuevo; ves la vida una vez más y escuchas de nuevo conversaciones y llantos. Lito entra en ese instante, su rostro demacrado, sus pasos vacilantes. Se detiene junto a nosotros y mira a su hijo. Veo lágrimas resbalar por su rostro arrugado, brotando no como una tormenta, sino como la lluvia luego de una sequía en un desierto árido, en un lugar de plantas marchitas, de sol calcinante y horizontes yermos, donde las lágrimas flotan como el polvo. Imagino una tierra y una época lejos de aquí, ligada sin embargo a todo esto que todos nosotros hemos presenciado y soportado, y que nunca jamás olvidaremos.

AGRADECIMIENTOS

Gracias a mi agente, Susan Bergholz, por creer en mi voz y en mi visión; a Rene Alegria y a todos en Rayo/HarperCollins: un millón de gracias. A mis antiguos compañeros de trabajo de la acería Bethlehem, en Maywood, California, muchos de los cuales ya nos están con nosotros, así como también a los trabajadores metalúrgicos de todas partes que conocieron la furia de los hornos y las fraguas, especialmente a mis amigos Tony Prince, Lee Ballinger, Frank Curtis, George Cole, Cynthia Cuza, David Dillard, Wayne Miyao y Rueben Martinez. Agradezco especialmente a Francisco Chavez, un indígena yaqui que se crió en East L.A., por su información documental sobre los indígena yaqui de México y Arizona; también a Susan Franklin Tanner del Theater Workers Project, a Dave Marsh de *Rock & Rap Confidential* y a Bruce Springsteen. Al Sweat Lodge Circle del barrio Pacoima, particularmente a Luis Ruan: *tlazohkamati*. Y a los artistas, músicos, escritores, bailarines, actores, cineastas, curanderos, personal, seguidores y a los socios de Tía Chucha's Café y Centro Cultural, la librería, café, galería de arte, escenario, cibercafé y centro de talleres y seminarios que creamos en el Noreste del Valle de San Fernando, un sector de Los Ángeles: su espíritu y compromiso me dieron fuerzas para narrar las historias de nuestros padres, madres, abuelos, tíos y tías; historias ricas y tonificantes, necesarias y tristes, dolorosas y triunfantes.

Y a mi familia, siempre a mi familia, por el amor, la paciencia y el tiempo generoso que me permitieron para escribir esta novela: no hay palabras, pero también palabras son todo lo que hay.

Made in the USA
Lexington, KY
10 October 2014